U0901857

魅丽文化
花火工作室

指尖竞速

Fingertip racing

全2册 ②

咕叽小五 著

江苏凤凰文艺出版社
JIANGSU PHOENIX LITERATURE AND ART PUBLISHING, LTD

目录

CONTENTS

C O N T E N T S

目 录
CONTENTS

C O N T E N T S

第1章 和我打一场吧，数字帝

女孩儿一身利落的T恤加牛仔裤，非常简单的小白鞋，她的腿细且直，刚走出来的时候，一双美腿吸引了所有人的注意力。

目光上移，看到她及腰的长发，海藻一般，发尾带着微微的卷曲，随着她走过来的步伐轻轻摆动。她化了淡妆，让原本就好看的五官更显精致。

这时人们才注意到，她的胸牌和其他人的不一样。

按照RCG的比赛规则，男选手的胸牌是蓝色的，女选手的是粉色的，她的胸牌就是粉色的，在一众男选手中显得格外与众不同，上面写着英文字母：Seven。

全场沉默了大概五秒钟，终于有人发出了惊呼声：“天啊Seven真的是个女孩儿！”

“这就是初七啊，我的女神！太美了！”

“视频上的那个姑娘！她真的是人长得美、游戏打得好而且三观正，那次视频我看了好多次，到现在都还记得她说的每一句话。”

距离舞台很近的一个男人激动地站了起来：“初七！你真的是Seven啊！我之前就觉得肯定是你，终于见到你了！那个！我已经把你给我的那个《全民斗魂》的账号练到最高段位了！”

这个男人就是欢喜哥。

因为他动作张扬，举止醒目，所以台上的人也都听到了，初七将目光看向他，然后很有礼貌地点了点头，嘴角微微上扬，示意自己知道了。

台下的人还在窃窃私语。

“好漂亮啊，真的假的啊，长得这么好看，为什么想要去打《荣光2》的比赛啊？”

“你看F神那么帅不也是《荣光2》的选手吗？月皇、沉安、星帝这些人形象都不错？除了大懒是真的有点儿……太懒了。”

“之前不是有人说Seven百分百是T哥吗？我还专门带了相机过来给他拍照呢。”

“论坛上已经有人上传照片了，验证了她就是初七的说法，那个视频上的女孩儿，本人比视频上要漂亮很多啊！我的天，这大长腿，我是个女孩儿我看着都心动了。”

“呵呵，之前斩钉截铁说Seven就是T哥的人，我就看他们怎么打自己的脸吧，我仿佛听到了啪啪响的声音，脸一定很疼吧？”

……

女主持人嘴里也有些发愣，耳机里有人给她提示了几句，她点点头，笑着说道：“之前大家都在猜Seven的真实身份。今天Seven的出场，可谓艳惊四座，太漂亮了吧！我还要替后勤工作组给Seven道个歉，虽然官方是知道你的身份的，但工作人员接洽的时候出了些小问题，胸牌还是出了错，很抱歉。”

女主持人说着，脸上挂着歉意的微笑，对着初七站着的方向鞠了个躬。

初七摆摆手，正了一下自己的耳麦，说道：“没事。”

声音清澈动听。

“好，十六名选手都到齐了，”女主持人重新回到了主持的状态，“要开始进行抽签了，在十六进八的比赛中，采用双败淘汰制，一轮比赛之后决出胜者组和败者组，败者组如果再次失败，就被淘汰出局，在胜者组这边的，失败进入负者组，失败两次出局。另外，和以往一样，今年也有优先挑战权，可以指定一个选手作为对手。规则其实大家都熟悉，想必不用我多说了。因为过去几年都没人使用过优先挑战权。那么，请问十六名进入了线下赛的高手们，你们有没有人要公开优先挑战？”

优先挑战，就是选手A指定第一轮和选手B对战，选手B不能拒绝挑战。一局定胜负，如果选手A输了，会直接淘汰，无缘八强。若是选手 B 输了，则进入败者组继续比赛。

优先挑战对于提出挑战的一方没什么好处，所以过去这几年，没有人用过这一条。

“我要用。”说话的人，正是初七，她看向台上的数字帝，“上次有幸对战了一局，但是没能尽兴，和我打一场吧，数字帝。”

事实上，从初七上台的时候，数字帝就一直盯着她的方向看，他根本不敢相信自己的眼睛，他攥紧了拳头，努力控制着自己脸上的表情。

他早就做好了在这里大闹一场的准备，他十分确信 Seven 就是 T 哥，可是……Seven 怎么会是个女孩儿？！

“怎么不说话？”见他半天不应声，斐诰突然开口催促道，“按照比赛规则，不能不应战的。”

数字帝看了一眼斐诰，勉强保持住脸上的表情：“好。”

“哇，巾帼不让须眉，上来就叫板数字帝，我十分期待这一场对战。”蔺韩宇笑着说道，“那么，其他十四名选手，不用优先挑战权的话，就来抽签吧。”

其他十四名选手上前抽签，初七和数字帝仍站在原地。

初七低头看着自己的胸牌，脸上没有任何表情。

因为初七使用了优先挑战权，所以她和数字帝的这场对战，放在了第一场。

按照规则，他们将一战决胜负，而初七一旦失败，这次的 RCG 之旅也就结束了。

解说由段公子和嘉宾岳子陵共同担任，裁判则是 RCG 专门的裁判。

Seven VS 喑殷 27。

裁判：请双方选手选择自己的职业和禁用地图。

Seven：职业“影”，无禁用地图。

数字帝思考了一会儿，才做出了选择。

喑殷 27：职业“武”，禁用地图第七十一张。

“我们知道，上一次双方对战的结果，是 Seven 用‘玄机’赢了数字帝的‘幻武’，这次，我们将会看到一场‘影武’的对战。”段公子缓缓道，“数字帝这个禁用地图的选择很正确，第七十一张地图，‘幻武’很容易被‘影’压制。”

岳子陵点点头：“Seven 的‘影’打得很好，数字帝又是这两年国内‘幻武’这个职业的后起之秀，我听说数字帝之前和 T 哥关系很好，两个人经常对战，所以他对影族应该经验很丰富。”

“数字帝可能不想提到 T 哥吧，记得之前 T 哥那些黑料被爆时，数字帝就立刻站出来表示自己很失望，说一定会与 T 哥保持距离，后来别人提到他和 T 哥关系好，他都不太高兴。”段公子知道 Seven 的真实身份，抱着看好戏的心情，先开始煽风点火了一波，“双方的三十秒调试都没问题，这是 Seven 第一次打线下赛，不知道能否发挥稳定，接下来，就让我们专心看比赛。”

裁判：比赛开始。

游戏里的时间是凌晨四点半，初七微微眯了一下眼睛，她有七分钟的优势。

初七看起来温和又淡定，只是手中的动作非常快，镜头给了她的双手一个特写，白皙修长，指骨分明的手，指甲修剪的干净又整洁，以非常快的速度同时操作着键盘和鼠标。

“说真的，Seven 是一个历史的创造者，”段公子感慨道，“这么多年的 RCG，她是《荣光 2》项目唯一一个进入线下赛的女选手。也是这么多年来，第一个使用了优先挑战权的选手。在赛前，她就饱受争议，吸引了无数人眼球。”

岳子陵礼貌地点了点头：“我有幸和她一起打过一次 2 VS 2，虽然那次因为不可抗力——停电，而输了，但是我对初七的操作印象还是很深的。说真的，如果她没有和 F 神组队 2 VS 2 的话，我可能会考虑和她一起组队参加的。”

摄像师不失时机地将镜头切给了坐在台下第一排的斐诰。

斐诰嘴角有一抹淡淡的微笑，他静静地坐着，根本没有听段公子和岳子陵说了些什么，只是看着台上的那个人。

她没戴眼镜。

细算起来，自从上次自己说她不戴眼镜更好看之后，她就没怎么戴过眼镜了。

斐诰嘴唇的笑意更深，他缓缓将目光移了移，看向另一边正在紧张操作的数字帝，忍不住叹了一口气：

这一局比赛之后，恐怕再也不敢对战任何‘影’这个职业的人了。

因为啊……斐诰眯了眯眼睛，看着屏幕正中央的游戏进程，轻轻地挑了一下眉毛。

游戏已经进行到第六分钟。

二级的迭戈正在打野怪。野怪的最后一击。

数字帝瞪大了眼睛。

野怪……被黑暗战士击杀。

“刚才初七已经用夜视探过点，早就猜到数字帝会来这里打野怪，”段公子开口道，“野怪掉了一个攻击之爪！”

岳子陵点点头：“这个野怪点有四个小野怪和一个大野怪，大野怪身上掉装备，刚才最后一击被 Seven 的黑暗战士打掉，+5 的攻击之爪，在前期非常有用。”

初七看到这个攻击之爪的时候微微愣了一会儿，看了眼时间，突然调整了一下耳麦，用所有人都能听到的声音说道：“投降输一半。”

这里是线下赛的赛场，网络同步直播，至少有上万人都可以清楚地听到初七说的这句话。

她打开了全部频道的语音，即使是戴着防干扰耳机的数字帝，也听得一清二楚。

他近乎愤怒地看了一眼初七所在的方向，到底是年少气盛，忍不住回道：“现在说这些，也太早了吧。”

初七歪着脑袋，脸上扬起一个微笑：“对不起，我赶时间。嗯……”她似乎是估算了一下时间，才继续道，“天亮之前，解决你。”

按照《荣光 2》游戏中的时间换算，应该是比赛进行到十分三十秒的时候天亮，而此时比赛已经进行到了六分三十秒，也就是说，初七这句话，意味着她要在四分钟之内，解决掉数字帝。

数字帝冷笑了一声。

“天亮之前？”段公子的解说，选手是听不见的，只有观众听得见，段公子有些犹豫地说道，“哇，Seven看起来是那种淡定出尘什么都不在乎的类型，竟然还会放狠话。”

“赶时间啊……”岳子陵笑了笑，“如果真的能在十分钟左右结束这场战斗，那无疑是一个新的纪录。因为谁都知道，‘幻武’这个职业，前期是非常占优势的。”

这时，岳子陵突然“咦”了一声，他凝神细看着游戏屏幕，饶是一向冷静的月皇也提高了嗓音：“看！有埋伏！”

初七早在野怪点埋伏好，而且为了让自己的埋伏卡好位置，还让出了前面几个小野怪，一直到数字帝的迭戈打到大野怪的时候才出手。初七的英雄走位，不但抢到了最后一击，拿到了攻击之爪，而且还成功地卡位，挡住了迭戈的去路。

“啊！等等！这是不是……”段公子瞪大了眼睛看着用了分身术但连同分身都一起被挡住了的迭戈，发现迭戈的周围虽然只有四五个小兵和一个黑暗战士，完美地将他卡位困在了中间！段公子有些激动地说道，“十字围杀吗？”

是，十字围杀。

Seven会十字围杀，这是之前和大懒对战时所有人就看到了的，但十字围杀术，是要天时、地利、人和才能使出来的，她竟然可以在刚开始埋伏的时候就算好了走位，然后完美地进行埋伏。

埋伏之后，迭戈自然会使用分身术，让自己的分身埋伏其中，真身逃离。

然而就在这时候，数字帝就会惊喜地发现，自己的真身根本没办法逃离，因为被四个小兵和一个黑暗战士挡住，前后左右所有的去路都被卡位，形成了十字围杀！

埋伏只是为了让他使出分身术！

“等等！这比赛才开始多长时间，迭戈中了十字围杀之后，恐怕除了交出回城卷轴别无选择！”段公子说着又摇摇头，“不，十字围杀的过程中，即使他用了回城卷轴，恐怕也来不及！”

“嗯，”岳子陵点点头，“这一击，迭戈必死无疑。”

迭戈已经被黑暗战士击败，是否选择回主基地复活。

数字帝气急败坏地点了个“是”，然后用不可置信的眼神看了一眼不远处的初七。

看起来这么温柔娴静，谁能想到她下手，每一招都是杀招。如同蛰伏多年的杀手，只求一击必胜。她的节奏很快，完全没有留余地。

给人的感觉就像是这场比赛，她已经等了太久，等待的时间早已耗尽了她的耐心。

这一局比赛，初七没有任何多余的操作，每个小兵的走位，甚至农民挖矿的路线，都是精心计算，完美无缺的最优路线。

“啊，迭戈牺牲了！”段公子说道，“比赛进行到八分二十三秒，迭戈阵亡。这一场对战，迭戈三级阵亡，连同带过去的三个小兵，还交了一个回城卷轴——唔，虽然回城卷轴中途被打断，迭戈还是没能回城，最后英勇牺牲了。而 Seven 这边，连一个小兵都没有损失……黑暗战士已经升到了四级，这个等级差距非常明显了。因为主基地现在只有一级，迭戈的复活时间是九十秒，让我们来看看 Seven 接下来的举动。”

段公子看向岳子陵，说道：“月皇，Seven 这个打法非常狠辣，而且每一招都特别精准，她的发挥，似乎还超过了之前和大懒对决的那一场？”

“这个倒未必，之所以觉得她发挥得非常好，是因为她似乎非常熟悉数字帝的打法，如果没有和他对战过多次的经验，至少反复研究过数字帝的所有比赛视频和直播，而大懒这方面的资料就比较少，所以 Seven 也缺少可以用来参考的资料和数据，当然，这场比赛让人觉得 Seven 很强的另一个原因是……”岳子陵微微一顿，“数字帝的应对让人失望。只有真正势均力敌的比赛，才能让人觉得热血沸腾。Seven 和大懒对战的那一局，双方不断地突破自我，超越极限，发挥得都非常精彩，所以那一场比赛特别棒。”

岳子陵不再谈论那一局比赛，而是盯着屏幕，发出了一声感慨：“太厉害了。”

段公子一脸茫然：“啊？Seven 这就带着队伍去拆家了？这怎么强拆啊，对方有四座防御哨所啊。”

“炸弹人。”岳子陵缓缓地说道，“刚才 Seven 去商店买了炸弹人。”

而且不是一个，是两个，绑着炸弹人冲进对方的主基地拆家，这个行为一般是“幻武”的迭戈做的。然而此时，Seven 竟然给黑暗战士买了炸弹人！

所有人的目光都聚集在了游戏屏幕上。

摄影师没有忘记给两名选手镜头特写。

初七仍然一脸淡定，她手中操作不停，兵营里出了专门拆主基地的炮手，她花光了剩下的钱，买了一个传送卷，把刚刚生产出来的两个炮手直接送到了数字帝的主基地附近。

黑暗战士带着炸弹人冲进主基地，两个炸弹人，带走了两座半的防御哨所，当然，黑暗战士本身，也因为这个攻击而只剩下一点血，初七连血药都不给他吃，就直接让他上去继续对战，带走了数字帝的两个民兵，然后黑暗战士英勇牺牲。

她连自己的英雄都不要了！

小兵上前拆掉了本来就快坍塌的一座防御哨所，然后躲过另一座防御哨所的攻击范围，拿出盾牌，形成了一个人形盾。

岳子陵缓缓地说道：“啧，真是深谋远虑，令人佩服。”

“嗯？”段公子挠挠头，“月皇，快跟我们说说啊！”

岳子陵伸手指着数字帝仅剩的防御哨所说道：“一共四座防御哨所，虽然都在主基地附近，但是被 Seven 拆了三座，现在数字帝唯一的这座防御哨所的位置非常不妙，因为它太靠里了。也就是说，炮手的攻击范围，可以打到主基地，但是防御哨所攻击不到炮手。”

“炮手是专门用来拆主基地的，他拆建筑很快，对小兵和英雄的攻击不高，本身的血很少，很容易死亡，因此只能作为远程强力拆家小能手，”段公子也突然明白过来，“现在数字帝必须要调英雄或者小兵去击杀那两个炮手。”

防御哨所攻击不到，自然要派英雄和小兵去击杀炮手。但是此时的迭戈还没有复活。

小兵已经被消灭的只剩下三个了，在炮手前面，还有初七那边的五个小兵，组成的兵盾。

他们不是用来攻击的，也不是用来拆家的，而是用来保护这两个炮手的。

“按照这个速度，拆家只需要……”岳子陵抬头看了一眼比赛进行的时间，轻声道，“二十秒。”

二十秒后。

所有人都能看到屏幕上出现了一句话：暗殷 27 已经被 Seven 击败。

比赛时间：九分五十六秒。

迭戈虽然复活了，但是这短短的几秒钟，不足以让他冲到那两个炮手身边。

刚跑了几步，就听到了自家主基地轰然倒塌，游戏结束的声音。

裁判：比赛结束，恭喜 Seven 获得胜利。

数字帝颓然地瘫坐在椅子上，根本不敢相信眼前的这一切。

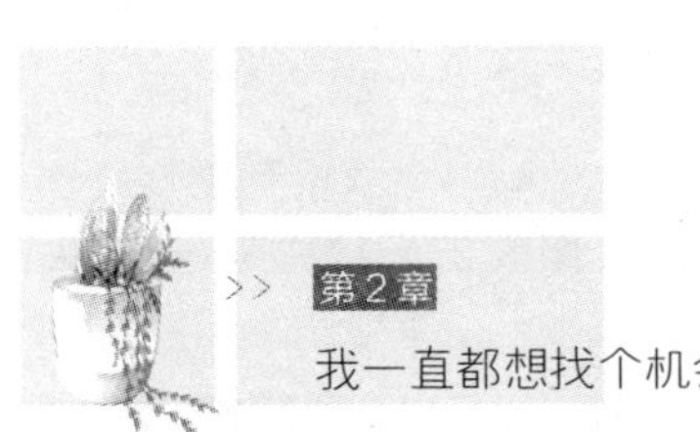

第2章

我一直都想找个机会，好好谢谢你

比赛结束，双方要握手，初七看了一眼屏幕，缓缓站起身，走向数字帝的方向。

数字帝怎么也没想到，自己会在十分钟内落败，但他还是懂得分寸，连忙站起身，朝着初七走过来的方向迎上去，脸上露出一抹微笑，语气中带着些许钦佩：“多谢指教，经过这一局比赛，我觉得我学到了很多。我和 Seven 姐的差距还很大，我会继续努力的。”

台下立刻就有人不高兴了：“喊谁 Seven 姐呢！”

“就是，跟你有那么熟吗？”

初七在舞台中央站定，看向身边的数字帝。

数字帝向她伸出手。

初七却没有想要握手的意思，只是淡淡地说道：“我听说，之前你一直怀疑我是 Ture，T 哥，是吗？”

数字帝一愣，没想到初七竟然在这种时候问起这个，他连忙摇摇头，赔笑道：“额，不是，这都是误会，只是你和 T 哥都打‘影’这个职业，而且都打得很好，当然了，你有绝招十字围杀，T 哥在这方面是比不上你的……额，总会有一些人喜欢瞎猜的嘛。”

“十上字围杀啊……”初七微微歪着脑袋，“不能算什么绝招吧，是经过很多次的实战演练，才练成的。”

数字帝点点头，顺着初七的话茬儿说道：“对对对，当然，所谓台上一分钟，台下……”

“说起来，这还得要多谢你。”初七不怎么客气地打断了数字帝的话，声音没有任何起伏，“毕竟，你陪着我练过很多次，小暗。”

数字帝表情一僵，脸上的笑容无论如何都有些维持不下去了。

暗殷 27，无数人称他为数字帝。

但是只有一个人叫他小暗。

那个人和他认识的时候，他还是个名不见经传的小玩家，一心想进入职业圈，怀揣着这样的梦想，却没有机遇，技术上也始终差了那么一点点。在一次天梯比赛上，偶然遇到了 Ture，他对 T 哥表达了自己的崇拜之情，然后和 T 哥对战，结果可想而知。

但是 T 哥却告诉了他很多可以提高技术的方法，还对他说：“其实你很有天赋。”

两个人便熟悉起来，后来很多次，他们都一起打游戏，无论是对战还是 2 VS 2，那时候他叫 Ture 叫 T 哥，对方问他：“我怎么称呼你呢？”

当时数字帝想了半天，因为那时候的他还根本没有“数字帝”这个称号，他回答道：“叫我小暗就好。”

他天赋过人，年轻又有悟性，有 T 哥的指导，自然飞速成长。《荣光 2》这款游戏的职业选手新人很少，也没什么竞争压力，他又擅长经营人气，很快，就有不少人知道了暗殷 27 这个 ID，他的“幻武”也能够独当一面，在一些小比赛中也能拿到前几名。

再后来，人们开始叫他“数字帝”，更有甚者，会称他为“第一幻武”。

因为大懒基本上不打积分赛和其他小比赛，也不怎么露脸。所以这两年国内的“幻武”积分榜上，第一名一直都是暗殷 27。除了 T 哥，已经没有人叫他小暗了。

数字帝呆呆地站在原地，不知道该怎么回答 Seven 的问话。

“怎么不说话，对这个称呼很陌生吗？”初七冷冷地看了他一眼，继续说道，“也对，托你的福，我被禁赛了很久，我不在，没有人叫你小暗吧？大家都叫你‘数字帝’，尊称你‘第一幻武’，你的粉丝都说你超越大懒是迟早的事。不过，你连我的十字围杀都躲不过，和我对战过这么多次，居然会在十分钟之内就输给我，我当年怎么教你的？这种地图，建造防御哨所一定要算好距离，否则会容易被对方钻空子。对方的炮手能打到你的主基地，但你的防御哨所却攻击不到对方的炮手。”

什么……数字帝还没听完已经脸色大变，忍不住后退了一步，他的身体明显颤动了一下，双手放在身侧，忍不住攥紧了拳头，整个人似乎都因为紧张和震惊而有些微微颤抖。

初七说完这番话后，台上的岳子陵和段公子互相看了对方一眼，有些拿不准该不该在这时候开口说话。而台下，早已经乱成了一团。

“等会儿，什么意思啊？”

“小喑，我记得以前看 T 哥和数字帝 2 VS 2 的时候，T 哥叫他小喑啊。初七妹子的意思是，她是 T 哥？”

“不可能吧？T 哥是个男的啊！他不是在 YY 上发过语音吗？”

“那都是多久之前的事了，一共有过几次？这两年，T 哥在 YY 上从来不说话，要表达什么都是打字。又没打过线下赛，其实也有可能是女孩儿的啊。”

“这个世界玄幻了，所以之前论坛的两种猜测，竟然全都是对的？初七是 Seven，Seven 也是 T 哥？可是身份的事情怎么解释？《荣光 2》官方不是说 Seven 的身份没问题吗？”

“不冲突，以前 RCG 也有过啊，就是最早的 ID 是用别人的身份证注册，自己拿着玩，后来参赛用自己的身份证参赛啊……不过说到这个，之前他们人肉过 T 哥，查出来是个男孩儿，但是好几年没出现了。所以那个人其实不是 T 哥？T 哥其实是个女孩儿？”

“我现在只想知道，T 哥如果真的一直是女孩儿，那她是怎么睡粉的？”

“……你这个视角太对了兄弟！简直年度大戏！”

初七看着数字帝，微微扬眉：“你总说，我是你的半个师傅，之前也说希望我能参加线下赛，大家能见一面，请我吃顿饭。怎么，现在见到我，一句话都不想说了吗？”

“你，”数字帝的声音有些颤抖，他勉强让自己保持镇定，脸上写满了不可置信，“你是……”

初七轻轻地扬起嘴角，环顾四周，然后对着台下所有人鞠了一个躬：“大家好，我是初七，这次参加线下赛的比赛 ID 是 Seven，但是我之前一直用的 ID，名叫 Ture。”

这句话一出，数字帝的脸色彻底变了，他脚下一个趔趄，险些摔倒在台上。

“在这里跟大家道个歉，Ture 因为一些原因被禁赛，不得已用了现在这个 ID 和大家见面，在这里做个声明，Ture 的原主是我表哥，他这几年一直在国外，用这个 ID 打游戏的人一直都是我。原本打算报名 RCG 之后联系官方改身份信息，把 Ture 的绑定身份证改成我的。不过……”初七微微一顿，叹了一口气，说道，“发生了一些在我意料之外的事情，这件事就搁浅了。”

初七转头，看了一眼脸色惨白的数字帝，声音轻柔地说道：“五月十日，我接到公司通知，要为期三个月的新人培训，我提前拿到了毕业证和学位证，结束了我的大学生涯。晚上八点，和数字帝聊天时我提到，接下来三个月会断网。数字帝觉得惋惜，说这样会没有天梯积分，报名 RCG 还得走海选渠道，太麻烦了。”

“所以他提出，每天帮我打几局天梯赛，拿到足够的天梯积分，直接进入初赛。”初七轻声继续道，“我给了他 Ture 的账号和密码，以及其他的绑定资料。数字帝很了解我，他知道我说没有时间上网，不打游戏，就是真的打不了。”

初七的声音没有起伏，但每说一句话，数字帝的头就要低一分，初七缓缓说道：“三个月后，我培训结束，发现整个《荣光 2》的论坛和微博上，都是关于 Ture 的黑料。偏偏那么巧，原本其他人根本不可能找到的绑定资料，竟然也被找到了，他们顺藤摸瓜找到了我表哥的很多个人信息，给他的生活造成了极大的困扰。”

说到这里，初七向前走了一步，她看了一眼台下边牧所在的方向，边牧正在对她竖大拇指，初七唇边终于有了浅浅的笑意，她伸出手，把自己的胸牌拿起来，把背面展示给所有人看，上面写着“Ture”。

初七站在舞台中央，缓缓说道：“Ture 是我，大家该攻击的对象，也是我。希望别再攻击不相干的人。”然后她转过头，看向数字帝，“至于你……帮我做了这么多宣传，我一直都想找个机会，好好谢谢你。”

“谢谢你，给我安排了那么多活泼可爱的小姐姐一起睡觉。”

谢谢你，让我看清了一个认识两年多的人的嘴脸。”

谢谢你，让我提高了警惕，知道账号密码这些东西，不能乱给人。”

“谢谢你，让我充满动力去练习提高技能，因为我想着，一定要参加这次RCG，当着所有人的面打败你。我要让你知道，你用这种手段，只能证明你的无能，因为你在正式的赛场上，赢不了我。”

初七的情绪终于有了一些起伏，像是压抑了许久的怒意终于可以宣泄，她深吸了一口气，不经意地看了一眼台下的某个位置，眼神变得柔和了一些：“当然，也谢谢你，是因为你的缘故，我才认识了更多更好的人。拥有了更优秀的队友，数字帝也报名了2VS2吧？我在这里也不客气地说一句，你们不弃权的话，也一定会在这个舞台上，再次输给我。嗯……”她顿了顿，继续说道，“我们。”

那个人，让我变成了更优秀的电竞选手。

让我在对你无比失望的时候，给了我信心和希望。让我知道，即使是一个只是一起打过几局比赛的人，也能够无条件的，选择信任我。因为那个人的缘故，我对这款游戏，甚至对这个世界，都更喜欢了一些。

或许，我也因为他，而变得更好了。

也不知道是谁率先鼓起了掌，一时间场馆的掌声如潮。

段屿看了一眼台下某个人的方向，啧。这小子，看起来也太得意了。

想想也是，刚才初七所说的“我们”，不就是说和他吗？FUTURE战队，简直深谋远虑。

岳子陵则一直看着初七，他其实之前在看视频的时候，就已经感受到了，这女孩儿身上有一股难以言表的力量。她分明看起来那么沉静，说话的时候也不会大喊大叫，是那种，很有风度很有礼貌地告诉你“我生气了，后果很严重”的人。

是用实力碾压对方，然后再无情地说“你打不过我，你赢不了我”的那种人。

这样的人设，放在初七身上毫无违和感，只是让人觉得她又美又酷又很有性格。

岳子陵在心里给她鼓了掌，目光缓缓看向台上的另外一个人。

此时的数字帝愣愣地站在台上，眼神近乎呆滞。

初七公布身份，根本不需要洗白，因为只要T哥是女孩儿，那之前爆出来的所有黑料，自然不攻自破。打假赛、睡粉之类的流言，原本就是虚构出来的骗局。至于聊天记录……随着初七说的那些话，也让大家都看清了数字帝的嘴脸。

岳子陵退役多年，但之前T哥的事情闹得沸沸扬扬，他也知道一些，还一度觉得很可惜，因为国内的优秀影族选手太少，好不容易有个拔尖的，从来不参加线下赛也就算了，竟然还是个浑蛋。

而如今证明，浑蛋另有其人。

他眼里闪过一抹寒芒，然后轻声叹了一口气。

他猜得到，数字帝为什么要这样做。

因为这场比赛出现的状况，导致整个线下赛的流程都被打乱，主办方无奈之下，让女主持人出来安排了一些歌舞表演，把下一场比赛放到了下午。

可想而知，此时的论坛和微博，已经炸了锅。

滚筒那个洗衣机：那个“永远支持数字帝”呢？出来啊！让我看看你的脸是不是被打烂了！

西魏穆瑞：心疼初七，亲手教出来的半个徒弟，天天陪他练技术，数字帝刚开始直播的时候，每次打完T哥还帮他分析哪里没打好……结果，出于信任给了数字帝自己的ID，去培训回来却发现自己的ID被抹黑得不成样子。初七那时候肯定难受死了。

我相信Ture：终于等到这一天了！这件事刚出来的时候我就改了这个ID，想等到T哥澄清的那天。我不相信T哥会做这种事情，之前也写过分析帖，觉得黑料不靠谱，被数字帝的粉丝喷说我是“睁眼瞎”“无脑粉”，默默围观这件事至今，现在超级激动！

听说下雨天F神和我更配呢：初七你很棒，真的。但是我好想哭哦，因为我觉得我要失恋了？还有F神的粉丝吗，站出来和我说说你们现在的心情啊。

什么时候宠幸我：还记得FT这个配对吗？还记得有人说初七是女版F神吗？还记得当时F神点的那两个赞吗？“我的F，你的Ture，我们共同的，FUTURE。”这是狗粮吧？

F 神今天赢了吗，赢了：所以男神最终都会找女神啊……不过如果这对儿能成，我真的支持！一直觉得 F 神如果找女朋友，一定要找那种游戏打得好，长得也好看，坚强独立，又温柔善良的人。一定是人格魅力强大，自体发光的人。初七就是这样的人啊，F 神忠实女粉含泪送上祝福！

何处惹尘埃：我想知道，数字帝虽然输了，但可以打下一场，他还要继续打吗？

不看不看王八下蛋：我估计他会啊，毕竟苦心孤诣设计了 T 哥，不就是为了线下赛？

滚筒那个洗衣机：欸，对哦，数字帝到底为什么要这样对 T 哥？

风再起时：一个猜测，不一定对。我们来做一道简单的数学题，国内能进国际赛的名额一共只有六名。这是最后一届 RCG，就数字帝现在的国内排名，刚好就在第六或第七，前面有谁？沉安、鳗鱼、大懒、星帝……以及 T 哥。之前还盛传 F 神和月皇可能会回归，当然这些都不一定。但是有一件事情可以肯定：如果 T 哥不能参加 RCG 线下赛，数字帝稳进国际赛。

死性不改：就为了这个？可是这个推理也不是很说得通啊。就算进了国际赛，他也不一定能拿到什么好名次啊。

人生若只如初见：最后一届 RCG，他挤破脑袋也想进国际赛的，数字帝连“第一幻武”这种名头都这么珍惜……这种人做出这种举动，我一点儿都不觉得奇怪。少一个对手，就少一份威胁，谁知道还有没有后面的其他手段呢。真挺恶心的，处心积虑设计这样一场大戏，哎，挺心疼初七的。

F 神带我飞：初七就交给我们 F 神来心疼吧，你们就不用了哈哈哈。

RCG 现场的休息室里，初七静静地坐着。

这次对战有了结果。她脸上却看不到胜利的喜悦，也谈不上解脱，只是有些莫名的疲惫，甚至茫然。似乎自己一直以来要做的事情做完了，接下来不知道该做什么。

她微微闭上眼睛，靠在椅子上休息。

休息室的门在这时候被无声无息地推开，推门的人似乎早就料到她在这里，动作格外轻柔。

休息室本来就是所有参赛选手公用的，初七虽然听到了响动，身子却没有动。

来的人是谁，她也不想去关心。

那人坐在了她身边，初七隐约间听到了细碎的声音，然后感觉到有一件衣服，轻轻地盖在了自己的身上。

那衣服上有淡淡的洗衣液的清香，闻起来竟然让人觉得格外放松。

那人一句话都没有说，初七也始终没有睁开眼睛去跟他打招呼，她是真有些累了，周围太安静，她嗅着那股淡淡的清香，原本只是闭目养神，没想到竟然真睡着了。

初七并不知道，在她睡着之后，她旁边的人看了她很久。

看她有些微乱的头发，看她沉静的睡颜，看她恬美的五官，看她细密卷翘的睫毛。

那人伸出手，像是要帮她理一理头发，却在碰到她发尾的那一瞬，手又停了下来。

然后缓缓收了回去。他的手握成了拳，周遭无比安静，他凑近一点儿，再凑近一点儿，能够听到她的呼吸声。

他像是忍耐了许久，终于忍无可忍一般……

轻轻地吻了一下她的额头。

一触即离。

听说有女孩儿找自己的时候，陈跃愣了一会儿，他知道初七如果要来找自己，一定会先打招呼，可是如果不是初七的话……会是谁呢？

陈跃走出门，看到了一个女孩儿。

那女孩儿一看就是个白富美，陈跃想了好一会儿，才想起来。

那次在餐厅偶遇初七的时候，她也在，好像是叫杜宛若？

“陈先生，你好，我是杜宛若。”杜宛若走上前，伸出手，“我们见过一次，不知道你还有印象吗？”

陈跃连忙握住了杜宛若的手，点点头说道：“记得的。”

“嗯，”杜宛若笑了起来，“陈先生有空一起喝杯咖啡吗？”

咖啡店里，两个人闲聊了一会儿之后，杜宛若严肃地说道：“陈先生，我能冒昧问一句吗？就是上次，你的同事说，你和初七之间，好像不只是师兄妹那么简单？”

“啊……”听到初七的名字，陈跃笑了笑，摆摆手，“别听他们瞎说，我和初七的关系一直都很好，因为我和她父亲非常熟悉，她父亲是我的恩师，对我就像对待亲生儿子一样。我和初七自然也更亲近一些。”

杜宛若了然地挑眉问道：“是像对待亲生儿子一样，还是像对待女婿一样？”

“哟，杜小姐，”陈跃挠挠头，“大老远跑来见我，就是为了想知道我和初七的关系吗？”

杜宛若端起桌上的咖啡，却没有喝，只是在手中轻轻晃了晃，缓缓地说道：“是的。”

“啊？”陈跃有些惊讶。

“我想确认一件事，”杜宛若这才抬起头，迎上了陈跃的目光，“我想知道，你和初七之间，到底只是你一厢情愿，还是你们真的有什么？因为斐诰哥哥喜欢初七，唔，就是上次送初七回家的那个人。”

“哦。”陈跃靠在身后的椅背上，明白了杜宛若的来意，“杜小姐，喜欢斐诰。对吧？”

杜宛若看着他，并没有否认：“我没什么不好承认的，一个人喜不喜欢另一个人，只要看他看向那个人的眼神，就能看得出来。”

杜宛若之于斐诰，斐诰之于初七。

“那杜小姐找我的理由是什么？”陈跃扬起眉毛，有些好奇。

杜宛若笑了笑：“我只是想知道，我的情敌，是不是已经名花有主。”

“杜小姐，你不了解初七。”陈跃脸上露出自信地笑，“初七不懂这些。当然，我非常喜欢她这一点，她很理性，一切都用逻辑来思考，没有太多小女孩的浪漫情怀和细胞，也就没有那么多难猜的心思。我和她之间，不会产生浓烈的爱情，但我们彼此了解，在很多地方互补，有共同的爱好，可以一起进步。我们人生的很大一部分都是重叠的，对初七来说，我是她最理想的结婚对象。最重要的是，初七的父亲，我的老师，有意让我和初七在两年内结婚。”

听到这儿，杜宛若惊讶地看向陈跃："额……可是，你说的这些，初七知道吗？"

"她暂时还不知道，不过在这半年内我会告诉她的。"

杜宛若皱了皱眉："只是告诉？你凭什么认为她会同意？"

陈跃淡淡地反问道，"她没有理由不同意？杜小姐不太了解初七，她不可能对任何人产生那种浓烈的爱意，什么怦然心动、一见钟情、相思成灾……甚至最简单的心动、吃醋……都不会有。她清醒，又冷静。我和她的事，她也心里有数。从数学的角度来考虑，我们是彼此可行域里的最优解。"

杜宛若沉默许久，拿出 iPad，打开了那天 RCG 线下赛初七怒斥数字帝的那段视频，她的声音轻柔却有些残忍："陈先生，在我看来，不了解初七的人，不是我，而是你。"

第3章 我梦中的白马王子，爱上了一个女侠客

“初七，这边！”

热闹的中餐馆，看到初七的身影，陈跃便站了起来，朝她挥挥手。

初七款款走了过去，然后低头看了一眼手机：“师兄，我只有三十四分钟。”

陈跃点点头：“额，好，先吃饭吧。”

“也可以边吃边说，”初七拿起筷子，夹了些菜放到碗里，说道，“师兄找我什么事？”

“你最近在忙什么？”陈跃开口问道。

初七不怎么饿，随便吃了两口，抬起头回答道：“公司最近在准备季度年审，所以工作上的事情稍微有些忙，最近每周一、三、四，这三天我晚上都要加班两个小时左右。”

陈跃打断她：“今天是周六。”

“嗯，”初七点了点头，“我在练习《荣光 2》这款游戏，报名参加了 RCG，星期五到星期天，是为期三天的线下赛时间。今天是线下赛的第二天，等会儿我要回去看其他选手的比赛，晚上我也有比赛。”

晚上是她和大懒的比赛。

陈跃定定地看着她：“打完了比赛之后呢？拿世界冠军吗？”

“短期内不会到那个地步，”初七神色平静，“线下赛选出六名选手进入国际赛，然后八名国际选手进行比赛，最后决胜负，一直打到决出世界冠军为止。不过……”

初七端起旁边的水杯，喝了一口柠檬水，淡淡地说道：“我很清楚自己的水平，不可能走到那一步。”

不是不自信，而是有自知之明。

“怎么，师兄，你找我就是为了问这个？”

在初七的印象中，陈跃没有这么无聊。

“哦，我是想问问你，”陈跃顿了顿，“等你打完比赛，工作也闲下来一些了，是不是可以……”

初七顿时明白过来：“哦，是让我考虑兼职的事情吗？这一届 RCG 应该是我最后一次打线下赛了，我这个年龄本身也过了巅峰期，只是不想有遗憾，才参加这次的 RCG。等忙完这段时间，我去天育看看。”

“不，我不是想说这个，”陈跃摇摇头，“我想说的是……”

初七抬起头，迎上陈跃的目光，有些好奇：“嗯？”

她眼神清澈，声音轻柔，陈跃在她看不到的地方攥紧了自己的右拳，下定决心了，说道：“我是想说，等你打完比赛，嫁给我，可以吗？”

空气仿佛在瞬间凝固了。

初七皱紧了眉头，怀疑自己是不是听错了。

“有些突然是吧，”陈跃笑了笑说道，“我以前一直觉得这是水到渠成，顺理成章的事情，你还记不记得你十八岁生日那天，曾经说过，我是你最理想的结婚对象。”

初七看着陈跃，轻轻地点了点头：“那时候是这样说过。”

当时的初七，也的确是这样觉得。

“老师也很希望我们能在一起，”陈跃定定地看向初七，看到她眼里的一片碧湖，他声音很轻，近乎有些疑惑的意味，“年纪也差不多了，对吧？我们可以先订婚。”

初七抬起头，眨了眨眼睛，说道：“师兄，你是认真的吗？”

“不要因为我突然说这些就质疑我的诚意，”陈跃抬起手，支着下巴，“这件事我考虑很久了，甚至，要举办怎样的婚礼我都有想过。我知道你喜欢一切从简，这些我们可以慢慢商量。我是认真在考虑这件事的，你应该知道，我是一个很有计划的人，你，本来就是我规划之中的一部分。”

“可你似乎并没有问过我的意见。”初七皱了皱眉，“这种强加于人的规划，不太合理吧。”

陈跃有些惊讶地看着她，心里突然有些不安：“初七，你变了。”

“不要轻易说这种话，师兄，”初七的声音微凉，“一般说别人变了的，都有一个前提，就是很了解那个人。”

如果你不了解以前的我，又有什么资格说我变了呢？

“以前的你不会说这样的话，”陈跃苦笑了一声，抿了抿嘴唇，继续说道，“是我太着急了吗？那我换一个问题，如果我按照普通男女追求对方的方式来追求你，让你成为我的女朋友，甚至我的妻子，我孩子的母亲。我有机会吗？”

初七微微一愣：“师兄，你对我的感情，是……男女之间的喜欢吗？是带着肉欲、占有欲的感情吗？”

“是的。”陈跃认真地点了点头。

这个答案完全出乎初七的意料，她坐在椅子上，愣了好一会儿，坐在对面的陈跃开始说起很多往事，初七有一句没一句地听着，思绪却开始神游天外。

“初七，我不可能和一个我完全没有感觉的人在一起。而且，上一次，就是那个男人送你回去的那次，我其实是有点儿吃醋的。他还故意和你玩那个什么……第一个字的游戏。”

第一个字的游戏。

初七忍不住想，师兄喜欢我？他想要追求我，甚至娶我为妻？

那……他呢？

“吃醋是什么感觉？”初七忍不住问道。

陈跃笑了笑，回答道：“就是酸涩的，带着点儿心脏的刺痛感，觉得有些属于自己的东西被别人抢走了，会委屈，难过，想要跟那个人说，却又觉得自己无理取闹。嗯……大概是这样的感觉。”

初七歪了歪脑袋。

哦，完全没体验过。

她又坐了一会儿，大概是因为陈跃突如其来的告白还有他提到了斐诰……这些东西混在一起让她脑子有些乱，等她回过神的时候，看了一眼手机，已经过去了四十五分钟。

“啊……”初七猛地站起身，“师兄，超时了，我要走了。”

陈跃连忙跟着站了起来：“初七，那个……”

“你今天说的事情，”初七拿起自己的包，想了想说道，“机会低于万分之一。”

说完，初七转身就走了。

她一路狂奔回到RCG的比赛现场，但还是错过了斐诰的这场比赛，他已经击败了对手，拿下了这一轮。

初七是走选手通道进去的，在后台看着斐诰上台和对方握手，然后对着台下鞠躬，再是听到台下女孩子们疯狂的尖叫声。

有一个很眼熟的女孩儿的身影飞快地奔跑上台，给了斐诰一个热情的拥抱。

“斐诰哥哥，恭喜你！”

杜宛若微微踮起脚尖，仰头看着斐诰，笑容灿烂。

——吃醋是什么样的感觉？

——酸涩的，带着点心脏的刺痛感，觉得有些属于自己的东西被别人抢走了，会委屈，难过，想要跟那个人说，却又觉得自己无理取闹。嗯……大概就是这样的感觉。

初七低下头，看着自己的鞋尖。

她不知道自己为什么要低下头，但清楚地感受到了自己心里的那种酸涩。

他们是青梅竹马，杜宛若来看他比赛，为他加油。他赢了比赛为他欢呼喝彩，恭喜他获得胜利，这分明是理所应当的事情，不是吗？

初七一遍遍地在心里跟自己重复着这样的话，她不知道自己在难过什么，但总觉得，杜宛若拥抱斐诰的那个瞬间，有非常刺眼的光芒，灼伤了她的眼睛。

还有胸膛靠左那颗跳动的心脏。

不，逻辑上说不通。

初七微微摇摇头。

只有真实存在的光，才会让人觉得刺眼。

初七还在给自己做心理辅导的时候，斐诰已经不动声色地推开了杜宛若，两个人去到没什么人的后台，斐诰有些惊讶："你怎么来了？"

"我来给你加油啊！"杜宛若噘起嘴，有些不满地撒着娇，"斐诰哥哥，我为了看你比赛给你加油，连午饭都没吃呢，现在饿死了，你接下来还有事吗，一起去吃饭呀？"

斐诰先是一愣，他天生知道不能随便拂别人的面子，后天又被非常良好的教育培养成一个真正的 Gentleman，面对杜宛若的话，依照以往斐诰的习惯，根本不可能说出拒绝她的话。

十秒钟后，斐诰笑了笑："我还有点儿事情要忙，你要是想去吃饭的话，先自己去可以吗？我打电话叫司机送你过去。"

"我家里也有司机。"杜宛若有些失望地垂眸，叹了一口气，"斐诰哥哥，你是在跟我保持距离吗？"

她抬起头，迎上了斐诰的眼睛："那个女孩儿，叫初七，对吧。唯一的女选手，之前她赢了和数字帝的那场比赛的时候，下面所有人都在为她欢呼。"

"她那场比赛打得很好。"提到初七的时候，斐诰不自觉地扬了扬嘴角，"非常精彩。不过，我倒不知道你昨天也有来？"

杜宛若站在原地，忍不住又叹了一口气，说道："是啊，来了，不过……你没看到我。"

杜宛若又看向斐诰，将眼里的失落掩去，她淡淡地说道："昨天那场比赛之后，我还特意去《荣光 2》的论坛和微博上看了看，他们都说，初七是真正的'第一影刃'，是个快意恩仇的女侠客，又帅又美又酷，三观很正……总之，都是溢美之词。"杜宛若脸上扬起了微笑，"也对，即使知道她是你喜欢的人，我也很难讨厌她。她不太懂人情世故，但是优秀、精准、厉害，有她自己独特的魅力，我第一次见到她的时候，在游戏室里，她只看我打了两分钟游戏，就准确地说出了我打法中存在的所有问题。"

斐诰唇边笑意更浓："嗯，她在这方面天生非常敏锐，数据敏感度极高，只要看你打游戏时的状况，看几眼就能判断出你的手速、常用键位和各种习惯。"

“嗯。”杜宛若微微点了点头，“斐诰哥哥，那我去吃点儿东西，你要不要我给你带点儿？”

斐诰摇摇头：“不用了。”

“斐诰哥哥，”杜宛若抬起头，认真地盯着斐诰的眼睛，轻声说道，“你能摸摸我的头吗？”

“嗯？”斐诰一愣，“什么？”

“像小时候那样，笑着摸一下我的头发，”杜宛若弯着眼睛，笑容灿烂，“像哥哥对待妹妹那样。”

斐诰看着杜宛若，发现她眼神里满是真诚。他敏锐地察觉到杜宛若的弦外之音，有些惊讶，却更有些释然，他舒了一口气，笑起来，伸出手，抚了抚杜宛若的头发。

“快去吃饭吧，别饿着了。”斐诰的声音里透着些许温柔。

杜宛若重重地点了点头，然后转身离开。

斐诰并没有看到，杜宛若转身之后，眼里有泪光闪烁。

像哥哥对待妹妹。

这应该也是你希望的吧，斐诰哥哥。

我很小的时候，就一直希望有一天，能够穿白纱，走红毯，做你的新娘。

你符合我所有的择偶条件，对我而言，你是偶像剧里走出来的男主角，是童话里完美无缺的白马王子。

我一直以为我是你的公主，这二十多年来，我成长的轨迹，也是努力成为你的公主。而如今看来，我是否能够美梦成真已经不重要了。

因为，我梦中的白马王子，爱上了一个女侠客。

“你都看到了，对吧。”

杜宛若拐到一处走廊，一路往里走，看向走廊尽头的初七。

初七看向她，轻轻点了点头：“嗯。”

“看到我给他拥抱，恭喜他获得胜利，还有刚才，看到他抚我的头发，”杜宛若脸上扬起微笑，“初七，你能告诉我，你是什么样的感觉吗？”

初七微微皱了一下眉，有些拿不准杜宛若的心思，好几秒后她才缓缓说道：“我似乎并没有告诉你这些的义务。你和谁在一起，做什么事，应该和我无关？我的心情如何，你应该也不必关心。”

“我关心。”杜宛若神色认真，“我和谁做什么事也许与你无关，但是斐诰哥哥的事情，你也觉得与你无关吗？”

“怎么，看起来有心事？”

初七和大懒的比赛快要开始，很多人都非常关心这场比赛，因为当时初七曾经说过：下一次，我会赢。

而大懒也在赛前曾经表态，最期待的就是线下赛和初七再战一场。

但此时在休息室里的初七，精神似乎有些恍惚，看到这一幕的斐诰皱了皱眉，走过去看着她问道：“是不舒服还是紧张？”

“嗯？”初七恍惚回神，抬起头看向斐诰，慢了一拍地摇摇头，“哦，没有，我没事。”

斐诰的眉头皱得更紧，他一把抓住初七的肩膀，却发现初七下意识地后退了一步，似乎在躲着他。

“你……”斐诰眼里闪过一丝诧异，有些无法理解初七的反应，“初七，不要躲开我，告诉我你到底怎么了。”

初七似乎还是有些迷茫，看不出她到底在想什么，她的反应甚至都比平时要慢一拍，她轻轻地又一次摇头：“真的没什么。”她看了一眼腕表，轻声说道，“唔，我要去比赛了。”

斐诰定定地看着她：“你还记得上一次的十字围杀，因为键盘粘连而造成的失败吗？”

初七点了点头。

“你还记得那时候你自己输入的，你会赢吗？”

初七又点了点头，

斐诰正色道：“可现在的你，没办法赢。”他凝神看着初七，声音却是非常少见的严肃，甚至带着些许凉意，“初七，你一直都是认准目标坚定向前的人，没什么人什么事能够撼动你，我欣赏、甚至钦佩你这一点，虽然不知道到底出了什么事，但是如果你觉得那些事没眼前的比赛更重要，那就集中精神，去打好这一场比赛。”

比赛。

初七眨了眨眼："嗯……我知道。"

"你不知道。"斐诰微微提高了音量，"初七，想一想上一次你输给大懒时你的心情，不要为其他的事情所困扰。除非，你不想赢。"

这一次，初七沉默了数十秒，然后她再次抬起头，深深吸了一口气："我想赢。"

说完，她没有再看斐诰，而是径直走出了休息室。

她的眼神，和之前已经判若两人。

再也没有任何迷茫和疑惑，取而代之的，是坚定和无所畏惧。

看着她的背影，斐诰这才松了一口气。

初七的表哥边牧：F神，怎么样？

是边牧发来的微信消息。

F：她状态好多了，比赛的时候，应该会尽全力发挥。

初七的表哥边牧：嗷，那我就放心了，我特别期待她和大懒的这次对战。

F：我也是。

初七的表哥边牧：不过初七到底为什么这么奇怪啊？感觉这根本不是平时的她。

斐诰顿了顿，没有回复。他来到属于选手的看台区，几乎所有的参赛选手都到了，大家都很期待这场比赛。

"对了，"看到斐诰过来，一旁的沉安说道，"F神，你听说了吗，这次的RCG国外选手名单已经定了。"

斐诰点点头："还没看到名单，怎么说？"

"其他人都很熟悉，有一匹横空出世的黑马，"沉安继续说道，"也是从来没打过线下赛的，今年刚刚二十岁，据说他能进国际赛是运气比较好，前面轮空，后来遇到的对手较弱，不过他居然打败了BAI，还是有些出人意料的。"

听到这句话，其他人也凑了过来，大宇有些惊讶："是吗？这选手叫什么名字啊？不过说起来，BAI也是已经退役，后来回归的选手，进不了国际赛也正常。"

“国际赛的名单分别是瓜瓜、Sheen、W_W、Fire、ABC123、Sorry、Miki、Joker.R，前面七个人都算是老对手了，只有这个Joker.R，是个新人。我看过照片，是一个韩国小帅哥。”星帝缓缓地说道，“他也是打月族。”

一旁的鳗鱼插嘴道：“有点儿意思，最后一届RCG，新人老人一起来了。”

“说真的，”沉安突然说道，“不遗憾吗？你们……”

斐诰转头看向沉安，他知道沉安是所有选手中最敏感的一个，技术几乎无可挑剔，但心态不稳，一打劣势局就全面崩盘，水平不输给任何人，但是心态太容易崩盘。

对沉安来说，这款游戏本身意义非凡，他非常看重RCG的《荣光2》比赛，因为这是最大最权威的世界级赛场。是对《荣光2》职业选手的终极认可。

但是今年，却是《荣光2》的最后一年比赛。

“遗憾啊，”斐诰笑了笑，却又耸耸肩，“或许，这个世界就是充满了遗憾的世界。”

拿不到的一百分，吃不到的糖果。

买不起的东西，得不到的人。

求不得，伤离别……

谁的人生能没有遗憾呢？

“你是F神，在三次元也是真正的男神，”沉安的声音很低，唇边有一抹苦笑，“你即使遗憾，也没有什么所谓吧。只是……”

沉安从十几岁开始接触《荣光2》，之后十年的时间，全部精力都投入在这款游戏上，一开始家人不理解，非常反对，直到他靠这款游戏拿了奖赚了钱，经年日久，家里才慢慢开始接受他，双方各退了一步，选择了妥协。

他的生活单调到近乎枯燥，长时间地打这款游戏，在三次元也没有什么其他朋友，偶尔认识的人，也都是因为游戏。

游戏是他的职业，也是他生命中非常重要的一部分。

于沉安而言，《荣光2》还维系了他衣食无忧的现状。

鳗鱼看着沉安，却也理解他没说出来的话，他拍了拍沉安的肩膀："别想那么多了，即使没有RCG，保不齐以后还有其他世界级的《荣光2》比赛。就算没有比赛，你现在直播不也挺不错吗？珍惜当下，不要想太久远的事情。"鳗鱼脸上扬起了笑容，"你们还记得那句歌词吗？被列为《荣光》和《荣光2》这两款游戏的主题曲，……感谢你给我的光荣，这少年曾经多普通，是你让我把梦做到最顶峰。"

>> 第4章

《荣光》，给了我无限光荣

大多数电竞职业选手，在游戏中是无所不能的神，在三次元的生活中，都只是普通人。

至少他们之中的大部分人都是普通人，可能还有一部分，是现实中不擅长社交，学习成绩不好，甚至连体育也不行的人——在很多传统观念里，这样的人被称为 loser。

但在游戏中，他们能够有自己的一方天地。

就像月皇说的，选手们打游戏，获得成功的同时，也能获得自信，在不断成长不断进步的过程中，和这款游戏彼此成就。

如果没有“月皇”“星帝”“影刃”“随机之神”之类的标签，他们都只是普通的少年，放进人堆里，一点儿也不显眼。

这首《光荣》，歌手最早是为了粉丝而唱。后来游戏公司推出了这款名为《荣光》的游戏，经过洽谈，将《光荣》这首歌定为游戏的主题曲，后来《荣光 2》也继续沿用了这首歌。

这首歌唱出了无数选手的心声。

我能够站在世界之巅，是因为你给了我这样的机会。

《荣光》，给了我无限光荣。

沉安以前是个有点儿自闭，不爱说话的男孩儿，身体也不是很好，天生瘦弱，还有一点儿少白头，学习成绩不好，家里条件一般，交际能力有限，也没有朋友。

十六七岁时，他还是一个蜷缩在角落里，不发一言的人。

后来他遇到了《荣光 2》。

沉着冷静地打游戏，踏实也肯努力练习，一直打到今天……靠着这款游戏拿到了无数奖金，拿到了一些游戏的代言推荐，自己开了网店，卖电竞周边产品。也开了直播，虽然沉安不太会在直播间里跟粉丝互动，但这些年过去，大家已经习惯了这样的沉安，粉丝喜欢他，说他人如其名，沉默安静。

虽然沉安的心态不好一直为人所诟病，被一些黑粉喷得很厉害，曾经一度消沉，但他最后能走出来，也是因为粉丝一直支持他，鼓励他，告诉他这个世界上没有常胜将军，他已经很棒了。

综合排名世界第二，目前的月之第一人，优势局所有细节无可指摘，创造出了属于他自己独一无二的战术和招数……即使他永远不可能超越当年岳子陵所创造的传说，也不会有人称他为“月皇”，但他是现在当之无愧的月之第一人，微博粉丝数百万，只要开直播就分分钟无数人去看……的确是这款游戏，成就了今天的沉安。

鳗鱼看着沉安，又看了看其他人，轻轻地摇摇头：“不是说过了吗，今天不提往日荣光，也不说什么伤心往事。好好看比赛，认真打比赛，就是了。”

说着，他拍了拍沉安的肩膀：“别想太多。”

想太多是沉安的特色之一，打游戏也是如此，优点是能够面面俱到，缺点是很多时候放不开，做不到背水一战。

三次元也比较敏感多疑，选手们在一起的时候，跟其他人能嘻嘻哈哈乱开玩笑，还能说点儿荤段子，可是和沉安不行，因为沉安不是那样的人。

但在其他选手心里，都认为沉安是个非常优秀的选手，而且相识这么多年，一起打过这么多场比赛，聊过天，一起参加过采访……对每个选手来说，沉安当然是他们的好友。

“比赛要开始了。”沉安的注意力终于重新回到了比赛场上，他看向赛场中央，这一场的解说是瞎转悠和岳子陵，段公子做完了串场主持，也已经走下台，坐在嘉宾席开始看比赛。

裁判：请双方选择自己的职业和禁用地图。

Seven：职业“影”，无禁用地图。

Lazy：职业“武”，无禁用地图。

裁判：双方选择职业完毕，请进入三十秒的调试时间，确认没问题请输入1。

Seven：1。

Lazy：1。

裁判：比赛，开始！

屏幕切换到了游戏界面，是黄昏。

斐诰微微一凝眸，估算了一下时间，知道这将是一场恶战。

瞎转悠说道：“比赛开始，双方的出生点分别在地图的两端，出生点对于初七来说算是有利，不过这个出生时间比较尴尬，按照游戏时间推算，这一场比赛如果初七想拖到晚上，必须要拖二十分钟以上。”

“虽然两个人的出生点比较远，但是这张地图一共只有四个矿，两两靠近，也就是说，迭戈在进行第一波探点会在自己家附近的这个点，一旦发现此处没有，他就会很清楚初七所在的位置，”岳子陵在一旁补充道，“就算他不确定在哪一个点，但是大致方位是可以肯定的，因为那两个矿点是在一起的。”

在看台上的星帝听到这些话也点了点头：“后期不好拖啊。”

初七看着地图，心里算着距离，她皱了皱眉，对面的大懒在探点的同时，初七也在探点，她发现自己旁边的那个矿点并没有人的时候，就确定了大懒的大概位置。

与此同时，大懒也确定了她的位置。

初七出了第一个英雄黑暗战士，在大本营旁边盖了两座防御哨所，然后选择了直接升级大本营为二级，此时的她只有两个普通小兵，和黑暗战士一起在附近打野怪，即使是打普通的小野怪，也有一些吃力。

瞎转悠有些疑惑：“初七选择直接升二本，这么有勇气？。”

“因为一般的‘影’在这时会选择出小兵拖后期，至少有四五座防御哨所之后再升大本营。但其实仔细算一下，从距离来看，就算迭戈一上来就冲家硬打，他走过来的时间足够让主基地的升级已经进行到三分之一，迭戈打主基地之前，还要拆掉两座防御哨所，要面对黑暗战士和小兵的攻击……关键是，迭戈冲过来的这一路，没有经验加成，还不一定能冲过去。对大懒来说得不偿失。”岳子陵缓缓地说道，“初七选择直接升二本，是算准了就算大懒冲过来，她也能成功升级到二本。只是双方都损失了一些东西。”

瞎转悠点点头：“这就是精准的计算。”他将目光看向大懒那边的主基地，“大懒也选择了升级主基地，看来，他和初七有同样的想法。”

“应该是猜到了，”岳子陵赞同道，“他也升二本，这样‘幻武’也不怕拼后期。”

两边选手的出生点距离实在太远，双方都没有一开始就冒进地去攻击对方，而是打周围的野怪发育，眼看迭戈已经快要升到四级，两边的主基地都已经升到了二级，瞎转悠看向一旁的岳子陵：“月皇，你能不能预测一下，双方会出什么英雄？”

“二本还是三本？”岳子陵反问道。

“自然是三本，如果要拖后期，应该都会升三级大本营的，不过这一届的 RCG，除了之前星帝和沉安对战升级到了三本之外，其他的都是二本就结束了战斗。”瞎转悠回忆了一会儿，说道，“难道现在的《荣光 2》流行快节奏吗？月皇，你觉得这一局他们会拖到三本吗？”

岳子陵皱着眉看了一下场上的局势，点点头：“嗯，应该会，就这张地图和目前的情况来看，双方出英雄不会有太多意外，二本的话，大懒这边会出绝地领主，初七那边是女将军，至于三本就不一定了，双方能够选择的英雄要多一些。”

“嗯，没错，大懒这边的确出了绝地领主，哇，迭戈升级真快，比赛进行了八分钟，迭戈已经四级了！这张地图野怪不少，非常适合英雄发育。”瞎转悠将目光看向初七，解说道，“我们再来看看初七这边，咦？已经二本了，但初七还没有出英雄？”

屏幕上，黑暗战士带着几个小兵击杀野怪，也一路升级到了四级，然后来到了商店附近。

岳子陵眉头皱紧：“决定抛弃女将军，出中立英雄吗？”

“二本出中立英雄？”瞎转悠有些不解，“初七为什么要这样做？是觉得女将军的输出不够吗？那么她会选择哪个中立英雄呢？”

台下的斐诰抬起头，看着屏幕上的画面，轻声低喃道：“战圣。”

“初七买了中立英雄战圣！”瞎转悠提高了音量，“啊，这是要正面较量的节奏吗？大家应该对战圣非常熟悉，这个中立英雄战斗力极强，输出高，而且六级之后非常强硬，如果玩得好，的确能够克制很多其他的英雄。”

一旁的岳子陵补充道：“战圣是为数不多，在机动性上能和迭戈相提并论的英雄，迭戈能够隐身，同时给自己加速，还能使用分身术，是跑得快、杀得狠的类型，在这方面，战圣也不遑多让。不过……战圣后期很尴尬，因为最后一次调整的时候，把战圣的大招改成了远程技能。”

战圣，中立英雄。

一技能是加速重击，给自己加速的同时，能够增加攻击伤害，出暴击效果的概率大大增加；二技能是瞬间移动，可以标记敌方的英雄或者小兵，在一定范围内瞬间回到标记处；三技能是陷落之锤，战圣挥舞着手中的大锤捶地，有一定概率眩晕对方的英雄，并且让附近的地面塌陷，同时增加普攻的伤害。

六级之后的大招，是战圣之箭。这个技能比较尴尬，也是后来战圣上战场的概率变低的原因，他的前面三个技能都是近战技能，但是最后一个技能是远程。

这个技能的设定是战圣朝着敌方射箭，命中英雄造成巨额伤害，而且能让敌方定在原地。距离越远，伤害越高，被定在原地的时间也越长。

相反，离得很近，伤害越低。面对面的攻击，定身时间连 0.2 秒都不到。

“初七非常适合用战圣这个英雄，”岳子陵轻声道，“如果计算精准，最后的大招是可以发挥很大作用的。初七的优点众所周知，她是超越电脑的精准。”

瞎转悠笑起来：“大家应该还记得，初七在《荣光 2》的论坛上那个‘七’的 ID，一直被称为数据小王子，不过现在该叫数据小公主才对。”

看台上的星帝微微眯着眼睛，一旁的鳗鱼开口道：“你怎么看？”

“二十分钟之后就是黑夜，‘影’这个职业本身的优势就会出现，大懒不傻，他不会拖这个后期，他出绝地领主，然后直接去打就是了，”星帝声音平静，“如果不能拖到战圣六级以上，那刚才所说的一切，都没有意义。”

说这话的时候，他看了一眼斜后方的斐诰。

大宇在这时候突然说道：“好久没开赌局了， 要不要赌一赌？”

“你坐庄吗？大宇哥。”沉安笑起来，看着大宇的方向。

坐在嘉宾席上的段屿听到这话也上前凑热闹：“别别别，你们坐庄不合适，我来做庄，好吧，买定离手？来不来！”

“我押一百，赌大懒能赢。”星帝缓缓开口道。

鳗鱼挑了挑眉毛：“哟，这么自信？十字围杀怎么说？”

“别闹了，我们都很清楚，对于‘影’这个职业来说，十字围杀要天时地利人和才能做到，”一旁的沉安说道，“大懒已经吃过亏，他又不是数字帝，不至于在同一个地方跌倒第二次。而且，就算初七再一次展示出十字围杀，也不一定能锁定胜局。之前 F 神和数字帝单挑的时候，不也是有一局是数字帝的英雄活着，但家被 F 神拆了吗？”

听到沉安的回忆，段屿眼睛滴溜溜地转，笑着说：“那场比赛，还是 F 神刚刚回归，为了给 T 哥鸣不平才叫板数字帝的。”

“哟哟哟，”鳗鱼开始起哄，“说到这个，现在论坛上到处都是FT党，还有人说吃下了第一对 BG 的 CP，请问 F 神，你怎么看？”

斐诰面色不变，只是淡淡地说道：“我押一百，赌初七赢。”

“哟哟哟！”旁边几个人一起起哄。

鳗鱼凝眸看着比赛，歪着脑袋想了想：“从现场的局势来看，还是大懒的赢面比较大，不过我个人比较喜欢萌妹子，还是支持一波初七吧，我也押一百，赌初七赢。”

“我押一百，赌大懒赢。”

“怎么都一百啊？小气！我押两百，赌大懒赢！”

……

其他几个选手也纷纷下注，此时比赛进行了十分二十五秒。

“大懒开始进攻！五级的迭戈带着快三级的绝地领主，朝着初七的主基地进发，带了十个小兵，其中有四个炮兵，也就是说大懒要同时操纵十二个角色，”瞎转悠认真地看着屏幕，缓缓地说道，“世界级比赛，选手会计算时间，最短路线，然后调兵遣将，让小兵做不同的事情，这就是真正的高手过招。月皇当年巅峰时期，连伐木工人都要管，让不同的工人伐不同的树木，就是为了在最短时间内搞定自己所需求的木材。”

“我当年打这款游戏的时候，整个《荣光 2》的大环境，都还比较粗糙，有些细节上的东西都还没有开始弥补，所以会让人印象深刻。”岳子陵说道，“但现在每个选手都这样做。”

瞎转悠挑挑眉：“初七的英雄选择了隐藏？这是要打一波埋伏战吗？”他又开口问道，“月皇，在你看来，谁会赢得这场比赛？”

“电子竞技的赛场，不到最后一秒，根本分不出胜负，”岳子陵笑了笑，“我个人更希望初七赢，因为《荣光 2》的 RCG 历史上，从来没有女选手进入国际赛。当然，我不是不支持大懒，我退役时正是大懒的巅峰时期，我欣赏他，甚至有点儿嫉妒他。大懒实在是天赋异禀，看比赛只看一遍就能记住战术要点，别人的绝招，他只看一遍就能记住怎么使用，不需要过多的练习，实在是上天赏饭吃。”

比赛的屏幕上，并没有出现瞎转悠以为的埋伏战，初七埋伏在那里，但是没有行动，而是放任迭戈他们从自己身边走过，然后在家里另外建了一座防御哨所。

“这是什么路数？”瞎转悠皱紧了眉头，“额，建造防御哨所当然不难理解，我只是不太能理解为什么初七在这里要埋伏一波，但是却不拦住迭戈？”

岳子陵淡淡地说道：“没埋伏好，这个地形，施展不出十字围杀，现在的情况大懒占优势，如果初七围不住大懒的英雄，到时候损失的就是初七自己，还很有可能被这一波推掉。”他顿了顿，又继续道，“不过我也有些奇怪，她为什么没有选择回城，而是继续在地图中间？”

甚至，初七开始朝着大懒的主基地方向移动。

瞎转悠挠挠头：“额，初七妹子果然不走寻常路，她该不会是想要去攻击大懒的主基地吧？现在过去也太晚了，时间上来不及，而且她的英雄怎么可能打得掉呢？我真的不懂。”

“好像是要去打野怪，”岳子陵皱眉沉思了一会儿才说道，“她把所有的经验都分给了战圣，你看才多长时间，她的战圣已经比绝地领主的等级要高了。”

战圣快四级了，初七几乎把所有金币全都给战圣买了经验卷轴，而且路上的小野怪，初七都是用战圣来补刀，因此这个英雄成长得非常快。

迭戈仍然是大懒选择升级的主力，目前五级。

“可以看到，初七在打地图上的野怪时，大懒已经率领着军团来到了初七的主基地！初七目前一共有……咦？她不知不觉竟然已经建了七座防御哨所，真是令人惊讶。”瞎转悠笑起来，“大家知道，无论是以前的T哥还是后来的Seven，总之都是初七操纵的角色，一向不怎么爱建防御哨所，会把这些经济分到出兵买建筑还有其他宝物药水上，可是看人口数的对比，大懒这边有二十多个兵，应该差不多是二十七个左右，但是初七这边只有十个，差距真的很大。不太了解初七想做什么。也许月皇能给我们解释一下？”

岳子陵却只是叹了一口气：“哎，说来惭愧。我能看出来的也不多，只是很明显，初七建造的防御哨所，就是用来让迭戈拆的，所有防御哨所的攻击范围，重叠度都刚刚好。”说到这里，他顿了一下，才继续说道，“初七现在全力给战圣升级，如果是我的话，会选择在这边的防御哨所被大懒拆掉两座之后选择集体回城。”

不远处的斐诰却皱了皱眉，然后轻轻地摇摇头。

比赛进行到十五分钟。

“欸？”瞎转悠眼睁睁看着迭戈和绝地领主带着自己的军团已经用神速拆掉了初七的三座防御哨所，忍不住惊呼出声，“这……这已经拆了三座半的防御哨所了，过会儿就要拆家了，初七这还在外面浪呢？”

岳子陵也皱紧了眉头：“一旦被拆的太多，防御会明显不足，初七就算回城也来不及，很可能会被一波推掉。”他也觉得有些不可思议，“应该赶紧回去才对。不然，主基地没有了，初七接下来打算怎么办？！”

连岳子陵都开始为初七担忧起来。

“等等！”瞎转悠瞪大了眼睛，“这会儿，初七这是要去大懒家吗？”

第四座防御哨所已经被拆。

初七没有选择回城，而是带着两个英雄和小兵直奔大懒的主基地，路上还顺手杀了两个小怪。

“什么情况？”

不只是台上两个解说摸不着头脑，台下的那些观众更是议论纷纷，完全无法理解初七到底要做什么。

“家都要被人拆了还不回去？这都拆了五座防御哨所了！”

“初七去大懒主基地了，为什么不拆防御哨所而是拆地穴？”

“控制人口？地穴不是俗称人口洞吗？拆几个之后大懒还要继续造兵的话，就必须要新建地穴才可以。”

“那有什么用啊！自己的家都没了！”

瞎转悠又一次发出了感慨：“初七为什么在拆对方的地穴？自己家的主基地都要被推了！”

“奇怪……”岳子陵紧盯着屏幕，“说起来，初七曾派出一个小兵和一个农民，最早出去探附近的矿点有没有大懒的身影，后来小兵回去了，农民好像没回去？”

听到这句话，斐诰唇边微微扬起一抹笑意。

“拆家了。”瞎转悠没听明白岳子陵的意思，皱紧了眉头，“初七，你还不回去啊？”

比赛进行到十八分十二秒。

大懒的小兵剩下五个，迭戈和绝地领主开始攻击初七的主基地。

瞎转悠有些着急：“不是……主基地只有 70% 的血了，现在回也来不及了吧？回城还需要时间呢。”

“她选择回城了。”

初七使用了全体回城卷轴。

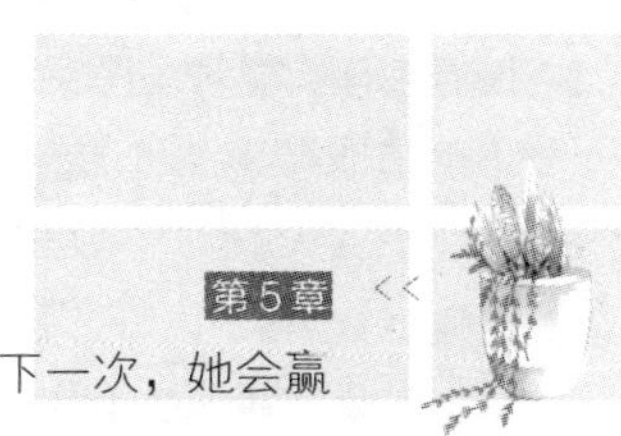

第5章 她说过，下一次，她会赢

“现在回城来不及了呀！”瞎转悠摇摇头，无奈地说道，“哎，如果多几分钟，就能到《荣光2》地图里的夜晚了，如果撑到那个时候……”

屏幕上的黑暗战士和战圣带着小兵们回城完毕，虽然在瞎转悠心里已经不觉得初七有机会，但他还是继续解说道：“初七回城了，主基地只剩45%的血量，来看看初七会怎么做！”

“她在打小兵……”岳子陵皱了皱眉，仔细看着屏幕上的情况，“大懒那边的小兵已经快被杀完了。”

瞎转悠加快了语速：“大懒的迭戈和绝地领主全力攻击初七的主基地，虽然明知道初七在击杀他的小兵，也没有回头反击初七的英雄或小兵，主基地还有30%的血量！”

屏幕上，战圣凭借击杀对方的小兵，眼看已经逼近六级！但初七的主基地也岌岌可危，一直出现红色的警告：你的表示主基地正在被攻击！

选手看台席上的星帝看向斐诰：“只剩10%的血量，F神准备好掏钱了吗？”

“再过不到两分钟的时间，地图就会进入黑夜，”斐诰脸上有淡淡的微笑，“赌大懒会赢的各位，记得愿赌服输。”

星帝皱了皱眉，仔细看向屏幕，大懒的小兵已经基本全都被击杀，初七的主基地血量不足10%，英雄和小兵在拼命攻击绝地领主，绝地领主的血条飞速往下掉。

但是就算击杀了绝地领主，又有什么用？

星帝猛地瞪大了眼睛：“糟！”

月皇曾经说过，初七在刚开始探路之后，曾经派出一个小兵和一个农民去附近的矿洞探点，但是农民一直没有回去。

探点为什么要带农民？

“主基地！3%！”瞎转悠提高了音量，“主基地即将坍塌！百分之……”

轰隆——

一声巨响，初七的主基地坍塌。

所有人都盯着屏幕。

初七还在攻击绝地领主，绝地领主的血条仍然在下降……

“什么……什么情况？”

“bug 了吗？主基地都没了为什么还在打？不是应该自动判定输了吗？”

屏幕上，迭戈和绝地领主终于开始反击！但是绝地领主只有不到三分之一的血量，迭戈在努力后撤。

“这是什么情况？”瞎转悠挠挠头，“主基地……唉？！等会儿！”

在游戏屏幕上，可以看到，在初七那个被摧毁的主基地不远处的矿洞那里，有幽幽蓝色光芒闪烁。

岳子陵轻声说道：“分矿。”

“不是，”瞎转悠瞪大了眼睛，“她是什么时候开的分矿？一开始探点的时候就直接用那个农民开了分矿，在旁边建了自己的第二个主基地吗？！”

《荣光 2》本来就有无限开矿流，对方打不过你，但可以恶心你，只要地图上有矿洞，他们就占领那个矿洞，形成所谓的分矿，然后在矿洞旁边建立第二个、第三个主基地。

游戏规则是：对方把你所有的主基地全都拆干净，才能算胜利。

当然，大后期开分矿是很正常的，任何一个矿洞都有被开采干净的时候，一般来说，主基地升到三级的时候，主矿的金钱就快被采光了，此时一定要开分矿。

但一般都是中后期开始开分矿，因为前期本来经济就紧张，开分矿新建主基地的造价不菲，还容易顾此失彼：没钱生产小兵，没钱造建筑，还要分一个农民去开矿建主基地……所以基本没有人从一开始就会去开个分矿。

初七从一开始，就在自己家附近开了分矿，建了第二个主基地。

瞎转悠还是有些蒙：“可是有个问题说不通啊，初七开分矿，迭戈他们没有去探点，不知道开了分矿，这很正常，为什么我们在上帝视角都没看到？不合常理啊！”

“基地隐藏。”月皇缓缓说道，“农民在大多数人眼里，除了采矿和伐木之外毫无作用，因为脆又没有自保能力。但是，农民有个技能是基地隐藏。”

瞎转悠恍然大悟：“啊，我想起来了！有时候为了不让对方发现自己的分矿，建造的时候可以选择基地隐藏模式，但在基地隐藏的过程里，基地是废的。没办法生产单位，没办法提供原料，也无法让农民出入，相当于是沉睡状态。除非专门探点，否则沉睡的主基地不会显示在屏幕上。”他叹了一口气，继续说道，“而且必须在建造的时候就选择隐藏模式，建好之后十分钟不能唤醒。”

岳子陵点点头：“是的，隐藏模式十分钟之后才能唤醒，也就意味着这个主基地将有至少十分钟毫无作用，而且一旦被人探点发现，就只能被摧毁。基地隐藏模式一直被人所诟病，觉得毫无用处。”

说到这里，岳子陵微微笑了笑：“这么多年，我从来没有在《荣光2》的赛场上，看到过基地隐藏模式。”

开分矿，建造第二个主基地，就是为了更好地生产单位，更多地赚钱，试问，谁能忍耐整整十分钟以上的时间，让基地处于隐藏模式，毫无用处呢？而且随手都有被对方发现然后摧毁的可能。

初七能。

“绝地领主！”瞎转悠提高了音量，“绝地领主被击杀！”

屏幕上闪烁着光芒。

岳子陵瞪大了眼睛：“欸？两个英雄都六级了吗？”

迭戈杀了两个初七的小兵，升到了六级，而初七这边，战圣因为击杀了绝地领主，获得了巨额经验，也升到了六级。

比赛进行到二十分三十二秒。

太阳西沉，彻底没入地平线。星月当空，《荣光2》的世界进入了黑夜。

“夜晚来临了。”岳子陵的声音低沉，这一波之后，场上战局将彻底变化，“‘影’的优势将会全面出现。”

在夜晚，影族有夜视的优势，整个基地运转也会加速。夜晚时期，无论是采矿、伐木、造兵……影族都会比其他职业有2%左右的加速。

瞎转悠深吸一口气：“没想到初七竟然从一开始就建立了隐藏基地，大懒损失惨重，直播间里有不少弹幕都说胜负已分，大家都看好初七，想请教一下月皇怎么看？”

“现在充其量是六四开，”岳子陵缓缓地说道，“如果觉得初七一定能赢，未免太看不起大懒了，初七之所以一开始就建分矿，是因为她知道必须等夜晚来临，才有一拼的机会。大懒这边，虽然只有迭戈一个英雄，但六级的迭戈，杀伤力非常可怕。迭戈一直在杀农民，因为现在的初七有一个致命的弱点。”

“啊！隐藏基地还是一级！”瞎转悠恍然大悟道，“第二个英雄会被冻结！”

瞎转悠继续道：“二级主基地才会有第二个英雄，三级主基地有第三个。有两个主基地的情况，如果三级那个被拆了，你的第三个英雄会被冻结，无法施展技能，三本之后才能生产出来空军单位但也无法施展攻击，只能防御或逃跑。初七的第二个英雄，是已经六级的战圣，是她最大的战斗力，但处于被冻结的状态！”

“迭戈为什么要杀农民？因为他很清楚，初七主基地刚苏醒，需要农民来给自己的主基地升级，否则……”岳子陵微微皱眉，“六级英雄战圣，就成了一个摆设。”

“初七这边只剩下一个农民，主基地在努力生产农民，”瞎转悠有些紧张，“现在初七最需要的是时间！”

大懒没有打算给她时间。

选手席上，星帝看起来也不慌不忙，他转过头看向斐诰：“初七还有什么绝招吗？如果现在迭戈直接去攻击她的第二个主基地，她用什么反击？”

“大懒会吗？”斐诰反问道，“他已经牺牲了一个绝地领主，初七的隐藏主基地建了那么久，真的一点儿防御措施都没有吗？”

星帝挑挑眉：“哦？拭目以待。”

嘉宾席上，瞎转悠顿时紧张起来：“啊！迭戈朝着初七的分矿跑过去了！第二个主基地的位置！他这是要用迭戈单挑对方的主基地吗？”

“一级主基地，附近没有防御哨所，本身主基地级别低，防御低也没抵抗手段，初七这边都没什么小兵了，唯一能打的战圣又不能用！如果用命相搏，迭戈未必不能拿下第二个主基地。”岳子陵死死地盯着屏幕，“大懒的决定是对的。”

所有人的目光集中到了迭戈身上。

“等等！迭戈发生了什么？”瞎转悠猛地惊呼出声，“是埋伏吗？好像中了初七这边的埋伏，掉入了陷阱里？”

岳子陵点了点头：“啊，难怪初七那边的农民宁可绕远路，也不在这里砍树，她应该早就在这里做好了陷阱。能够困住对方三十到六十秒钟不等。这个陷阱并不难被发现，如果……是白天的话。”

初七算准了大懒发现自己的第二个主基地之后，会尽快过去打掉分矿，但是她也知道，那时候已经进入夜晚。昼夜切换对迭戈的视野影响很大，很难发现陷阱。

“大懒现在最好的选择是让迭戈回城，等绝地领主复活，主基地升三级，建造民居，控制人口，然后等出了空军单位之后过来再打，一波推掉，”瞎转悠朗声道，“毕竟，初七这边连二本都不是。”

屏幕上，迭戈选择了使用回城卷轴。

与此同时，大懒的绝地领主复活，准备升级三本，初七也选择了升级主基地到二本。

初七这边已经有了四个农民，还在陆续用兵营生产小兵。

“等等？”瞎转悠又皱起了眉，“初七这是要去干吗？”

黑暗战士带领着刚才四个小兵，给自己一个加速，朝着大懒的主基地方向而去。

岳子陵也皱紧了眉头：“额……骚扰吗？”

“应该是骚扰，”选手席的星帝看着这一幕，轻声说道，“不想让大懒升三本太顺利。其实何必呢，主基地二级升到三级，用的时间可比一级升到二级长多了。”

“距离问题。”斐诰声音平静，仍然认真地看着屏幕，“出生点距离太远，等初七这边升到二本，造兵再一路打过去，路上被六级的迭戈拦住，纠缠之后大懒肯定早就三本了。”

星帝挑挑眉：“这么几个兵，不到五级的黑暗战士，怎么跟大懒抗衡？六级迭戈，主基地的防御哨所，还有快复活的绝地领主。”

说话间，大懒的主基地那里光芒闪现，绝地领主已经复活。

黑暗战士进入了距离大懒主基地最近的商店。

瞎转悠瞪大了眼睛：“初七买了个……炸弹人？咦，好像还买了瓶无敌药水？”

黑暗战士身上绑着炸弹人，给自己加了个防御，朝着大懒的主基地跑去。

正在升级的主基地毫无防御之力，也不能转化攻击，而一旦正在升级的农民死了，主基地也会遭受一定的损坏，升级会被迫暂停……

炸弹人应该是冲着农民去的。

“绝地领主和迭戈正面迎上了黑暗战士，再加上防御哨所的攻击，黑暗战士立刻只剩一点血！”瞎转悠提高了音量，“初七的小兵在攻击防御哨所，黑暗战士背着炸弹人冲向了正在升级的主基地！”

“迭戈和绝地领主追上去了！”瞎转悠语速很快，“看起来，黑暗战士绝对不可能活着冲到主基地那儿去的，如果他死了，炸弹人也就失去了效果？”

瞎转悠一顿，皱起眉：“等等，黑暗战士吃了无敌药水？！”

“这是 3.7 秒的无敌药水，”岳子陵淡淡地说道，“花光了初七最后的钱，甚至卖掉了自己的一座建筑，才凑够钱买这瓶无敌药水。”

瞎转悠恍然大悟：“那初七早就做好了牺牲黑暗战士的准备，为了炸正在升级的三级主基地，对吧？”

“不……”

解说席的岳子陵，台下选手席的斐诰，都一起摇摇头，否定了这个猜测。

瞎转悠有些好奇地看着岳子陵，只听到岳子陵缓缓地说道：“买无敌药水，肯定不是单纯的为了炸掉主基地。”

“无敌药水生效！”瞎转悠瞪大眼睛，看着屏幕上的动向，“初七的黑暗战士使用了飞跃技能，冲到主基地旁边，直接启动了炸弹人！”

“不仅如此，”岳子陵接着说道，“黑暗战士是朝着绝地领主去的，绝地领主会被眩晕一秒钟，无法动弹。”

轰隆——

炸弹人已经引爆。

正在升级的主基地遭到了一定创伤，虽然不算严重，但是升级停止了，而且正在升级的农民也因为这个爆炸而牺牲了。

“黑暗战士没死，”岳子陵毫不意外，“初七果然是为了这个……”

屏幕上，因为有无敌药水的保护，黑暗战士没有被炸弹人的攻击伤到，但是绝地领主却遭到了重创，因为大懒选择在最后一秒让绝地领主为主基地挡住了不少炸弹人的伤害。

黑暗战士用了最后的力量，和丝血的绝地领主同归于尽。

到这时候大家也都明白了，从一开始，黑暗战士就是秉着“死也要拉一个垫背”的想法，拉着绝地领主一起赴死。

与此同时，初七的几个小兵拆掉了敌方一座半的防御哨所，当然，她的小兵也全都死亡。

双方都回到了原点。

“现在两边都是一穷二白，只剩一个英雄和一个主基地，目前双方的主基地都是二级，唔，看来……”瞎转悠叹了一口气，“要再等一会儿了。”

岳子陵摇摇头：“不用。九十秒，应该就是决胜负的时间了。”

九十秒后。

“九十秒过去，双方的英雄都复活了！”瞎转悠喝了一口水，“先让我喝口水缓缓，我直觉接下来的部分肯定是非常紧张的部分。可能连喘气的机会都没有。”

瞎转悠的声音稍微让现场的氛围放松了一些“胜负很难预料，我们可以看到，初七这边的主基地升到二级，战圣结束了冻结。而就人口方面，依然是大懒这边占优，因为大懒的主基地升到三级，出了非常恐怖的空军单位。初七这边出了专门用来拆家的炮手和装甲车、战圣和迭戈都升到了七级，双方都重买了生命药水和回城卷轴。比赛进行了二十七分二十二秒。”

“对比的话，”一旁的岳子陵说道，“大懒这边没有修防御哨所，出了两只狮鹫，这是“幻武”最强的空军单位。初七这边没有升三本的经济压力，新建了三座防御哨所。”

屏幕上，初七的两个英雄，已经率领着小兵、步兵、炮兵、远程射手、骑兵一共二十个单位，浩浩荡荡地朝着大懒的主基地方向而去。

与此同时，大懒的英雄也已经出发。

瞎转悠低头看着筛选出来的弹幕，问道：“直播间有人问，为什么一定要出去打，不能继续等吗？感觉死守不出的那一方更有优势。”

“并不是，”岳子陵的声音沉着冷静，他分析道，“大懒这边虽然占一定优势，但是夜晚，影族采矿伐木出兵的速度都有提升，如果大懒死守不出，初七继续发育，等初七那边也到三级主基地，大懒这边的优势就消失了。如果初七选择死守，会利用‘影’在夜晚的优势布下很多陷阱，到时候这局会拖得非常久。”

瞎转悠皱起眉头：“那初七为什么不死守？”

“因为她已经没有第二个矿了，这张地图只有四个矿，如果继续拖，大懒势必要去开分矿，但初七没有分矿可以开了。”岳子陵继续说道，“从长远的角度来看，双方都不希望继续拖，不可控的因素实在太多，局势对双方都有利弊。”

瞎转悠若有所思地点点头，眼睛注视着屏幕：“原来是这样。”他顿了顿，看了看距离，“因为有夜晚移速加成，初七的英雄已经走了三分之二的路程，她突然停了下来，是要埋伏吗？而大懒这边，迭戈和空军单位行进速度要比其他单位快，所以他要时不时地停下来等其他单位，大懒吃过一次亏，现在探路非常谨慎，确认没有埋伏才继续往前走。”

“吃一堑长一智啊，”岳子陵挑挑眉，“不过，大懒可能还是会忽略一些东西。”

大懒小心翼翼地探测着前进，马上就要接近初七到达的地点，大懒用小兵进行探测，发现了地上的埋伏，小兵掉入陷阱，大懒立刻集结军队，再次探路，换了一个方向行进。

本来安稳地坐在选手席上的星帝顿时却紧张起来，惊呼出声："糟糕！"

听到他说这句话的人，都把目光看向了他。

当然，台上的两个比赛选手是听不到他们说话的，他们都戴着专门的防干扰耳机。

星帝组攥了攥拳，看起来十分紧张，一旁的斐诰不动声色地扬了扬嘴角。

"大懒识破了陷阱，"瞎转悠尽职尽责地继续解说道，"选择绕路行走，并且摆出了防御姿态，寻找着初七的军队。"

就在这时候，一棵树旁突然跳出来两个步兵，对着在前面的迭戈发起了进攻！他们手中拿着一张大网！

"第二个埋伏！"瞎转悠提高音量，"初七的小兵对着迭戈发起了进攻！不过……"

瞎转悠一顿，瞪大了眼睛："迭戈这个是分身！本体绕到了后面！"

屏幕上，迭戈的分身被网住，初七的黑暗战士进行攻击，步兵、骑兵和大懒的小兵混战，远处还有炮手正在攻击，而迭戈的本体却趁这个机会看清了局势，直接绕到了远处，对初七的远程炮手进行了攻击！

"大懒应该对初七和数字帝那场对战印象很深刻，深知炮手的可怕，所以他放弃了近身的小兵和步兵，直接朝着远程炮手而去，炮手攻击高但是本身很脆！眼看第一个炮手就要被打死！"瞎转悠大声道，"战圣！战圣出现了！战圣使用了技能！重锤，地陷！夜晚对'影'这个职业来说真的有优势，战圣这种没有隐身技能的英雄，都可以把自己隐藏的很好！看来，初七也早就料到了大懒会来攻击她的远程炮手！"

岳子陵沉声道："还不止这些。"

树顶，一张大网落下，与此同时，闪烁着绿色光芒的箭矢如同疾风骤雨一样袭来。

大网笼罩住的，是为了支援迭戈而来的狮鹫，狮鹫是所有的空军单位之中，行动最为敏捷的，因为它们本身体积很小，移动速度快，攻击高。但它也是空军兵种里血量最少的一个。

大网笼罩住了两只狮鹫，埋伏在树林里的远程射手用毒箭疯狂地攻击着狮鹫。

“糟糕！狮鹫快没血了！”瞎转悠朗声道，“迭戈和绝地领主急忙上前进行救援，初七这边损失了一个炮手，但是大懒损失了一只狮鹫！”

毒箭的毒是有持续性的，其中一只狮鹫没能撑过去，牺牲了。

“这波大懒太亏了，”瞎转悠忍不住叹了一口气，“一只狮鹫的经济和所用的时间，是一个炮手的四倍以上啊。”

虽然损失了一只狮鹫，但是大懒很快调整好了战术，绝地领主去打远程射手，迭戈去攻击黑暗战士和战圣，七级的迭戈非常英勇，黑暗战士很快血条就只剩下一半，迭戈剩下的那只狮鹫则在攻击初七的小兵。

初七的战术也非常明显，所有能攻击空中单位的都在攻击那一只狮鹫，因为她没有空军。

四十五秒后，初七只剩下一个炮手，三个小兵。黑暗战士和残血的战圣。大懒的两只狮鹫和骑兵全部阵亡，他还剩下六个小兵。迭戈和绝地领主残血。

“双方开始对拼！我们可以看到战圣在拼命打大懒的小兵！迭戈继续攻击残血的黑暗战士，绝地领主去保护小兵，糟糕！战圣连着使用了三个技能！对绝地领主发起了攻击！”

“啊！迭戈？迭戈是从哪里冒出来的？”瞎转悠瞪大了眼睛，“刚才，迭戈不是在击杀黑暗战士吗？啊！和黑暗战士打的是迭戈的分身！现在场面情况非常紧张，迭戈对着战圣使用了大招！战圣血量不到20%了！现在怎么办！？”

“黑暗战士也加入了战局，他的目标是血量只有15%的绝地领主！”瞎转悠近乎声嘶力竭，“战圣的二技能！地陷！大懒的两个英雄全被晕眩！暂时不能动弹！绝地领主！大懒的绝地领主死了！”

“但是战圣也只有11%的血量了！黑暗战士吃了生命药水，现在有70%的血量，迭戈还有35%的血量，刚才那一波混战，大懒只剩下三个小兵，初七也只有三个小兵了！黑暗战士还在攻击大懒的小兵！迭戈无暇保护小兵，直接冲向了残血的战圣！使出了大招。”

“战圣使用了庇护，3%！ 3% 的血量！”瞎转悠大喊道，“黑暗战士打死了两个小兵！冲向了迭戈！给了战圣一个回复 Buff！战圣还是没有使用药水！黑暗战士在和迭戈缠斗！奇怪，为什么初七把所有的生命药水都给了黑暗战士，而不是已经七级的战圣？”

岳子陵看着屏幕，轻声说道：“回城卷轴。”

战圣一个重锤击地，再次晕眩，黑暗战士上前缠住迭戈，丝血的战圣使用了回城卷轴。

“回城了！迭戈能守住吗？能杀掉他吗？！”瞎转悠哑着嗓子，“啊！我忘记了！黑夜对影族有加成，回城也会加速！战圣回城了！迭戈在攻击黑暗战士！”

瞎转悠皱紧了眉头：“为什么不一起回城？五级的黑暗战士怎么可能打得过七级的迭戈？即使迭戈现在只有 27% 的血量……还是太冒险了吧！”

“欸？黑暗战士跑向了大懒那边最后一个小兵！小兵死了！但是与此同时，迭戈加速冲向了黑暗战士，黑暗战士瞬间只剩 30% 的血量了！初七调动了三个小兵上前！可是有什么用呢？小兵的攻击对迭戈来说几乎是挠痒痒！”

岳子陵却在这时候一下站了起来，几乎没办法控制住自己的激动之情：“啊！战圣之箭！”

回城之后的战圣没有给自己加血，而是直接对着迭戈的方向，射出了一支箭。

所有人的目光，都跟着那支箭的弧度，一起朝前望去。

“中了！”瞎转悠也站了起来，“战圣之箭射中了迭戈！迭戈只有 15% 的血量了！黑暗战士和小兵将他围住！迭戈此时不能动！ 3 秒的时间！迭戈能活下来吗？！”

三秒无法动弹无法反抗。

10%，7%，5%……

迭戈虽然不能动，但还能吃生命药水，靠着吃生命药水撑住了！

“动了！”迭戈终于能动了！瞎转悠有些兴奋，“迭戈如果加速再分身的话，可以跑掉！”

选手席的星帝却轻轻摇了摇头。

他看向斐诰："你赢了。"

斐诰点了点头："她说过，下一次，她会赢。"

"欸？为什么迭戈还是不能动？"瞎转悠皱着眉，一脸疑惑。

岳子陵缓缓道："十字围杀。"

"啊！十字围杀！"瞎转悠恍然大悟，"三个残血的小兵加残血的黑暗战士！形成了十字围杀，牢牢挡住了迭戈的去路！"

"迭戈……牺牲了！"

在英雄倒下的那一刻，在场几乎所有的人同时发出了一声感慨。

不知道是在赞叹初七的战术，还是为大懒惋惜。

Lazy：GOOD-GAME。

迭戈倒下的瞬间，大懒打出了投降。

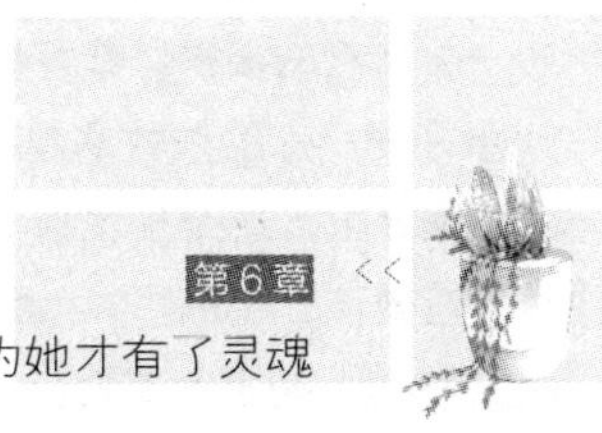

第6章 原本他是无所不能的天神，却是因为她才有了灵魂

比赛结束，全场观众自发性地站起来鼓掌，好几分钟之后，掌声才逐渐消失。

瞎转悠说道："感谢二位给我们带来如此精彩的比赛，恭喜初七获得胜利，也感谢大懒精彩的表现，非常厉害。"

"我还以为我提前看到了决赛呢，"岳子陵笑起来，他拍了拍大懒的肩膀，"依照惯例，要给观众留句话，有什么想说的吗？"

大懒打完了比赛就立刻懒散下来，不怎么想说话，眼皮耷拉着，他眨巴眨巴着眼睛，半晌才缓缓说道："啊？没有。"

"我就知道。"岳子陵毫不意外，"又被你浪费感情一次。"

无论胜负，无论什么名次，对于打完比赛的大懒来说，结束了的比赛就是结束了。

他的赛后采访永远是——没什么想说的。

岳子陵叹了一口气，耸耸肩，将目光转向初七："初七呢？"

"是啊，"瞎转悠说道，"初七第一次参加线下赛，和众多高手对垒，应该有很多想说的吧？"

初七淡淡地说道："没有。"

瞎转悠："……"

现在给这些选手做赛后采访真是越来越难！怎么一个比一个难伺候！

坐在选手席上的斐诰扬起笑容，他看着初七，眼神格外温柔。

而此时，初七似乎也是不经意的，将目光看向了他，两人四目相对的那一刹那，只一瞬，他们都读懂了对方不必说出口的那些话。

——我能够走到这一步，多亏了你。谢谢。

——你真的很棒，恭喜你。

坐在观众席的边牧拿起手机，拍下了这一幕：手机照片上的两个人，一个站在台上，一个坐在选手席上，两个人遥望对视，嘴角都有掩饰不住的淡淡微笑。

边牧想：初七大概自己都不知道，她微微偏过头，嘴角噙着笑意，看着斐诰时的侧脸……是多么的柔情似水。

原本的清冷与自带的距离感，已经找不到丝毫痕迹。

她即使心有千千结，自己也感知不到，更不能表达万分之一。

而如今，她被那个人染上了烟火气息，被他赋予了展现自己爱和温柔的能力。

她生来美丽聪明，对很多东西都天赋极高，唯独与人相处、交际、人情世故这方面一窍不通，从前的边牧，虽然曾经不止一次地想象过，也许有一天初七开了窍，会和别人谈恋爱，结婚生子。

却没有想过，她有一天能够露出这样的神情，有这样的眼神。

边牧眼睛滴溜溜地转个不停，用了个初七不知道的小号，到《荣光2》的论坛POST了这张照片，当然做了一点儿处理。

边牧自己占楼：占个沙发，偶然抓拍，叫我雷锋，不用谢。

F神我的嫁：我的天，我F神和我F嫂配一脸！

今天F神和初七结婚了吗？快了：看看我的新ID，这对CP的狗粮我吃的很开心啊！

滚筒那个洗衣机：虽然我也是F神的粉丝，甚至一度觉得这世上没有女人配得上他，但是……初七是女神啊！求求你们结婚！

刚回到后台，就听到一道男声在耳边响起：“那个！初七！”

初七转过头，看到了一个穿一身牛仔服，看起来有点儿嘻哈的男孩儿。

因为和上次见面形象不太一样，初七皱了皱眉，定睛细看才认出来：“哦……你是那个……欢喜哥？”

欢喜哥忙不迭地点头：“对对对是我，初七，终于又见到你啦！”

初七笑了笑："有一阵子没见了，你果然来看《荣光 2》的线下赛了。"

"那当然啦，"欢喜哥拍了拍胸脯，"我是铁粉，不可能不看线下赛的！你真的好厉害，我觉得我当年被你单手虐，我都能拿出去吹嘘了！"

"那个时候距离现在……"初七顿了顿，"还称不上'当年'吧？"

欢喜哥有些尴尬地摇摇头："夸张的形容嘛！对了！"他一拍脑袋，"你给我的那个《全民斗魂》的账号，我已经练到最高段位了！"

初七先是一愣："唔，谢谢你了。到时候我会自己开号去玩的。"

给欢喜哥的账号是初七另外的游戏账号，最近琐事太多，她都快忘记这件事了。

"没关系！我是来告诉你我遵守了承诺。"说着，欢喜哥像是想起什么似的眨眨眼，"还有就是，我们都祝福你和 F 神哦！"

初七一愣："嗯？"

欢喜哥扬了扬手机，他正在看《荣光 2》论坛上的那个帖子。

那张照片。

初七皱着眉看了一会儿，拿出手机给边牧发消息。

初七：从角度和光线来看，这张照片的拍摄位置就是你所在的地方，什么时候又注册了个新账号？

边牧吐了吐舌头，哎，果然被发现了。

边牧：初七，你觉得，你对 F 神是什么感情？

初七微微一愣。

她想起那天杜宛若把自己拉到一边，认真又郑重地对自己说的那番话。

——初七，你看到我和斐诰哥哥在一起的时候，会不开心吗？会嫉妒吃醋吗？我看到你们在一起的时候，我会吃醋。斐诰哥哥看你的每一个眼神，都让我嫉妒。

——初七，你知道怎么喜欢一个人，怎么对一个人好吗？如果你连最基本的人情世故都无法处理，怎么去和别人谈恋爱呢？

——初七，我不喜欢斐诰哥哥喜欢你。

那天杜宛若还跟自己说了很多话，初七都还记得。

她看着手机上边牧发来的信息，轻声问了一下自己，却还是没能得到答案。

“初七，初七？”

一旁的欢喜哥看她对着手机发呆，忍不住在她面前挥了挥手：“想什么呢？谁发来的信息啊，不会是F神吧？”

初七皱着眉，摇摇头：“我不喜欢这些帖子，还有所谓的CP党。”

她声音那么轻柔，却又明显带着些许抵触，欢喜哥听到这话一愣，有些尴尬地挠挠头：“那个，我没其他的意思，只是我以为……”

这眼神如果只是普通朋友，谁都不信吧？

不过既然当事人明确表示了不喜欢，欢喜哥笑了笑：“我以后不会乱说了。你也别怪论坛上的人，他们没有恶意。我不希望这件事让你不高兴。”

初七看着欢喜哥，半晌才说道：“没，我……”她皱了下眉，摇摇头，“我还有事，先走了。”

说完，初七就离开了。

欢喜哥挠挠头，有些不解地往回走，却碰巧遇到了另一个人。

八卦的男主角——F神。

欢喜哥眨眨眼：“啊，F神！你……你什么时候到这里的？”

“如果你是想问，我是不是听见了你们谈话，”斐诰平静地说道，“是的。”

难怪看起来心情不好。

欢喜哥尝试着安慰他：“其实……我觉得初七是喜欢你的。但是……”他说到这里顿了顿，似乎在仔细考虑措辞，“呃，我不知道怎么说了，我觉得她是想确认自己的心意，所以有些排斥外界的这些八卦……”

所有人都说“你喜欢他，他也喜欢你，你俩应该在一起”，也许反而会让她觉得不舒服。

是不是喜欢，是自己的心意。要不要和对方在一起，是两个人的决定。若只是因为外人觉得你们很相配，觉得你们是天造地设天生一对，其实也没有意义。

再往前几年，知道杜宛若的人，也都说她和斐诰是天生一对。早年说初七迟早会嫁给陈跃学长的人，也不在少数。

斐诰听完欢喜哥说的这些话，颇有些意外地看了一眼欢喜哥，轻轻地点点头，说道："你放心，我在决定追求她的时候，就已经料到过程的艰辛。而且，她抵触这个也不是什么坏事。"

至少她在意。

若换一个无关紧要的人，哪怕和她的绯闻传到满天飞，以初七的性格，又怎么会在乎？

"你知道你这叫什么吗？"宋词听完初七说的这些话，眨了眨眼睛，说道，"逆反心理。"

初七一愣："什么？"

"你有没有看过那部《恶作剧之吻》。"宋词提起偶像剧就兴奋不已，眼里有光芒闪烁，"剧中的男主超帅！"

初七摇头。

宋词撇撇嘴："唔，就是，女主因为家里出意外住进了男主家，男主是智商超高的天才，很多女生喜欢，女主也是其中之一。女主天真善良可爱，是所谓的傻白甜，男主妈妈很喜欢女主，一直撮合女主和男主！"

"然后呢？"初七没听出这个故事和自己有什么关联，不以为然地说道，"偶像剧的话，一定会在一起吧。"

"对啊！"宋词笑起来，"最后女主决定放弃男主了，在一个下雨天！哇！超浪漫的！男主吻了女主，伞掉在了地上！女主说，哇伞！男主说，不要管伞了！然后继续亲吻！"

看到宋词一脸陶醉，初七皱眉，眨了眨眼睛，认真地说道："男主智商特别高？为什么下雨天要把伞丢在一边不管？"

"初七！"宋词鼓起小脸，颇为不满，"这不是重点啦！重点是男主很有主见和想法，他不想别人安排他的人生。因为不想走被安排好的路，不想一切都在妈妈的掌握之中，一直到最后，觉得可能要失去女主了，才去找了她，说出了自己的心意。"

初七歪着脑袋，完全没从这部偶像剧中得到有用的信息，她淡淡地“哦”了一声。

“我没有表述好！但是这部偶像剧之所以有那么多人喜欢，是因为它的一个设定，是那种……”宋词顿了顿，思考了很久措辞，才说道，“原本他是无所不能的天神，却是因为她才有了灵魂。”

“男主什么都会，什么都懂，但却没有真正喜欢、追求的东西。他无法理解女主的执着，不懂为什么女主失败了还要坚持，但他被女主打动了。”宋词神色认真地说道，“我最开始觉得女主太幸福了，能找到这样的男朋友，后来再看又为女主打抱不平，因为最初的男主，高傲自大，和女主相处的时候很不懂礼貌。换个女孩儿早就放弃他了。后来他变得成熟稳重，温柔又有担当，愿意为了家里人站出来，也坦诚面对自己的内心。他不再是高冷的冰山王子，因为有人融化了他。”

初七听得目瞪口呆，好一会儿才说道：“哇……你看偶像剧能看出这么多心得！”

宋词用手托着腮帮子，静静地看着初七：“看到你和斐总，我也有这样的感触。最开始认识你的时候，总觉得你身上缺了一点儿烟火气，觉得你更像是个……”宋词挠挠头，“额，机器人。我这么说你可别生气啊！”

这话把初七逗笑了：“是吗？如果真是这样的话，我爸爸应该还挺开心的。”

“不行！”宋词连连摆手，“我更喜欢你现在的样子。活生生的有血有肉的人，会生气会开心会有情绪波动，距离没那么远。我觉得你身上的冰雪，因为那个人渐渐消融了。”

初七静静地看着她，好一会儿才说道：“我知道，我的确因为斐诰，变成了更好的人。”

更善于表达自己，能够勇敢地说出自己的情绪，会去和表哥说感激的话。

“哇，初七，太甜了！”宋词激动地握住了她的手，“听你说这些，我感动到要哭了。”

初七继续说道：“可我也因为你，因为袁瓒、邱易、杜宛若、我表哥、我学长、月皇、段公子……甚至欢喜哥，还有无数个我不知道名字的论坛上的那些人，而变成了更好的我。”

宋词：？？？

自己的地位提高了好多哦？

但是好像有哪里不对！对初七来说自己和斐诰是一样的吗？

初七却已经站起身：“你就睡这个沙发床吧，床单被套都是洗过的，放心。我先去洗澡，一应东西的位置我写了纸条放在桌上，还缺什么就告诉我。”

宋词抬头看了一眼时间，发现墙上的时钟指向了晚上十点。哦对，初七这么有时间观念的人，一定是要在该做什么事情的时间就去做这件事的。她点点头，也开始收拾起来。

线下赛的最后一天。

F VS 喑殷 27。

解说是段公子，现场座无虚席。

初七坐在选手席的位置上，看着台上的两个人，数字帝虽然声名狼藉，但没有被剥夺比赛资格，所以还能继续比赛。

鳗鱼跟星帝说道：“我们来赌赌看，这场比赛会在多长时间之内结束？我赌二十分钟之内。”

“那你不是稳赢？”星帝挑挑眉，“这种赌局有什么意义。”

“我赌十八到二十分钟，可以了吧？”鳗鱼叹了一口气，“你这人啊，算账算得太清楚了。”

星帝不容置疑地说道：“我赌十四到十七分钟。”他转向身后的初七，“初七，你呢？”

初七想了一会儿才说道：“唔，二十七分钟左右吧，二十六到二十八分钟之间。”

听到初七的回答，星帝和鳗鱼都是一愣，鳗鱼皱了皱眉：“不是吧，你对 F 神这么没信心？”

“这是一场‘生死局’。”初七静静地说道。

星帝一愣，然后挑挑眉：“好久没见到‘生死局’了。”

所谓“生死局”，是不能打出GOOD-GAME的局。不能投降，必须有一方被拆掉主基地才能结束游戏。一般是《荣光2》约战，才会用生死局的规则，连投降的机会都不给你。

正式比赛时很少有人玩“生死局”，一方面非常耽误时间，另一方面，“生死局”考验的不是真正的战术，而是耐心。最关键的是，就算双方不睦，在正式比赛时也会给彼此都留点儿面子，不会让所有人都看见。

裁判：“生死局”？确定吗？

F：确定。

裁判：根据比赛规则，提出“生死局”的人，如果最后没能取得胜利，将会自动扣掉五个积分，加到对方的积分上。

F：我接受。

裁判：请双方选择各自的职业和禁用地图。

暗殷27：职业“武”，禁用地图第七十八张。

F：职业“星”，无禁用地图。

选手席上的星帝：“噗……这小子。”

哪怕是和斐诰如此熟悉的解说段公子，听到这个选择也愣了一下：“F神选择了星族。”

台下议论纷纷。

“‘星’这个职业根本不适合单挑啊，这怎么可能？”

“如果F神这局输了的话，按照‘生死局’的规则，积分扣掉五分，给数字帝加上五分，再加上这局双方的胜负情况，数字帝很可能会挤掉第六名，进入这次比赛的前六，成功进入国际赛。”

“为什么选‘生死局’啊？这不是给数字帝机会和希望吗？”

“就是要给他希望，然后再让他绝望啊。‘生死局’就是拼后期，后期的‘星’有多强，你们不知道吗？”

是的，一个很穷，很吃后期的职业，但是却非常适合“生死局”。前期龟缩不出，猥琐发育，后期升级到三本，带着空中的飞龙一起，神挡杀神，佛挡杀佛。

选手席上的星帝摸了摸下巴，“啧啧”了两声：“我听说你们报名2VS2，他也要玩星族？

初七点了点头。

星帝微微皱了皱眉，“我本以为会让你来打星族，F神打月族。你计算能力强，还挺适合星族的。”

“他星族打得很好。”初七嘴角微微上扬，欣然说道，“看完这一局你就知道了。”

裁判：请双方选手进入调试地图，进行三十秒的调试，确认没问题请输入1。

F：1。

喑殷27：1。

裁判：双方选手调试无误，比赛，开始！

所有人的目光，聚焦在屏幕上。

第7章 如果周围太过吵闹，你就很难听到温柔的声音了

这局率先展开进攻的人是数字帝。

两个人的出生点离得不远，数字帝的迭戈刚升三级就带领小兵去尝试拆家，F神选择死守不出，建立了很多防御哨所。

暗殷27：F神，你自己选的生死局，现在故意拖时间？

段公子眨眨眼："我的天，这是不是传说中的'垃圾话'？"

所谓垃圾话，在PK类的游戏里很常见，故意打字嘲讽对方，但在《荣光2》的职业赛场上，这种情况很少见，因为操作很忙。

暗殷27：F神，准备当缩头乌龟到什么时候？这可是直播。

暗殷27：最后一届RCG的《荣光2》比赛，你就要给观众留这种印象吗？

段公子皱了皱眉："欸？我发现数字帝还挺能说的。"

"最后一届RCG了，"岳子陵看着屏幕上的两个游戏角色，轻声叹了一口气，"让所有人看着职业选手这样嘲讽，实在是……"

"电竞喷子多，当年月皇你也被喷过的。"段公子笑了笑，"习惯就好了。"

岳子陵当年创造历史的时候，无数人欢呼，他是月之第一人，是真正的奇迹和里程碑。

赞誉和诋毁同在，粉丝不允许他老，不允许他状态下滑，不允许他失败。

他有一点儿失误，就会有一群人喷他说"骄傲了，膨胀了，打游戏退步了""一看就很久没练习了，打得跟Shi一样""这还是当年的月皇？早点儿退役行吗？求你了！”

……

打电子竞技职业比赛的选手，要有强大的技术，要有超凡的意识，要有极佳的手速和状态，要让自己随时保持在竞技的状态之中。但最重要的是，要有一颗非常强大的心脏。

他们决不能是玻璃心，要能接受观众的质问、批评和鄙夷。

有一年的 RCG，国内所有选手都没能进四强。喷子们像过年一样开始狂喷，说他们丢人又无能，仿佛这些职业选手，技术还不如他们。

没有人问过，他们输了比赛之后，是怎样的心情。一年一次的世界级电子竞技赛事，一年来所有的准备，就是为了这一场比赛。落败对手的同时，还要被人奚落和嘲讽。

说也奇怪，他们输掉的是自己的比赛，但是喷子们喷的时候，就像是这些选手输掉的是喷子们的人生，丢的是喷子们的脸。

当然，也有理智的粉丝，可正是因为他们理智又温暖，反而难以被听到。如果周围太过吵闹，人们很难听到温柔的声音。

打电竞的选手，只要有点儿名气，没有不被喷的——因为没有人是常胜将军，没有人能不失误。

暗殷 27：反正你现在也死守，我们来聊天呗？我有点儿好奇，你是什么时候知道 T 哥是个女孩儿的？早就知道才会英雄救美吧？

台下的人窃窃私语。

“这个数字帝，被扒皮之后原形毕露了。”

“是为了激怒 F 神呢，还把初七推出来说事儿，怎么那么恶心啊。”

“你们看，F 神动了！”

F：说这么多，想好怎么死了吗？

屏幕上，F 神的英雄和小兵都已经动了。

刚一出门，就遇到了数字帝的埋伏。

数字帝在星光之地的附近埋下了地刺，只要 F 神的小兵和英雄走出星光之地，走到他安排好的路线上，就会被地刺刺中。

“糟糕，F 神被激怒了啊？这可不是什么好事。”

“担心什么，F 神难道还会怕他？”

“说这种‘垃圾话’的选手，F 神要教他怎么做人才行啊。”

然而 F 神只是动了几下，在门口又建了一座防御哨所，就重新回到了原来的地方。

段公子一脸蒙：“额？他刚刚是站累了，随便走走？这个 F 神，我真是……”他叹了口气，却发现选手席上的初七脸上有淡淡的笑容，他眨了眨眼睛，“都说搭档是最了解彼此的，我是对 F 神的行为摸不着头脑，但是我相信，在场有个人也许能帮我们解答，我们把她请上来做特邀嘉宾解说比赛，好吗？”

台下立刻响起了激烈的掌声，所有人的目光都看向了同一个方向。

初七微微一愣：“唔，这个不违反规则吗？”

“不违反，不违反，”段公子连连摇头，“放心吧，初七，能告诉我们，你和 F 神是什么时候认识的吗？”

初七：“不能。”

段公子：“……”

段公子：“这是你们两个人之间的秘密吗？这么神秘！”

“这和比赛无关，”初七一本正经地回答道，“你们不是让我解说比赛吗？”

段公子只好挑挑眉：“好，那解说比赛，给我们分析一下现在比赛场上的局势？”

“唔……”初七微微顿了顿，时间过去十七分二十一秒，双方的大本营都即将升到三级，数字帝的两个英雄带着兵在 F 神家门口，和刚建好的防御哨所战斗。

初七歪了歪脑袋：“是要说出所有细节，还是要留一点儿悬念？”

“额……”段公子想了想说道，“还是稍微留一点儿悬念好了，你只要告诉我们，F 神打的是什么算盘，接下来可能会出现什么样的场面，就可以了。”

初七想了想，说道：“等双方都升了三本，对峙的局面就会结束。也没什么神奇的，请大家回忆一下我之前的一局比赛，整体思路差不多。”

段公子眨了眨眼睛，还没等他反应过来，岳子陵就开口说道：“啊，隐藏主基地吗？”

这个战场上，初七曾经开过一个隐藏的主基地，在大家都以为她输了的时候，隐藏的分矿开启，后来奇迹般地反败为胜。

那场比赛还没过去多久，自然所有人都记忆犹新。

“这么说来，F神很早以前派出过农民和小兵一起探路，后来农民……好像没回来？初七你的意思是，F神也故技重演，建了一个隐藏的主基地？”段公子看向游戏上的地图，“这款游戏的地图，那他的主基地是建在了哪里？你刚刚使用过这个招数，数字帝自然是会放在心上，他这一路四个分矿全都探过，还留了侦查巡视的眼，不是吗？”

初七点了点头：“对，他探了这路上的四个分矿，但是他忽略了一个地方。”

“这里。”岳子陵开口，伸出手，指向了地图上的一个分矿。

段公子有些惊讶：“咦？不会吧，这个分矿距离数字帝的位置这么近！不可能的吧？”

数字帝的主基地旁边有一个矿洞，这个矿洞离数字帝的主基地不到十步远。

台下的人也开始议论起来：

“在这里隐藏一个主基地，那不是分分钟被数字帝推掉吗？”

“不可能在这儿的吧，也太冒险了，数字帝应该过不了多久就要开这个分矿了啊。”

“可是这话是初七说的，我感觉她说的不会错。”

比赛时间进行到了十九分三十六秒。

F神的主基地升到了三级。

“F神带着步兵和骑兵朝着迭戈和绝地领主发起了进攻！与此同时他在生产空军！双方打得比较焦灼，迭戈这边进不去，因为防御哨所还有几座没拆掉，而F神这边也不敢轻易出去，因为有地刺。啊！迭戈冲进了人群！带走了两个骑兵！然后冲出去了！”段公子提高音量，“这波操作必须要给数字帝一波666了，要知道，迭戈进来取了两个人头，然后毫发无损地出去了！迭戈已经六级了，F神这边要怎么应对呢？”

岳子陵缓缓道：“F神这边没有要补骑兵的意思，只是在生产空军和坦克单位，要推塔强拆？”

“我也觉得奇怪，损失了两个骑兵，难道不补吗？欸？”段公子更加惊讶，他揉了揉眼睛，“我是不是看错了，F神在星光之地最边缘的地方，又建了一座防御哨所？不是……这是等着被拆吗？”

初七淡淡地接过话茬儿：“对，肯定没办法建起来，迭戈会在中途就强拆掉，还会损失一个农民，三个步兵，两个到三个左右的骑兵。”

段公子：“……”

段公子有些抓狂：“那他为什么要干这种赔本不赚吆喝的买卖？”

“赔本……吆喝？”初七没有立刻明白段公子的意思，愣了片刻后才继续说道，“哦，不会赔本。”

论算账，即使是在人才济济的《荣光2》选手阵容里，也没有几个能和初七相比。

于是段公子做好了虚心求教，洗耳恭听的准备：“那……能具体说一说吗？”

初七非常冷静：“不能。”

段公子：“……”

一旁的岳子陵憋笑憋得非常辛苦，他缓了缓才说道：“初七，可能是不想泄露机密吧？我们看看后面会发生什么？”

“初七上次是用被拆掉的主基地消耗对方的有生力量，逼得双方不得不拼后期，一直拼到对初七有利的时间线来临，”段公子皱着眉仔细回忆了一会儿，“可是上回初七对战的地图，双方主基地距离非常远，这次不一样啊！”

段公子一边看着场上的对决一边说道：“F神的分矿如果真如初七所说，建在数字帝的分矿门口，那现在肯定还只是一个一级的隐形的主基地，就算英雄不在，数字帝想用小兵强拆掉这个主基地，也是很方便的啊！这样不是太冒险了吗？”

场上的对决还在继续，果然如初七所言，迭戈强拆掉了那座防御哨所，F神这边还损失了一个农民，三个步兵，迭戈和绝地领主还在继续攻击F神这边的英雄和骑兵，当然，F神也利用地理优势进行了反击，双方对决之后，F神虽然损失了一堆兵，但也杀掉了绝地领主。

段公子眨了眨眼睛：“哦，是因为换掉了对方的一个英雄，所以说不是赔本的买卖吗？可是迭戈还活着啊，现在要怎么做？”

“看他心情吧。”初七轻声说道。

“哈？”段公子一头雾水，“看谁心情？什么意思？F神吗？”

初七点了点头：“应该稳赢了。”

段公子：“我的天，我看场上的情况，无论是经济还是人口，都是F神的劣势啊，怎么就稳赢了？数字帝的大部队已经往F神的主基地这边来了，F神还有几座防御哨所，英雄也都还活着。‘星’这个职业的单位，只要在星光之地上，回血速度增加，攻击和防御都会提高，这也是为什么，虽然数字帝这边一直占优势，但是也只能骚扰，迟迟不能把F神的主基地拿下的原因，但是等数字帝的空军单位增加，F神这招就没用了。”

“对，”初七说道，“所以不会拖到那时候。”

双方都已经升了三本，都在出空军。

空军造价昂贵，时间很久，而且占据的人口很多，一个步兵只占据一个人口数，但一个空军占据五个人口数。《荣光2》的总人口是有限制的。

初七看向屏幕，她微微眯了眯眼睛，估算了一下数字帝那边大部队行进的速度和位置，喃喃自语道：“唔，差不多了。”

三秒钟之后。

屏幕上一道光芒闪烁。

“你看，”岳子陵说道，“隐藏基地显示了。”

“啊！隐藏基地出现了！”段公子有些激动，提高了音量，“还真是在数字帝的基地旁边！星光之地！金色的光芒闪烁着，《荣光2》的画面一直非常受玩家的喜爱，尤其是星光之地的设计，星帝的那招‘星星之火’，曾经是无数人的电脑壁纸，黑夜里的星火光芒，无可比拟的美好。”

岳子陵点了点头：“说真的，最早我是很想玩‘星’这个职业的，只是这个职业前期太穷了，后来没办法，才选择了打月族。当然，月族也好看，整体的设计各有各的风格。”

“你可是月之第一人，如果嫌弃月族的话，你的那些粉丝们可能要气炸了，哈哈！”段公子笑起来，目光却一刻也没有离开战场，他“咦”了一声，有些惊讶地说道，“F神的分矿那边在做什么？我有些没看懂，是在往前扩展，建造防御哨所？哇……和数字帝的防御哨所好像很近啊！”

段公子继续解说道：“因为数字帝的大队人马已经走了一大半的路，所以迭戈没有选择让他们回城守卫，毕竟，F神的分矿只是个一级的主基地，对他们构不成什么威胁。F神那边也只有一个农民而已，数字帝只要派一个小兵过去就可以打死那个农民。数字帝现在还是选择全力攻击F神的三级主基地。”

听到这里，初七的嘴角微微扬起，有些残忍地说道：“所以他会输。”

“额……”段公子有些尴尬地挠挠头，“那个，初七你这样我有点儿为难，作为解说我都不知道该说啥了。”

“‘星’这个职业，前期之所以穷，是因为维持星光之地需要很多经济，”初七的声音很轻，但是全场都安静了下来，听她说，“但星光之地有成倍的加成和回馈，《荣光2》曾经有一种打法很流行，在商店里购买临时的攻击哨所，外形、功能和防御哨所一致。但是，是用来拆别人主基地的。很多选手觉得不划算，因为攻击哨所非常昂贵，也同样需要农民去建造，甚至有可能建到一半就被对方给拆了，得不偿失。慢慢就没人在商店买这个了，只有一种职业除外。”

岳子陵眼神一凛，问道：“是‘星’吗？”

“对，只有星族还有人偶尔玩，因为星族在乎的不是攻击哨所，而是建筑带来的星光之地。”初七微微偏过头，看了一眼坐在嘉宾席上的星帝，才继续缓缓说道，“只要建筑时间超过五秒，就算失败了，也可以在地上形成星光之地，‘星’的英雄和兵种在星光之地上进行攻击，一样能够享受星光之地带来的加成。”

岳子陵点了点头，说道：“后来这个职业只要看到星族建造了攻击哨所，对手就会优先砍死星族农民，因为需要农民来建造攻击哨所。久而久之，这个战术因为容易被人针对，也就没多少人用了。”

“所以说……”段公子恍然大悟，“分矿的目的不是开矿，而是为了星光之地！农民在星光之地的边缘建造防御哨所，是为了扩展星光之地！啊！农民被杀了，但是星光之地建好了！数字帝这边留下来的几个小兵，也已经准备去攻击F神的分矿了！两边的主基地会一起受到攻击吗！”

“攻不下来的。”初七摇摇头，“星光之地所带来的加成，不是只有兵种才有，对主基地的加成一样有，星族一级的主基地虽然脆，但是可以拖三十秒以上。”

就在这时，屏幕上光芒闪烁。

“欸欸欸？”段公子瞪大了眼睛，“这是……”

他揉了揉眼睛，有些不敢置信：“等会儿？这是什么意思？F神放弃了自己的第一个主基地吗？一半的兵和一个英雄留在这里，剩下的一半……啊！回城卷轴！”

“F神一半的兵和攻击的英雄来到了分矿！”段公子的语速骤然加快，“想必这时候不用我多说，大家也都明白，F神是要直接拆家！他出了很多专门用来拆家的坦克装甲车和空军！一半的兵直接站在了星光之地的边缘进行攻击！”

“回城！数字帝也开始选择回城！但是迭戈被缠住了！绝地领主在这时候复活了，这波能救吗？！”段公子激动异常，“空军拆家速度太快，因为有星光之地的加成，对方所剩无几的抵抗几乎毫无作用，即使是绝地领主，也无可奈何！好快！主基地还有70%的血量！”

“30%！”段公子握紧了拳头，“迭戈率领军队回城了！这还来得及吗？！”

几乎所有人都屏息看向屏幕。

但是初七和星帝没有，因为他们很清楚，胜负已分。

回城需要时间，回城之后还要0.5秒的反应时间，即使是迭戈，也没办法攻击对方的空军单位，数字帝的防御哨所所剩无几，F神的微操天衣无缝，剩下防御哨所攻击不到空军。数字帝这一次……

“主基地被拆！”

喑殷27被F神击败。

段公子看向比赛场上的废墟和弹出的提示，长舒了一口气：“让我们恭喜F神，取得了这次比赛的胜利。”

“生死局”，不能投降，只能眼睁睁地看着自己的主基地被拆的一干二净。

>> 第8章

在电子竞技的赛场上，假设没有意义

台下掌声雷动。

数字帝愤愤不平地站起来：“太过分了吧！和作弊有什么区别！？”他看起来很生气的样子，攥紧了拳头说道，“F神，我知道你英雄救美所以从复出到现在就处处针对我。但是用这种手段赢我，也没有多光彩吧！明眼人都知道我占尽优势！”

“占尽优势？”斐诰看向愤怒不已的数字帝，忍不住扬起嘴角，“是不是占尽优势我不知道，不过明眼人应该都看得到，你的主基地，被我拆了，你输了。”

斐诰看了一眼屏幕，有些无所谓地耸耸肩：“说来也奇怪，如果一个人，占尽优势最后还输了比赛，应该检讨自己为什么一手好牌打得这么烂，而不是去找他的对手谩骂，说自己本来可以赢。在电子竞技的赛场上，假设没有意义。”

数字帝一时气结。

就在这时候，斐诰缓缓伸出手：“按照惯例，此处我们应该握手，然后本着‘友谊第一，比赛第二’的原则，在镜头前笑一笑，留个合影什么的。”

数字帝在原地站了三秒钟，皮笑肉不笑地说道：“这种虚情假意，我看就不必了。”

说完，他转身就往外走。

“有一件事情我需要说清楚，”斐诰没有看数字帝离开的背影，而是看向了台下的观众，“数字帝也好，其他人也罢，很多人都说我的复出是为T哥鸣不平，叫板数字帝让他和我单挑，是出于‘英雄救美’这个心态。不是的。当年我和T哥一起打过几次游戏，看过T哥不少比赛，知道T哥是个非常精确计算的人，操作精准、思维缜密、计划周详、不爱说话、有一些神秘感、时间观念极强……这是T哥给我的印象。”

“那时候我和其他人一样，以为T哥是个男人。我回国后，最初看到那些黑料时，整个事件时间线混乱，聊天记录里用词下流不堪，逻辑思维堪忧……这种没有智商的污蔑，像是精于计算的选手做出来的？我不信。那些黑料经不起推敲，无论T哥是男是女，一个认真打比赛的《荣光2》选手，不应该被人泼这样的脏水。无论T哥是男是女，率先站出来攻击T哥的数字帝，都是落井下石，蓄意攻击。让我觉得无比恶心。”

“那时候我刚回国不久，也不知道T哥的真实身份。站出来打比赛只有两个原因，第一，我相信我看人的眼光，T哥绝不是那种人；第二，数字帝的种种行为，我不但看不顺眼，而且看不起。我从来不是英雄，却也看不惯数字帝的嘴脸。”

斐诰说完这些话，看了一眼台下的观众，然后轻声说道：“这件事对所有人都是个教训，网络暴力和人云亦云到底有多么可怕？这些年的例子比比皆是。初七无辜，被人肉出真名和微博的初七表哥更无辜。我看到有人在论坛上说我和初七得理不饶人，我也在这里把话说清楚。”

他微微顿了顿，声音却变得更加低沉严肃：“第一，得理的一方为什么要饶人；第二，有数字帝的粉丝给我发私信说希望给数字帝留点儿面子。人的面子是自己挣来的，不是别人给的，望各位周知。”

“当时选择去谩骂T哥的人，如果你还在看还在听，我想你欠初七和她表哥一个道歉。最应该道歉的那个人，连比赛结束后跟对手握手的勇气都没有，我也不指望他能公开发声道歉，公道自在人心。”说着，斐诰深深地向观众鞠了一躬，“我说完了，耽误大家时间，不好意思。”

台下，坐在观众席上的边牧猛地站了起来，疯狂地鼓起掌来。

观众都跟着他站了起来，顿时整个场馆内掌声雷动。

初七看向边牧的方向，发现他眼眶是红的。

斐诰没说错，边牧其实才是这次事件中，最无辜却被最多人谩骂的人——那些人以为他是Ture。

“表哥，说起来，我也欠你一句，对不起。”

“国内的六强已经产生，”段屿拿着手里的名单，激动地说道，“分别是沉安、鳗鱼、F神、星帝、初七和大懒。半个月后举行国际赛，国内外共十四名选手进行角逐。这是最后一届有《荣光2》这个项目的RCG，希望这一次的世界冠军，在我们的选手之中。”

一旁的瞎转悠点点头：“国际赛开启之前会进行《荣光2》双人赛的比赛，最终选出四支队伍，进入国际赛。”

“大家加油！我们国际赛再见！”

这次积分沉安排名第一，本该作为选手代表上台发言，但沉安天生不爱说话，也不怎么合群。最后被选上台讲话的人是鳗鱼，鳗鱼仍然是老样子，脸上挂着淡淡的微笑：“嗨，我之前看到积分排名出来我就知道要糟，因为沉安不愿意接受任何采访，我比F神高了0.3分，也不知道你们这个分数是怎么算出来的，简直匪夷所思，我怀疑裁判组是为了让我上台讲话，故意这么算分的。好在我也不是第一回‘赶鸭子上架’上台来讲话了，早就习惯了。”

台下的观众也跟着鳗鱼笑了起来，鳗鱼和很多《荣光2》的选手不同，他是个吊儿郎当的人，从他身上看不到有任何严肃、认真的痕迹，他特别爱笑，没有架子，每次赛后采访，无论鳗鱼是输是赢，脸上都是挂着微笑的。

平心而论，鳗鱼长得不算帅，非常普通的宅男形象。他不是打游戏打得最好的那一个，但很多人喜欢鳗鱼，喜欢他这种“接地气”的感觉。他是优秀的《荣光2》职业选手，但他输了之后，会笑。

鳗鱼会笑着说：我已经尽力了，我很享受这场比赛，有些失误的地方，以后努力改正。我觉得现在没有理由不开心。

他是真爱笑，会龇牙咧嘴地笑，不好意思地笑，含蓄地微笑，开心爽朗地大笑……他的粉丝喜欢他这种无论发生什么事情都能“笑对人生”的乐观，很少气馁，很少沮丧，哪怕输得很惨，他还是会笑着说：哎呀，输得好惨哦，争取下次赢回来，哈哈哈。

最初很多人觉得他在逞强，然而这些年过去，大家发现鳗鱼真是这样的人，他不喜欢在已经结束的比赛上浪费时间去后悔沮丧，甚至否定自己，他很快就接受结果，然后调整状态，投入到接下来的生活和比赛中去。

脸上能一直保持笑容，这无疑是一种能力。

而且，他的笑容似乎能感染很多人，粉丝们感谢鳗鱼，说：鳗鱼的笑容会让我觉得，这款游戏乃至这个世界的戾气都少了一些。

也因为这个，鳗鱼无论是在媒体、粉丝还是在职业选手圈，都是人缘最好的那个。即使不怎么和人相处的沉安，也愿意和鳗鱼打交道。

鳗鱼清了清嗓子，说道："挺开心的，最后一届RCG《荣光2》比赛，还能进入国际赛。我没有报名2VS2的比赛，这半个月会好好休整一下，为国际赛做准备。在这里也给所有报名参加了2VS2比赛的选手们加加油，我们进入国际赛的这几个人里面好像有四个人参加了，不知道会不会出现所谓的双料冠军？我很期待！各位，我们国际赛见吧！"

国内的2VS2排名，其实就是星帝、大懒和初七、斐诰这两队之间的较量。

接《疾风游戏公司挑战书》！本周末疾风游戏公司将与我司展开《全民斗魂》游戏的角逐！我司会在两天内先进行公司内部选拔，选出两至三支队伍前往疾风游戏公司进行比赛，在公司内部获得了第一名的队伍，每个人能拿到一个Kindle。和疾风游戏公司对战的第一名，队里每人一部新出的某品牌手机。

被拉来参赛的初七皱了皱眉，说道："周末就要比赛，时间是不是太紧了？"

行政主管压低声音说道："这个没办法，过去几年和疾风游戏公司比赛，我们都赢了，今年规则和比赛场地都是他们定的。"

初七有些为难："规则很不合理，而且我最近没什么时间打《全民斗魂》的练习赛。"

李主管也叹了一口气："时间上没办法通融了，两家公司的老总都铆着劲儿呢，大家工作都忙，但是既然已经接了这个挑战，我们肯定要全力以赴。其实我们已经初步筛出了几个人选，但疾风游戏那边有个硬性规定，要求每个队伍里至少要有一个女孩儿参加，我听宋词说你水平很高，去打职业比赛都没问题。”

“唔……这真是过誉了。”初七摇摇头，“既然是公司的需要，我可以参加。反正是先打公司的内部赛，对吧？打了比赛之后，应该也能确认到底谁比较强。”

李主管点点头：“对的，初七你加油！我觉得你超强！”

公司内部赛是抽签定人，初七和宋词抽到了一组。

其他三个人是游戏事业部的周军和周静，还有 IT 部的岳晓东。

公司内部赛从第二天开始，所以当天下午下班，他们五个人就开始一起打游戏磨合。

打了两局，其他三个人就不淡定了。

岳晓东：“这也太强了吧！？”

周静：“我这个队长当不下去了！”

周军：“我们队肯定可以赢！其他几个队的水平我还是知道的。”

原本初七还觉得人事主管的信心毫无理由，现在终于知道了公司员工《全民斗魂》的大概水平：即使是游戏事业部的那些人，平日里工作非常忙，真正能玩游戏的时间反而不多。就算偶尔开黑，也是和自己熟悉的人一起，5 VS 5 的游戏，很需要团队配合。

《全民斗魂》队伍的核心是什么？指挥。

一个出色的指挥需要什么？大局观、意识、准确的判断、精准的计算和能够服众的操作……初七虽然不是队长，却自然而然地成为队伍的指挥。

“射手出一个制裁，对手有四个人出了吸血的装备。”

“法师换双鞋，对面双法控制多，换抵抗鞋。”

“坦克跟着我，一起去探一下草丛。大龙附近蹲他们一波。”

……

等初七回到家的时候，比平时晚了一个半小时。

但她还是习惯性地打开电脑，上了 YY，惊讶地发现那个紫色马甲竟然在。

“回来了？”

在她进入频道的同时，传来了熟悉的男声。

初七轻轻地“嗯”了一声，又忍不住疑惑地问道：“你一直在等我？”

“没，我也刚到，听宋词说你们公司要练习《全民斗魂》的比赛，会回来得晚一点儿。”

初七眨了眨眼睛：“这你都知道？”

“打《全民斗魂》嘛，宋词问我有什么建议。”

初七轻声笑起来：“你怎么回答的？”

“让她一切听你的。”

初七忍不住笑了笑，她有些调皮地反问道：“那我听谁的？你的吗？”

“准备打什么职业？”斐诰的声音仍然很轻。

初七歪着脑袋想了想：“今天抽签定了队伍，宋词只会玩‘法师’，周军是玩‘射手’的，周静习惯玩‘坦克’，岳晓东平时玩‘射手’或者‘刺客’。”她顿了顿，叹了一口气，“我们这个阵容，我只能‘辅助’了吧。”

“如果对手很会玩，那‘刺客’的责任就很重大，切后排，切高伤都是‘刺客’的责任，”斐诰说道，“怎么，你不玩‘刺客’吗？”

“岳晓东打‘刺客’还是打得不错的。而且，如果我玩辅助，我来指挥我来带节奏，其实比我玩‘刺客’要好一些。”

“也对，全队辅助可控可逃可攻，视野也好很多。我听说对手是疾风游戏公司？”斐诰右手摸了摸下巴，“公司内部赛我倒是不担心你，不过……疾风游戏在这方面口碑不太好，规则定了吗？”

初七挠挠头：“还在做最后确认，他们公司口碑不好？”

“我也只是听说，”斐诰轻声笑笑，“蔺韩宇是疾风游戏公司的CEO，这几年《疾风》游戏找了不少公司打友谊赛，去年找其他公司约战过《荣光2》。输了比赛之后都不肯出来握手。”

蔺韩宇，游戏公司老总，掌控着不少游戏，其中就包括《荣光2》，而疾风游戏公司，也是蔺韩宇的产业之一。

初七缓缓说道：“这都是后话了，先把公司内部赛打完再说吧。”

那头传来男声的轻笑，然后她听到斐诰说：“今天还练习吗？”

“2VS2的比赛是什么时候打？这周四？”说话间，初七已经打开了《荣光2》的游戏界面登录了游戏，刚一上线，就收到了来自好友的游戏邀请，她点了同意之后进去，“抱歉，最近练习时间会少。”

斐诰无所谓地说道：“2VS2还好说，这几天的比赛问题不大。倒是国际赛，你自己要多做准备。前六名中，你只熟悉我和大懒，其他人你都没有对战经验。多抽点时间练个人技术，不要练2VS2了。”

“这样也不好，”初七摇摇头，她做事一向认真，从小到大都不知道“混”这个字怎么写，所以她很认真地说道，“我会重新定这段时间的安排，缩短做其他事情的时间，每天至少要练习五局左右的《荣光2》，两局2VS2，三局个人练习，否则很难保持状态。”

他们都过了职业选手的巅峰时期，如果不保持练习，APM会继续下降。和其他职业选手相比，他们的训练量实在是很低了。

尤其是和沉安相比。

沉安虽然心态不好，但技术无可指摘，这跟他平时的练习量分不开。他的世界里似乎只有这一款游戏，从来没想过要转行，也没想过要打其他的游戏，他就是一心一意玩《荣光2》。

天赋、勤奋、专注、努力……即使临场状态非常容易崩溃，一旦劣势从来没能翻盘——但是沉安的实力仍然有目共睹。

除了沉安，没人能在BO7的时候4:0封月皇 ——即使那时候月皇已经状态下滑，但仍然是第一手速。

除了沉安，没有人能在六分钟之内，直接拆掉大宇的家——彼时，大宇还是全国前三。

除了沉安，没有人能在四十分钟的大后期，打的星帝毫无还手之力———星族三本之后强无敌，但沉安操作太好，那一局的大后期也被碾压到无以复加。

考虑到马甲天梯排名太低，匹配到的对手太弱，他们用自己的ID进行了匹配。对方一看是他们两个人都开始在全部频道里讲话。

本人无所畏惧：啊，是初七和F神吗？！

本人什么都怕：哇，偶像偶像偶像！CP党一本满足！

初七皱了皱眉，想起之前杜宛若和自己说的那番话，不由得走了神。

“初七？”

耳机里传来道低沉的男声，她这才回过神。

游戏已经开始了。

比赛过程乏善可陈，对方的水平和他们不是一个档次，飞速取胜之后，初七和斐诰开了一场 1 VS 1，斐诰突然问道：“你那个学长，最近有联系你吗？”

初七的英雄刚才惨死在斐诰手下，正在等待英雄复活，稍微愣了一下：“陈师兄？你所说的最近指的是什么时间段？二十四小时之内，三天之内，还是……”

“我指的是他向你求婚被拒绝之后。”斐诰轻声回答。

空气似乎凝固了好几秒，初七的脸无端有些绯红：“没有。”过了一会儿，初七问道，“你怎么会知道这个？宋词告诉你的？”

斐诰轻叹了一口气：“是陈跃跟我说的。”

对这个回答初七还是很意外：“怎么？师兄找了你？”

“昨天偶然遇到，他说他已经向你求婚了，你答应了。”斐诰说到这里，顿了顿，“还祝我们比赛顺利。”

初七秀眉蹙起：“他去找了你？”

“是啊，”斐诰的声音里带着一点点笑意，“然后我说谢谢他的祝福，还让他别因为你的拒绝而难过。”

“你这么笃定我拒绝了他？”

“嗯。”斐诰轻声道，“我觉得如果你做了这样的决定，出于负责任的态度，应该会告诉我。”

初七有些发愣，还没等她反应过来，就听到低沉的男声继续说道：“毕竟，以你的性格，一旦名花有主，会用自己的方式，让其他追求者早日死心。”

其他追求者。

初七一时间不知道该怎么接。

“初七，”斐诰的声音很低，“我不该在这时候说这些，但是，就像我之前说过的那样，我会吃醋啊。”

……

初七分明戴着耳机，却似乎能够清楚地听到自己的心跳声。

她的心仿佛自成一座山谷，那个人的声音低沉如絮语，在山谷中久久萦绕，盘旋回荡。山谷中本来无比平静，却因那些话而嘈杂起来，树叶沙沙作响、石头变了位置、风也换了方向……她二十余年从未有过这样的感觉，陌生，却又新奇。

斐诰静静地等了一会儿，没有等到她的回应。

他伸出右手，支在下巴上，看着屏幕。

初七手中的英雄，已经停止了三秒钟的动作了。

斐诰不动声色地扬起嘴角："打《全民斗魂》比赛的时候，你用占卜大师这个英雄吧。"

话题转换得猝不及防，但成功化解了初七原先的尴尬，她下意识地接过话茬儿："占卜大师不是只有体验服才有？"

新出的辅助法师，前期很强，后期尽量保住己方的输出位。一技能是链条，能连接到每一个人。连接队友就是加速加伤，连敌方就会给对方减速，减少输出；二技能是个切换按钮，改变链条性质，紫色加速加伤，切换黄色加防御。

这个英雄的大招是以血换血，链条连接时按下大招，自己掉血给队友加血。链接敌方时用自己的血让对方掉血。使用大招之后脱战，占卜大师损失掉的血量能在十秒内慢慢恢复。被动技能是普攻对方三下后对方进入眩晕状态。

初七在体验服玩过一次，这个英雄无疑是这个版本的最强辅助。

"明天下午会更新新版本。"斐诰的声音平静。

初七闻言笑了笑："你这算是给我提示让我走捷径吗？"

"建议而已。"斐诰的声音里透着些许狡黠，"我看你打《荣光 2》不在状态，明天开始打《全民斗魂》比赛，好好加油。今天早点儿休息。"

直到初七关了电脑去洗澡的时候，还觉得自己的脸有些发烫。

至于那位求婚失败了的师兄，此时正一个人在喝酒。

其实很长时间以来，他都把初七当作私有物。

他始终认为，和初七结婚，借初七父亲的力量让自己更上一层楼，和初七一起发展事业，生一个非常优秀聪明的孩子，给这个孩子最优质的教育……是他和初七之间一定会过的生活。

一直以来，他理智也清醒，他觉得自己和初七是同一类人，不会对谁产生怦然心动的感觉。也不相信所谓的爱情，更不会因为一时冲动而做出选择。

他欣赏初七的能力，也喜欢初七的个性。不矫情，不骄矜，无论是身材样貌还是智商能力，都是他认识的女性中的佼佼者。

她无疑是非常优秀的，对自己也很有帮助，和她聊天是愉快的，两个人即使都不说话，也不会觉得尴尬。甚至，他一直觉得，这样的感情能算是互相喜欢了。

直到他看到了那个人和初七的互动，那个人的眼神太明显，在提到她的时候，眼里都会有不一样的神采。似乎对他来说，初七是这个世界上最独一无二的存在。

他第一次感觉到了危机感，才会明明失败了，还是忍不住要过去示威。

——“不必来跟我说什么‘你求婚成功了’之类的胡话，你如果真的成功了，你就不会是这个脸色了。况且，她一定会告诉我。

“我从来不觉得她一定会是我的，但我不会放弃。

“对了，有件事，应该说明一下。她自然有吸引无数人的魅力，所以是不是第一个向她告白或者求婚的人，并不重要。

“重要的是，谁是成功的那一个，不是吗？”

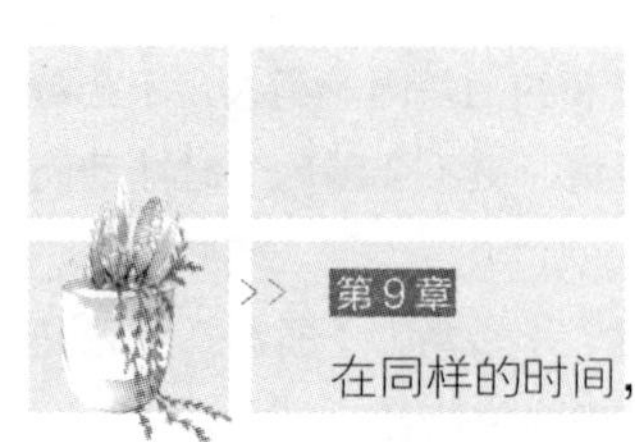

第9章 在同样的时间，做同样的事情，这就是所谓的相对公平

公司内部的《全民斗魂》选拔赛，初七所在的队伍毫无悬念地拿了第一。

“初七！你太厉害了！我就知道有你在就很稳！”

初七却皱紧了眉头，脸上没有丝毫胜利的喜悦。

宋词忍不住凑过去：“怎么了？”

“比我想象中糟很多。”初七拧了拧眉心，说道，“我们的队伍实力不强，可是公司其他的队伍却毫无还手之力。”

宋词挠挠头：“啊？这不是因为你指挥的好吗？我们很厉害啊！”

“虽然是派出三支队伍出战，但我们是第一名，主管的态度你也看到了，对我们寄予厚望，”初七的声音清澈，“如果我们输了，公司要靠谁来取胜呢？”

宋词没想过这个问题，她带着侥幸心理回答道：“欸，也许是因为你平时遇到的都是特别厉害的人，才觉得我们很弱。你那个新英雄很厉害啊，其他公司的人也没办法应付吧。毕竟是新英雄。”

“占卜大师是很强，但是短板也非常明显，”初七认真地分析道，“你不能把取胜的关键寄托在一个前期辅助身上。”

“唔……”宋词又挠挠头，“那要不然，你换个英雄？或者换个人？作为公司代表出战的时候，可以换最强阵容啊。人事主管和你说过的吧？别为了面子不肯重组队伍，我们的队伍中，只要你觉得不够好的，都可以换。包括我！

“是有不够好的，但是不知道怎么换。”初七从来都不知道委婉为何物，直截了当地说道，“你的‘法师’打得不算出挑，但胜在和我配合了很多次，而且很听话，无条件地信任我。最重要的是，在我们对阵过的队伍中，我没觉得哪个队伍的‘法师’打得好。”

周六就要跟其他公司比赛，现在就算是重组队伍，也要重新磨合，重新培养队友之间的默契。换一个中单，就算打得比宋词好，但是能像她一样信任自己吗？

“关于占卜大师的问题，我也还是有些担心。”初七轻声道，“一方面是后期弱，另一方面是公司内部赛没有禁用英雄。出去比赛，很可能会禁用占卜大师。”

这不是危言耸听，《全民斗魂》这几天的排位赛，占卜大师基本第一个被禁用。

宋词听完之后小脸皱成一团：“啊，那怎么办啊？哎，怎么还不出比赛规则？”

周五那天，比赛规则出来了。

初七无法相信：“一局定胜负？六支队伍三打三，一轮就淘汰掉三支打输的队伍？最奇怪的是，竟然不能用铭文？”

“是啊，不能用皮肤就算了，铭文都不能用是什么意思？”宋词皱紧了眉头，铭文的选择和搭配，本身也是实力的体现，宋词忍不住问道，“规则不能修改了吗？”

李主管叹了一口气：“这我之前也提过，赛制不合理，但对方不肯修改了。”

“疾风游戏公司一向如此。上次也是在比赛前一天才告诉我们规则，所有人都措手不及。《全民斗魂》有一些输出位置的英雄非常需要铭文。一旦没有铭文，比赛时间会拉长，但是有些英雄本身就是前期英雄，比如冠军队那个女孩儿的占卜大师。”

所有人的目光都看向了初七。

初七点了点头：“对，占卜大师后期比较弱。不过……这些也是相对的，因为如果对方没有铭文，那么前期的占卜大师，就可以说是无敌。”

“不过这个赛制对我们来说是不是也有点儿好处？普通的开房间，

没有 Ban 位。之前初七不是一直担心占卜大师会被 Ban 掉吗？”宋词看向初七，眨了眨眼睛，“现在不用担心了呀！”

一旁的周军却摇摇头：“现在有一些很强的法师和很恶心的组合，占卜大师只是其中一个， 他们不 Ban 我们，我们也 Ban 不了他们，而且事前没办法判断对方阵容。”

“其实，一局定胜负的话，有没有禁用的确意义不大。”初七缓缓说道，“事前不了解对手，不知道对方擅长什么英雄。本来我想第一局作为实验，打了看情况，第二局换阵容，Ban 英雄，选克制……但是一局定胜负。”

“我最担心的还是铭文的问题，”之前一直安安静静的周静说道，“铭文怎么才能看出来带没带？”

宋词一拍脑袋：“对啊！就算用了铭文，比赛结束之后也看不出来的呀！”

李主管对这款游戏不熟悉，闻言皱了皱眉：“啊？什么？这是看不出来的吗？”

“对，”初七点点头，其实她做兼职游戏测试时，有人提过，《全民斗魂》助手这个 APP，有新手攻略和出装搭配，还能查到过往比赛数据，应该增加一个功能，就是查看对方的铭文等级和搭配，不过这个没下文了。”初七顿了顿才继续道，“到时候问问疾风公司的人吧。”

李主管很无奈：“这个节骨眼儿上很难做修改了，各位，在同样的时间，做同样的事情，就是相对公平。大家都打起精神来，好好比赛！”

疾风游戏公司。

初七坐在安排好的地方，看到了屏幕上的投影。

“哇，这么正规，”一旁的宋词咂舌，“比赛的时候还有直播？可是三个队伍同时进行比赛，直播的时候怎么弄呢？”

到底只是一个游戏公司，再怎么准备妥帖，也不可能和大比赛一样，初七想了想，说道：“应该会轮番播放吧，他们还准备了解说？”

初七抬起头，看着台上的男人。男人约二十多岁，身高在一米八左右，手里拿着麦克风，脸上带着微笑和旁边的女孩儿在说着什么。

“好帅哦！”宋词忍不住花痴道，“不知道声音好不好听，旁边那个女孩儿就是这次比赛的裁判？”

“嗯。”初七点了点头，“只有她一个。”

理论上不应该。

两个公司进行的比赛，为公允起见，应该设置三个裁判，一个主裁判，两个副裁判，比赛是疾风游戏公司发起的，那么疾风游戏担任主裁，副裁两个公司一边一个，这样才公平。

裁判说完比赛规则，问大家有没有什么问题的时候，初七举起手问道：“这次比赛不能用铭文，如何确定大家有没有用呢？靠选手的自觉吗？”

“哦，当然不是，”担当裁判的女孩儿露出甜美的笑容，“我们会有人专门在房间里查看的，放心吧。”

抽完签，六支队伍都开始进入不同的房间做准备，进到房间初七就皱紧了眉头，她能清楚地听到隔壁房间的声音。

“怎么是这样安排？”他们队的周军也皱起了眉，“对手房间就在我们隔壁？不会造成干扰吗？”

宋词挠挠头：“要跟裁判提吗？”

“这里的 wifi 有点儿卡啊，”周静测试网络之后叹了一口气，“不是说疾风游戏公司的 wifi 很好的？怎么卡成这样？”

初七略一思索：“别用这里的 wifi，用流量吧。还有，比赛的时候注意力集中，尽可能不要受外界干扰。一局定胜负，我们只能用之前的老阵容打打看了。”

“有我们初七这个地表最强指挥在，我相信我们能赢！”周军充满了信心。

宋词环顾左右：“怎么就我们五个在，不是说会有人进来检查铭文和皮肤状况吗？”

两边的组队已经准备好了，双方英雄选择完毕，本来应该进来检查的裁判却迟迟没有来。

最后二十秒，裁判终于跑了进来，女孩儿脸上还是挂着微笑：“我来看看你们的铭文，嗯……”她一一检查了大家的铭文，这才点了点头，“OK，都是零铭文，祝你们比赛愉快。”

比赛，开始。

这局比赛一共打了三十七分钟，打到双方都几乎筋疲力尽。最后初七他们还是输了。毕竟占卜大师这个英雄，实在是不适合拖这么久的后期。

“就差一点儿！”宋词眼眶都有些泛红，“刚才最后那一波打掉那条龙，我们就能反杀了！”

和他们房间的低气压形成鲜明对比的，是隔壁房间里传出来的欢呼声。

宋词撇撇嘴：“我的锅，前期被对面的‘法师’单杀太多次，我的‘法师’还是不行啊。”

“我的‘坦克’没有打好，一直被对方控制着……”周静叹了一口气，“没想到对方是这个阵容，不然我不会带治疗这个技能，应该会带眩晕。”

“先别说这些了，出去吧。”

五个人这才起身，朝外面走去，走到了之前等待的房间，才发现其他两支队伍的人都已经坐在了那里，也是满脸沮丧。

初七心里一沉。

一旁的李主管脸色也不太好看，却还是安慰道：“你们辛苦了，他们两支队伍也输了，你们先休息一会儿。我有点儿事情，需要跟对方公司的人沟通一下。”

宋词瞪大了眼睛：“啊…… 初七，这意思是我们三支队伍全都输了吗？”

全军覆没。比赛之前李主管还想过他们三支队伍全胜包揽前三的情况，如今却是被对方剃了个光头，难怪脸色那么难看。

初七缓缓地走过去，和其他两支队伍的人打了声招呼。这段时间，其他几个参赛的同事也都认识了初七，上前跟她说：“你打得挺好的，只是英雄不适合拖后期。”

“你们坚持的时间长，”另一个同事说道，“我们两支队伍都是十几分钟就被打败了，后来全都在看你们比赛。说真的，你们的防守很精彩啊。怎么会落下风？有占卜大师这个大前期英雄，不应该啊。”

宋词有些不好意思地低下头：“怪我没打好。对面的法师好强，我前期送了太多人头，和下路射手一起，初七没顾上我们。”

“我们也是输了之后出来看你们比赛，还是有一点儿惊讶，你们差一点儿就赢了啊。”

“对了，你们的网络卡不卡？”

“我打团的时候直接卡死了，460的延迟，一直撞墙，等我反应过来，已经团灭了。”

“对对对，我们的网络都很卡。”

周静点了点头：“我们当时也是觉得这边的wifi卡，所以我们是用流量打的。”

“啊，早知道我也用流量了啊！”

就在大家聊天的时候，门口传来了争吵声。

“不重赛！你们网络卡怎么不早说？！”

所有人的目光都被吸引了过去，李主管正在和裁判还有对方三支队伍的队长商量着什么。

“我也不是说非要重赛，我只是提一下这个问题确实存在。”李主管心情糟糕，脸色也不怎么好，“我们这边的网络的确存在卡顿现象。”

其他几个队员走了过去，纷纷证实了自己的网络确实卡顿的问题。

和李主管争吵的那个人，是刚才和初七他们对战队伍的队长。

他明显有些激动：“当时我们就说过了，如果觉得网络卡，可以直接申请暂停，你们当时没有申请，现在来说？我们打了四十分钟，都很累。你们说重赛就重赛？”

“重赛不是我们提出来的，”人事主管继续说道，“是刚刚我和你们裁判说了这件情况，你们裁判说征求一下你们的意见。看是否需要重赛。说真的，你们打了四十分钟，我们的队员也打了四十分钟，这种辛苦是双方的，我们的队员也不想重赛。”

听到这话，初七站起身，就要走过去和人事主管解释些什么，却被宋词一把拉住：“初七，你是不是想去跟人事主管说我们的网没卡？”

初七点了点头。

“别去，”宋词咬了咬嘴唇，压低了声音说道，“其实李主管是觉得我们有希望能赢，才想争取重赛，即使我们没有卡顿，也不能主动说。”

初七微微一愣。

“都说友谊第一，比赛第二，但是双方都很重视这次比赛，”宋词继续说道，“三支队伍都输了，说出去真的很丢脸。其他两支队伍的确存在网络卡的情况，而且刚才那一局，我输得很不甘心。想不明白那个‘法师’怎么那么强！”

听到宋词的这句话，初七又皱了皱眉，她坐在自己的位置上，打开了视频回放。

这是她刚才保存的全局录制视频。因为这局刚开始的时候她在下路跟着‘射手’，中路死了三次之后才过去的，不是很了解前期中路对战的情况。

对面的‘法师’是都督，俗称火男。所有的技能都是放火之类的，是一个爆发型伤害的法师，有个技能是放大范围内的风，风助火势，还能给自己的队友加速加防。

初七看了前六分钟的视频回放，然后自己用火男开了一局训练营。

六分钟后，初七猛地站起身，把待在她旁边的宋词吓了一跳：“初七，怎么了？”

初七结束了手里的游戏，摇摇头，朝着门口的方向走去。

门口的争吵仍然在继续，连对方公司的高层都来了，那人有些发福，腆着个啤酒肚说道：“哪有比赛之后说这种事情的？我们两个公司的关系不错，没必要为了这件事闹成这样。赛前裁判都做过检查，主要检查铭文和皮肤，这两项没问题，当时网速不好就应该说啊。你们的队员打了四十分钟，都没空申请一下暂停吗？”

周军有些坐不住了，忍不住说道：“我们怎么申请暂停，裁判从头到尾都不在，也没有申请的地方，我们难道还要举着手机跑出去说等一等吗？”

其他几个队伍的人纷纷点头：“是啊，我们还在房间里举了手，但是没人理我们啊。”

“出来一下有什么不行的？我们就一个裁判，那么多比赛的房间呢！”疾风游戏公司的人也说道。

“是不是输不起啊？非要重赛也可以，但是今天太累了，我们队伍反正不重赛。”这次说话的，是那边带队的队长。

初七看了看比赛记录，这个队长是他们那局的“坦克”，游戏打得确实不错。

“疾风游戏公司的各位，请放心，我们输得起，而且，我们不重赛。”

一道清丽的女声响起。

宋词瞪大了眼睛看着初七。

因为初七已经走到台上，拿起了话筒，所有人都听到了她说的话。李主管皱紧了眉头，似乎对初七的自作主张有些生气。

初七继续说道：“我只是有几个问题想让疾风游戏公司的各位，帮我解答一下。”

听到这话，连对方公司的那个大肚男都觉得有点儿意思，几个人走进去，坐在台下，看着台上拿着话筒的初七。

初七握着话筒的手指骨分明，白皙好看，她轻声道：“第一个问题，我想问，我们双方用的wifi是否不同？你们公司的人用的也是Guest网络？”

裁判闻言先是一愣，然后才说道：“嗯，你们用的是访客wifi，我们用的是内部网络。不过……”她提高了音量，“没有不公平，因为网络本身是一样的。”

初七微笑道：“Guest的wifi稳定程度不足内部网的三分之一，无论是平均网速和最高网速都不一样，对吧？”

“如果网络卡顿，可以直接申请暂停，你们不申请暂停，现在回过头来怪我们？”说话的仍然是那个咄咄逼人的队长。

初七冷笑了一声：“第二个问题，想问一下刚才和我们对局的那个‘法师’，是哪位在玩？”

一个穿着一身红色衣裙的女孩儿站了起来：“我。”

“你能展示一下你前六分钟的操作吗？”初七打开了视频回放，专门拖动了几个地方，在大屏幕上做了展示：“我想问一下，零铭文的都督，怎么可能在这么短的时间内消灭小兵，打掉蓝Buff，还杀人推塔？”

那女孩儿满脸不屑：“你说这话什么意思！？你怀疑我？”

第10章 不能仗着自己长得好，玩得也不赖，就随便冤枉别人

“不是怀疑。”初七一字一顿道，“我认定，你用了铭文。”

“哟，这就是你们公司的素质？打不过输不起，上来就诬赖别人不遵守游戏规则？”坐在下面的疾风高层耸耸肩，看着初七，“挺漂亮的小姑娘，打游戏打不好无所谓。但是自己做不到这个操作，就觉得别人也做不到。”

宋词实在气不过：“说这话就太过分了吧！你了解初七的实力吗？她游戏打得很好！她说你们的人用了铭文，那肯定就是用了！”

“说话要讲证据的。”疾风公司的高层不乐意了，说话声音骤然提高，“不要仗着自己是个美女就睁眼说瞎话。哦，你觉得她打得好，她就是天下第一？”

刚才那个队长也附和道：“呵，打不过觉得没面子呗。都督这个英雄你们没玩过？只要操作的好，几个技能的被动叠加，伤害爆炸。”

“哦，我想起来了，”一身红衣裙的女孩儿看向宋词，“你就是和我对战的那个‘中单法师’对吧？真不好意思，你操作太差，前期被我们占尽了先机，要怪，只能怪你们公司的人选了你这样的‘中单法师’出来。”

说着，那个女孩儿又指了指初七：“她玩得是占卜大师对吧？她打得不错。你一个中单法师，输出还没辅助高，靠着一个前期辅助撑着打了四十分钟。如果是她玩‘中单法师’，我肯定占不到便宜啰。”

“哎呀，芸芸太善良了，总是帮别人说话，我们芸芸也玩得好啊。”解说也出来帮腔，他们本来就是一个公司的，他看起来跟穿红衣裙的女孩儿关系不错，继续说道，“假设没有意义，比赛就是比赛。你们那局时间很久，谁玩得好，明眼人都看得出来。‘中单法师’和‘射手’都是短板。‘辅助’是全队的灵魂人物，但是太吃前期了，后继无力。我们所有人，都认可你的实力，不过美女……”

那个解说露出一点儿不怀好意的笑容：“不能仗着自己长得好，玩得也不赖，就随便冤枉别人。你说芸芸用了铭文，可不只是在指控芸芸一个人，你在说他们整个队伍，还连同这次比赛的策划和裁判。”

“我的确做不到，因为这不合理。”初七继续道，“都督的初始伤害是四十，零铭文没有任何加成，着火之后每秒钟叠加 8，而一个小兵最开始的血量是两百。”初七看向那个叫芸芸的女孩儿，“如果可以的话，请你重新给我们展示一下你的操作，可以吗？”

“我……”

“凭什么？”那个队长截口打断，“你自己也玩游戏，应该知道每一局的情况不一样，你们刺客第一次死，过程中也受到蓝 Buff 和小野怪的攻击，后来被火男烧死，经验、金币连同蓝 Buff 都给了火男。首杀，加蓝Buff，还有中路的三个小兵，经济领先很正常。芸芸的操作能做得到，但你能保证其他情景完美还原吗？你们的‘刺客’还能是一样的失误，‘中单法师’一样的走位吗？”

初七皱了皱眉。

对方队长说得这些话，乍一听似乎很有道理，但初七很清楚地知道，真的是零铭文的话，是做不到这些的。她咬了咬下唇继续说道：“那让她打一下小兵看看伤害，可以吗？”

“可以倒是可以，但是有意义吗？”芸芸扬起头，看着初七，“你别忘了，英雄还有暴击概率啊。有时候比赛，就是看脸。吸血触发不了，暴击触发不了，就是运气不好，不是吗？”

站在台上的初七深吸了一口气。

下面的宋词皱紧了眉头，她了解初七，知道初七这么说，那肯定是对方作弊了。这么大一个游戏公司，居然用这么下作的手段。可是偏偏没有办法证明！因为铭文是看不出来的！拿不出证据，对方就用暴击率、触发被动之类的说辞来搪塞。

这时，初七的手机微微震动了一下。

她低头看了一眼，唇边扬起了一个不易察觉的笑容。

初七在手机上按了几下，重新抬起头，看着那个女孩儿：“所以你的意思是，你没有用铭文，对吗？”

“当然了！我遵守规则！”

“你们的队长，裁判，能够为此做担保并且负责吗？”初七没有看她，而是看向了一直咄咄逼人的队长。

那个队长个子不高，腾的一下站起来看，说道：“肯定的！”

“我……我也可以啊！”裁判也说道，“你们每个人的铭文，我都做过检查的。”

初七又看向那个高层：“他们所说的，能够代表疾风游戏公司吗？”

疾风游戏公司的高层有点儿不耐烦了：“这不是废话吗？！”

“好。”初七缓缓拿出手机，“十五分钟前，《全民斗魂》助手，出了一个新版本。”

这话一出，站在台下疾风游戏公司的人脸色都微微起了变化。

那个队长皱起眉：“你什么意思？”

初七将手机连到大屏幕上：“我们一起来更新一下，就知道了。”

玩《全民斗魂》的助手 APP，可以领游戏礼包，看到大神的视频和攻略等。很多人用这个软件，是为了在比赛之后看对方的数据。

APP 商城里可以清楚地看到更新说明：本次更新修复了一些闪退的 bug，另外增加了新功能，结束一场比赛之后，在战绩里可以看到对局的十个人所使用的铭文，如果有觉得对方非常厉害的，不如好好参考一下他们的铭文搭配吧！

芸芸瞪大了眼睛，似乎有些难以置信。

“我已经更新好了，一起看看呗。”

说着，初七进入了新版《全民斗魂》助手，找到了战绩界面：“我们这边的五个人，都是零铭文，没问题吧？”说着，她细长的手指往下拉，到了敌方五个人的铭文情况，她轻叹了一口气，“我就说，都督怎么会有这么高的伤害？”

因为都督的铭文，是一百五十，除了都督，还能看到敌方的坦克，用了七十的铭文。

画面定格在这个界面。

初七看向台下的所有人，然后说道：“坦克竟然也用了70的铭文，这是队长在用的英雄吧？难怪要为自己的队员做担保。还是队长聪明，只用了七十的铭文，差距没有那么明显，就无法怀疑。只可惜，你还有个不那么优秀的队友。”

“你！我……”

“我什么？”初七挑眉说道，“不是让我拿出证据吗？我拿出来了，官方推出的《全民斗魂》助手最新版。”

“其实我也能理解，裁判就一个人，所有人的铭文都是她检查的。游戏在正式进入对局之前有六十秒的选择英雄、技能和调整铭文的时间。六十秒，一个裁判，却有六支队伍进行比赛。每个队伍她都只能匆匆检查一下，而从零铭文换到一百五十铭文，只需要一秒钟而已。”初七缓缓道，“比赛是你们发起的，时间、地点、规则都是你们定的。在你们的主场，自己的人做解说，自己的人做裁判……你们说比赛公平公正，给我们的网络却是Guest的wifi，而因为你们的各方面疏漏，造成了有些选手的有机可乘。刚才还信誓旦旦说我冤枉了你们公司的选手，现在又怎么个说法呢？嗯？”

那个叫芸芸的女孩儿这时满脸通红，连眼眶也红了起来，几乎快要哭出来了。

那个带队的队长只能硬着头皮说道：“这是我的问题，是我让她用的，我们认错，也可以零铭文重赛一局！不是我们公司的问题！也不要怪裁判！”

“我说过了，我们不重赛。不公平是你们造成的，违规的也是你们。”初七的声音很轻，却句句如刀，“刚才你们公司高层也说了，你们能够代表公司。哦，对了，为了公平起见，另外几支队伍的铭文，我们也一起看了吧！”

“啊……”下面不知道是谁，发出了一声惊呼。

初七冷笑了一声，对其他两个队伍的队长打了个招呼，让他们上来连接了手机。

“看来你们都是商量好了的吧？每个队伍都有两个人使用了七十到八十的铭文，刚好是不容易被发现的差距。”初七冷眼扫过台下那十几个疾风游戏公司的员工，“如果只是巧合，我倒觉得很惊讶了。”

眼看着疾风游戏公司那个高层的脸色越来越难看，初七他们的李主管脸上倒是有了笑容，他站起身：“嗯，当然了，我相信这只是个人行为，我们这两个公司关系很好，不会为了这样的小事情伤了和气。不过今天的比赛结果……”

疾风游戏公司的高层站起来：“我们公司员工出了问题，我们会检讨，好好道歉的！”

初七轻声说道：“没必要，友谊第一嘛。我给疾风游戏公司所有参加比赛并且遵守了规则的选手致敬，如果你们的人不用铭文，你们也有很大的概率能赢。但是很遗憾，这是一个 5VS5 的游戏，一个队员作弊，给整个队伍抹黑。”

说着，初七对着台下鞠了个躬：“我说完了，耽误大家时间了。”

她泰然自若地拿起手机走下台，在其他人看不到的地方，李主管对她竖起了大拇指。

初七在角落坐定，拿出手机，看了一眼之前收到的消息。

F：你们比赛怎么样了？对了，刚才《全民斗魂》助手的新版本发布了，可以看到对局时的十个人所用的铭文了。

初七扬了扬嘴角，回了一句。

初七：托这次更新的福，算是大获全胜。

看到这条消息的人，俊朗的眸子亮了亮，这才站起身，伸了个懒腰，拨通了秘书的电话：“好了，大家都辛苦了，回去休息吧。”

“好的，知道了斐总。”秘书又补充了一句，“您也是辛苦了！”

初七回到家里打开电脑，意外地发现斐诰竟然不在。她微微皱了皱眉，打开手机，下意识想要给斐诰发一条信息，“你在做什么”字都已经敲好了，却又被她给删掉了。

她动作一顿，觉得自己有些古怪。

“我们没有约定过时间，”初七自言自语地说道，“各自都有要忙的事，他本来就没必要在这里等我。更何况他知道我今天有《全民斗魂》的比赛。”

可是……初七将手机放下，却忍不住想：不太懂自己为什么会有这种“斐诰会在这个时候等着我”的错觉。

就在这时，初七的手机铃声响了起来。来电提示：便宜徒弟。

初七接通电话：“怎么了？”

“在哪个病房呀？”袁璜的声音带着些许着急，“我一听消息就往医院赶了，斐总怎么样？醒过来了吗？现在方便探望吗？我和邱易带了些水果到医院。”

初七有些发愣：“什么？”

“啊？”那头袁璜听到初七的话也是一愣，“不是，师傅，你不知道吗？”

“医院，病房？”初七觉得自己的心像是被什么东西一下揪住，“F神……他病了？”

袁璜挠挠头，似乎是跟邱易低声说了几句话，又骂了一声才回答道：“啊，师傅，是的。不知道怎么回事，斐总突然下了死命令，说今天一定要把《全民斗魂》助手的新版本给弄出来，而且斐总要求新功能，要至少能看到更新之前对局的十局以上，所以负责这方面的人加班加点地干。邱易也被调过去了。”袁璜一口气说了一大串，“我也是第一次知道，斐总以前居然也做这方面的工作，这次他是最辛苦的人，因为不想打扰太多人的工作，他又要求最迟今天上午就出调试无误的新版本，为此好几天都没怎么睡，熬得眼睛都红了。”

旁边邱易有些着急：“别扯这些了，说重点。”

“哦哦哦，对，今天圆满完成了任务，大家都松了一口气，斐总还说给大家放假发奖金，然后斐总好像因为劳累过度晕过去了。”袁璜轻声道，“因为我也不在现场，很想去探望一下，听别人说，有个不是我们公司的女孩儿，和他一起去的医院，我以为……”

初七觉得自己似乎已经听不见对方后面都说了些什么。

脑子里一直在循环着之前袁璜说的话。

“他其实是最辛苦的人”。

“下了死命令，今天一定要把《全民斗魂》助手的新版本给弄出来”。

“因为劳累过度晕过去了。”

好几秒钟之后，初七才说道：“在哪家医院？”

她自己都没有察觉到，自己的声音竟然在微微颤抖。

“第二医院。”袁璜都有点儿后悔告诉初七了，“师傅，听说不算严重，邱易在打听具体的病房号了。”

他以为那个女孩儿是初七才打的电话，没想到竟然不是。

那……陪着斐总的女孩儿又是谁啊？

“我马上到。”初七利落地挂断了电话。

陪着斐诰的人，是杜宛若。

“斐诰哥哥，我好几年都没见过你这样了。”

斐诰的身体一直还算不错，虽然工作劳累，但是他懂得劳逸结合，再加上坚持锻炼，不是什么身娇体弱的主。

上一次听说他劳累过度，还是三年前的事。那时候为了做《全民斗魂》，他经验不够，人手又不足，偏偏又倔强地要完成和斐家的约定，自己做出一番事业来，一个人兼顾了无数人的活，最后把身体累夸了，住进了医院。

这次是第二次。

“手机呢？”

斐诰才刚醒过来没多久，第一件事就是问杜宛若要手机。

杜宛若嘟起嘴：“啧，你要手机干什么？叔叔阿姨那里我都汇报过了。晚一点儿会来接你出院。”

一听说连家里人都惊动了，斐诰皱了下眉。

“你可不能怪我，”杜宛若叹了一口气，“斐诰哥哥，你是在公司晕过去的，就算我不跟叔叔阿姨说，他们也会知道，到时候只会更担心你。不过，你这么着急要手机，是要跟那个人汇报吗？”

斐诰看向杜宛若，轻轻扬起嘴角：“知道还问？”

“夜以继日地做这个更新，亲自披挂上阵，一天二十四小时都在自己办公室里挂着 YY，是因为你随时都在等她上线一起打游戏吗？”杜宛若有些愤愤不平，“你的电脑还是我给你关的，斐诰哥哥，要当情圣也就算了，光感动自己可不行啊，根本不准备让她知道吗？”

“因为她没有要求我对她好，她没有要求我这样做，甚至……”斐诰的笑容带着些许无奈的苦涩，“她不需要我做这些。”

他喜欢的那个女孩儿，聪明优秀独立，而且很强大。

“即使我不做这些，初七也能做得很好。所以我怎么能把这些我强加给她的关心，作为邀功的资本呢？这世上从来都没有我喜欢你，为你做了一些事，你就一定要特别感动，特别喜欢我的道理啊。”

杜宛若更加不满：“斐诰哥哥，你突然加班加点要赶这个新版本出来，也是为了她？”

斐诰看着杜宛若，眼里满是笑意：“知道还问？”

“切！”杜宛若万分不满，“假公济私。”

斐诰却轻轻叹了一口气：“不能和她并肩作战，也没办法做其他的。我只是想保证，无论输赢，她面对的是一场公平的比赛。而我所能为她做的，也只有假公济私而已。”

第11章
爱是不用学习的，是我们与生俱来的能力

杜宛若看到初七的时候，脸色并不好看。

但她还是站起身，将斐诰旁边的位置让出来，叹了一口气：“行吧，我回去了。斐诰哥哥，我去问问医生有没有什么其他的叮嘱，你们聊。”

说着就往外走，还不忘瞪了一眼旁边的邱易和袁璜。

还没等邱易反应过来，袁璜就说道：“欸，突然想上厕所，邱易，你陪我一起去。斐总，这些水果是我们的一片心意，让我师傅帮忙剥个橘子给你，代表一下我们，哈哈！”然后扯着邱易就往外走。

初七先是皱了皱眉，然后叹了一口气，坐下来，拿起一个橘子，认认真真地剥起来。

斐诰靠着枕头，看着一旁的初七，也不说话，只是看着她。

初七连剥橘子都有自己的一套，时间很短，整个皮剥下来，非常完整，橘瓣在中间，像是一朵花。

“很好看。”斐诰突然说道。

初七眨了眨眼睛：“橘子不是都长一样吗？”

“我说你。”

男声低沉而温柔，像是平静夜空里，突兀响起的烟火鞭炮，让人猝不及防。

初七能够感觉到自己脸颊的温度，还有加速的心跳。她本来应该在这时候礼貌地回一句“谢谢”，因为她听过无数次这样的赞美。但她连抬起头，直视斐诰的勇气都没有。

“初七。”

“嗯？”初七终于抬起头，看向斐诰。

下一秒，突然被他拉进了自己的怀中。

初七瞪大了眼睛。

他的怀抱很温暖，还能闻到干净的沐浴露味道。

“怎么办呢？”

低沉的男声在耳旁缭绕。

“本来我根本没事，非要送到医院来，是他们大惊小怪，我只要睡一觉就好了，”他感受到初七在怀中的僵直和挣扎，但他还是将她牢牢拥在怀中，“可是刚才看到你来了，我突然觉得自己真的病得很厉害。”

男声低喃如絮语。

一阵一阵地吹进她的心里。

初七的心像是软成了一团棉花。

她不再挣扎，任由他抱着，却还是忍不住说道：“这只是你诡异的心理作用。而且……”她皱了皱眉，“你见到我不开心吗？按照电视剧中的套路，应该是看到了我之后心情会变好，然后觉得病都好了吗？”

——这还是前两天宋词天天跟她念叨的一部电视剧中的情节。

不过从医学角度来说，的确有所谓的“安慰剂”效果。

“开心，”他伸出手，让她对上自己的眼睛，目光灼灼，“可我会忍不住想，我要是病着，也许你会对我多一点儿关心和在意。而且，我是病号的话，就算做了些什么，你应该也不忍对我生气。”

初七从他的眼里读到些许狡黠的意味，有些疑惑地眨了眨眼睛：“做些什……唔！”

话还没说完，她的唇就被斐诰的唇覆盖住了。

一个吻。

不是蜻蜓点水，一触即离。

而是缠绵悱恻，缱绻至深。

她在那一瞬间仿佛失去了思考能力。

甚至忘记了怎么用鼻子呼吸，只觉得自己要在这个吻里窒息。

如此陌生，却又是如此新鲜的体验。

能够感受到他的气息，和他的掠夺，她似乎只能任他予取予求。

他品尝着她的芬芳，灵巧地撬开了她的牙齿，这一切太美好，让他几乎无法自控地想要掠夺更多。

……

门在这时候突然被推开了。

“斐……啊！”

推门的人大概是看到了里面的情形，门又被“啪”的一声关上了。

初七猛的一下推开斐诰，然后站了起来。

她脸上红晕未褪，低着头，局促地不知道该往哪里看。

斐诰在心里暗骂一句“该死”，才连忙说道：“初七，我……”

“我还有事，我先走了。”

一只手，拉住了她的手腕。

斐诘的力气很大，她挣脱不开，也甩不掉。

然后斐诰说道：“讨厌吗？”

初七呆呆地看着斐诰，其实她还没能从刚才的状况里回过神来。

“初七，不要因为这件事讨厌我，”斐诰的声音有些软，还带着些许赖皮，“我是个病人。”

“你！”初七瞪大了眼睛，简直不敢相信眼前的人还有这么厚颜无耻的一面。

斐诰笑了笑：“你现在慌里慌张地跑出去，才更显得奇怪。”

初七咬了咬嘴唇,稳定了一下自己的情绪,不得不承认斐诰说的话没错。

她重新坐下，又开始剥橘子。

斐诰看着她，无声地扬了扬嘴角，然后冲着门喊了一声：“请进。”

进来的人是斐诰的父母，还有杜宛若。

“爸，妈。”

刚才那一瞬间，初七什么都没看到，但是斐诰却看清了推门的人是自己的父母。

虽然没想过会在这时候让他们见面，但是既然已经这样，斐诰顺势就说道：“这是我……朋友，初七。初七，这是我爸妈。”

初七站起身来，修养良好地跟他们打招呼：“叔叔阿姨好。”

“欸，你好，你就是初七啊。”

斐诰的父母此时也是心情复杂。

刚才光惦记着斐诰的身体，进病房前居然忘记了敲门。

他们一边笑着跟她打招呼，一边仔细地打量着眼前的女孩儿。

尤其是斐诰的母亲，她之前一直把杜宛若当作儿媳妇看待，自从上次儿子说已经“心有所属”，她就忍不住好奇，这个占据了自己儿子心的女孩儿，到底是个什么样的人。

长得漂亮，身材也好，看起来也配得上斐诰——作为母亲，她始终认为自己家的儿子是最好的。

她还是做了功课的，知道初七拿过很多奖，天生聪明，父亲是个有名的数学家，家境优渥，她游戏打得好，还跟儿子一起组了队。

就连上次《荣光 2》的比赛，她虽然没在现场，却也看了直播，初七干净利落地赢了数字帝，最后说的那番话，连她都为之动容。再加上自己老公总是跟自己说，不要干涉儿子的感情，让年轻人自己去选择，要相信斐诰的眼光。

所以她也就没有再继续纠结这件事，只是想着他们如果确定关系了，自己也该和初七见一面……没想到会在这儿与初七遇见。

初七多少有些局促。

因为她没想到，斐诰的父亲会把自己留下，问她能不能和自己一起去喝一杯咖啡。

初七不爱喝咖啡，但她就算再怎么不懂人情世故，也清楚叔叔叫自己并不是为了喝咖啡。

“第一次见面就约你喝咖啡，我可能是有点儿唐突了，”斐明涵看着初七，脸上露出了微笑，“希望你不要介意。”

初七看着他，摇摇头，说道：“没有。”

从遗传的角度来看，斐诰应该是继承了父母的优点，但总体还是更像他父亲。看着这张和斐诰相似的脸，初七终于放松了下来。

“别紧张，其实我叫你只是跟我一起聊聊天，不是为了斐诰，而是因为我见过你的父亲。”他继续道。

初七一愣：“斐叔叔见过我爸爸？”

“岳教授的名声很大，做过很多研究，我有幸在一次讲座上遇见他，后来认识之后也聊过几次，”斐明涵喝了一口咖啡，“不过说真的，你长得不太像他。如果不是因为在他那里见过你的照片，我也很难把你和他对上号。”

“嗯，”初七点了点头，“我长得更像妈妈。不过，我爸爸那里有我的照片吗？我倒是不知道。”

父亲一直都很忙，初七知道，所以也很少去打扰他。

学生时代她遇到比较难攻克的课题，曾经想过去找他求助，但后来觉得为这样的小事叨扰总是不便，反倒是陈跃师兄，和父亲经常见面，倒是比自己更亲近一些。

从小到大，她和父亲的关系，都不能用“亲近”两个字来形容。

“你父亲被誉为数学奇才，是个熠熠生辉的数学家，可能是因为这方面太过优秀，其他方面反而弱了一些，无论是日常生活，还是感情关系。”斐明涵说话很直接，“他认为一个出色的数学家，不需要感情。所有的感情关系都非常薄弱。而所谓的‘血脉相连’从数学角度来分析也难以理解。很多认识你父亲的人，都觉得他很薄情。”

那人是自己的父亲，所以即使他说得都是事实真相，初七心里还是有点儿不高兴。

斐明涵将她的眼神变化看在眼里，笑了笑说道：“我觉得性情上，你和你父亲也不像。你父亲曾经说过，感情这种东西是会消失会变化的，很不牢靠。夫妻也好，朋友也罢，都随时可能有变化。你今天爱他，也许明天就不爱她了。但如果是数学，1+1=2，不管是今天，明天，还是十年后。这一生，都不会改变。”

“嗯。”初七点了点头，“我父亲相信逻辑，喜欢有规律可以遵守，有迹可循的东西。”

感情，就太空太虚无缥缈了。

斐明涵看向初七：“可你父亲还是结了婚，有了孩子。即使在他的观念里，他认为婚姻和子女都不是什么必需品，甚至是一种负担？”

“事实上，正是因为他和我妈妈那段失败的婚姻，才让他更坚定了自己的想法，”初七迎上斐明涵的目光，“他有一次得了奖，兴起喝了几杯，那天喝醉了，他说他和我妈妈有过感情，他爱过我妈妈，产生了想和这个人共度一生的冲动。他们也的确有过甜蜜的时光，我父亲本来不懂什么是浪漫，和妈妈在一起之后却无师自通，会陪她做一些很傻的事，比如看日出看流星。但很可惜，这样的时间只维系了两三年。”

初七语气平静：“后来他对妈妈的热情慢慢燃尽了，发现自己最想投入时间和精力的还是数学。感觉不复当年，自然开始争吵，冷战，最后离婚。我妈说我父亲本质上是个冷血动物。而我，大概是因为我像我父亲，所以最后离婚，她都没有争取过我的抚养权。”

说也奇怪，这些曾经都是初七内心深处的秘密，没有告诉过任何人，包括边牧，今天却说给了斐明涵听，一个初次见面的长辈。

“我不觉得哦，小姑娘，”斐明涵摇摇头，“我觉得你妈妈离开的时候，之所以没有带你走，不是因为不爱你或是其他，而是因为她看到了你的兴趣和擅长，觉得你和岳教授在一起，前途会更好。你是这个世界上，你父母相爱过的唯一证据。”

初七愣在原地。

“你不是被你妈妈抛弃，而是你妈妈选择把你留给你父亲，作为她给曾经爱过的男人，留下的礼物。”

初七觉得鼻子一酸，连忙低下头，轻轻笑了笑：“斐叔叔，谢谢你。”

不知道是不是姓斐的都自带这样的能力，天生的亲切感和安全感，他们就是有办法，把话说得很动人，很暖心。

“有一部电影叫《星空》，讲的好像是一个小姑娘和一个小伙子早恋的故事，哦……别误会，我没觉得早恋不好，感情是人天生就带来的东西，我们天生懂好恶，喜欢好看的温柔的人，会不自觉地想跟喜欢的人亲近。爱是不用学习的，是我们与生俱来的能力。”斐明涵声音低沉，“在那部电影里，小姑娘的爸妈闹离婚，她心里难受，求助无门，问小男孩，爱情是会消失的吗？小男孩说‘会’。然后小姑娘又问，那怎么办呢？”

初七抬起头，等待着他的下文。

斐明涵笑了笑：“小男孩沉默了一会儿回答说，‘不知道’。”

初七愣了愣，觉得这回答在意料之外又在情理之中。

十几岁的小男孩，怎么能回答这种根本无解的问题呢？人在现实中始终没办法得到的答案，又怎么能指望光凭一部电影来得到呢？

见初七沉默不语，斐明涵又说道："但我们不能因为一件东西有可能改变甚至消失而裹足不前，你父亲让你随你妈妈姓，对外都说是因为觉得女性付出的更多，但这何尝不是他自己纪念的方式呢？"

他也曾经轰轰烈烈地爱过一场。

"我当时和小悦——就是斐诰的母亲在一起的时候，觉得我会爱她一辈子，"斐明涵的语气温柔，眼角都有一抹难掩的愉悦，"如今，三十年过去了，我依然这样觉得，而且更加坚定。你瞧，感情会变，但不一定只有慢慢变淡这一种，也可能会越来越深。总是站在门口犹豫担心害怕，而不推开门走进去，怎么能知道门里面到底是什么呢？"

初七迎上了斐明涵的眼眸，她似乎能够读懂他眼里的情愫——斐明涵在提起妻子的时候，语气都会变得温和，脸上会不自觉地露出笑容，眼神也格外温柔。

"我的儿子，"斐明涵笑着说道，"虽然我觉得他并不需要，但我还是要为他打个广告。斐诰他，很像我。"

初七心里一动，眨了眨眼睛，却不知道该怎么接这句话。

迟钝如她，也知道斐明涵所说的"像"，绝不是说外表。

斐明涵似乎也没打算等到她的回应，他又喝了一口咖啡，继续说道："这人啊，一旦上了年龄，就开始变得啰唆，听叔叔说这么多，很烦吧？好了，早点儿回去吧，对了，谢谢你今天来医院。"

"啊，不用。"初七摇摇头，对着斐明涵鞠了个躬，"叔叔，谢谢你。"

"嗯？"

初七轻声笑了笑："谢谢你告诉我，我父亲那里有我的照片。"

她从小到大，做很多事情，其实都只是想得到那个人的认可。在很多个自己一个人在家里的夜晚，都会忍不住想，父亲对自己，大概只有责任吧。

所以那时候看到表哥被他爸妈教训，甚至一顿胖揍，初七的第一反应是羡慕。那是她从来没有经历过的家庭生活，从来没有体验过的亲子关系。

她不懂人情世故，也不会经营很多关系，但不代表她不渴望。

在极端的时候，她曾经给自己下过定义：自己是失败婚姻的附带品，是母亲不想带走的孩子，是父亲不得不担负起的责任。

所幸初七天生在感情方面比较迟钝，反射弧也长，所以她没有过分伤心，而是自己和自己单方面达成了和解：不去想这些，也不去考虑这些。因为这不是她造成的，也不是她能改变的。所以做自己该做的能做的，仅此而已。

直到有一天，她听到了另外一个版本。

——“你是他们相爱过的证据。”

“她没有带走你，是因为你是她留给曾经的爱人的礼物。”

“他始终让你跟她姓，是因为那对他而言，是非常美好的回忆。”

“虽然他不擅表达，也从来没有和你说过什么‘爸爸爱你’‘我为我女儿骄傲’之类的话，但他的研究室里，摆着和你的合照。他和外人提到自己的女儿的时候，脸上会有笑容。”

一个非常美好的版本。

……

“你跟她说什么了？”斐诰一回家就忍不住去找斐明涵。

斐明涵皱着眉，上下打量了斐诰一番：“我还能说什么？我怕她有心结，开导她。”

斐诰一愣：“啊？”

“你是真不记得还是装傻？”斐明涵颇有些恨铁不成钢，“我怕她受她父亲的影响，总觉得感情这种东西不能长久。爱情无迹可寻，而她过去打交道的都是1、2、3、4、5……这些规律使然的东西。你小子小的时候，还拿过人家小姑娘的算盘呢。”

斐诰：“……”

斐明涵仔细看着他的表情，然后叹了一口气：“看来是真不记得了。”

“我还以为你是因为一直记得那时候的事情，后来见到初七觉得是缘分，所以才喜欢她的。”斐诰的母亲走了出来，手里拿了张照片，“你那时候也不小了啊，真不记得了？”

斐诰看着照片，照片上的小孩儿应该只有四五岁，照的是侧脸，手里拿了个小算盘。那时候的自己也还是个小不点儿，比她大几岁，坐在她旁边，摆弄着手里的游戏机。

“也是，这都是很多年前的事情了，有二十年了吧。”斐明涵笑了笑，

“那时候我们公司开始研发一项新技术，需要最先进的一些算法，高薪请了岳教授来做顾问，在他的帮助下我们成功了，大家都很高兴，我想和岳教授长期合作，就私下请岳教授来家里吃了顿饭。那次他带了自己的女儿一起。说女儿叫初七，因为是七号出生的。”

斐诰的母亲也笑起来：“她不爱说话，才那么大点儿，就非常认真地做数学题，摆弄算盘，算东西算得非常精准，那时候我们还说，不愧是天才的女儿。你也奇怪，非让她和你一起打游戏，人家才那么点儿大，耐着性子陪你打了一会儿，又去玩算盘了。我觉得有意思，就给你们拍了这张照片。”

“后来那顿饭吃完，要走的时候，我发现小姑娘手里没拿着算盘，还问了一句，她也不哭不闹，就看着你，说‘你也想学算盘吗？如果你没有算盘，那个我就送给你了，我还有好几个。但是下次不要自己拿走，要问我才可以。’”

斐诰的母亲有些无奈地叹了一口气：“我们这才知道你把她的算盘给藏了起来，哎哟，当时我真的很难堪，觉得你这孩子怎么能这样，还好岳教授和小姑娘都不太在意这些，说完人家就走了。”

斐诰：“……”

母亲的话终于成功地唤醒了他零星的记忆。

他依稀记得，那时候打那个游戏，意外发现初七很厉害，可是初七自己不爱玩，更喜欢跟算盘打交道。他就使了个坏心眼儿，把她的算盘给藏了起来。

可她也不生气，不哭不闹甚至没有问他要，而是坐在那里认真地填《数独》。

“不过这样算起来，你的确从小就觉得她与众不同，那时候你说宛若她们这些妹妹没意思，老是跟着你，而且游戏也打得不好。”斐明涵说道，“后来你还跟我们打听过，如果要还算盘，怎么去找那个妹妹。”

斐诰听到这段陈年往事多少有些尴尬，只能听着爸妈有一句没一句地数落他，目光却一直看着照片上的那个小女孩。

你还这么小的时候，我就遇见你了。

谁能说这不是缘分呢？

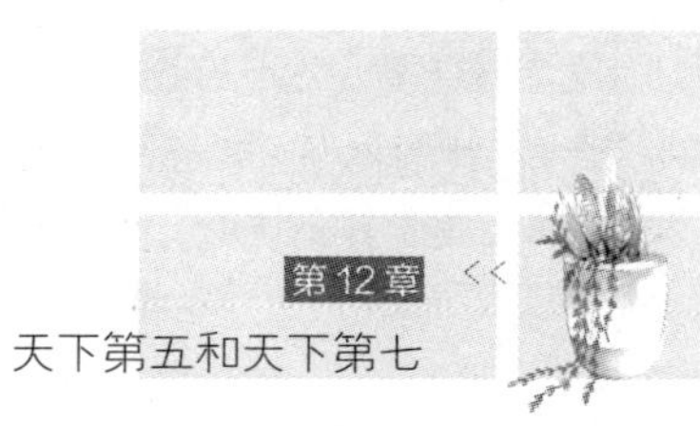

第12章 天下第五和天下第七

一转眼，十天就过去了。

2 VS 2 的比赛。第一和第二的国内排名被星帝，大懒和斐诰，初七他们获得了。2 VS 2 的最终赛，将会在国际赛的单人赛结束之后进行。

这天，《荣光 2》的官网上，公布了国际赛的第一轮抽签情况。依然是双败赛制，十四名选手，六名国内选手，八名国外选手。

初七看了一下分组名单：

Guagua“星”VS Miki“影”

Joker.R“月”VS ABC（123）“武”

Seven“影”VS Fire“星”

F“随机”VS Sorry“月”

一闪一闪亮晶晶“星”VS W_W“月”

沉安“月”VS Sheen“武”

Lazy“武”VS 鳗鱼“月”

初七的对手是 Fire，Fire 被称为火神，也是老选手，星族世界排名第三，最好的时期是世界第二。因为有瓜帅的存在，始终没拿到过第一，后来星帝崛起，他就成了第三。

这时候，右下角的 QQ 头像又开始疯狂跳动。

边牧最可爱：初七！你紧不紧张？！

初七：不。

边牧最可爱：哎哟这么自信哦！看来你可以轻松打败 Fire 了！

初七：从他最近的比赛视频来看，我和他应该是五五开。

边牧最可爱：可是他排名才第九，你排在第七呢！

初七：？

边牧最可爱：《荣光 2》论坛有人给这次国际赛的十四名选手做了一个排名，排出了天下第一到天下十四，哈哈哈！你是天下第七呢！

初七：根据什么排的？最近的比赛表现？综合世界排名？胜率？

边牧最可爱：……额，我也不知道，反正是大家一起排的。我发给你看！

初七收到了边牧发来的截图。

只见上面写着：

《荣光 2》世界排名：

（不包含已经退役的选手，主要是针对这次进入《荣光 2》国际赛的十四名选手。排名有很多主观个人意见，仅供娱乐，不喜勿喷！）

天下第一：瓜瓜——外号很多，瓜神、瓜帅、瓜哥……星火燎原，星光璀璨，将星族打到极致的男人！最近三年世界排名第一，毫无悬念的天下第一。

天下第二：沉安——我不是沉安粉，有时候蛮烦这个人的，他大赛太容易紧张失误，很情绪化，为此错过了很多夺冠机会。但是沉安的实力有目共睹，是为数不多能和瓜帅对战的选手之一。也是目前国内乃至全世界，打月族打得最好的。

天下第三：M 皇 Miki——M 皇的影族被称为白日暗杀者，因为他的技术可怕到即使是白天，也能把“影”这个职业打得好像在夜晚一样。

天下第四：鳗鱼——一直以来鳗鱼的实力都被低估了，一方面是被沉安的技术压制，另一方面是我鱼哥特别低调。打这款游戏，论心态好，我只服鳗鱼。有人说 F 神心态好，我觉得 F 神是抗压能力强，不到最后一秒绝不放弃，所以能创造反败为胜的奇迹。但是鳗鱼是真的心态好，他不会让现在的情绪影响到自己下一秒的状态。今年国内大赛，第一名基本上是他和沉安包揽，非常稳。

天下第五：F 神（F）——全世界唯一一个“随机之神”，很多人都惋惜说如果 F 神能专门打一个职业，可能就能拿到 RCG 的世界冠军了。但我还是那句话，以后会有新的“第一影刃”“第一幻武”“第一星帝”之类的称呼。但是“随机之神”，“传奇第五人”，只有F神一个，他也是《荣光2》历史上最伟大的战术策略大师，（在我心目中）没有之一。

天下第六：星帝——一闪一闪亮晶晶，满天都是小星星，星帝一手创立了很多自己的玩法和招数，这几年的成绩摆在这里，国内所有玩星族的都是模仿星帝的打法，属于“一直被模仿，从未被超越”的典型。

天下第七：Seven——新晋女神，放在第七可能会有人不满，不过她是初七啊！我当然要放在第七位。女孩儿很美很酷，操作的也很6，精于计算，是国内当之无愧的“第一影刃”，实力摆在那里，尤其是现在已经研究成型的十字围杀，真的非常可怕，而且她遇强则强，让我觉得潜力无限，很期待初七在国际赛上的表现。

天下第八：大懒（Lazy）——永远睡不醒睡不够的大懒，只有比赛的时候才能看到他有点儿精神，国内真正的“第一幻武”，星帝这些年的黄金搭档，排在第八是因为他今年被初七打败过。

天下第九：火神（Fire）——同样也是星族的佼佼者，缺点在于基本上只能打后期，打法明确，上来就开始建造防御哨所，无限拖后期，打到星族比较有优势的时候才开始出来正面较量。优势是比较稳，缺点是一旦被掌握了节奏，前期很容易被带走。

天下第十：表情哥（W_W）——表情哥挺萌的，一米九几的大高个，没事喜欢发表情符。直播很有意思，是那种脱口秀选手。

天下十一：Sheen——曾经和大懒内战过四次，没有一次取胜，崇拜所有能打败大懒的选手。进国际赛是险胜，不过这两年状态保持的还不错。

天下十二：ABC（123）——字母哥的名字就是这么随意，最好成绩是世界第五，这几年状态下滑的比较明显。

天下十三：Joker.R——月族新人，今年国际赛杀出来的黑马，资料实在不多。能知道的是小帅哥一枚，据说手速惊人，关键是很年轻，坊间传闻说他练习时APM曾经超过月皇的记录，不过没在正式比赛的时候看到过。

天下十四：道歉帝(Sorry）——道歉帝虐菜没问题，成神总是差那么一点儿。属于这次国际赛十四人中的“软柿子”。

国内的六名选手，全都在前八，初七有些无奈地笑笑：果然是国内的粉丝做的排名。

边牧最可爱：初七，你有什么感想？！

初七：没有。

边牧最可爱：我觉得写这个的人是故意的，把F神和你排成天下第五和天下第七，让夹在中间的星帝仿佛是一个第三者。简直是来自单身狗的恶意吧。

……表哥的关注点果然和自己不一样。

不过，斐诰……

其实自从那天之后，初七想起斐诰，心里总有点儿微妙，但她实在不知道该怎么处理这样的关系，而斐诰那边并没有进一步表示什么，还是像以前一样，每天在YY上挂着，看到她上了，就一起打游戏，一起练习或者PK，时间到了就跟自己说再见，道晚安。

就像什么都没有发生过一样。

不过见过斐明涵之后，初七给自己的父亲打过一个电话。

“爸。”

“嗯。”

“是我，初七。”

“嗯。”

“陈跃师兄向我求婚了，但我拒绝了他。他说他的父母还有你，都很看好我们这一对。所以我想跟你说一声，我没有和陈跃师兄共度一生的打算。”

“嗯。”

“……说完了。”

“知道了。”

……

她们之间的对话其实一直都是这样，以前初七不觉得有什么，倒是边牧经常要唠叨几句，说他们的这种父女关系还不如陈跃师兄和父亲之间来得亲密。

不过，谁也没有规定父女之间的关系就一定要是全世界最亲密的。血脉亲情，父亲有抚养自己的义务和责任，自己也有义务责任为他养老送终。但除此之外，没有什么是必需的了。

但是上次初七听到了斐明涵的话，所以还是忍不住多嘴问了一句。

“我听别人说，你的研究室里有你和我的合照。”

“嗯。听谁说的？”

“斐明涵，爸，你对这个人还有印象吗？”

“身高一米八一，年龄五十一岁，因为常年运动和保养得宜，本人看起来比实际年龄要年轻一些，十三天前他因公事来过我的研究所，应该是那时候看到了我和你的合照。不知道是不是我的错觉，他似乎故意和我聊起了你。”

初七微微一愣，十三天前的话，斐叔叔是特意去找父亲的吗？

“可能是因为我和他儿子认识。”

“你们早就认识，你四岁八个月零九天的时候，我带你去过他家做客，你那时候已经开始记事了，难道对这件事没有印象吗？按照你的说法，他家里人对他不好，不给他买算盘，所以他拿了你一个算盘。”

初七歪着脑袋回忆了一会儿，说道：“是那个小哥哥？”

“看来是有印象的，怎么，他长大后和小时候差距很大？你似乎没有把人对上号。”

初七点了点头：“是的，也可能是因为小时候没有刻意去记过人的脸，我只是记得这件事，长大之后再遇到他，没有往这方面想过。”

“嗯。”

两个人又沉默了一会儿，初七说道：“那就这样，我三天后的这个时间给你打电话。”

“四天之后吧，三天之后的这时候我在开会。”

“好的，爸爸再见。”

“嗯。”

电话挂断。

初七坐在椅子上思考了一会儿，还是觉得很难把长大之后的斐诰和当年那个可怜的小子联系在一起。

她自幼交际不多，不是很明白普通小孩儿的兴趣爱好，对她而言，学习，尤其是学数学，是极大的享受和快乐。所以算盘就是她最喜欢的玩具，《数独》和《心算》就是她最热衷的游戏——初七并不知道其他小孩儿在小的时候都在喜欢些什么，所以下意识地以为大家都跟她一样。

那时候那个小哥哥藏了她的算盘，虽然让初七有点儿不高兴，但是她想到自己家里还有七个不同的算盘，这个小哥哥可能是很喜欢算盘，但是家里人不肯满足他的愿望，所以她没有多做追究，只是在最后指出了这件事的不好之处，希望他加以改正。

初七回忆起那个画面忍不住笑了笑，她微微歪着脑袋，拿出手机发了条微信。

斐诰此时正在做新游戏的策划，听到手机提示音，打开一看，忍不住伸出手拧了拧眉心。

初七：斐总，不准备给我还个算盘吗？

他苦笑了一下，心想：这是想起来了？还是一直都记得？

F：准备的，准备的，要个金算盘，银算盘还是万能的小算盘？

初七：那就金算盘吧。

F：OK，24K 纯金。

初七：没，别当真。我也是今天跟我父亲通电话，才把你跟小时候的那个你对上号。

F：所以岳教授一直都记得当年我拿了你的算盘吗？

斐诰心里有些犯难，总觉得自己给岳教授留下的印象恐怕不太好。

初七：他见到你未必能认出你，我父亲本身对人的脸孔识别度也不高，对数字要敏感很多，如果知道是你的话，还能准确说出这些年你长高了多少厘米。他知道你是斐叔叔的儿子，曾经拿过自家女儿的算盘。

斐诰：……

这不是恐怕不太好，这恐怕是非常不好。

F：有什么挽回的余地吗？比如穿越时空回去解决问题弥补一下这个错误。

初七：一个算盘而已，他不会这么计较。最多让你赔九个——这是我根据这些年的物价上涨情况估算的，不一定准确。

初七：对了，2 VS 2 的比赛是在国际单人赛之后是吗？

F：对，直接根据积分选出二十强。

初七：国外最厉害的那一对，就是经常跟我们打练习赛的那两个人？

F：嗯，KQ 组合。我在国外也经常和他们一起打。

初七：所以这三年你虽然退隐，能力却不降反增。

F：这东西不练就废了，我离开的时候就想好了要回来。

初七：拿 RCG 的世界冠军？

F：我如果说我没有这个野心，是假的。但这不是最重要的。

初七：最重要的是什么？

F：RCG 冠军梦是每一个《荣光 2》选手都有的，我也一样。但我还有更大的梦想。我不想让这款游戏这样渐渐暗淡，然后无人问津到最后终结。希望能有更多的人像当年的我一样被这款游戏打动和吸引，在玩这款游戏的过程中有收获，也有感触。我希望我能提炼出这款游戏的精髓，让它换种方式继续存在。

初七好一会儿都没有回信息。

F：怎么不说话了，你呢？

初七：啊？什么？

F：你对这款游戏没有什么梦想吗？或者想要达到的目标。

初七：我自己想做的都做到了。没了。

她最初只是想打一打这款游戏，感受一下《荣光 2》的激情。后来打成了半职业选手，还有了不少粉丝，再后来她是觉得，最后一届 RCG《荣光 2》的比赛了，想参加一下，却出了数字帝的事情，激得她好胜心起，一定要让他当众打脸。

如今，她想做的，已经都做到了。

F：冠军什么的，不想吗？

初七：不做不切实际的梦。

她算得清楚，看得明白，自己现在的实力能被排在天下第七已经是侥幸，的确是没可能坐上世界冠军的宝座。所以她从头到尾，都没有往那方面想过。

初七：比赛全力以赴就好，打这款游戏走到今天，我已经很满足了。没有什么遗憾。

F：比赛加油。

初七：你也是。

国际赛终于来临。

作为代表上台讲话的，是世界排名第一的瓜瓜。

当然，还有他的翻译。

瓜帅的中文一直都仅限于"你好，再见，很好吃，加油"这样的范畴，所以要带着翻译一起上台，他笑容浅淡，对着所有人鞠了一个躬后才开始发言。

翻译同步翻译着："不知不觉，我已经陪这款游戏走了七个年头，从小将变成老将。很遗憾这是最后一届有《荣光2》的RCG，也很高兴能够参与这一届的RCG。今年F神回来了，韩国的Joker也非常厉害，这届还第一次有了女选手。非常期待接下来的比赛，双人赛我和M皇一起组队参加了，挺高兴的。这么多年我和他都是对手，终于可以当一回队友了。啊，不啰嗦太多了，只说最后一句，这句话，从《荣光》开始到今天，已经说了十年，今天，依然还是要继续说下去。"

他顿了顿，才说道："愿星火不灭，愿荣光永存。"

雷鸣般的掌声，经久不息。

第一轮的比赛，最有看点的，当然是瓜瓜和M皇的比赛，很多瓜帅的粉丝说：这其实就相当于是提前的半决赛甚至决赛。的确，一个是世界排名第一，一个是世界排名第三，一个是最强的星族，一个是无敌的影族。

为了方便大家观看，国际赛的比赛都是错开的，瓜瓜和M皇的比赛被放到了第一局，自然是万众瞩目。

解说席上有段公子、月皇、瞎转悠和F神。

其他选手都坐在嘉宾席上，等待着比赛开始。

因为是国际赛的第一局，所以调试时间会相对长一些，避免比赛的时候出现问题。不过RCG官方已经举办了这么多年，自然没有什么纰漏，今年在国际赛之前，官方还应《荣光2》公司的要求，更换了一批电脑设备。

鳗鱼说道：“你们觉得谁会赢？”

“这还用说？”中文说得很好的Sheen说道，“瓜帅这么多年和M皇对战，基本没有输过，除了大夜晚。”

星帝挑眉：“职业也占优势。星族在夜晚也有优势啊。”

星火在夜晚点亮，英雄伤害会增加。

裁判：请双方选手进行禁用地图的选择。

国际赛和其他比赛不同，国际赛基本上一开始就定了每个选手的参赛职业，所以不会到比赛的时候再重新确认，只需要各自选择禁用地图。

Guagua：第十二张图

Miki：第九十八张图

裁判：Guagua星族，M皇影族，禁用地图十二张和九十八张。请双方选手进行调试，调试时间为六十秒。调试无误请输入1。

双方选手进入了调试地图。

Guagua：1

Miki：1

裁判：双方选手调试无误，正式比赛，现在，开始！

屏幕上画面切换。

段公子说道：“好的，比赛开始！这次的地图是第六十六张，时间是下午，按照游戏钟的时间换算，这场比赛十八分钟之后将会进入夜晚。到时候对‘影’会更为有利，当然了，其实夜晚对‘星’这个职业也没妨碍。瓜帅已经建好了自己的星光之地，开始建造兵营和防御哨所了，奇怪的是，他似乎并不着急立刻就出英雄？可能是因为星族太穷了，没钱买。而另外这边，M皇的第一个英雄是影族的常规首发：黑暗战士。”

“双方都是非常有经验的选手，操作流畅如同行云流水，”瞎转悠继续道，“双方的出生点距离很近，这张地图一共有六个矿点，但是他们两个人的距离非常近，打野怪的时候就可以看到对方了！双方会怎么选择呢？”

初七定睛看着屏幕，M皇操纵着手下的黑暗战士，来到了第一个野怪点，带着小兵一起击杀野怪。

“欸，M 皇这边正在击杀野怪，好快！已经打掉了第一个野怪！获得了一个 +3 防御的戒指，啊，M 皇好像打野怪最容易爆的就是戒指，果然是江湖人称——指环王啊哈哈哈！”

段公子的解说风趣幽默，很多人都跟着笑了起来，初七却皱紧了眉头：“怎么会？”

一旁的斐诰闻言，侧身问道：“怎么？”

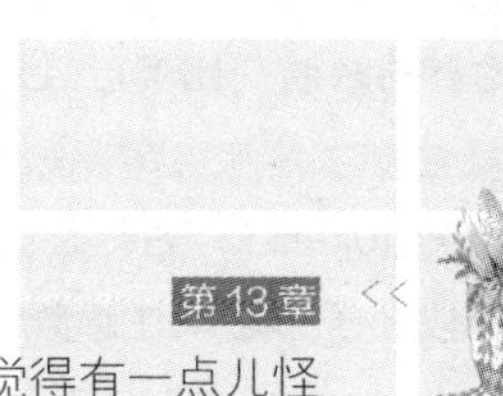

第13章 这场比赛我看下来，觉得有一点儿怪

初七听到斐诰的问话，眉头仍然紧锁着，她犹豫了一会儿才说道："感觉，太快了。"

"那是，M皇的操作没得说。"听到初七的话，Sheen就笑起来，"我和M皇打的时候，也经常被他杀野怪和小兵的速度惊到呢。"

初七便不再说话，只是紧盯着屏幕。

这一局双方几乎不相上下，无论是人口数还是经济都咬得很紧，最后还是瓜瓜以微弱的优势取胜，比赛很精彩，赢得了满场的掌声。

初七也鼓着掌，却在后台找工作人员要了这次比赛的视频，自己到了休息区仔细观看着。

"你怎么了？"

斐诰的声音在耳边响起，初七回过头："哦，在看刚才他们那场比赛的视频。"

"替M皇可惜吗？"斐诰轻声道，"最后只差一点点就能赢。"

初七先是点了点头，然后又摇摇头，说道："唔，我不知道该怎么说，这场比赛我看下来，觉得有一点儿怪……"

"走吧，"斐诰打断了初七的话，然后笑着走近她，"第二组的比赛都快结束了，你还在这儿看第一组比赛的直播？"

初七一愣。

在两个人距离非常近的时候，斐诰故意贴近了她的耳边，声音很低："全看完再说。"

初七又是一愣，一时没能摸清斐诰的意思，但她还是关掉了视频，和斐诰一起走了出去。

其他各组选手的比赛还在继续，第二组是 Joker.R VS ABC123，初七开始看的时候，比赛已经进行了十分钟，而且……看起来已经快要结束了。

因为 Joker.R，占尽优势。

连段公子都忍不住感慨：“我的天啊，这个新人，也太厉害了吧？这个 APM，飙的好快，是不是快要赶上月皇当年你的最高手速了？”

“嗯，只差一点儿。”岳子陵点了点头，又笑了笑，“不过说真的，他比我巅峰时期要厉害，而且……”

他看了一眼正在操作的 Joker.R，继续说道：“他比我长得帅多了啊。这是可以和 F 神竞争最帅选手席位的人吧？”

听到月皇的这句话，观众席上也开始议论纷纷。

“真的帅！太可爱了！和 F 神风格不一样的帅！”

“才十九岁，现在这个年纪的小孩儿怎么会选择打《荣光 2》啊？”

“之前有电竞杂志给他做过专访，他接触过其他游戏，打得也不错，但是他都不太喜欢，打《荣光 2》之后一下就被吸引了，特别喜欢。Joker.R 在接受采访时还一直特别惋惜，说怎么以后 RCG 没有这个项目了……”

“欸，讲真挺感动的，他当时的采访我看了，我都差点儿都看哭了，他说了很多《荣光 2》优秀的地方，一个特别谦逊有礼貌的小孩儿，再加上他天赋很高，打得特别好啊！都说他是第二个月皇。”

“我还看到有评论说，他技术上可能真的超过当年的月皇了，不过月皇是创造历史开创打法的人，而且月皇退役了，所以不可能有所谓的‘超越’了。”

初七看向 Joker.R 的方向。

Joker.R 真人和照片几乎完全一致，韩流 Star 的那种长相，清秀好看，五官周正，而且皮肤比较白，再加上他才十九岁，虽然是今年才开始打《荣光 2》的新人选手，却已经很有知名度了，他在入选国际赛的过程中，打败了不少往昔名宿，快准狠的月族打法，引发无数赞叹。在国内也拥有了不少粉丝——《荣光 2》的圈子就这么大，突然出现了一个长得帅打得好的新选手，自然会引起无数人关注。

比赛进行到十三分四十八秒。

ABC：GOOD-GAME。

瞎转悠说道：“好的，我们看到字母哥这边选择了投降，让我们恭喜 Joker.R 获得了这次比赛的胜利，也感谢二位给我们带来了一场如此精彩的比赛！”

下面很多人已经开始呼喊 Joker.R 的名字。

不过的确很厉害，初七又看了一眼时间还有经济对比，这场下来双方的平均 APM 竟然相差了八十多，对于一个职业选手来说，可以说是天文数字了。

这个平均 APM……初七深吸了一口气，即使是当年的月皇，和 Joker.R 内战，也不能保证自己一定可以赢吧？

下一场比赛就是初七对战火神的比赛，两场比赛之间会休息十五分钟，对第一场比赛的选手进行采访，工作人员对设备进行检修等等，然后下一场比赛的选手才会上场。

“第二场比赛结束了，现在让我们有请下一场比赛的两位选手，我们这次比赛唯一的女孩儿 Seven，还有被称为火神的 Fire！”

初七下意识地看了一眼斐诰，斐诰轻轻地对她点了点头，以示鼓励。

她笑了笑。

初七和 Fire 握手之后，走到了各自的位置上，开始调试设备。为了保证公平，国际赛是不允许自带鼠标，键盘之类的设备的，所有东西都统一由官方提供，所以给选手们调试和熟悉设备的时间会比较长。

初七虽然没怎么打过线下赛，但是试用了鼠标和键盘之后也都觉得很好用，于是朝着裁判点了点头。

“双方选手准备就绪。”

屏幕上，选手们进入了比赛房间。

裁判：请双方选手进入地图调试。

初七和 Fire 的比赛乏善可陈，因为随机到了夜晚快要天亮的时间，火神作为大后期的“星”这个职业，自然是一心等待后期，而初七作为夜晚的“影”，则一定要主动出击，掌握节奏，尽可能迅速地结束战斗。

这场比赛在十六分二十二秒的时候结束，初七是获胜的一方。

“让我们恭喜初七，也感谢火神带来的精彩表现！”

F 神随机到了“武”这个职业，对战道歉帝也是迅速结束了比赛。

至于后面的几场比赛也是一样，没有什么出人意料的地方。所以第一天的亮点，全都集中在了一个人身上——Joker. R。

新晋王者。

无上荣光。

赛后他还参加了独家专访，令人惊讶的是，他的中文也说得非常流利，声情并茂地表达了自己第一次参加 RCG 的激动之情，还有对很多优秀选手的崇拜。他说得最多的，还是对《荣光 2》这款游戏的惋惜。

“我虽然年纪不算大，但是我玩过很多游戏，《荣光 2》是我最喜欢的一款游戏，可它却是最后一次出现在 RCG 里了。”

“有时会遗憾，觉得这款游戏怎么会就这样没落了。有时会难过，觉得自己如果早出生几年该多好，能见证它最辉煌的时刻。但更多的是开心，我很幸运，能够玩这款游戏，能够成为职业选手，被别人认可和喜欢，能够站在世界比赛的战场，能够参加最后一届《荣光 2》的 RCG。”

这些话一说出口，自然有更多的人成为他的粉丝。希望下一届 RCG 还有《荣光 2》这个比赛的呼声也越来越高。

一天的比赛结束，开始了第二天比赛的抽签，双败赛制，先进行的是胜者组的比赛。

段公子拿着手里的名单，说道：“胜者组这边的分组是，瓜帅对战 Joker. R，星帝对战沉安，Seven 对战 F，鳗鱼轮空。”

段公子忍不住“啧啧”了两声：“也不知道这几天的比赛到底是怎么回事，总有 CP 党，咳咳，我的意思是，总有一起组了 2VS2 的选手 PK 对决的场面，看过了 Miki 和瓜帅，明天将看到初七对战 F 神。”他摸了摸下巴，露出准备看好戏的笑容，“当然了，我相信，大家最关注的比赛，会是瓜帅对 Joker. R 的。”

数年老将对战冉冉升起的新星。

一个是沙场宿将，披荆斩棘，所向披靡。一个是战场新兵，天赋异禀，无所畏惧。

是瓜帅宝刀未老，还是新人利刃出鞘。

论坛上还有人问："你们说，这一场比赛是不是也有点儿像接棒之战？"

曾经月皇和沉安有一场月族内战，打完那一局之后，月皇宣布退役。

他对沉安说："国内月族有你，我很放心。"

这一场战役，被很多粉丝称为接棒之战。

"我老了，这个赛场不再适合我了，接下来，就交给你了。"

没有人知道，当年的月皇，说这话的时候，究竟是怎样的心情。

大抵像武侠小说里，老一辈的武林高手们被年轻的挑战者打败，当年的江湖传说，慢慢被人淡忘。

江湖还是那个江湖，只是不再属于他们了。倒也不是不甘心，英雄迟暮，美人老去，都是自然规律。没有人能与时间为敌。

只是难免会心生感慨，看到新人们比赛的时候，难免会想起自己的那些个"想当年"。

和其他体育竞技选手一样，昔日的世界冠军，后来可能就成为国家队主教练，在他们的训练下，培养出一个又一个新的世界冠军。

总会有新的世界冠军出现。

瓜帅今年二十六岁了，他出道那年，和 Joker.R 一样大。

就算他操作再厉害，意识再好，也不可能再回到自己的巅峰时期了。

而 Joker.R，还很年轻。甚至还有创造纪录的可能——只要《荣光 2》还在，只要他坚持玩《荣光 2》。

从他现在的状态和战绩来看，超越当年的月皇，是很有可能的。

月之第一人，迟早会是他。甚至，天下第一，也迟早会是他。

初七关了论坛，上了 YY，不出意外地看到了斐诰："要打一局吗？"

"不，先不打。"斐诰说道，"你今天白天说觉得怪，是哪里怪？"

初七微微一愣，组织了一下语言才说道："M 皇最开始打野怪的速度，比我预估的快了 0.3 秒。"她顿了顿，继续道，"可能他用了新打法，但是当时的经济情况，不应该有这样的误差。"

说到这里，她轻声问道："你是不是怀疑什么？"

“不是你在怀疑吗？”斐诰轻笑了一声，“你说觉得不对。”

初七嗯了一声：“但是，休息室里我重新看比赛视频的时候，你让我全部看完再说。你不可能没有怀疑。”

斐诰苦笑了一声：“开屏幕共享，我们一起看看吧。”

初七接受邀请，屏幕上出现的是今天前两场的比赛。

初七原本错过了第二场比赛的前十分钟，现在才看到，眉头越皱越紧。

“你做得到吗？”初七轻声说道，“这个操作和这个手速。”

“我不能，鳗鱼不能，沉安不能，就算是巅峰时期的月皇，也一样做不到。”斐诰的声音低沉。

初七闭了一下眼睛，回忆了一下场上的细节：“M 皇和那个新人是同一台电脑。是电脑有什么问题吗？”

“才换的设备，每一局结束都有专人检查。你后来也是那台电脑，你觉得有问题吗？”

初七轻轻地摇了摇头。

屏幕上，还在重播那场比赛。

重看了两遍之后，初七叹了一口气：“我觉得这个操作，没人能做到。”她顿了顿，“斐诰，你到底在怀疑什么。”

“你呢？”

两个人沉默了好一会儿。

良久，初七听到了那头的叹息声，斐诰说道：“你看过今年比赛的外围赔率吗？”

“看过。”初七的声音很轻，“如果新人最终夺冠，会有人捞金无数。可是在 RCG 的赛场上，打假赛是几乎不可能做到的事情。比起有人打假赛，我觉得我们两个人怀疑错了的可能性更大。”

“不可能做到，不代表做不到。”斐诰继续道，“只要有巨额利益驱使，就有可能。”

初七皱了皱眉，又看了一遍 Joker.R 的那个比赛视频，她声音很轻：“你已经有了怀疑对象？”

“你呢？”斐诰反问道。

“我有一个猜测，”初七缓缓地说道，“如果真的有人作弊，那么就是在仪器本身或者游戏运行的时候做了手脚。这次的电子设备是全部重新换过的，只有两次出了问题，一次是M皇比赛的那次，出现了非常短暂的五秒钟，另外就是Joker.R比赛的时候，处理得很精妙，感觉像是……某种程度的加速器。”

她顿了顿，斟酌了一下用词，才继续说道：“如果这个假设成立，那绝不可能是选手一个人能做到的，需要非常强大的实时监控和技术支持，需要硬件设备的支持。M皇比赛的那五秒钟，更像是一次测试。而到了Joker.R比赛时，就变成了某种从头到尾的外挂。不过，不排除他是天才的可能，超越了之前所有选手的手速极限。”

“我认为M皇的那五秒测试，正是他们最大的失败。”斐诰的声音带着些许悲伤，“当年有月皇的最快手速，也有瓜瓜的星火奇迹，《荣光2》的历史上不缺乏奇迹和创造奇迹的人——这其中也包括我，如果是Joker.R一个人，我可能认为他就是快得不可思议，但是M皇的微操和手速，这么多年都摆在那里的，如果我没记错，当时M皇清野的时候，因为那五秒的缘故，自己似乎都有些惊讶。”

初七也还记得，当时她觉得奇怪，下意识地看向了M皇，M皇也皱了皱眉头。

因为比他想得要快。

人们不熟悉Joker.R，他是个敢闯敢打的新人。粉丝会觉得他超水平发挥，或者还在寻找自己的打法，总之他有变化是很正常的。但是M皇这个年纪，手速只会下降，所以即使微操非常强大，APM能够保持，却不可能突然在某段时间里非常强大。

这不合理。

“我们要怎么做？”良久，初七终于问出了这句话，“没有实质性证据，国际赛只有几天就要打完了。”

一旦比赛结束，就算事后查出来是有人作弊打假赛，也只能这样偃旗息鼓了。

而这次，已经是RCG的最后一届《荣光2》比赛。

斐诰修长的手指轻轻敲了敲桌面，他俊朗的眉纠结在一起，神情严肃地说道：“无论如何，最后一届 RCG，我决不允许这样的事情发生。”

他从年少时开始打游戏，接触过的游戏不计其数，而他最爱的，始终是《荣光 2》，他在这款游戏中燃烧青春，交到朋友，找到了自己想做的事情，确定了自己的目标。

他知道，电竞圈的整体环境不算好，假赛、外围、脏乱差……不少比赛都出过这样的丑闻。俱乐部老板为了得到巨额利益，不惜牺牲选手。也有选手为了功成名就，不惜给其他选手下绊子，俱乐部内部，各大俱乐部之间……多的是乌烟瘴气的钩心斗角。

因为电子竞技的职业生涯，太过短暂。每个选手的巅峰时期，只有那几年。

但这一次不行。

初七开口道：“我去找 M 皇还有其他选手谈一谈，不可能只有我们两个人心存疑虑。”

“嗯。”斐诰不动声色地攥了攥拳，“监守自盗，他怕是想亲手砸了《荣光 2》这么多年的招牌。”

和选手谈判的结果不算顺利，他们多数人虽然觉得 M 皇的那个操作有些奇怪，但是 Joker.R 的却看不出来，非要说怀疑的话，更像是怀疑 M 皇在作弊。但在国际赛上作弊太难了，不少人认为 Joker.R 应该也没作弊，也许是初七和斐诰小题大做了。

国际赛作弊难度太高，成本难以估算，而且代价也很大，一旦被查出来，就要终生禁赛。

如果在 RCG 上作弊，不管是什么游戏，这个人以后都不能参加大型线下赛了，比如你在《荣光 2》的赛场上作弊了，以后就算是其他游戏的比赛，也不能参加。这等于是葬送了自己的职业生涯。

“现在怎么做？”初七难得有些焦虑，国际赛也只有这么几天了，如果比赛一旦结束，就算查出来是作弊，也无济于事。

斐诰叹了一口气：“很晚了，你先睡吧。”

初七皱了下眉：“啊？”

“明天的比赛应该会继续，”斐诰伸出手揉了揉眉心，他也为这件事四处奔走，还派人去查了不少资料，“恐怕我们得等明天的比赛结束，才能证明这件事的真实性。”

明天是 Joker.R 面对瓜帅的比赛。

初七微微点了点头：“好，那你也早点儿休息。”

挂了电话之后，两个人辗转反侧都不能入睡。

初七拿出手机给边牧发信息：表哥，你睡了吗？

边牧最可爱：我的天！小七你还没睡？你明天还有比赛啊！

初七：睡不着。

边牧最可爱：啊？发生了什么事？你不是从来不失眠的人吗？等等！你是不是有心事了！

初七：表哥，你觉得 Joker.R 这个人，怎么样？

边牧最可爱：那个新人是吗？很厉害！不过我还是更爱 F 神！

初七：……

边牧最可爱：不过这样的年轻人真难得，长得帅，游戏打得好，手速快，不说别的，就凭他的手速，换任何一款游戏都能玩得开啊。一方面我有点儿嫉妒这个小子，这手速真是上天赏饭吃。另一方面我也的确有点儿为他惋惜吧，没有赶上《荣光 2》最好的时候……他好多迷妹哦，我都觉得《荣光 2》因为他，来了好多新鲜血液！

看着边牧发过来的这段话，初七微微闭上了眼睛。

是啊，Joker.R 现在的形象，简直像《荣光 2》的形象大使。阳光开朗，积极向上，他的技术甚至超过了沉安，手速甚至超过了当年的月皇，而他还这么年轻，这么优秀，这么谦逊，这么赤诚地爱着这款游戏。

蔺韩宇找这样一个人，也很不容易吧。

边牧最可爱：初七，怎么啦？怎么问起 Joker.R ？

我觉得他有可能在作弊。

初七犹豫良久，没有把这句话发出去。

她似乎是在这几个月里，学会了所谓的“犹豫”。

初七心思简单，不懂得分析各种利弊，但也清楚地知道，如果 Joker.R 真的是作弊，那么他背后真正帮他的人，不会是别人，一定是《荣光 2》的老总，蔺韩宇。

一个刚来国内参赛的外国人，何以会有这么多的新闻，这么多的粉丝？微博上铺天盖地的好评，就像是明星买好的通稿。还偏偏长得这么帅，吸引无数新粉丝，哪怕是本身不玩《荣光2》的人，都被他所吸引。

从游戏竞技角度来说，他是本届RCG的黑马，进入国际赛已经是爆冷，从赔率来看，如果从那时候就赌他最后会是冠军，会赚很多钱。从游戏公司的角度来看，最后一届《荣光2》比赛本身就是噱头，足以卖情怀让无数人掏腰包，又在这一年，捧出一个超级选手：长得帅，游戏打得好，还很年轻，未来有无限可能。只要好好经营，《荣光2》很有可能……能再火一把。

蔺韩宇能找到这样一个人和自己合作，肯定花了不少工夫和金钱。

本来斐诰已经在和蔺韩宇谈收购部分《荣光2》版权的各项事宜了，到时候恐怕会多不少竞争者，价格也会水涨船高。无论怎么看，蔺韩宇都是最大的赢家。

所以斐诰才会说“监守自盗”四个字。

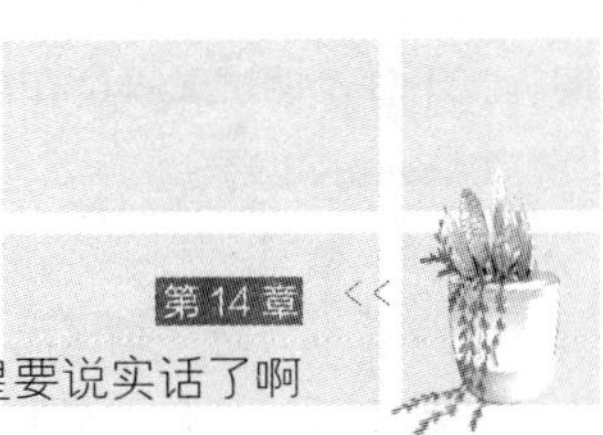

第14章 大家注意了啊，月皇要说实话了啊

第二天，鳗鱼专门来找初七：“怎么，你和F神都怀疑他作弊吗？那个新人……”

“嗯。合理怀疑。”初七没有多说什么，经过了这一晚，她已经平静了不少，“不过，或许是我们想太多了。”

“F神应该不这么觉得吧，他……动静挺大的。”说话间，鳗鱼的目光已经看向了斐诰。

初七顺着他的目光看过去，看到斐诰正在打电话，表情非常严肃。

她微微皱了皱眉，又轻声叹了一口气：“大概是因为他真的很在乎这款游戏吧。”

“在我看来，我也觉得是用了手段作弊，虽然不知道是什么手段，不过应该很厉害吧。”鳗鱼想了想才说道，“如果你们要选手联名要求暂停比赛的话，可以算我一个。”

初七抬头看向鳗鱼，鳗鱼脸上还是挂着微笑，神色却格外认真。她轻轻地点了点头。

瓜瓜和Joker.R都已经到了各自的位置上，裁判和解说嘉宾还是昨天的阵容，瞎转悠说道：“国际赛进行到第二天，这场比赛的双方分别是瓜瓜和Joker.R，这场比赛可以说是万众期待，世界第一和最强黑马的战斗，想一想都让人热血沸腾，让我们将屏幕交给他们！”

屏幕切换，出现了两个选手的特写，然后是游戏界面。

裁判：请双方选手选择禁用地图。

Guagua：None

Joker. R：None

裁判：双方均无禁用地图，下面请双方选手进行赛前调试，调试时间为三十秒，调试无误请在对话框中输入 1。

Guagua：1。

Joker. R：1。

裁判：双方选手调试无误，现在，比赛开始！

“比赛开始了！屏幕上能看到两位选手的出生点距离很近，探点的时候很可能会看到对方，这对瓜帅有点儿不利，因为星族前期太穷，又有点儿脆。”段公子顿了顿才继续道，“而瓜帅所面临的对手 Joker. R 是月族，虽然月族不像“幻武”前期那样无敌，但前期也很强，再加上昨天 Joker. R 已经给我们展示了他的最快手速。”

瞎转悠笑起来：“说到最快手速，就不得不采访一下我身边的这一位，想知道月皇是怎么看待这位最强黑马的呢？”

岳子陵先是深吸了一口气，然后微微皱了皱眉，他转过头，看着 Joker. R 的方向，几不可闻地叹了一口气，像是下定了什么决心似的，说道：“要听实话吗？”

“啊？”瞎转悠一愣，他本来是为了活跃气氛随口问的，正常情况下，月皇表达一下赞美之情，然后继续解说就是了，可是没想到……月皇完全不按常理出牌，他眨眨眼睛，有些尴尬地笑着说道，“当然要听实话了。”

不知道为什么，瞎转悠觉得自己有点儿慌。

段公子完全在状况外，只好顺着话茬儿点头：“大家注意了啊，月皇要说实话了啊！”

“从他的赛后数据统计来看，已经全面超越了巅峰时期的我，”岳子陵声音非常平静，“我离他的距离很近，你们在下面的人看不到他的操作，但我看得到。仔细看的话，会发现他的操作是跟不上手速的。我请各位回忆一下，这十年来，所有《荣光 2》选手的出色发挥，都是有势均力敌的对手。我们一直说初七和大懒的对决非常精彩，触发了十字围杀，那场比赛之所以精彩，是因为双方实力都非常强大。那一场，也触发了大懒的最高手速。”

“手速这个东西有竞争，才能触发，那一场初七的 APM 也非常高。后来初七战胜暗殷 27，全场碾压，非常漂亮，但是 APM 数据并不高。”岳子陵叹了一口气，“我想说的是一个众所周知的道理，绝招，超高手速，不是自己一个人能练出来的，你需要非常强大的对手。但是昨天的比赛很可笑，为什么 Joker.R 会不停地飚手速？这场比赛的视频我反复看了很多次，Joker.R 的最高手速飚在八分二十一秒，那时候他在干什么？在路上打野。真是匪夷所思，打野就是常规操作，突然爆手速，合理吗？”

段公子的脸色变了变：“额，月皇的意思是……”

“我的意思已经很明显了吧？”岳子陵冷哼一声，“Joker.R 的手速有问题。”

可以清楚地听到台下的惊呼声。

连一旁的副裁判和一些工作人员都变了脸色，有些不敢置信地看着岳子陵。

瞎转悠试图把话说得委婉一些：“哈哈哈，月皇的意思是觉得 Joker.R 的手速快得有些过分了，连自己巅峰时期的手速都无法超过 Joker.R，有可能是那个……”

“不用说得这么委婉，”岳子陵皱了皱眉，不客气地打断了他，“我觉得他在作弊。而且 RCG 的这个比赛是非常盛大的，所有的环节都慎之又慎，能作弊成功的可能可以说是微乎其微，但他还是作弊成功了。这不可能是他一个人能做到的，这是背后有团队。”

瞎转悠抿了抿嘴唇，实在是不知道该怎么接这话茬儿。

段公子则是把目光投向了嘉宾席上的其他选手，深吸了一口气，说道：“唔，月皇是怀疑 Joker.R 在 RCG 的国际赛上作弊吗？”

“不只是国际赛，”选手席上的斐诰站了起来，说道，“我看过他之前比赛的视频，就是入围国际赛的视频，我认为他也有作弊。”

台下的观众立刻就有些不淡定了。

“不可能啊，国际赛怎么作弊？是不是有人觉得 Joker.R 要赢最后一届《荣光 2》的比赛所以不高兴啊？他们做不到就觉得别人也做不到吗？我觉得这个新人很厉害啊。”

“好不容易有这样一个年轻的新鲜血液为了《荣光 2》不断努力，那么谦虚，那么低调，那么好，一遍遍地夸《荣光 2》，说愿意陪这款游戏一直走下去。《荣光 2》青黄不接这么多年，今年才杀出了这样一个让人觉得很有希望的年轻选手，非要给人身上泼脏水，拜托，月皇、F 神这些人的地位，站出来说一句 Joker.R 有可能是作弊，有想过后果吗？有想过对这个孩子造成的影响吗？！就算最后证明他没有作弊，脏水都已经泼了啊！”

“你这话我就不爱听了，月皇和 F 神这么多年给哪个选手泼过脏水？他们正是因为知道自己今时今日的地位和能量，才会在每次说话前都非常谨慎，不会轻易乱说。他们的人品我信得过。”

“哎哟哟哟，还信得过人品，知人知面不知心好吧。要真觉得是作弊，直接跟《荣光 2》官方或者大赛组委会说一声不就完了？以他们的地位和能力，《荣光 2》的官方，还有大赛的评委，怎么可能不重视？这一看就是月皇和 F 神商量好的好吗？非要在这个时候说？为什么还让瓜帅和他比赛？两个已经成名多年的大神，合伙联手欺负一个刚开始打比赛的年轻选手，有意思？如果非说 Joker.R 做错了什么，大概就是打得太好，手速太快吧。”

“厉害是一回事，超越极限又是另一回事了。月皇有几句话说得特别有道理，手速的飙升需要一个硬性的条件，根本没人给你创造条件，打个野手速飚到天际算怎么回事？”

“拜托，国际赛能作弊？开什么玩笑，你知道多少双眼睛盯着吗？我们在现场都看不出来作弊，所有的仪器都有专人检查，国际赛之前《荣光 2》的公司还专门重新换了设备，这还说人家是作弊，有什么证据啊？”

“我相信月皇，以他现在的地位，就算是 Joker.R 拿五个世界冠军都没办法超越，因为他是开创了一个时代的人，而 Joker.R，只是手速快而已。月皇不需要跟任何人比较，谁拿世界冠军对他都没影响！月皇站出来说这些，是因为他始终把《荣光 2》当作自己的责任，我认为，他是经过深思熟虑之后才说的话。”

“我承认当年的月皇很厉害，但是今时不同往日了，谁知道他的目的是什么？其实说到底，有没有作弊很简单，只要测试一下 Joker.R 到底能不能做到不就完了？讲真，十年《荣光》的老粉，也不是没见过这种场面。你们有没有人还记得多年以前，月皇也经历过这种场面，因为手速太快而被无数人乃至官方质疑，最后给他做了测试，事实证明，他真的做得到。为了那次测试，还专门出了一张地图。”

……

“我以本届RCG《荣光2》项目特邀嘉宾的身份，要求单独测试Joker.R的手速。”

底下议论纷纷的时候，月皇缓缓地说道。

“还真要测试啊？”

“暂停国际赛进行手速测试？真的假的？！”

“当年月皇做测试的时候，可是让他比赛完了之后才做的啊……”

得知这个情况的Joker.R先是皱紧了眉头，有些不敢置信，在和工作人员反复沟通之后，Joker.R终于点头同意，但满脸都写着委屈和不满。

Joker.R的粉丝们都炸了锅，甚至有不少人拍了现场Joker.R的照片传出来，发到了岳子陵和斐诰的微博下面：“你们看看他的表情有多受伤！你们怎么忍心这样去怀疑一个真心实意喜欢《荣光2》这款游戏的年轻选手！？”

“你们想过后果吗？！你们知道这会给他的职业生涯带来多少灾难吗？！你们真让人作呕，亏得我当年还挺喜欢你们的，滚吧！取关！”

“一个已经退役多年，不知道为什么非要上来插一脚，我就问问，你现在手速能到他的十分之一吗？另一个退隐多年，是所谓的随机之神，真是笑话，好像谁不知道你是因为打任何职业都打不到顶峰才一直玩随机似的。等到他测试结束，你俩能直播负荆请罪？”

粉丝们接踵而至，月皇和F神的粉丝自然不会袖手旁观，论坛、微博、贴吧……一时间，所有地方都成了硝烟弥漫的战场。

测试地图是当年月皇做测试的地图，不停击杀怪物，尽可能守塔，算是最早的塔防模式，野怪数量众多，而且一波一波推进，野怪的血量和伤害也会不断增加，往后打会越来越吃力，而且是无限的，就看你能坚持到第几波。因为过程很快，能够刺激到选手的操作，手速会不断地飙升。等到最后结束，官方会取手速最高值和全场平均值，来看这个选手到底能达到什么水准。

Joker.R 在电脑前坐定，看了一眼月皇的方向，然后拿起话筒，想了想，说道："我中文不算好，但还是想说几句。"

他顿了顿又继续说道："这个测试对选手来说不但是怀疑，更是羞辱。可我只能选择接受，我知道月皇也做过这样的测试，不知道月皇还记不记得当时的心情是怎样的？月皇做完测试后，对着镜头说：'怀疑我的人，谢谢你们曾经看轻我。'如果我通过了测试，我希望月皇能给我一个道歉。"

台下不知道是谁喊了一句"好样的"，然后响起了雷鸣般的掌声。

镜头给了岳子陵一个特写。

岳子陵神色不变："如果我错了，一定会公开道歉。我不会再碰《荣光2》这款游戏，再也不看任何比赛，不参加任何和《荣光2》有关的活动，不作为'月皇'而存在，封掉我的微博，从此以后再也不用。"

"什么？"一旁的段屿听到这一段话都有些愣住了，他皱紧了眉头，叫道，"月皇……"

岳子陵继续说道："因为如果我连这点儿眼光都没有，只会随便诬陷年轻选手。那我的确没有资格被称为'月皇'，没有资格做裁判，做解说，做嘉宾，也对不起这些年来所有的粉丝的喜欢和认可。"

这话的态度再明显不过：我为我说的每一句话负责。我不认为我是在冤枉你。这次的测试，你赌上你的人品和未来的职业生涯，我也就此赌上我所有的名誉和骄傲。

一直坐在台下的边牧眼眶都红了，他想起来初七问的那个问题，看来那时候大家就有了疑虑……他知道初七他们绝对不会轻易冤枉别人，但月皇竟然把话说到了这一步。

也就是说，如果 Joker.R 真的通过了测试的话……边牧闭上眼睛，猛地摇摇头，自言自语地说道："不会的，初七和 F 神的判断不会错！月皇也不会拿自己的名声开玩笑！"

测试开始。

屏幕上无数个野怪出现，显示：第一波。

Joker.R 操纵着英雄击杀野怪，右上角的数字，显示瞬时 APM，所有人都能看到。

208，242，258，239，256，278……

随着野怪来到了第六波，右上角的 APM 第一次跳到了三百零五。在《荣光 2》的世界里，APM 能够上三百，已经可以封神，而 Joker.R 的数据还在不断攀升。

“哇， 这手速……这操作，太厉害了吧！”

“我仿佛已经看到月皇和 F 神被打脸的场面了。”

“真的厉害！我还以为他只是能快一会儿，没想到这么稳，而且看起来手速还能不断上升啊，这都第八波了，三百二十多的 APM，再高一点儿不就超过当年月皇的纪录了吗？”

325，323，329，331，330，335，337，339，357，363……

“375！”

不知道是谁率先喊出了声，台下的人已经自发地鼓起掌来。

边牧呆呆地看着这一幕，良久都说不出话来。这是……《荣光 2》历史上的最高手速，超过了当年月皇创下的纪录。

游戏已经进行到了第十七波。

当年月皇就是在这一关输的，而看 Joker.R 的情况，他守的塔还有大半血量，他的操作还游刃有余，再撑几波都没有问题！

这张专门的测试地图，野怪的数量是成倍增长，而且越来越强。当年月皇做过测试之后，很多人都去玩这张地图，绝大多数只能坚持六七波，职业选手能坚持到十几波，但是因为手速限制，这么多年没有人能超过月皇的纪录。

“月皇这一世英名没了呀，他图什么啊？刚才把话说得那么死，啧啧啧。”

“二十波了！不过好像也快死了！能闯过二十波的话真是太厉害了！！”

“手速！手速！我疯了！”

一直安静的段公子和瞎转悠都忍不住惊呼出声：“等等！刚才！就刚才！闯过了第二十波的 Joker.R！手速超过了四百！！！”

四百零七的APM。

台下再次响起雷鸣般的掌声。

Joker.R的英雄死在了第二十一波，他长舒了一口气，关掉了游戏界面，站起身，对着全场鞠了个躬，缓缓开口道："我知道月皇为什么怀疑我，因为他觉得我在比赛的时候最高手速是打野怪的时候，这很不正常。我针对这个问题解释一下，我看了很多《荣光2》选手的视频，月皇是我最崇拜的选手，我看了当年他做测试的地图，自己挑战过很多次。后来养成了习惯，每一次打野怪，都以在做测试的心态去打，就会兴奋紧张，手速自然而然就提上去了。解释完了，也挑战完了，谢谢大家。"

他看向岳子陵，目光锐利。

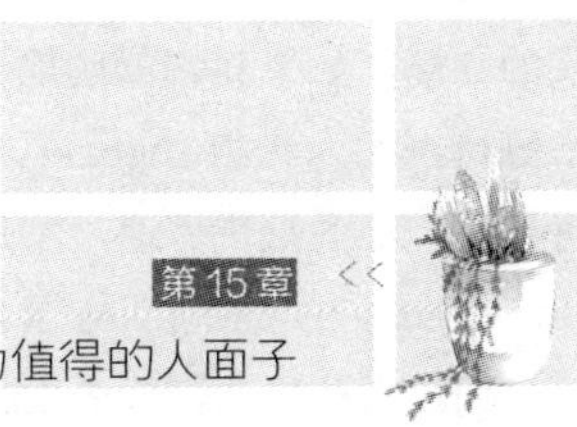

第15章 不好意思，我只给我认为值得的人面子

台下的人开始起哄，喊了声：“道歉！”

无数人应和起来。

“道歉！”

“道歉！道歉！道歉！”

整个比赛会场，只能听到这两个字在不停回响。场外，论坛、微博、贴吧被全面攻陷。

“再见，月皇，哦，不对，你自己说了，你根本没有被称为‘月皇’的资格。”

“心疼Joker.R，尤其是他说自己最崇拜的选手是月皇，之所以击杀野怪的速度很快就是因为不停地玩这个测试地图形成的应激性。说到底，这也是因为他崇拜月皇，才会那么多次地挑战这个测试游戏啊。”

“别只盯着月皇不放，还有个F神呢，呵呵，月皇说是从此以后不管任何和《荣光2》相关的事情，那F神也该退役了吧？”

……

边牧看着身旁那些愤怒又咆哮的人群，几乎有些不能自抑地颤抖起来。

“请大家安静一下。”一道男声响起。

场下的观众慢慢安静下来，看着台上出现的男人。

“我是蔺韩宇，”蔺韩宇拿起麦克风，缓缓地说道，“本来有点儿事情要去做，听说赛场上出现了这样的状况，就匆匆赶来了，大家可能也知道，我们公司和Joker.R也有了一些战略上的合作，这个新人选手未来的发展我们都很看好，也有打算让他做签约代言人的打算。我个人是非常相信他的，最开始听说月皇的怀疑，想站出来替他说几句，可是我的立场，如果旗帜鲜明地支持某个选手，可能不太合适。所以我选择了等待，因为我相信 Joker. R 会向所有人证明，他真的可以做到，他没有作弊，他的最快手速，不是浪得虚名。”

蔺韩宇拍了拍 Joker. R 的肩膀：“真的很棒，我没有看错你，你的粉丝们没有信错你，你的未来，必然会无可限量！”

“哦，对了，还有……”蔺韩宇转向岳子陵，脸上挂着微笑，“我相信月皇只是为了比赛的公平才会提出自己的想法，我们尊重这个想法，当然我也希望，以后如果有人有类似的怀疑，可以先跟我们《荣光 2》的官方交流，给大赛组委会报告，而不是直接站出来说这些话。月皇当年创造的纪录，无人能够超越。我相信，月皇和 Joker. R 还是可以做朋友的，都说一笑泯恩仇嘛。”

说着，蔺韩宇把他们两个人往中间推了推，仍然说笑着。

Joker. R 用中文轻声说道：“我不会怪月皇的，他始终是我的偶像。”

然后，他朝着月皇伸出了手。

台下一片惊叹声。有人鼓掌，有人赞叹，也有人为 Joker. R 觉得不值。

但不管是什么样的心情，现在所有人的目光都集中在 Joker. R 和他对面的岳子陵身上。

岳子陵低下头，看着 Joker. R 伸出的手，又看了一眼蔺韩宇，他深吸了一口气，然后摇了摇头。

“摇头是什么意思？！”

“给脸不要脸啊！那你倒是道歉啊，赶紧道歉！”

“呵呵，我真是服了，现在心疼死 Joker. R 了。”

一旁的蔺韩宇也皱起眉头：“月皇，你这是什么意思？不给面子？”

“不好意思，”月皇声音很轻，“我只给我认为值得的人面子。”

蔺韩宇的脸色瞬间就变了：“你！”

“蔺先生，”一道好听的女声响起，“国际赛开赛之前的外围，您个人累计对 Joker. R 能夺冠这个大冷门投资一亿两千三百万，作为《荣光 2》公司老总参与这种外围赌博，这才叫不合适。国际赛开赛之前，

《荣光2》官方更换了所有设备，每一局结束都有专门的工作人员对设备进行再次调试。昨天，《荣光2》国际赛的第一场，瓜帅面对M皇，M皇有过五秒左右的超常发挥，击杀野怪速度提升到了原本的1.35倍，而后是Joker.R的比赛，全程碾压的同时，一直在爆APM。"

初七缓缓站起身，走上台："普通观众看不出来，但是打游戏多年的职业选手，不至于迟钝至此。你说月皇如果怀疑有选手作弊，应该和《荣光2》的官方说明，应该找大赛组委会，而不是直接在赛场上指名道姓地说这些。事实上，我们找了大赛组委会。之所以没有单独找《荣光2》的官方，是因为，我们也怀疑你们！"

蔺韩宇瞪大了眼睛，有些惊慌地说道："咳，你，你胡说什么呢！"

"要在国际赛上作弊，太难了。绝非他一个人可以做到，"初七声音平静，"我们在找大赛的主办方和组委会的时候，也提了这方面的考虑。"

这时候，一个RCG的官方工作人员走上台，他亮了一下工作牌："大家好，我是本次RCG大赛组委会的工作人员，在今天早上，我们接到了来自岳子陵先生和斐诰先生的举报，分析了在《荣光2》比赛中有人作弊的可能性，并且提出希望对《荣光2》的官方也进行监督的方案。经过再三讨论，我们最终同意。接下来，我想播放一段视频。"

说着，他走到官方电脑旁边，操作了几个键，大屏幕上的画面出现了变化。

"这段视频是大赛组委会的监控视频，监控的是《荣光2》公司官方那边的情况。哦，需要说明的是，"工作人员看了一眼初七，"我们本来是没有在《荣光2》官方的工作地点设置监控的，只在外面有摄像头，是初七经过计算和调试之后，调整了其中一个摄像头的角度，刚好可以看到那边的情况。"

因为需要设备调试等等，所以《荣光2》官方在RCG赛场有自己的工作地点，距离主赛场有一定距离，因为是临时搭建的，所以也就没有所谓的"房顶"。

视频上出现的，是《荣光2》几个工作人员正在看比赛的画面。

"第一局就是Joker.R对战瓜帅，你们看着点。"

“等会儿？月皇说 Joker.R 作弊？”

“赶紧联系蔺总！我们应该怎么做？”

“好的蔺总，明白了。”

“好了，试运行，给他加速。”

“APM 稳定上升，看好他的操作，不要出现纰漏。免得又让人看出破绽来。”

“这个测试没问题的，来，APM 加速。”

“给他加到三百五十以上的时候就要悠着点了，不要做得太过。”

“现场工作人员，给他暗示，让他准备被野怪打死！已经破了月皇的纪录了，够了。”

“等等，他怎么没有停下来的意思？”

……

就在这时候，视频上出现了一个男人，他是急急匆匆赶到这里，直接进门的蔺韩宇。

“蔺总！”

“现在什么情况？”

“已经闯到十九波了，但是他不听我们现场的指挥，再下去的话，APM 会突破四百，很容易露馅。”

“就让他突破四百！事情已经到了这地步，我们要把他捧成神！让他一路高歌猛进拿下世界冠军。”

“蔺总，这……”

“这个程序我们准备了半年，前后测试过那么多次，难道还没有把握？！”

“知道了蔺总。”

“这两天的事情没被人发现吧？”

“我们这里是后备营地，离主赛场有一段距离，粉丝不知道这里，RCG 官方也不来。没有什么问题啊。”

“那 M 皇那个是怎么回事？”

“那个是必须进行的测试，否则……”

“废物！算了！先把这件事解决，我要去主赛场了，你们几个，注意一点儿！”

这戏剧性的视频，让全场哗然。

不需要其他说明或解释，真相已经摆在眼前。

蔺韩宇的脸色瞬间变得惨白，接连着后退了几步，整个人都有些踉跄。Joker.R 也是瞪大了眼睛，不知所措地看着蔺韩宇，似乎还盼望着蔺韩宇能够将这件事情解决。

事实摆在面前，到了这一步，任何理由和借口都不可能说服别人。

RCG 的工作人员关闭视频之后叹了一口气："很抱歉，各位，十年来，RCG 赛场上第一次出现这种情况，我们也措手不及，具体的解决方案还要另外讨论，比赛只能先暂停。为了给这个比赛一个公正公平的环境，在此我宣布取消 Joker.R，韩文本名金永旭的参赛资格，并终身禁赛。至于其他选手，我们也会进行全面盘查，鉴于此次《荣光 2》游戏公司的行为，我们大赛组委会非常愤怒，并且强烈谴责，接下来会有关于这次联合作弊恶性事件的公告颁发。这次我们大赛组委会的工作有疏漏，让其他人有机可乘。购买了国际赛门票的观众请放心，我们一定会有补偿措施，比赛暂停，也请各位选手配合我们接下来的盘查。"

选手席上所有的选手都站了起来，点了点头，在工作人员的指引下离开了赛场。

而坐在观众席上的观众们，都还没有从刚才这个巨大的转折中回过神来。

"所以，真是作弊？"

"《荣光 2》官方居然也参与其中……我的天，年度大戏。"

所有的选手都在配合进一步检查，而蔺韩宇，因为涉嫌非法赌博，直接被警方带走。

《荣光 2》的论坛，有至少五年不曾这么热闹过，除了《荣光 2》的粉丝们的各种义愤填膺的讨论之外，还有很多其他游戏闻讯而来 Diss《荣光 2》的。

那就祝你平安好了：蔺总真是打得一手好算盘，利用一个小鲜肉来吸引流量，我一个不打《荣光 2》，不看《荣光 2》的人，前两天都被 Joker.R 刷屏了。现在好了，小鲜肉是作弊，还接着把公司也带进去了，本来《荣光 2》还能苟延残喘几年的吧？现在，啧啧啧！

生活啊就是一场戏：哎哟，我看《荣光 2》官方做得那么熟练，这事儿不是一次两次了吧？当年月皇的手速是真的假的啊？这作弊估计也不是一次两次了，参赛选手里可能还有其他人吧？

我心依旧：月皇也是可怜，虽然还是月皇，但可能连《荣光 2》都快没了哟！你说他图啥呢？还有其他那几个站出来说话的选手，图啥呢？为了毁掉这款游戏吗？

F 神我的嫁：楼上什么意思，他们怎么可能是为了毁掉这款游戏？！

疯狂 Diss 一波：我觉得是因为月皇老了，要吸引新粉要新人，官方选择了 Joker. R，月皇觉得自己受到了威胁，去理论，和《荣光 2》闹翻了。就联合其他几个关系比较好的选手一起“揭发”，这样自己的名声就能保住啰。

我心依旧：我觉得楼上说得没错，我不相信这事儿是一天两天就能查出来的，月皇和 F 神肯定早就知情，还让组委会去调监控，未卜先知啊。月皇这两年也接了不少其他的页游手游的代言，肯定是有了下家，才会和其他选手联合起来打倒老东家的。不过这游戏竟然还有粉丝？论坛还有这么多老粉留在这儿，你们又图啥啊？

……

在一连串的 Diss 下面，有一个回复被版主加了精。

丘山依旧在：图什么？是啊，图什么呢。月皇，一个已经退役的选手，身披无限荣光走到今天，只要《荣光 2》还在，他的辉煌就始终还在。没有人会忘记他的名字。他可以明哲保身，可以置身事外。以他的地位，为什么要做到这一步？他既然从开始就知道，Joker. R 的背后是《荣光 2》公司，为什么还是要选择这样做呢？谁得冠军，于他而言有什么影响呢？

在场上放狠话，只是为了激 Joker. R。

他年轻，虚荣，好胜心强，他自恃有最强硬的后台，所以在被月皇激了之后，肆无忌惮地爆手速，不肯见好就收。蔺韩宇也索性让他的手速直接爆过四百，然后假惺惺地在台上做戏，让他和月皇握手言和。

月皇依然拒绝，他图什么呢？

初七和 F 神图什么呢？为了拿世界冠军吗？就算没有 Joker. R，他们可能也拿不到冠军。如果 F 神是真正的小人，他偷偷录个视频，等瓜帅他们都被淘汰了，去跟蔺韩宇展示一下自己手头的证据，然后最后一场，让 Joker.R 输给自己，F 神顺利拿世界冠军。Joker.R 作为后起之秀也从此封神，大家你好我也好开开心心双赢。

可他没有，他图什么？利益吗？他明知道这样会得罪《荣光 2》游戏公司，会让所有选手，包括他自己，成为被怀疑和被喷的对象——这一点从你们在论坛的发言就可以看得出来。

你们并不关心《荣光 2》以后会怎么样，你们只是进来猜测暗示其他选手也参与作弊，怀疑月皇和 F 神他们揭发这件事的动机。有一句话说自己是什么样的人，看到的就是什么样的人，你们自己内心龌龊，就觉得我的英雄也和你们是一样的小人。

月皇为什么要这样做，F 神为什么这样做？在所有人面前说出真相，他们图什么？

我来告诉你他们图什么。

这款游戏十年来，始终有一句口号，说“荣光不灭”，当年，月皇拿到世界冠军的时候曾经说过：这光是光明，是正义，能够点燃黑暗，能够驱散邪恶。这荣光是我们心中的熊熊烈火，是所有选手对这款游戏的不懈坚持。

我们为什么留在这里，因为当年，我们在这里目睹英雄诞生，看到瓜帅的泪水，看到月皇登顶，看到 F 神创造奇迹……我们不是为了游戏公司聚集在这里，而是为了这款精彩的游戏本身，是为了这些在战场上奋斗的选手。

我们留在这里，是因为这些选手在可以选择利益的时候，选择了正义。因为他们在黑暗之中还坚持高举着火把。

我们留在这里，是为了等到他们能够发言，能够上论坛看情况的时候，看到的不只是你们这些人的发言，不只是铺天盖地的质疑和谩骂，还有我们这些真粉丝的支持和感谢。谢谢他们打出精彩的比赛，谢谢他们贡献非凡的操作，谢谢他们为这款游戏所做的一切。

我们希望他们会觉得，他们所做的一切都还值得。我们这些粉丝，不会离开。

你们来这里，是为了奚落这款游戏，是为了 Diss 游戏公司，顺便 Diss 选手和我们。但是没有用，因为《荣光 2》的宗旨是即使世界黑暗，依然心存希望之光。即使身处永夜，也仍然相信光明到来的那天。

没有玩过《荣光 2》的你们，永远不会懂。就算《荣光 2》从此一蹶不振，就算从此以后再也没有《荣光 2》，月皇也永远是月皇，岳子陵是所有粉丝心中的光。F 神也永远是“随机之神”，他们今天的所作所为，会铭刻在我们心中。他们今天做的事情，也许会毁掉当年创造出《荣光》和《荣光 2》的游戏公司，但却绝对不会毁掉《荣光 2》！

因为《荣光 2》的精神不灭，荣光永存！

……

边牧本来因为联系不到初七和斐诰而心急如焚，在论坛上看到这个 ID 说得这些话时鼻子一酸，眼眶瞬间就红了。

这个帖子下面无数人回帖留言，很多潜水多年的骨灰级粉丝都上来回复。

滚筒那个洗衣机：看哭了，把我想说的话都说了。论坛上这么多人骂，我不知道月皇和 F 神做错了什么，他们分明是付出的人，是我的英雄，却要被不明真相的人质疑……真是太委屈了。我希望他们永远不会看到那些小人说的话，我希望他们……哭得写不下去，就说最后一句：荣光永存！

瓜帅看我一眼：星火不灭，荣光永存！

神秘菜鸟：荣光永存！

再看就把你次掉：荣光永存！

……

边牧抽了抽鼻子，拿出纸巾擦了一把眼泪，在键盘上敲击了四个字。

试问谁会不喜欢边牧呢：荣光永存！

《荣光 2》的股票大跌，蔺氏所有企业和其他游戏都受到牵连，连疾风游戏公司之前和初七他们比赛的时候作弊的事情都被抖了出来，一时间几乎是人人喊打。蔺家弃车保帅，宣布蔺韩宇下台，让其他人接替了他的工作。

接下来自然是走老路子：诚挚道歉，表示这是个别人的个别行为，再三保证绝不会有下一次。不过所有人都知道，《荣光2》走到这一步，怕是真的走到尽头了。

原本蔺氏就没打算继续在《荣光2》上投资，如今连名声都臭了。论坛上每天都有不少人来谩骂，甚至导致论坛一度崩溃。

RCG对其他选手都排查了一遍，认为他们均没有作弊的嫌疑，并且再次对月皇等人表示了感谢。月皇沉寂三天之后终于在微博上发声。

@丘山子陵：大家久等，因为之前选手排查没做完，我个人不好多说什么。私信和评论都有看，也有刷一下论坛，很感动，你们一直说我是你们的骄傲，其实不是，我觉得能有你们这样的粉丝，我真的很自豪。这些年，如果我有哪怕一丝一毫值得称道的地方，也是因为你们让我成了更好的人。我如今所有的光环，荣誉，都是你们给我的——还是要用那句歌词，感谢你，哦，不，感谢你们给我的光荣。至于那些来谩骂的人，你们不用浪费时间，等过几天热度散了，有其他事情了，他们就会去别的地方喷了，当网络键盘侠不需要成本。

今天才发微博，是有两个好消息要和大家分享：第一，RCG的大赛组委会和所有选手共同讨论之后表示，《荣光2》游戏项目剔除掉涉嫌作弊的选手后会重新分组抽签，进行国际赛重赛。具体时间会另行安排，因为要进行协商，还有对观众补偿，但不会太久。

第二，《荣光2》被收购了，老板我也认识，过几天会公布。请大家放心，收购的公司是很有良心也很有财力的游戏公司。RTS游戏的黄金时代已经过去了，我们都知道《荣光2》不可能重现辉煌，但是《荣光2》还有可能以新的游戏形式出现。就像我们多年前就期待的《荣光3》一样。也给那些落井下石冷嘲热讽的人看一看，真正的荣光精神。

最后，荣光永存！

这篇长微博发出不过两个小时，转发和评论就已经数十万，热度简直超越《荣光2》最火的时候。

无数人都在感慨，在猜测，在议论。

@FFFFFF：我的天！这个节骨眼儿还有人敢买《荣光2》？！真的勇士！我愿意氪金！

@不听不听王八念经：很感动，荣光不灭！RCG 能重赛真是出乎意料，相信所有选手，包括《荣光 2》的新金主都花了不少工夫和……钱。

@你看你看月亮的脸：荣光不灭！月皇信任的公司和老板，我们就信任！

@丘山是永远的月皇：月皇威武！等这个消息等了太久了！我们知道月皇肯定会看评论和私信还有论坛，所以一刻都不敢松懈！还有就是，月皇说这些年因为我们成了更好的人。我们又何其有幸，能够粉上你这样的人。你一往无前，拿下两次世界冠军，你创造历史，却又谦逊低调，这么多年过去，你始终如初，月皇，因为你的缘故，你的粉丝们也一直在努力，想要成为更好的人，更好的粉丝。谢谢你。谢谢你是你。

而点赞最高的那几条，自然是选手们的评论。

@F：荣光永存。

@沉安：荣光永存。

@一闪一闪亮晶晶：星火不灭！

@一个名字：？楼上有人破坏队形。

@鳗鱼：你俩能不能行了，这么庄严的时刻！

@Seven：RCG 见。

边牧看到初七发了微博却没有回复自己的那几十条留言，简直心碎的无以复加。

“喂？表哥？”

“初七你竟然先发微博而不是先回我消息我感觉很伤心！”

初七冷静地说道：“我还在外面，那条微博评论和转发是直接用别人的电脑发的，你发的我还没来得及看。微信消息一百零七条，五十三条 QQ 消息，其中还有二十条五十秒以上的语音。”

边牧：“……”

妈妈我不想要这个表妹了。

“不过我猜测，你要问的很多事情，已经得到答案了，月皇的微博上说得很全。”

边牧连忙说道：“我就一个问题了！那个收购了《荣光 2》的公司是什么情况？老总是谁啊？月皇说他认识，你知道是谁吗？”

“这是三个问题。”

边牧：“……”

“初七！你就不能回答我一下吗？！”

听得出表哥已经开始要跳脚，初七扬了扬嘴角，看了一眼对面的男人。

他正在敲击键盘，仿佛是察觉到了初七的目光，抬起头，迎上了那双格外好看的眼睛。

四目相对，两个人都不自觉地笑了笑。

初七回答边牧：“当然是你也认识的人啊。”

第16章 你有没有教过F神“十字围杀”啊

“难道是……”边牧瞪大了眼睛，“天啊，天啊，太棒了！不愧是我男神！激动！我去楼下跑圈了！”

初七声音依然非常平静：“哦，再见。”

“啊？初七！我的意思……喂？喂？！”

嘟嘟嘟——

电话已经挂断。

无情无义无理取闹的表妹！

不过……真好啊。虽然《荣光2》最好的时候已经过去了，这款游戏本身已无法回到巅峰时期。但那个人是“随机之神”，是缔造无数奇迹的人，是整个《荣光2》公认的战略大师。

在边牧看来，斐诰无所不能。他只要想到《荣光2》以后是在斐诰手里，就觉得很放心。

三天后。

RCG出了官方通告：《荣光2》的国际赛将会重赛，但因为是RCG多年历史上第一次破例重赛，出于时间、观众门票、场地、选手档期等多方面考虑，第一轮转为淘汰赛加复活赛赛制。重赛的选手共十三名，第一轮如果抽签抽到了G组，则轮空自动晋级。其他六组选手进行PK，胜者晋级，败者六人争夺唯一的复活名额。最终胜利者进入八强。

八强产生后一天内决出冠军、亚军和季军，国际赛现场票分两天，先行补偿给之前购买了国际赛现场票的观众。如果有观众无法前来，将两倍退还票价。国际赛三天后举行，请观众们尽快前往官网进行换票或者退票、购票等操作，也请各位选手调整状态，用最好的状态迎接国际赛的重赛。

国际赛重赛第一轮抽签结果如下：

A 组：Guagua“星”VS Fire“星”

B 组：F“随机”VS Miki “影”

C 组：沉安“月”VS Sheen“武”

D 组：Sorry“月”VS ABC123“武”

E 组：Lazy “武”VS 一闪一闪亮晶晶“星”

F 组：Seven“影”VSW _W“月”

G 组：鳗鱼“月”（轮空）

这个消息公布之后，《荣光 2》的论坛上也是非常热闹。

滚筒那个洗衣机：《荣光 2》的国际赛好像第一次用这种赛制吧？

F 神我的嫁：鳗鱼运气真好，轮空直接晋级，轻轻松松进八强……F 神居然抽中 M 皇了我的天。如果第一轮输了的话，就要和其他五个输了的角逐复活赛名额……想想都可怕。

我只是一个可爱的哈哈哈党：又想起那句至理名言——运气也是一种实力。

试问谁会不喜欢边牧呢：有点儿担心 F 神，第一轮对战 M 皇……如果输了的话，复活赛还至少会遇到大懒或者星帝其中的一个，好虐！

听说下雨天 F 神和初七更配哦：哈哈哈不是早就该习惯了吗？ F 神的运气从来没好过，走得都是最艰难的路。今年他能回来我就很开心了，RCG 国际赛出了这么多幺蛾子，更让我坚定了要一直粉他的决心，只要他还在继续打这款游戏就够了。世界冠军只是一个称号而已。（呜呜呜，当然私心真的很希望他能得冠军，毕竟之前一直没拿过，拿了两回亚军，每次都差那么一点点！）

瓜帅和火神的星族内战打了很久，本来星族就吃后期，每次星族内战，大多数都是双方慢吞吞地发展经济，后期双方都升到三级大本营，到达一百人口开始“百团大战”。

不过画面真的很炫酷，两边的星光之地一路蔓延，星火在大陆上熊熊燃烧，美丽异常。六个英雄实用技能，特效也非常炫酷，两百人口的大战气势汹汹，很吸引人。

“因为是RCG重赛的缘故，我们的比赛调整成了BO3，刚才双方战成1:1平，这局是双方的决胜局，看到瓜帅和火神的这局比拼就变得更加小心翼翼，都不想出任何差错，”段公子的解说声响起，“现在比赛已经超过了一个多小时了，对两边都是非常大的精力消耗，接下来几乎不能说是技术上的挑战，而是身体素质和心理素质的挑战。 哦，请等等？”

有个工作人员上前和段公子说了些什么，段公子和旁边的瞎转悠商量了一下，说道：“是这样的，因为星族内战所用的时长比我们预计的时间要长，考虑到这六局比赛结束之后，还有一个争取八强名额的争夺赛。所以我们这局在直播的同时，也会同步进行下一场的比赛，由瞎转悠他们进行直播和解说，就是F神和M皇的比赛，同样非常精彩！”

“这次的比赛是历史上第一次RCG的重赛，很多规则都会有调整，”一旁的瞎转悠说道，“不过我建议大家先看完瓜帅和火神的决胜局比拼，然后再看F神和M皇的时候，可能就会惊喜地发现，欸？到决胜局了也！”

瞎转悠笑了笑：“哦，对了，今天的比赛有一位选手是幸运儿，抽签直接进入八强，不用打比赛，所以我们邀请他来当嘉宾解说。”

说着，瞎转悠便起身离开，去准备另外一场比赛，选手席上的M皇和F神还有被点名去做解说的鳗鱼也都站了起来，往另一个比赛台走去。

有不少观众便也在工作人员的指引下，朝着另一个直播间的观众席走了过去。

初七收到了边牧发来的消息。

边牧最可爱：小七，小七！你不来给F神加油吗？！

初七：现在不去。

边牧最可爱：……哎，无情的女人。那你什么时候过来啊？

初七：这边是决胜局，结束时间肯定比那边快。

她看了一眼另外一个直播间的方向，又重新将目光看向了大屏幕。

屏幕上，已经是一片星光之海。

她微微眯起眼睛，根据赛场上的情况在心里做起计算："这局竟然这么焦灼……这样拖下去，又是一场长时间的对决。"

"要四十分钟以上，"坐在一旁的星帝说道，"星族就是这样，时不时一局就能打出一个多小时，而且他们两名选手打得都是大后期的星族，到第三局谁也不敢轻易打破常规，就更加谨慎小心，整体的推进速度就又慢了一些。"

初七正准备说点儿什么，却听到沉安说道："糟。"

屏幕上，仍然是两边的星火燎原，颜色分外好看。可是初七和星帝的眼神都变了，星帝皱了皱眉："什么情况？"

连台上做解说的段公子都忍不住说道："哎呀，刚才那波火神太可惜了，走位竟然出现了失误，如果没有失误的话，瓜帅可能会损失一条冰龙，现在火神还损失了一位英雄！这一复活，又要再等九十秒钟啊！"

"这个操作失误是致命的。"作为嘉宾解说的岳子陵眉头纠结在一起，"本来第三局火神是有优势的，如果能稳扎稳打，完全有可能赢瓜帅的，可是刚才那个走位失误太大，接下来他可能会一败涂地了。"

火神从刚才那个失误开始，就一直频频出错，其中有不少都是低级失误。

初七看向星帝："火神还有机会吗？"

"如果只是刚才那一个失误，甚至是加上后来的五个失误，都还是有机会的，"星帝苦笑着摇了摇头，"可惜，现在没有了。"

台上，瓜帅的星火已经烧到了火神的主基地。

沉安定定地看着台上的这一切，喃喃道："火神原本是有优势的。"

"对，有优势，而且不小。"星帝接口道，"作为'星'这个职业，能在和瓜帅对战的第三局，还拿到这么大的优势，说明他很厉害。但经过这一个多小时的战斗，双方的精神都高度紧张，出现一个小失误是很正常的，刚刚瓜帅也有出现过。但是瓜帅稳住了，这一个小失误就能补回来，但是火神崩了。"

他失误之后心态变了，越打越慌，越慌就失误就更多。

这时候，火神已经打出了 GOOD-GAME。

"好的，RCG《荣光2》国际赛重赛的第一场，瓜帅2:1取得了胜利！

让我们恭喜瓜帅进入八强！也感谢火神的精彩表现！”段公子说起了常用的场面话。

火神兴致缺缺，和瓜帅握手之后，脸上勉强挤出一点儿微笑，跟大家打了个招呼，就下了台，往选手专用的休息区走去。

看着他的背影，月皇突然说道：“真到了国际赛赛场上，大家的水平差距并没有多大，所以更多的是对选手精神状态、身体素质、心理承受能力的考验。很遗憾，瓜帅在这方面更强大。但是火神从刚才那个失误开始，就一直在懊恼沮丧，觉得‘如果没有这个失误我就怎样怎样’，要知道，选手一旦沉浸在这样的想法之中，就很难获得胜利了。”

选手席上的沉安抬起头，看向月皇，然后叹了一口气，站起身，也走向选手休息区。

有个国外选手疑惑地看着沉安的背影，用英语问道：“嗨，他不去看F神他们的比赛吗？”

“别管他。”星帝挥挥手，“等会儿就去了。”

等沉安走远了，星帝才叹了一口气，说道：“月皇刚才这段话，是说给沉安听的。”

这边的比赛结束，月皇和段公子也来到F神和M皇的赛场进行解说。

比赛进行到五分钟，这局初七对F神还是很有信心的，因为他随机到了“幻武”，开局就用迭戈去骚扰M皇的家，虽然才五分钟，却已经占尽优势。

“双方分矿离得太近了，又是白天，影族没优势，”一旁的星帝皱了皱眉，“M皇不知道是不是因为重赛的缘故，状态也不太好，这局看来没什么希望拖到后期了。”

每一次比赛，选手都会有自己的状态，上次M皇和Joker.R的比赛，再加上赛后的事情，肯定也对他产生了一定影响。

F神第一局运气不错，自然也不会客气，游戏中的时间已经是傍晚，一旦拖到二十分钟之后，完全进入黑夜，影族优势就会发挥出来。

更何况对手是M皇，即使他今天状态一般，但他也是大后期的真王者，影族的世界第一。F神一定要趁优势明显的时候尽力锁定胜局。

“迭戈六级了！”瞎转悠惊呼出声，“F 神铁了心要速推啊，虽然升了二本，但还是只出了迭戈一个英雄，除了两个专门速推基地的装甲车，还有一辆坦克和十个骑兵。为什么会出坦克啊？这么贵，感觉性价比很一般……现在迭戈几乎打遍了全地图的野，而且因为对 M 皇基地的频频骚扰，M 皇经济还没有起来，黑暗战士也才三级。欸？就算迭戈吃了所有金币，也不应该这么快吧？”

一旁的岳子陵说道：“买了五个经验卷轴，倾尽全力养迭戈到六级，估计要直接推家了。”

“啊对，F 神还去商店买了经验卷轴给迭戈升级，和月皇说的一样，F 神果然集齐了所有兵力去攻击了，”瞎转悠继续道，“哎。这个经济差距和人口差距真是有点儿大，这波我是真担心 M 皇能不能撑住。”

“如果这波 F 神没推下来，那 M 皇就赢了。”岳子陵缓缓道，“一旦冲家失败，势必要拖到后期，如果拖到后期，再进入夜晚，到时候毫无还手之力的只会是 F 神。”

瞎转悠点点头：“也对哦，所以说主基地离得这么近真是喜忧参半，喜的是前期作为“幻武”这一方可以占尽优势，忧的就是等到大后期影这个职业想揍你的时候直接隔空开炮就能打你。F 神已经发起了进攻！”

F 神的迭戈身上带着炸弹人，冲进了 M 皇的主基地，迭戈给自己一个加速，直接将炸弹人丢向了 M 皇的主基地。

M 皇早就猜到了他会这样，所以调了三个农民前去修复主基地。与此同时，F 神的骑兵拆掉了最外围的防御哨所，装甲车和农民砍掉了右上角的两棵树，装甲车站在这棵树旁，可以肆无忌惮地攻击 M 皇的主基地而不被防御哨所攻击到。

M 皇看到这一幕，微微一愣，皱了皱眉，似乎有些措手不及。

其他人自然也非常惊讶：“欸？这都能打到？不科学啊！”

“怎么会？”瞎转悠有些疑惑，“这个距离，装甲车不是应该打不到 M 皇的主基地的吗？”

M 皇是经验老到的选手，在建造防御哨所的时候肯定会算好距离，即使是那边的树木被 F 神砍掉了，也不应该出现这样的死角——防御哨所无法攻击到对方，但是对方可以打到主基地。

特邀解说鳗鱼挠挠头："唔，没看错的话，应该是坦克加成……在《荣光 2》里，如果坦克在，会自然而然产生射程 Buff，虽然坦克本身的攻击范围不大，攻速又非常慢，再加上坦克造价高，移速慢，所以这些年越来越少有人会出坦克，尤其是速推局。所以 M 皇在计算的时候可能没有考虑到，他卡的距离刚刚好，但是因为有坦克加成的射程，装甲车的射程变长了，刚好可以打到 M 皇的主基地，而 M 皇的防御哨所，始终差一点点距离，打不到这两辆装甲车。"

听到鳗鱼的说法瞎转悠才恍然大悟："啊！所以 F 神也是计算好了，发现这是个死角，所以才出了一个造价奇高的坦克吗？"

岳子陵和鳗鱼都点了点头，看起来毫无性价比，却是胜利的关键。

屏幕上，M 皇打出了一行字。

M 皇：GOOD-GAME。

"好的，让我们恭喜 F 神，拿下了和 M 皇比赛的第一局的胜利！"

边牧忙不迭地在中场休息的时候给初七发消息。

边牧最可爱：小七！快去给 F 神拿瓶水啊！

初七收到消息之后抬头看了一眼，发现斐诰身边已经围了一堆人，他手里拿着一瓶水，对大家点头致意，然后朝着选手休息区走去。粉丝们也知道选手需要休息，再次恭喜他之后又各自回到了座位上。

初七：他有水。

边牧：……

这个表妹到底是怎么回事？完全没有谈恋爱的脑细胞吧？！

边牧最可爱：初七，你不觉得 F 神现在赢了 M 皇，需要得到鼓励和赞美吗？

初七：他还没有赢。

边牧最可爱：……喂！你胳膊肘到底往哪边拐啊？

初七下意识拐了一下右胳膊，然后反应过来表哥应该不是真的问这个问题。

初七：陈述客观事实。

边牧：……

边牧最可爱：哼！就差一局了，你更应该多多鼓励他啊！

初七：如果是我的话，这时候只希望能一个人好好休息一下。

边牧挠挠头，把本来准备发给F神的一长串话给删掉了。

边牧最可爱：好像有点儿道理！

初七笑了笑，往台下边牧的方向看了一眼，发现表哥也正在看着自己，她脸上的笑容更灿烂了一些。

初七：你放心，今天他比M皇的状态好，有90%的胜算。

边牧最可爱：哇！小七你果然还是相信自己的老公啊！

初七：？？？

边牧最可爱撤回了一条消息。

边牧最可爱：太好了！我也相信F神一定能赢！

休息时间只有五分钟左右，M皇的亲友团也一直在给M皇加油鼓劲儿，重新上场的时候，M皇的状态稍微好了一些。

"好的，我们接下来将进行F神对战M皇比赛的第二局，刚才F神领先一局，这局比赛，"瞎转悠说道，"让我们拭目以待吧！"

在掌声和欢呼声中，二位选手上台，戴上了专门的防干扰耳机。

直播的屏幕也切换到了游戏界面。

裁判：双方选手职业分别为随机和"影"，请选择禁用地图。

F：无禁用地图。

M皇：第十七张图。

裁判：请双方选手进入三十秒的赛前调试，调试无误请在屏幕上打1。

F：1。

M皇：1。

裁判：双方选手调试无误，比赛开始！

所有人的目光都看向了象征着F神的那张地图——很简单，因为F神的职业是随机，只有到了地图上，才知道他到底是什么职业。

看清楚职业的那一瞬间，很多粉丝都发出了叹息声。

"玄"。

已经被束之高阁的三个"废"职业之一：玄机。

连初七都微微皱了皱眉，仔细打量起眼前的地图来。

第二十三张地图，夜晚，准确的时间是凌晨四点半，根据游戏时间和显示时间的比例来推算，天会在比赛进行到十八分钟后开始蒙蒙亮，到二十分钟左右完全亮起。

也就意味着，前二十分钟，都是M皇的天下。

“不太妙啊。”鳗鱼开口说道，“这局F神如果想赢，要撑到二十分钟之后，但是M皇偏偏是个大后期的王者，长达二十分钟之后的比赛，他几乎从无败绩。”

坐在选手席上的沉安却淡淡地说道：“几乎的意思，就是有过。我记得，和F神的比赛就是其中之一。”

“哦，我记得，”星帝点了点头，“那场比赛打到了四十多分钟，最后F神绝地反击，赢了。那一场他好像随机到的是‘辰’这个职业？也是所有人都不看好的。说到这个……”

星帝顿了顿，看向沉安说道：“我记得你也有过大后期战胜了M皇的记录。”

“不一样的，”沉安的脸上平静如水，“我是月族，全程优势，M皇勉强撑到了三十分钟之后，但还是输了，可他那场已经打得很精彩，我一开始就占尽先机而已。”

沉安不是什么骄傲或者过分自谦的人，他觉得自己打得好，会肯定自己的发挥，他如果不觉得自己打得好，别人夸他，他也不觉得高兴。

“欸？”

旁边一个懒洋洋的男声响起，星帝转过身，看到刚才抽空睡觉的大懒把眼罩摘了，声音仍然带着些刚睡醒的感觉，眯着眼睛看着大屏幕，轻声道：“有意思。”

星帝不动声色地勾起嘴角：“睡够了？什么有意思？是因为看到玄机了吗？”

“好看。”大懒点点头，“好久没见到了。”

沉安深吸了一口气：“国际赛这三年没有F神，真的很少在比赛中看到这个职业。上一次看到“玄机”，好像还是初七用的？”

初七微微一愣，想起之前的那场比赛，点了点头：“啊，对。”

对战数字帝的那场比赛，那场比赛也是近几年来“玄机”这个职业被称为“教科书”级别的比赛，两次生魂替死，神鬼莫测的玄机之变，牧流风和西边雨天衣无缝的配合，无数可圈可点的细节……

“很棒。”大懒朝着初七竖了一下大拇指，然后继续懒洋洋地看向屏幕，“你有没有教过F神十字围杀啊？”

初七又是一愣：“啊？”她摇摇头，“没有哦。”

“小气，”大懒又有些犯困，“闪闪就把星火燎原教给我了。”

初七一脸困惑，心想这到底和自己有什么关系？

而且……闪闪？

初七看向一旁的星帝，实在是很难把这个名字和这个人相匹配。

第 17 章

这不是初七的独门绝技吗

“教给你，你也没学会，”星帝叹了一口气，“而且，你又不玩星族，学也没用。十字围杀就不一样了，如果用得好，任何职业都可以用。尤其是“玄机”这个职业，很适合用十字围杀，不是吗？”

初七认真地想了想，然后点点头：“不过十字围杀是不需要教的，有这个意识，打着打着就会出现。”

“初七，”星帝抚额，“我打了这么多年还没有打出过一次十字围杀，你这样讲我会感到很汗颜的。”

初七歪着脑袋，思考了一会儿回答：“哦。”

星帝：“……”

“哦”是什么意思？

此时，第二局已经进行到七分二十一秒。

“M 皇已经升到了二本，开始出第二个英雄女将军，黑暗战士和女将军的搭配，是影族常规组合，M 皇经济领先，再加上有各方面的夜晚加成，很快就升到了二本，”段公子的解说声响起，“F 神这边出了第一个英雄牧流风。上一次在国际赛上见到“玄机”这个职业，已经是四年前的事情了。F 神退隐的三年，国际赛上再没有那三个职业出现，有时候也很遗憾。”

鳗鱼点点头：“赛场上很长时间见不到某个职业不是好事，我现在最怕在赛场上遇到的就是 F 神。他如果随机到日、辰、玄这三个职业我最头疼。因为几乎没有对战经验，身边没人玩，天梯排名前一百没有人用……这就意味着，我们对这些职业的防范性就会更低。”

“举个例子，M 皇是世界‘第一影刃’，操作细节无可挑剔，稳扎稳打，从不冒进。”鳗鱼喝了一口水继续说道：“可是你会了解 M 皇的打法，能不能打得过那又得另说，但不至于心里没底。我每次遇到 F 神，真的就是心里没底。”

“所以这货粉丝多啊，”段公子意味深长地说道，“哎，长得帅，游戏打得好，还爱玩随机，男人啊，如此善变。偏偏女孩儿就是喜欢这样风一样的男子。”

几个人都因为这句玩笑话而笑了起来，场下轻松，可赛场上的两个人却并不轻松。

M 皇一边清理野怪一边放侦查眼寻找 F 神的位置——因为距离太远，目前还没找到。

F 神这边倒是从一开始就放弃了侦查，毕竟在晚上怎么也侦查不过影族。他建了几座防御哨所之后，就让牧流风指挥傀儡去杀野怪了。

比赛进行到十一分钟，瞎转悠发出一声惊呼：“啊！找到了！”

此时，M 皇的两个英雄都已经全副武装，黑暗战士已经六级，还带着一个 +4 的攻击之爪，一个 +2 的防御戒指，女将军也快升到了四级，带着手下的四个小兵，找到了地图的另一角，“玄机”所在的位置。

“呀！”瞎转悠有些激动，““玄机”还没察觉，是要开战了吗？”

“不会，”鳗鱼摇摇头，“M 皇是什么人？整个《荣光 2》如果要评选出一个最稳的选手，那肯定是 M 皇。他没有一定能占据优势的把握，不会做无用功出击的。”

岳子陵说道：“嗯，看 M 皇这些年的比赛就会发现，他每次出击，都确定对方的损失比自己要大，才会出击。“玄机”是中期职业，现在黑暗战士和女将军刚刚找到这里，只带了四个小兵，最多能拆掉“玄机”的两座防御哨所，但很可能要把他们两个英雄都赔进去，就算不赔进去，也要用掉一个回城卷轴。以 M 皇的性格，他会放两个夜之眼在这里做侦查，然后在附近转悠，把自己的大部队也慢慢调过来。”

“哈哈哈，都说最了解你的人就是你的敌人，月皇和鳗鱼都曾经和 M 皇对战过，尤其是鳗鱼，想必非常了解 M 皇的游戏风格。”瞎转悠点点头，“果然和月皇猜得一样，M 皇放了几个侦查眼，然后到附近的商店？咦？

这是要去商店买东西吗？”

鳗鱼定睛细看：“不，是去埋伏。他大部队的小兵也在往商店那里赶了。”

“为什么会选择去商店埋伏？”瞎转悠有些疑惑。

“因为侦查之后，发现F神这边的大本营已经升到了二级，但是却只出了牧流风一个英雄。根据F神的经济推算，他并不是出不起，但他没出。”月皇缓缓解释道，“这说明，F神八成是要来商店买中立英雄的。”

段公子说道：“也对，‘玄机’这个职业，每个英雄都不强势，之前初七那局虽然用牧流风和西边雨相互配合，但也能看出这两个英雄都有些脆，这是个弊端。F神应该是要去买中立英雄的。”

“啊！”瞎转悠注意到地图上双方的变化，“F神动了！朝着商店的方向去了！”

鳗鱼声音低沉：“F神这边只来了几个人，但是M皇的主力……全都埋伏在这里了。”

所有人的目光，都盯着屏幕。

星帝看向初七，问道：“F神是战术大师，没这么容易掉进埋伏吧？”

初七的脸色平静如常，没有回答星帝的问话，只是看着屏幕。

屏幕上，F神的英雄牧流风带着几个小兵朝着商店走去。M皇的黑暗战士和女将军，带着十几个步兵和骑兵，将商店团团围住，等待着牧流风的靠近。

眼看着牧流风就要到了，商店周围，却突然闪烁起了蓝色的光芒。

众人一愣。

瞎转悠咦了一声：“什么情况？”

“反蹲。”月皇不紧不慢地说道，“M皇在F神家附近的商店蹲他，影族是黑夜的刺客，但论埋伏的机关之术，谁能和‘玄机’相比呢？”

段公子眨眨眼：“所以，F神是在更早之前就做好了埋伏吗？”

“‘玄机’一直无法上台，因为这个职业难打前期，也没办法打大后期。只有中期强。牧流风的三技能需要埋伏和很长的结阵时间，还需要响应。我设了陷阱，你踩上去，本身是没关系的。”鳗鱼顿了顿，继续解释道，“只有我设了陷阱，你踩在上面不动，然后等我走过来，启动机关，陷阱才正式生效，这时候你就会掉进陷阱里——论坛上无数人喷过这个设计，因为谁会蠢到走到埋伏好的陷阱理站着不动，然后等你走过来打开机关？所以牧流风的三技能很少有人用。时间成本太高，成功率却可以忽略不计。初七的那一局，牧流风从头到尾都没有用过这个技能。”

下面的观众听到这段话忍不住议论起来。

“所以 F 神之前就知道 M 皇会在商店埋伏自己？所以提前反埋伏了一波？”

“‘玄机’的玄机之术可不是开玩笑的，这是牧流风的三技能，沐风之歌？”

牧流风的一技能是傀儡之术，操纵傀儡即可，持续时间为三分钟，CD 九十秒，一次能召唤出来十个傀儡，同时可以结阵，对方必须找到阵眼才能破阵；二技能是形成防御阵，保护防御阵里的英雄或建筑，不让它们受到外敌入侵，是需要己方至少七个单位才能完成的阵；三技能就是沐风之歌，是需要响应的机关之术，预先设好机关，六十秒后机关生效，敌方进入陷阱区域内，牧流风距离机关不超过十个移动单位的地方方可施法触发，陷阱中蓝色的旋风升起，将所有在区域内的敌人席卷，造成高爆发的群体伤害和眩晕效果，眩晕时长为 1.5 秒。

段公子的音量提高了一些：“沐风之歌！ F 神之前果然已经进行了埋伏，现在 M 皇的几乎所有的兵和英雄都受到了重创，F 神的牧流风率领傀儡和小兵都赶过来了！”

1.5 秒的眩晕时间。

M 皇的英雄和小兵还处于眩晕状态之中。

“F 神的十个傀儡全都去攻击了 M 皇的女将军！看来他是准备先全力击杀一个英雄，这样的话就不会出现牧流风需要 1VS2 的情况。”段公子的语速加快，“女将军的血条已经直接降到了底，1.5 秒的眩晕过去之后，M 皇看起来是准备牺牲女将军了，他让女将军上前扛伤，保住了黑暗战士和自己的六个骑兵，买的血药也直接给了黑暗战士。”

瞎转悠继续说道：“女将军死亡！牧流风凭借击杀女将军最后一击拿到了经验，这波直接升到了五级，和黑暗战士已经有了一战之力！”

“M皇会怎么做呢？”段公子微微皱眉，“交出回城卷轴全线撤退？还是在原地继续和牧流风杠一波？如果是M皇的话，为稳妥起见，为了拖后期，可能会用回城卷轴吧。”

一旁的月皇点点头：“嗯，看情况是这样，而且M皇现在用回城卷轴也的确更好，中期的‘玄机’是最强的，现在M皇回家也是比较明智的选择。”

“可惜，”鳗鱼叹了一口气，“中了‘玄机’的埋伏，回家哪有那么容易？”

瞎转悠有些疑惑，正要开口问，就看到了屏幕上的变化。

绚烂的火花，爆炸。

他眨了眨眼睛：“什，什么情况？炸弹人？”

“别忘了，F神去商店是为了买第二个英雄，埋伏M皇只是手段，他的第二个英雄，该买还是要买的。”鳗鱼不紧不慢地说道，“不是炸弹人，是无敌炮手。”

段公子仔细看了看之后才点点头：“还真是无敌炮手，我都快忘了这小家伙了。”

无敌炮手和炸弹人属性相似，是最便宜的中立英雄。移动速度不快，个头非常小，很萌，优点是一瞬间的爆炸伤害。很多选手在最开始玩的时候会选择这个中立英雄，用自己的英雄来承伤，让无敌炮手去输出，通常不会让无敌炮手成长到后期，因为无敌炮手的大招毫无作用，反而是三个技能群体伤害比较可观，只是伤害范围非常小，而且无敌炮手没有防御技能，很容易被反伤，血量又少，一会儿工夫就牺牲了。

很多人不把无敌炮手当中立英雄，而是当炸弹人用。但炸弹人说到底只是个炸弹，丢到哪里，哪里就爆炸，有建筑，就炸建筑，有小兵就炸小兵，如果小兵跑了，也就炸不到了。

但无敌炮手的攻击有指向性，还能够追踪。它的攻击范围很小，但一旦在它的攻击范围内选定了攻击目标，造成的就是追踪攻击，攻击目标时如果对方用了回城卷轴，会打断回城卷轴，并受到无敌炮手的重高伤害。

F神选择了无敌炮手，最高的伤害，自然给到了黑暗战士身上。

“糟糕，黑暗战士吃了无敌炮手这一击，血条直线下降，周围的骑兵也受到了不少伤害，这一下损失真的很大！虽然黑暗战士已经将无敌炮手击倒，但是无敌炮手的作用，本来就是一次性攻击而已。”段公子皱起眉继续解说，“M 皇把黑暗战士调到了旁边，因为回城卷轴被打断，他只能跑回去了。要用两个受重伤的骑兵断后，保住自己的黑暗战士和其他几个骑兵。影族夜晚加成，移速也会比较快，直接逃跑的话，牧流风要追赶也比较困难，虽然会损失两个骑兵，但至少不至于落败。”

鳗鱼紧紧盯着屏幕，突然说道：“哎呀！”

一旁的段公子和瞎转悠都瞪大了眼睛看着他：“怎么了？”

“完了，我看 M 皇是真的走不了了。”鳗鱼叹了一口气，摇摇头，语气中有些惋惜，“中期的‘玄机’这么难打吗？哎……”

瞎转悠还是有些不懂：“什么，为什么走不了？唉唉唉？！”他瞪大了眼睛，“黑暗战士……被十个傀儡完美堵住了去路！牧流风操纵着十个傀儡，绕过了后面的骑兵，堵住了黑暗战士！可这招数，分明是……”

“十字围杀！”段公子惊呼出声，“这真的是十字围杀啊！可这不是初七的独门绝技吗？”

无数目光投向初七。

选手席上的初七一脸淡定：“看我做什么？”

大懒：“原来还是偷偷传授了。”

“十字围杀只是个名字而已。所谓围杀，就是靠操作让自己的单位把敌方四面八方的路都堵住，形成包围圈，围起来杀掉敌方，就是围杀。只要操作到位，所有人都能做得到。”初七脸上的表情毫无变化，“更何况，十字围杀之所以叫十字围杀，是因为只用几个单位，靠良好的走位和操作形成了包围，在屏幕上看是个十字，才叫十字围杀。F 神这波这么多人，叫十个傀儡围杀还差不多。”

周围的所有人：“……”

此时屏幕上，M 皇的黑暗战士回天乏术，死在了十个傀儡的重重夹击之下。

M 皇：GOOD-GAME。

“恭喜 F 神进入八强！”段公子的声音响起，“也感谢 M 皇的精彩表现，请到休息区休息，等其他几组比赛结束，会举行积分复活突围赛，六名落败选手争夺最后一个八强名额。”

斐诰站起来，和M皇握了一下手，眼神里满是惋惜。

初七看向台上的两个人，心里也微微叹了一口气。

M皇是“影”这个职业当之无愧的世界第一人，也是唯一的“白日暗杀者”，初七看过他的很多视频，所有玩影族的人，都学习过M皇的视频，他开创了很多打法，不少人选择玩这个职业，是因为仰慕M皇身上的荣光。

第一天的比赛决出了八强，所有的比赛都结束后，《荣光2》论坛贴出了官方战报：

A组：Guagua“星”VS Fire“星”——Guagua获胜

B组：F“随机”VS Miki “影”——F获胜

C组：沉安“月”VS Sheen“武”——沉安获胜

D组：Sorry“月”VS ABC123“武”——Sorry获胜

E组：Lazy “武”VS 一闪一闪亮晶晶“星”——星帝获胜

F组：Seven“影”VS W_W“月”——Seven获胜

G组：鳗鱼（轮空）——直接进入八强。

淘汰组积分复活突围赛最后获胜者——Lazy。

恭喜以上八位选手进入八强，明天，我们将进行国际单人赛的总决赛！会决出冠军、亚军和季军，究竟谁会是最后一届RCG的《荣光2》项目的冠军呢？让我们拭目以待吧！

论坛里又是热火朝天的讨论。

F神我的嫁：啊，F神今天那两局真的好帅啊！不过……火神和M皇居然没有进八强，M皇是这些年来的第一次吧？

神经那个病：是第一次，世界“第一影刃”，总排名一直在世界前三的，我觉得他受到重赛的影响非常大，前几天和瓜帅还有作弊的Joker.R对决时状态还很不错的。挺难受的，我算是M皇的粉吧，除了他也真的没有谁能把影族打成“白日暗杀者”，但是最后一届RCG，他没发挥好。积分突围赛的时候稍微找回来一点儿状态，但大懒是越战越勇的选手，一个人轮流对战其他五个人，居然全胜，太牛了。M皇无缘八强，真的令人难过。但是想想，如果大懒无缘八强，我也会很难过。

今天F神和初七在一起了吗？快了：电子竞技为什么会这么残酷

啊！哭唧唧！

死性不改：技不如人就要被淘汰，和跑步一个道理，不管你曾经能跑多快，现在跑不了那么快，或者今天跑不了那么快，那你就要被淘汰。

如是我闻：快快快去看直播！赛后采访，赛后采访！主要是针对那五个被淘汰的选手的！我直接看哭了我的天啊！

采访的是这次没能进入八强的五名选手，国际赛采访，旁边都配了翻译，采访是由段公子和瞎转悠进行的。

段公子："很遗憾火神没能进入八强，也是运气不好，八强赛就遇到了瓜帅，星族内战，但还是很精彩的一场比赛。"

Fire听完之后笑了笑："你想说得是时间长吧？我的战略有一些问题，最开始遇到瓜帅的时候不应该打那么认真的，早点儿放弃，打突围赛可能会好很多。你看大懒和星帝对战的时候，两局都是很快就投降了，但是和我们打突围赛的时候就特别认真，特别全力以赴，然后和星帝一起手牵手进了八强。"

段公子："等等，火神你注意言辞！手牵手算怎么回事！"

Fire："不过输得心服口服，没什么好说的。只可惜，不能像以前一样说明年我还会再回来了。因为……"他顿了顿，眼神一暗，"没有下一次RCG了。"

段公子也是叹了一口气，却还是拍了拍他的肩膀："没关系啊，火神，你想想看，没有了《荣光2》，总还有其他比赛。就算是没有了国际大赛，也还有普通的友谊赛啊！"

Fire这才点点头："这次有两个很想遇到的对手，都没遇到，挺遗憾的。"

段公子："是哪两个？"

Fire："一个是F神，他三年没回归了，好不容易在国际赛见到，没能对决，很遗憾。另外一个是初七，是叫这个名字吧？她长得很漂亮啊！哎……"

段公子："我相信还有机会的，别灰心啊！我们初七可不只是漂亮，操作也很厉害的！"

Fire："就是因为她厉害，才更想和她一起打一场！我觉得她说不定能夺冠呢！真正的最强黑马！”

段公子：“她进了八强，我也相信初七是有可能夺冠的。”

镜头在这时候给了选手席上的初七一个特写。

初七微微皱了皱眉。

段公子：“初七，你有信心吗？！”

初七：“没有。”

段公子：“……”

段公子：“初七，请按照常理出牌。”

初七：“我为什么要对小概率事件怀揣莫名其妙的信心？”

段公子：“……算了，放弃和你交流了。”

瞎转悠开始采访字母哥：“字母哥，这次的比赛你遇到了道歉帝，关于这次比赛有什么想跟大家说的吗？”

字母哥皱了皱眉：“说真的，进国际赛好多次了，水平真的有限，每次都是炮灰。哈哈，不过不遗憾。挺开心的，最后一届RCG，有你有我。我来过，就算大家不记得，我自己也会记得。”

瞎转悠说道：“明天就是总决赛了，最看好这次比赛谁夺冠呢？”

“当然是瓜帅啦！”字母哥笑起来，“我觉得瓜帅是当之无愧的世界第一。”

“好的，这边的镜头给到Sheen，想问的问题还是和前面几名选手的问题一样，”段公子笑容满满，“Sheen对这次比赛的感觉是什么呢？”

Sheen：“啊，最后一次了嘛，没进八强有点儿遗憾，不过仔细看了一下大家的成绩和水平，我觉得我就是进不了的啊。”

说到这里，他停下来，有些不好意思地笑了笑：“沉安越打越稳了，其实他一直都是有实力夺冠的，希望他今年心态会好一些吧。唔，其实在国外的时候，有和F神打过，这三年他虽然手速有一些下滑，但是整体状态却是在上升的，我觉得他可能是瓜帅的最大敌人。那个初七我没有和她对战，有点儿遗憾，不过接下来我会很关注她的。”

“啧啧，不太好吧，”段公子忍不住说道，“你都是要结婚的人了！”

镜头扫到了观众席的一个女孩儿，明眸皓齿，脸上洋溢着灿烂的笑容。

看到她的时候，Sheen的目光都变得温柔了很多。他轻声说道：“嗯，在这里和大家分享这个好消息，我们在两年前认识，她是我的粉丝，我们一起打游戏，除了《荣光2》，也一起玩其他游戏，一起直播，一起做了很多事。最终决定在下个月走进婚姻的殿堂。你们看，她是不是很美？说实话，是宅男的梦中情人。”

“我啊，个子不高，长相也跟帅没关系，有生以来的绝大部分时间都用来打游戏，没有获得什么特别厉害的大成就。在日本，电子竞技依然很难被看作是男人长久的事业。我常年宅在家，谈不上是什么理想的对象，亲人朋友给我介绍女孩儿，但我紧张，连话都说不利索。啊……说到这里又要感谢我亲爱的女朋友，是她在这两年里让我变得善谈，在镜头前也能自如地表达自己了。”

他满脸笑意，和台下的女孩儿对视，好一会儿才继续道：“非常感谢《荣光2》，是这款游戏，让我觉得我不是一事无成，让我有了相对稳定的收入，有了喜欢我的粉丝，有了一起打游戏的朋友，还有了一个真心爱我的人。谢谢！没有《荣光2》，我可能是个没人知道的穷小伙子，被爸妈责骂，被身边的人看不起。但因为《荣光2》，我有了荣誉，拿到了很多奖，身边的人在说我只会打游戏的时候，还会加上一句，‘啊，那个家伙啊，打游戏很厉害呢’，还遇到了我的她，人生已经很美满了，真的。”

“所有的故事都会有结局，我也清楚地知道，《荣光2》会有结束的一天，我现在在一家电竞俱乐部当教练，教年轻的孩子们一些玩游戏的思路，我以往的荣誉为我找到了这份工作。《荣光2》，让我和我的爱人相遇。希望我过去的对手们，这些年的朋友们，祝福你们在《荣光2》之外的世界里，也能过得多姿多彩。”

台下掌声雷动。

那个女孩儿眼里泪光闪烁。

“十分感谢Sheen的发言，”段公子忍不住感慨：“哎哟，这才采访到第三个人，竟然说的好像是大结局了一样。不行，不行，赶紧采访下一个。”

段公子看向表情哥（W_W）：“表情哥！下面请开始你的表演！”

表情哥先是对着镜头做了好一会儿鬼脸，然后揉了揉脸说道：“感觉也没什么好说的了，就是对Sheen这个小子非常嫉妒，太人生赢家了，带女友来现场太过分了吧！说老实话，我觉得他这两年手速下降了，肯定是因为单身二十年的手速被终结了！”

表情哥这话一出，台下的人笑倒了一片。

“咳咳，等会儿，等会儿！我们这是直播呢！”段公子一边大笑一边劝说道，“注意点儿影响！别开车！”

表情哥耸耸肩：“哎哟，我这种明明应该去参加综艺节目的选手，没能进八强已经很不开心了，还不允许我开开幼儿园的小车吗？”

“好好好，老司机你随便开。那么，你觉得这次比赛谁能夺冠啊？”段公子继续问道。

表情哥又做了几个鬼脸之后才说道：“F 神吧，我真的不想说这个答案，所有选手中我最讨厌的就是 F 神了，无法理解这种长得帅，身材好，家里又有钱的人，为什么要和我这样的人打同一款游戏。本来可能会有十个女孩儿喜欢我，结果他们一看到 F 神，就变成负数了。”

“什么意思？”段公子有点儿无奈，“为啥还会变负数啊！”

“不好意思，我数学不好。”表情哥叹了一口气，“F 神拿了好几回世界亚军了吧。可能是因为长得太帅了，上帝要公平，不能把什么东西都给他，对吧？都说事不过三，拿了两回亚军了，难道还要拿第三回吗？要我看，说不定会拿个季军。”

段公子一脸无语。

镜头给到选手席上的斐诰，斐诰脸上挂着些许无奈的微笑。

段公子：“表情哥说你前两次没夺冠是因为长得太帅，你怎么看？”

“这问题我没法回答，”斐诰摆摆手，“怎么回答都会被骂。”

段公子还要再说点儿什么，表情哥就把旁边的 M 皇往前一推：“赶紧采访 M 皇，这才是重头戏好吧！”

M 皇拿着话筒，站在舞台中央，采访他的人，是月皇。

月皇说道：“他们委派我来采访你，M 皇这次打比赛，有什么特别大的感触或遗憾吗？”

“我自己心态不好，紧张的厉害，没进八强是情理之中的事情，今天 F 神和大懒的发挥都很好，我没什么好说的，就是有点儿对不起千里迢迢赶过来支持我的粉丝。”

听到这话的时候，台下 M 皇的粉丝团已经开始喊起来："加油！M 皇！我们永远支持你！"

M 皇看着粉丝团的方向，还有挥舞的那些为他加油鼓劲儿的应援灯牌，眼眶都有些湿润了，他缓缓地继续说道："很感激大家，这一届 RCG，我本来就状态不好，之前手腕出了点问题，操作上还是有些影响。本来不想参加的，但后来决定还是要来，一是因为宿敌瓜帅会参加，还有一个是因为 F 神回归了……当然，最重要的原因是，今年是最后一次 RCG 有《荣光 2》这个项目的比赛了，相信在座的所有选手都和我一样，有遗憾，有难过，有自己的梦想，才来参加了这次 RCG。至少，来参与过，也是一种纪念吧。啊，真的很喜欢《荣光 2》这款游戏，因为这款游戏认识了非常多的朋友，我本来只是一个淹没在芸芸众生中的普通人。"

"什么都很普通，普通的面孔，普通的身材，普通的工作。是因为《荣光 2》，才让这么普通的我，在这世上有了一个不普通的立足之地。我这样的人，竟然也能成为粉丝们追捧的偶像，成为很多人看视频学习的对象，直播的时候，会收到很多礼物，说从很多年前开始看我的比赛，感谢我给影族这么多可能。啊，不是的啊……"M 皇笑了笑，眼眶更红，"不是我给了影族，而是影族本身有无限的可能，我让别人看到了而已。这竟然让我成了英雄，让我被称为 M 皇。"

"我和其他很多选手不一样，西方国家，本来就比较开明，我爱打游戏，学习成绩不好，混了个高中毕业，家里就已经觉得很不错了，找了个轻松的工作，兼职打游戏也能自给自足，还能找到女朋友，竟然还有粉丝？他们觉得这样就很好了。所以我从来没有遭遇过家里人的反对，就一直开开心心地打游戏。"M 皇继续说道，"从这一点来说，我比很多选手都幸运。打了这么多年游戏，有时候也会迷茫，如果有一天，没有了《荣光 2》，我会在哪儿，我能做什么？这几年我却越想得开了，因为担心未来是没有用的。做任何一个职业，都有可能会有失业的一天。哪怕有一天会一无所有，但是得到过，体验过，这就很好了。"

M 皇顿了顿，又轻声道："啊，说实话，作为一个职业选手来说，我已经老了，没理由继续留在这个赛场上。也没太多遗憾，我曾经登顶，和最优秀的选手们一起打比赛，拥有了这么多喜欢我的粉丝，还拥有了一个称号——M 皇。”M 皇看着观众席上的粉丝，笑了笑，“这些年来，最感谢的，始终是你们。M 皇这个带着荣耀的名字，并不属于我。它是你们带给我的东西，是我和你们一起创造的荣誉。”

“所以这次也借这个舞台，正式向大家做个告别。熟悉我的粉丝都知道，我参加完这一次 RCG 就准备退役了。谢谢你们陪我走了这样长的一段路，一路走来，只有感激和欣喜。真要说有什么遗憾的话，大概是……没有看到年轻的‘影刃’吧。当年月皇找到了接班人，输给沉安，是带着笑容输的。”M 皇看向身旁的岳子陵，笑了笑继续说道，“我挺遗憾的，没遇到这样的机会。初七打‘影’打得很不错，但是也已过了最好的年龄段。新一代的‘第一影刃’会出现吗？我挺期待的，以后不会再有《荣光 2》的比赛，但这款游戏早就铭刻进了我的生命，我会始终关注着这款游戏，和你们一起。”

说着，M 皇朝着观众席深深地鞠了一躬：“千言万语，其实就是想说一声，谢谢。”

台下掌声如潮。

无数观众都红了眼眶，很多粉丝都在偷偷抹眼泪。

连一旁的瞎转悠和段公子，也都是眼睛发红。

每一次淘汰赛，晋级赛，都非常残酷，但是放在“最后一届 RCG”上，就显得更加残酷。

月皇伸出手，拍了拍 M 皇的肩膀，然后给了他一个拥抱。

这动作就像是一个暗示，选手席上的选手们都站起身，走到台上，和即将告别赛场的五名选手拥抱。

赛场内，是对手。比赛的时候，用尽全力战胜对手，是给对方的尊重。

赛场外，是朋友。是多年一起在这款游戏中奋斗的战友。

“加油啊……连带着我们的那份一起。”

全力以赴，在接下来的比赛场上。

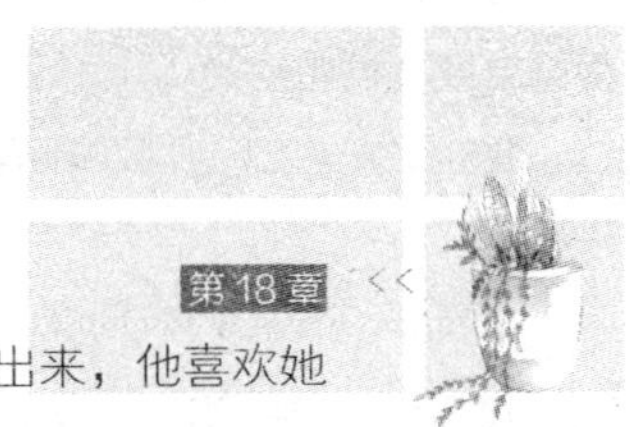

第18章

因为全世界都看得出来，他喜欢她

荣光仍在：看完赛后直播了，我一个大老爷们也挺没出息地哭了，不知道说些什么，我和我老婆也是因为这款游戏认识的，一路走到结婚，一起去看过 RCG 的现场，一起看过段公子和瞎转悠的很多解说视频，一起看过选手的直播。她是 F 神的粉丝，我有时候还会吃点儿小醋。一直到今天，啊……最后一届 RCG，怎么这么伤感。

大宇：M 皇所说的其实是所有选手的心声吧，也是第一次看到 M 皇说这么多话。他现在中文说的很好。希望大家不要总是看到伤感的部分，而是要看到好的那一面——就像歌词里说的那样，“这少年曾经多普通，感谢你让我把梦做到最巅峰。”是因为你们，是因为这款游戏，我们这些职业选手才拥有了今天。即使像我这样当年没有登顶，这一次也没能进入国际赛的选手，也因为打这款游戏而获益良多。在某宝上开了店，到现在很多来买东西的顾客都会说，当年看过我的比赛，看过我的视频，看过我的直播。感激各位。不过有一件事很奇怪，据说段公子的女朋友也是因为他一直做《荣光 2》的解说视频，后来在一起了。这就有点儿不公平了吧？这款游戏怎么就没让我找到女朋友呢？

棉花花：本来一直都想哭，看到大宇说的最后一句话，顿时忍不住就笑出了声。

凤舞九天：恭喜进入八强的选手，预祝你们明天比赛都能非常顺利！就算要悲伤要难过要痛苦，要说这些告别的话，也应该等到明天决赛之后啊！而且，M 皇还没有正式离开啊，RCG 第一次的 2VS2，M 皇和瓜帅组队参加了呀！

不听不听王八念经：今天不哭了！攒着明天一起哭！

试问谁会不喜欢边牧呢：欸，说起来？分组名单是不是该出了？八强是双败赛制吧？

RCG《荣光2》项目国际赛八强赛，采用双败赛制，第一轮抽签结果如下：

Guagua VS 一闪一闪亮晶晶

沉安 VS Lazy

Seven VS Sorry

F VS 鳗鱼

让我们祝福各位选手，比赛顺利！

初七看着屏幕上的抽签表，忍不住伸手拧了拧眉心。

——“如果是你的话，对手最怕遇到谁？”

“鳗鱼。”

“啊？我还以为会是瓜帅呢。”

“论能力，是瓜帅世界第一，但正因为此，所以和瓜帅打反而没有压力。因为输了也不可惜。遇到沉安，只需要调整心态，因为沉安的心态容易炸。遇到星帝、大懒、M皇，也都有自己的应对方法。这些人早就形成了打游戏的风格和习惯，只有鳗鱼不一样。”

“哦？”

“很多粉丝说鳗鱼还没形成自己打月族的个人风格，觉得他打得没特色。但这就是可怕之处。你不知道鳗鱼会怎么和你过招，不知道他会用什么方式和你打，他有时候很猥琐，有时候很犀利，有时候很激进，有时候很稳。这样的对手，是最可怕的。”

事实上，鳗鱼也不止一次说过，在赛场上最怕遇到的是F神。

初七轻叹了一口气：“唔，这样的两个人，在八强赛第一轮就遇上了啊。”

她想了一会儿，终于还是拿出手机，给斐诰发了条消息。

初七：第一轮抽到鳗鱼？

F：嗯，不过这样也好。彼此熟悉一下，我们太久没打过对战了。你第一轮抽到了道歉帝，应该没什么问题。

初七：76.3%的胜率。

F：要打练习赛吗？

初七：2VS2？

F：嗯。

初七愣了愣，总觉得明天就决赛了，今天还打2VS2的练习赛是不是不太好？

斐诰似乎看穿了她的心思。

F：就当放松了。

本来只是轻描淡写的一句话，初七却忍不住想：这个人，也是会紧张的吗？

比赛的时候看不出来，赛前赛后都是一副云淡风轻的样子，可是走到国际赛这一步，所有人都是带着胜负欲的，初七是，斐诰也是。

初七想了想，点点头。

初七：好。

她上了YY，看到熟悉的紫色马甲已经等在了房间里。

游戏界面上，斐诰发出了邀请，初七点进去之后，发现开的房间是2VS2，她轻轻咦了一声："约了对手一起打吗？"

"KQ。"斐诰回答，"他们也在做赛前练习了。"

初七反应过来："嗯，好。"

KQ是世界排名第一的2VS2组合，打过的所有比赛，几乎从无败绩。

在和他们打练习赛的过程中，初七明显能够感觉到自己的提高，还有和斐诰默契度的提升。如今他们打练习赛，不需要任何指令，甚至不用猜测，就能知道对方下一步的行动。

这样的默契程度，即使是遇到KQ组合这样强劲的对手，初七和斐诰的组合竟然也没有逊色多少。两队之间差距越来越小。最近几次的练习，初七他们还赢过好几局。

练习赛虽然输了，但初七却说道："正式比赛的话，这局赢的会是我们。"

因为练习赛的地图并不是正规的2VS2比赛地图，这张地图KQ更占优势。更何况，初七和斐诰第二天都有比赛要打，练习只是为了保持状态，自然不可能拼尽全力，但是到了正式的赛场上，鹿死谁手，就不一定了。

“嗯，”斐诰的声音很轻，“早点儿休息吧，明天还要比赛。”

那头初七没有立刻回应。

斐诰一顿：“怎么？”

初七有些自嘲地笑一笑：“没，突然想跟你说，加油。”

其实毫无道理。所有的选手，都应该加油，更何况，对方也是自己明天的对手之一。初七了解自己现在的状态，没可能夺冠。如果……如果真的说私心希望谁能夺冠的话，她心里的那个名字，也只有斐诰。

初七像是被自己这个想法吓了一跳，不禁皱了皱眉。

“好像突然有力量了。”斐诰的声音温柔低沉，“你也加油。”

初七“嗯”了一声，和斐诰道了“再见”。

她到底没有和斐诰说“希望你能夺冠”之类的话，因为这不但没有道理，还会给他平添无形的压力。

只是忍不住想：这个人，如果在退隐三年之后归来，在最后一届RCG一举夺冠，站上世界之巅——那一刻，一定会是新的传奇。

因为要在一天之内决出冠军、亚军和季军，又是双败赛制，考虑到时间和选手的状态问题，八强第一轮四组比赛是两两同时进行的。

初七和Sorry，瓜帅和星帝的对战同时进行，因为观赏度和期待度的缘故，不少人都选择去看瓜帅和星帝的对决，反正之后还能再看初七和Sorry这场比赛的重播或转播。

初七和Sorry对战的直播间里，解说是瞎转悠和之前无缘八强被邀请作为八强赛嘉宾解说之一的表情哥，表情哥先是打了个哈欠，说道：“和我想象中的差不多，有点儿冷清，不过嘛……”他将目光投向选手席上的F神，八强中有四名选手在进行比赛，F神的比赛在下一场，其他三个选手有的自己在做练习，还有的选择去看了瓜帅和星帝的比赛，这个直播间的选手席上，只坐了一个人。

F神。

表情哥用不太流利的中文说道：“这位朋友，你成功地引起了我的注意。”

“这你就不懂了吧，”瞎转悠清了清嗓子，“我们F神和初七是一起组队报名参加了2VS2的，两个人本来就相识，每天一起打游戏，当然关系与众不同啰！”

表情哥翻了个白眼：“可恶，我决不允许！《荣光2》好不容易有一个这么漂亮的女孩儿！她是大家的！不能是F神一个人的！”

留在直播间里的观众当然都是初七的粉丝，还有不少是初七和F神的CP党粉丝，听到这话，边牧第一个带头“咦”了一声。

“好了，好了，不开玩笑，”瞎转悠说道，“让我们来看看这局比赛，初七和Sorry的对战，是‘影’这个职业对战月族，表情哥你怎么看？”

表情哥傲娇地“哼”了一声：“如果初七没有和F神传绯闻的话我百分百站在初七那边，相信她可以赢！但是，咳，既然已经名花有主了，我只好友情支持一下和我一样是单身的战友，道歉帝了。”

“你也太任性了吧！”瞎转悠无奈地叹了一口气，“不过，在我看来，这局还是初七的胜算更大！因为我相信，她不是一个人在战斗！”

说着，还故意朝着选手席上的F神看了一眼。

下面的粉丝又开始起哄。

镜头转向F神，瞎转悠故意问道：“F神，这局比赛，你觉得谁能赢？”

“初七。”斐诰没做任何犹豫就回答道。

“哇，竟然如此直接！”瞎转悠故作夸张地向前一步，“这位朋友！请你说出你的理由！”

斐诰扬起嘴角，笑了笑：“因为她更强啊。”

理所当然的口吻。

他说这句话的时候，眼睛直直地看着刚刚走上赛场，戴着防干扰耳机在调试设备的初七。

眼神里，满是温柔。

边牧眼疾手快地将这一幕拍了下来，迅速发到了《荣光2》的论坛上。

试问谁会不喜欢边牧呢：来，CP党可以吃糖了！

F神我的嫁：啊啊啊，羡慕在现场的！看直播的时候我也看到了！！！天啦，实力宠溺！那句“因为她更强啊”简直不要太酥！

秋羽：女神本来就很强！人美技术好三观正！不管是谁来看，她的技术的确比道歉帝更强吧？

潇十二：说真的，虽然这是比赛，但是这波狗粮撒得如此清新自然，真的是……F神看初七的眼神，太明显了，温柔宠溺，和他看所有人都不一样。为什么从一开始就说他和初七是CP党，因为全世界都看得出来，他喜欢她。

试问谁会不喜欢边牧呢：真的是谁都看得出来，唯一就是……感觉初七看不太出来。

潇十二：噗！其实我觉得初七也是一定能看出来的。就像我们看不见风，却能看见落叶飞舞一样。

这时候，镜头给到初七和道歉帝，两个人都已经做好了比赛的准备。

裁判：双方选手的职业分别是Seven的“影”，Sorry的“月”，请双方选手选择禁用地图。

Seven：第七十七张图。

Sorry：第十三张图。

裁判：双方选手禁用了第七十七张和第十三张地图，下面请进入三十秒的调试环节，调试无误请在对话框中打1。

Sorry：1。

Seven：1。

裁判：双方选手调试无误，比赛现在开始！

画面一转，进入了游戏界面。

道歉帝出了月之法师和月之天神，初七这边也出了黑暗战士和女将军。前十三分钟双方虽然偶有互相骚扰，但总的来说没有大规模的激战。双方的经济和人口都差距不大，但是这局如果拖到二十八分钟以上的话……就会进入《荣光2》游戏中的夜晚。

一旦进入夜晚，道歉帝几乎就没有胜算可言了。

所以道歉帝选择了主动出击。

“比赛进行到十七分钟，道歉帝带着自己的两个英雄和进攻小队，来到了大野怪附近进行埋伏，”瞎转悠说道，“这个八级的大野怪在两边选手出生地的中间地带，因为这张地图只有这一个八级大野怪，是所谓的‘兵家必争之地’，之前道歉帝和初七都有在附近侦察，但双方都没有选择出击，道歉帝在这里设埋伏，应该是要蹲一下初七的。”

屏幕上，初七这边的黑暗战士和女将军带着五个小兵来到了大野怪所在的地方，没有选择等待或者埋伏，而是直接开始打野怪。

“啊！”瞎转悠叹了一口气，“初七好像并不知道道歉帝设了埋伏，她选择了现在打大野怪！野怪的攻击不容小觑，初七可能打到还剩一点血的时候道歉帝冲出来抢野怪……那时候初七的英雄可能是残血又没技能的状态，这可不太妙哦。”

台下的边牧听到这段话，第一反应是去看F神。选手席上，斐诰仍然是一脸的气定神闲。于是边牧舒了一口气，觉得表妹肯定没问题。

表情哥说道：“你看初七这个站位，对方根本闯不进去的，会被小兵卡住位置，再怎么样，初七都能拿到八级大野怪的经验。”

瞎转悠点了点头：“原来早有防备，难怪！”

“道歉帝动了！”

只见屏幕上的月之法师和月之天神都动了起来，想要冲进去抢走野怪的最后一击，但是失败了，道歉帝也当机立断，立刻后撤，把所有的攻击都用在黑暗战士身上。与此同时，女将军击杀了那个八级的大野怪，直接升到了六级，拿到一个+7的攻击之爪，初七将这个攻击之爪配给了黑暗战士。

瞎转悠叹了一口气：“这可是神器啊，如果我是道歉帝，应该会避其锋芒。”

“跑不掉了。”表情哥摇摇头，“初七的英雄，都六级了。”

不少人这才注意到，刚才还是五级的黑暗战士，现在也已经和女将军一样升到了六级。

瞎转悠仔细看了一下经济：“啊，买了随身经验卷轴，强行灌到了六级吗？”

“应该是做了两手准备，”表情哥歪着脑袋，想了一会儿才继续说道，“如果打野怪的时候遇到了道歉帝，就强行给英雄灌到六级，然后正面较量。如果没遇到，就继续去打其他野怪，正常升级，六级之后率领大部队去攻道歉帝的家。不过现在的情况就没什么好看的了，初七多一个 +7 的攻击之爪，加上卡位和十字围杀，道歉帝跑不掉了。”

他话音未落，道歉帝的两个英雄就都已经被卡位击杀了。连回城卷轴都没来得及用掉。

Sorry：GOOD-GAME。

“好的，这边道歉帝选择了投降，让我们恭喜初七战胜第一局。”瞎转悠继续说道，“给两位选手一点儿休息时间，五分钟后开始第二局。”

道歉帝站起身，喝了几口水，然后朝着选手休息区走去，而初七只是继续坐在原地，她靠在椅子上，依然戴着耳机，轻轻闭上了眼睛，似乎是在闭目养神。

五分钟后开始了第二局。不知道道歉帝是状态崩了还是其他原因，总之这局初七占了先机，道歉帝没能熬到天亮，就打出了 GOOD-GAME。

此时离开局时间只有九分十三秒。

瞎转悠对这局结束得如此之快有些意外：“啊……好的，那么这边，道歉帝打出了 GOOD-GAME。我们恭喜初七在八强第一轮中以 2:0 的成绩进入了胜者组。也让我们很期待接下来的比赛！”

初七站起身，和道歉帝握手，道歉帝笑着说道：“你很棒，真的。”

“谢谢。”初七礼貌地向他微微点头，“接下来的比赛加油。”

道歉帝耸耸肩：“我的水平，真的也就只是能进八强而已，我有自知之明。电子竞技的赛场时不时有奇迹发生，但所谓的奇迹，先决条件都是要有能够创造奇迹的本钱才可以。比如你跳远平时只能跳一米五，你超水平发挥也就能跳个两米，你不可能突然跳个五米出来。我打不过你，其他六名选手……我也打不过。”

初七没有反驳。

道歉帝没有说错，两个人水平相当，或者差距不是很大，某一方超水平发挥，且另一方发挥一般，原本优势方落败，这是有可能发生的。但是如果差距比较大，所谓的奇迹，真的很难发生。

就像初七自己也清楚，以她现在的能力，勉强和星帝一战，如果对上瓜帅、沉安和 F 神，都是没有胜算的。

想到这里，她微微抬起头，看到了选手席上的一双眼睛。

她迎上他的眼睛，倏忽，笑了。

那笑容安恬美好，如梨花齐齐初绽。

由于这场比赛结束得很快，直播间很快又开始了下一场比赛：沉安和大懒。

另一边瓜帅和星帝的星族内战还在继续，星族太吃后期，只要是星族内战，往往都需要很长时间。

选手席上，初七坐在斐诰旁边，低头看着手机，好一会儿才说道："那边好像快结束了，看论坛上的图文直播，是瓜帅和星帝 BO3，战成 2:1，瓜帅胜出了。"

"他们这一场没太大悬念，因为星帝本来就是第二个瓜帅，在这款游戏中，能用星族打败瓜帅的人，基本上不存在。星帝能够赢下一局，已经尽力了。"斐诰对这个结果毫不意外，他凝神看着屏幕，轻声说道，"这两局沉安都打得很顺啊，这边看来也快要结束了。"

初七微微点点头，说道："沉安打优势局真厉害，优势就像滚雪球越滚越大，而且基本零失误。这局会在两分钟之内结束，沉安 2:0 战胜大懒，进入胜者组。"

"沉安打优势局的时候，连瓜帅都对他无可奈何，"斐诰站起身来，边走边说道"那边既然比赛结束了，估计我和鳗鱼的比赛也该开始了。"

八强的第一轮比赛，转眼之间，只剩下 F 神和鳗鱼的比赛还没有进行了。

此时大懒也已经打出了 GOOD-GAME，瞎转悠说道："2:0！我们恭喜沉安，进入胜者组！也感谢大懒在这两局中带来的精彩表现！"

瓜帅、星帝、段公子、月皇等人结束了那边的直播，匆匆赶过来，刚好听到这句话，月皇看向沉安，对他点了点头，沉安自然看得懂，这是在表达赞许。

段公子叹了一口气："哎呀！紧赶慢赶也没赶上！我们那边才打完一场，你们这边居然两场都结束了。"

"没办法，你们是星族内战，"瞎转悠摊摊手，"其实我也很遗憾啊，没看到满天星火燎原之势，每年 RCG 的时候我们这俩解说都没有其他人看的全，哎。”

段公子看了一眼周围，继续说道：“不过至少我们可以一起看第一轮的最后一场了，让我们掌声有请鳗鱼和F神！”

台下掌声如潮。

“目前进入胜者组的是瓜帅、沉安、初七。八强第一轮的最后一场比赛，”段公子举起手，示意周围安静，然后继续说道，“有请F神和鳗鱼两位选手进行设备调试，也请其他选手回到选手席，这局的解说由我和瞎转悠共同完成，当然，少不了嘉宾解说，这一场的嘉宾解说由月皇和瓜帅共同担任！”

F神和鳗鱼已经各自坐在了比赛选手的位置上。

初七的手机在这时候收到了信息提示，是边牧发来的两张照片。

第一张照片是她在赛场上，F神在观战的选手席上看着她，唇边挂着浅笑。

第二张是她赢了道歉帝之后，站在那里，看向选手席，对着F神笑。

初七：？

边牧最可爱：你们真的配一脸啊！

初七：表哥，这个时候，你还是认真看比赛吧。

边牧最可爱：你是害羞了吧！

初七叹了一口气，懒得再跟边牧聊天。

比赛开始。

裁判：双方选手，F神随机职业，鳗鱼月族，请双方选手选择禁用地图。

F：无禁用地图。

鳗鱼：第十一张图。

裁判：双方选手禁用地图第十一张图，下面进入三十秒调试阶段，调试无误请输入1。

F：1。

鳗鱼：1。

裁判：双方选手调试无误，比赛开始！

白天的地图，两位选手的出生地离得很近。

F 神随机到了“幻武”这个职业。

瓜帅说道：“哦，这个出生位置，F 神应该会直接进攻了。虽然月族前期不算弱，但是“幻武”前期太强了。这局应该会很快就结束。”

果然，十二分钟的时候，鳗鱼那边就打出了 GOOD-GAME。没有太多悬念的比赛，双方都是正常发挥。也没有太多可以讲解的地方。

第二局 F 神随机到了“旭日”，距离鳗鱼的出生位置也比较近，鳗鱼出了月之法师后进行埋伏和干扰，十分钟就升到了二本，出了月之天神，然后带领兵种一起前进，一举推掉了 F 神的家。

比赛结束的时间是十四分十二秒。

“这两局都结束得比较快，”段公子说道，“优劣势明显，整体来看都一目了然，到现在为止双方战成了 1:1 平，接下来是决胜局！当然了，决出胜负并不能说明什么问题，双败赛制，大家都还有机会。先请选手休息两分钟。”

边牧最可爱：怎么办啊初七！我好紧张！我手心全是汗！

初七：深呼吸。

边牧最可爱：……话说第二局 F 神输得好快啊，哎，真担心他会随机到糟糕的职业，你不觉得你应该去选手休息区安慰他一下？

初七：不觉得。

边牧最可爱：……

哇，真的好生气哦！为什么我男神会喜欢我表妹这种冷血动物？！

边牧最可爱：但是换位思考的话，F 神肯定会去给你加油的！你难道不希望他赢吗？

希望啊。

初七的手指顿了顿，还是没有把这条信息发出去。

好一会儿才继续回复边牧。

初七：输赢乃兵家常事。

边牧最可爱：……你怎么老用这句话来搪塞我。

初七：我的意思是，我们祝福他赢，也做好他可能会输的准备，不要说什么“我相信你一定能赢！”之类的话，给他增加压力吧。

边牧最可爱：我的天啊！初七你真的变了好多！我要把这段话截图

发给 F 神！

边牧最可爱：哎呀，不行还是等你们比赛完了再发给他吧！真是有生之年系列，我竟然被我表妹说的话给甜到了！

初七：？

完全无法理解表哥在兴奋什么。

此时，比赛时间已经到了，两位选手重新回到了比赛席。

“接下来将会进行八强第一轮最后一场的第三局比赛！”段公子拿着话筒说道，“期待二位在最后一局比赛中的精彩表现。”

屏幕上，出现了游戏画面。

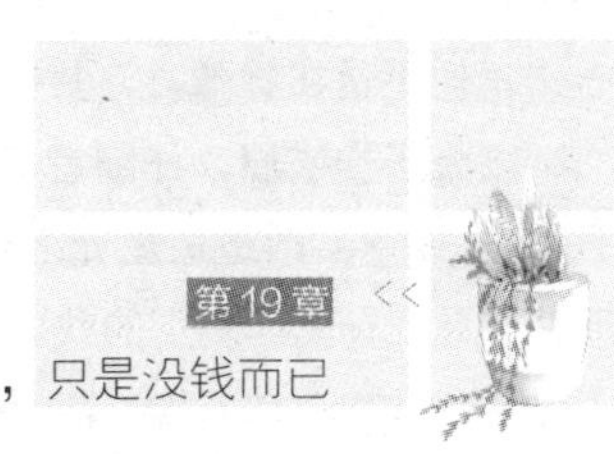

第19章 他不是在犹豫，只是没钱而已

裁判：比赛开始！

是第八十张地图。

初七微微皱了一下眉，她对这张地图的印象非常深，第八十张地图被粉丝们戏称为“逼死强迫症”的1VS1地图，一共有三个矿，是呈现三角形稳定性的分布，几乎是等边三角形，三个矿的距离都不远。

两个人各开一个矿，自然会觊觎剩下的那个矿，但三个矿的距离都不远，双方都会盯着，想自己开矿，怕对方骚扰。怕对方开矿，时刻准备骚扰。

这张地图又被称为“谁开分矿谁先死”的地图。

因为开分矿的过程中，一定会不断地被骚扰，大多数第一个尝试开矿的，最终都得不偿失，分矿没开成，还耽误了时间，经济被耗光……最后就落败了。

“咦？”一旁的星帝说道，“F神随机到了星族啊。有点儿意思。”

初七微微偏过头，看到星帝和大懒都很认真地看着屏幕。

段公子开始了他的解说：“第八十张地图，相信很多观众都非常熟悉，等边三角形一样的地图，而且路非常直，中间是高山没办法行走，后期可以出空军来飞行。”

段公子继续说道：“F神随机到了星族，不大占优势，因为星族吃后期，前期穷得叮当响，两个人的主基地距离不远，鳗鱼肯定会一直去骚扰。最重要的是，大家都知道，星族后期有钱，是因为采矿伐木之类的都很快，开分矿也很占优势，开了分矿之后就大富大贵，但是这张地图……要开分矿有点儿困难。F 神到现在都还没有出第一个英雄，是在犹豫出哪个英雄吗？”

“他不是在犹豫，”月皇叹了一口气，“只是没钱而已。”

段公子一皱眉，仔细看着屏幕上的数据，这才恍然大悟：“我去，还真是！开矿，改造成星光之地，建造主基地，建造防御哨所和兵营……新建了两个农民，剩下的钱本来就只够出第一个英雄，但是 F 神也没有这么快就出第一个英雄，而是用本来可以出英雄的钱多建了一座防御哨所。说到防御哨所，月族是最有发言权的，因为这个职业最爱建防御哨所了。尤其是有些选手，唔，我说的不是月皇啊！”

“啧，”岳子陵有些无奈地摇摇头，“我记得有人说过，月族是最喜欢造防御哨所的职业，月皇是月族选手中，最喜欢造防御哨所的？”

他顿了顿又继续说道：“月族建造防御哨所比其他职业都方便，性价比高，价格低建造速度还快，有些月族弱势期会拼命建造防御哨所，让对方怎么都打不进来，对方就骂月族很猥琐。”岳子陵笑了笑，继续道，“但是你们要明白，月族兵种本身不强，英雄也不是非常强势。前中后期，月族都发展得非常均衡。弱势的时候，月族没办法出去硬拼，很大程度上是靠防御哨所来撑着的。”

说着，岳子陵看向屏幕上的游戏界面：“游戏中的时间是下午，至少要打到四十分钟以后，才能进入夜晚。只有三个矿，这张地图距离如此近，野怪也不算多，分矿开不了，前期必然是被骚扰的命运，F 神没有其他办法，只能多建几座防御哨所来守家，慢慢发育。”

“前期劣势有些明显啊，”瞎转悠挠挠头，“F 神太穷了，到现在还没出英雄，但是如果一直不出英雄的话，这局劣势会越来越明显，看鳗鱼这边，第一个英雄月之法师已经二级快要三级了，这个差距……”

所有人都皱着眉，有些担忧地看着屏幕。

初七则看向星帝：“如果是你，你会怎么做？”

“我肯定会出妖星，”星帝沉吟了一会儿才回答，“在第三个矿放侦查眼，比 F 神少两座防御哨所，也是死守，没办法，前期穷又大劣势，出去就是找死。想办法引诱对方进来打消耗战，等升级到二本之后出守护者，因为和妖星有配合。如果是瓜帅，他很喜欢第二个英雄出夜王。

我一般是三本之后才出夜王。夜王最厉害，当然也是造价最高的。主要是夜王最有用的时候，太大后期了……”

初七微微点了点头，表示认同。

夜王，被誉为星族最大杀器。也是《荣光2》所有的英雄中大后期（包括中立英雄）最强大的英雄，没有之一。

因为这个英雄和其他英雄不同，它有五个技能。一般《荣光2》的英雄都是三个技能，一级就开始掌握三个技能，升到六级开启第四个技能，也就是所谓的大招，脱胎换骨强力百倍。然而夜王，八级之后会开启第五个技能。

夜王的一技能是召唤星光群，细小的琐碎星光从四面八方涌来，攻击敌人的单位，造成少量伤害；二技能是沉睡，只在夜晚或者星光之地上能用，能让对方立刻睡着，但如果对方此时受到攻击，会立刻醒来，随着等级升高，沉睡持续时间也会延长；三技能是夜之光环，攻击敌方时能吸血，将自己15%～45%的伤害转化成生命，具体转化率和英雄等级相关；四技能是六级才能获得的大招终极星火，从天而降的星火冲击地面，巨大的冲击波让区域内所有的敌人陷入四秒的眩晕状态，燃烧着的火焰对周围造成伤害。终极星火是星火构成的巨兽，星火会持续一百八十秒，过程中持续对周围的敌对单位进行输出，移速很快，只是不能攻击空中的单位。

夜王八级之后，大招终极星火会进化，召唤出来的终极星火学会飞行，可以攻击空中单位。还可以直接飞起来撞击建筑。

攻击力爆表，伤害惊人，而且很能扛伤——八级的夜王召唤出的终极星火，可以说是召唤出了一个可以维持一百八十秒的强力英雄。

像夜王这样的英雄，整个《荣光2》只有一个。夜王也是《荣光2》唯一一个不能上来就出的英雄，要求二本以上才能生产。而且造价非常昂贵。六级之后，这个英雄的升级速度也比其他英雄慢一些。

“咦？F神这是什么情况？”瞎转悠揉了揉眼睛，以为自己是看错了，“他直接选择了升级主基地？这要是被鳗鱼钻了空子打了进来，F神不就GOOD-GAME了吗？”

瓜帅却在这时候说道：“他是在赌。”

“嗯？”所有人都看向瓜帅。

瓜帅想了想又缓缓说道：“唔，我猜他觉得自己错过了出第一个英雄最好的时机，所以准备直接升二本出夜王。他赌鳗鱼猜不到。”

“可是这个经济，就算升到二级也出不起夜王啊。”段公子皱紧了眉头，仔细算着F神此时的经济，“他居然又建了一座防御哨所，真当建防御哨所不要钱啊？”

瞎转悠顿时提高了音量：“你们看！鳗鱼来骚扰了！”

“从鳗鱼这个进攻角度，暂时看不出F神在升级二本，”岳子陵轻声道，“不过如果他打得够快，就会发现了。F神没有英雄可以防守，只有防御哨所和步兵。”

鳗鱼操纵着自己的英雄月之法师，带着八个小兵，已经来到了F神的大本营。开始攻击最外围的防御哨所。

“F神一开始就算好了距离，”瓜帅分析道，“他的主基地和最外围防御哨所的位置，不管从哪个方向开始攻击，打防御哨所的时候，都是看不到主基地的。”

瞎转悠还是有些担忧：“可是这样的话，鳗鱼不是很轻松就能拆掉F神的防御哨所吗？”

“你以为他建这么多防御哨所是为了什么，”瓜帅笑了笑，“就是为了拖后期啊，摆明了建好让拆的，只是过程中不能让对方拆的太顺畅。”

F神也没有闲着，让农民去升级主基地的同时，派自己生产出来的骑兵躲在防御哨所后面对鳗鱼的月之法师进行攻击。

“此时比赛已经进行到了八分二十二秒，鳗鱼这边的月之法师已经升到了四级，开始升二本，”段公子继续说道，“鳗鱼拆防御哨所拆得不大顺利，月之法师在这个过程中始终受到攻击，不过F神的防御哨所也已经拆的差不多了……”

说话间，最外围的防御哨所轰然倒塌。

段公子一顿，说道：“最外围的防御哨所被拆掉了！星光之地以肉眼可见的速度消失了一块！”

星光之地的蔓延和建筑是相辅相成的，所有的建筑物必须要建在星光之地上，建筑建起来之后，星光之地会扩散蔓延。而一旦这块建筑被拆掉了，那么周围的星光之地也会消失。

“鳗鱼还在继续攻击！”瞎转悠有些激动，“是不是打算一鼓作气直接拆家啊？”

岳子陵看了一眼时间，轻声说道：“成功的概率不大。”

瞎转悠看向岳子陵，似乎是在等待他的进一步解释。瓜帅则已经指着屏幕：“F神的大本营，二级了。”

游戏界面上，一道光芒闪过，二级大本营升级成功，几乎是与此同时，能够看到F神选择了生产的英雄。

“夜王。”岳子陵轻声道，“和瓜帅猜得一样。”

“夜王虽然很强，但也是在大后期了，它八级之前，难道要让他一个英雄对抗敌方的两个甚至三个英雄吗？”段公子有些疑惑，“F神的战术到底是什么？”

瓜帅笑了笑：“我从开始就说过了，他这局别无选择，只有一个字，拖。”

拖到大后期，拖到夜王八级之后，甚至拖到游戏中的夜晚时间……到那个时候，对方就没有胜算了。

“鳗鱼刚才也已经选择了升二本，”瞎转悠继续解说道，“鳗鱼现在没有要回家的意思，而是选择继续强攻F神的防御哨所。眼看着第二座防御哨所也要被拆了……”

岳子陵点了点头：“嗯，是我，我也会这么做。既然F神铁了心要往后拖，那作为他的对手，就不能让他成功。”他顿了顿才继续说道，“鳗鱼，是月族的佼佼者，他在某些方面和F神齐名，两个人心态都很好，能打出优秀的绝地反击，他们也都是优秀的战术大师，懂得谋略，没有固定的打法，每一局都让人有新鲜感。我记得瓜帅曾经说过，鳗鱼其实是他所遇到的所有对手中，最聪明的一个。”

瓜帅闻言笑起来：“没错，我始终认为鳗鱼的水平被低估了，当然，就单论技术，手速，这些他都不是第一。我个人认为F神的意识无人能敌，所以他任何职业都可以玩，而鳗鱼，他的优势就是聪明，最懂得将计就计。鳗鱼栽过一次跟头，绝不会栽第二次。月族，所有人的绝招，除了月皇的绝对手速之外，鳗鱼全都能够掌握。这说明什么？说明鳗鱼学得很快。如果你们仔细看比赛记录，就会发现，很少有人能在同一个比赛中，两次碰到鳗鱼都取胜。这就是说，鳗鱼在短时间内遇到同一个对手两次，他会变得更强，前一次如果输了，第二次他会有非常明显的进步。我真的非常欣赏这个选手。”

听到这话，选手席上的沉安认真地点了点头。

观众席上有人忍不住小声讨论起来。

“瓜帅真的好欣赏鳗鱼啊。”

“也不算过誉，今年国内的比赛，甚至国际上的一些小比赛，第一名基本是鳗鱼和沉安包揽了。只是鳗鱼从来不说要拿冠军之类的话，就是挠挠头，笑着说打个酱油。”

“沉安也很欣赏鳗鱼吧，沉安不怎么接受采访，但是之前有一回问他，觉得谁是现在最厉害的选手，他没有说瓜帅，而说是鳗鱼。”

“哇，你们这样说我好不安，难道这局 F 神要跪？”

“不！ F 神才是我男神！我相信他一定能赢！”

赛场上。

“鳗鱼这边在努力摧毁第二座防御哨所，同时也在升二本，眼看鳗鱼的主基地就要升到二级了。而 F 神这边……啊，夜王已经出动了！”段公子多少有些激动，“比赛已经进行到了十六分钟，F 神终于有了自己的英雄，真是太不容易了。”

“一级的夜王已经率领骑兵去找鳗鱼的军团了，哇，”瞎转悠有些担忧地眨眨眼睛，“这是什么节奏？鳗鱼的月之法师已经四级了啊！怎么都打不过的。”

然而F神似乎已经打定了主意，一级的夜王自信地冲向了月之法师。

“好的，一级的夜王勇敢地冲向了月之法师，”段公子用调侃的语气进行着解说，“月之法师已经开始准备反击，咦？月之法师为什么睡着了？！等等，夜王的二技能不是只有夜间能用吗？”

瓜帅笑着摇摇头：“夜王的沉睡技能白天不是不能用，而是只能在星光之地上使用。”

“对，”岳子陵接过话茬儿说道，“只是因为这种机会很少，才会让人以为只能夜晚用。因为这个技能一般是用来逃跑保命的。如果已经在星光之地上了，基本就不太可能是逃跑，而是守家，星光之地上的攻击，星族英雄的所有技能都会加强，一般会直接攻击，伤害还高很多。谁没事会让对方沉睡个几秒甚至零点几秒呢？”

说话间，岳子陵指向屏幕：“这一局，F 神将向各位证明，他就是这样一个‘没事人’。我们也可以通过这一局看看，白天夜王的二技能，到底有什么用。”

屏幕上，夜王使用二技能，使月之法师陷入睡眠状态。因为有星光之地的加成，虽然此时的夜王只有一级，但是睡眠时间也有 0.5 秒。夜王和骑兵趁机攻击鳗鱼那边的一个骑兵。

0.5 秒后，月之法师苏醒，开始反击。

夜王和骑兵后退。

F 神的骑兵残血，月之法师和弓箭手进行追击，夜王使用三技能，召唤出夜之光环给残血的骑兵，残血骑兵头上出现光环，一边继续攻击鳗鱼的骑兵一边自己回血。

因为有防御哨所的阻挡，鳗鱼的月之法师和弓箭手没办法追击 F 神的残血单位，只能继续攻击防御哨所。

“啊，我们可以看到，鳗鱼这边损失了一个骑兵……”瞎转悠叹了一口气，“星光之地的加成果然不可小觑，F 神的骑兵丝血被夜之光环救回，回血速度和回血量都有加成。而且 F 神的夜王现在已经二级了。鳗鱼应该要选择撤退了吧？”

“进了星光之地，想走有这么容易吗？”瓜帅摇摇头。

岳子陵则说道：“如果我是鳗鱼，我不会在这个时候走，在星光之地上，其他职业会被减速减攻，就算撤退也没办法立刻离开，还不能用回城卷轴。更何况现在 F 神的这座防御哨所，已经只剩下 15% 的血量，现在撤退，那刚才所有的消耗都白费了，如果能拆掉这座防御哨所，鳗鱼怎么算都赚到了。”

屏幕上，月之法师和几个骑兵、弓箭手还在继续攻击第二座防御哨所。

这时夜王再次出现，使用了二技能，准确地给了月之法师重重一击。月之法师再次沉睡。

因为夜王的等级提高，这次的睡眠时间延长到了 0.92 秒。

夜王紧接着使用了一技能，召唤出星光群攻击鳗鱼的弓箭手，给己方残血的单位三技能，让己方的单位可以在攻击敌方单位的同时进行吸血。

不过是转瞬之间，鳗鱼那边的一个弓箭手就牺牲了。

“哎呀……有点儿亏啊，”瞎转悠皱紧了眉头，“这下损失了一个弓箭手，刚才鳗鱼不应该留下来攻击的。”

岳子陵仍然皱着眉头看着屏幕，然后微微叹了一口气：“F 神的操作太精准了，这局如果鳗鱼不撤退，的确会比较吃亏。”

“攻击防御哨所要全力以赴，弓箭手和英雄本身距离防御哨所就比较近，”瓜帅平静地解说道，“只要 F 神能保证自己的二技能命中月之法师，同时所有单位的攻击都集中到同一个单位身上，比如刚才那个弓箭手，那个单位基本就没了。月之法师无法保护。”

段公子看向瓜帅，问道：“瓜帅，如果是你的话，对这局有什么看法呢？”

“现在还看不出来，不过有一点可以确定，F 神肯定是铁了心要走猥琐流路线了，”瓜帅笑了笑，“不过要我说，这是最聪明的打法。”

“月皇，”瞎转悠看向岳子陵，“现在是不是应该撤退？毕竟有点儿尴尬，夜王在星光之地上，所有技能冷却时间都会缩短，这样下去就是夜王让月之法师睡觉，然后击杀一个小兵，过一会儿再杀一个……周而复始，这样鳗鱼也太亏了。”

岳子陵没有立刻回答，而是静静地看着屏幕。

三秒后。

岳子陵摇摇头，掷地有声：“不，如果我是鳗鱼，我绝不会在这时候撤退！”

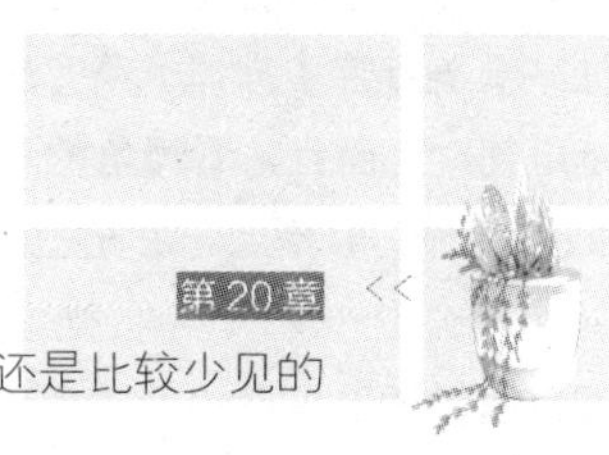

第20章 <<

都说“星”这个职业穷，但是穷成这样的，还是比较少见的

“绝对不能在这时候撤退。”坐在选手席上观战的星帝说道。

一旁的沉安看了过来，微微皱着眉：“怎么说？”

“眼下鳗鱼吃了一点儿亏，如果硬着头皮拼下来，还是有胜算的，但是如果撤退，情况只会比现在更糟。只要有星光之地，F神就拖得起，可是鳗鱼拖得起吗？”星帝伸出手，指向地图，“场上过了二十五分钟，局势就会大改。”

沉安凝神细看地图，深深地叹了一口气：“双方都在消耗，F神不进攻，消耗就少，这样看来，鳗鱼只能趁现在硬拼了。”

“如果能拆掉F神的第二座防御哨所，鳗鱼胜算就大一些，接下来出一些远程的单位，装甲车或者投弹手之类的，进行狂轰滥炸，也少一些星光之地的Debuff，”初七的声音很轻，“如果我是鳗鱼，第二个英雄不会出月之女王。”

星帝点点头：“月之女王。”

月之女王，月族的四个英雄之一。是一个辅助，出场率不高，因为她能提供给英雄的加成有限，反而是给小兵们的Buff会高一些。

可以给小兵加血，给装甲车加速，给飞龙加防……月之女王也是《荣光2》这款游戏所有的英雄中，唯一一个能够给农民加血加Buff的英雄。比起其他三个英雄来说，月之女王的输出很低，所以月之女王出场率并不高。

随着一声巨响，F神的第二座防御哨所轰然倒塌。

而鳗鱼所付出的代价，是两个弓箭手和一个骑兵。中途月之法师差点儿被防御哨所打死，吃掉了两包血药。

“哎，也不知道鳗鱼这样算不算赚了。损失了很多经验还有三个单位，千辛万苦才推掉了第二座防御哨所，连血药都没了。”瞎转悠叹了一口气，“而且，看鳗鱼的意思，他竟然没有离开的意思？”

此时，屏幕上一道光芒闪烁。

段公子一愣：“啊，光顾着看这边，都快忘了鳗鱼也选择了升二本，鳗鱼选择了出自己的第二个英雄，也就是……”他微微一顿，似乎有些意外，“月之女王？很久没有在《荣光2》的赛场上看到月族这个英雄了。”

说着，段公子转向了岳子陵：“月皇，你曾经说过非主流的玩法才需要出月之女王，也就是说，现在鳗鱼打的是非主流局吗？”

岳子陵笑了笑，然后点点头：“应该说，只有出了月之女王，鳗鱼这一局才有赢的可能。”

“月皇，”瞎转悠好奇道，“这是什么意思？”

岳子陵解释道：“因为只有三个矿，最开始很多人不看好F神，星族要靠后期的分矿吃饭的。F神也知道，所以他的所有建筑一切从简。”

镜头给到了F神的主基地，他没有建太多烧钱的建筑，连英雄都只出了一个。

“《荣光2》之所以要去建造分矿，是因为我们的主基地的矿是会采光的。一个金矿，如果同时有四个农民采集，会在四十分钟左右全部采完。一般在第一个金矿还剩下两三千金的时候就一定要开始建立分矿了。”岳子陵继续说道，“但这张地图很难建造分矿，假设双方都只有一个金矿，我们所看到的场面就有所不同了。”

瓜帅接着说道：“现在鳗鱼的经济领先，因为他采矿采得快，建造的东西也多，好处是现在他战斗力强，兵强马壮，钱也比较多。所以他才更要速战速决。”

“每个金矿的金币总数一致，现在的经济高，就意味着他后续能拥有的经济不多，他趁这个时机来攻打F神的老巢，不管亏多少，都别无选择。”瓜帅轻声叹了一口气，声音几乎是残忍的，“如果没办法在三本前端掉F神的老巢，那么这种程度的经济和人口领先，反而是一种拖累。人口数量众多，用来维持人口所需要的食物也多，这本身也是经济的一部分。”

段公子这才恍然大悟：“啊！如果矿早早被耗光了，鳗鱼这边就没有后继之力了。这张地图，只有三个矿，分矿太难开了。”

“现在的优势还是非常明显的，夜王只有三级，但是月之法师已经升到了五级，我们都知道，一旦月之法师升到六级，开启大招，加上月之女王的辅助技能，”岳子陵说道，“鳗鱼的赢面还是很大的。”

月之法师的大招，是瞬移。

可以移动己方二十个单位，到己方建筑附近。经常会有大后期月之法师带着农民到对方的主基地附近，造塔，然后传送大部队，咔咔拆家。后期的月之法师，还能给自己的友军加速。

选手席上，星帝看向沉安：“所谓赢面，就是比拼操作，是你的话，有多大胜算？”

“90%。”沉安盯着屏幕，几乎毫不犹豫地回答。

闻言，初七微微一愣，转过头看了一眼沉安的表情，发现他神色如常，只是继续看着屏幕上的对战双方。

初七在心里算了一会儿，也不得不承认，沉安不是在吹牛。以沉安的微操和多线能力，在现在占据大优势的情况下去进攻，赢这一局的概率在 85% 以上。

然而下一秒，她又听到沉安说道：“如果换个对手，我会说是 100%。”

“比如我？”星帝皱着眉，看着沉安，“啧，我的星族比 F 神的稳多了好吗？”

沉安却点点头：“稳，就可预测。F 神的星族我碰到的次数少，每次他的打法和战术都不一样，很难确定。”

屏幕上，又一道光芒闪烁。

“月之女王，降临！”段公子解说道，“鳗鱼在出月之女王的同时，还出了两个农民，他接下来的意图不用我说大家也都明白，是直接去 F 神的大本营附近建立防御哨所！”

月之女王带了三个农民、两个步兵和一个辆装甲车，朝着 F 神的主基地而去。

与此同时，在F神主基地的月之法师率领步兵，骑兵，弓箭手辗转后退，召唤出水元素，继续摧毁F神的第三座防御哨所。

双方的主基地距离不远，再加上月之女王本身自带加速Buff，仅用了十秒钟的时间，月之女王和月之法师就已经会合了。

“真正的较量，从这一刻开始。”

岳子陵说道。

“月之女王给弓箭手和装甲车加了射程Buff，月之法师再次召唤出水元素，让其在前开路，后面跟着步兵和骑兵，弓箭手和装甲车则在星光之地外围开始了对F神第三座防御哨所的攻击！”段公子解说的语速很快，“整场比赛已经进行到了十八分钟，F神的英雄夜王已经三级快要升四级了，而月之法师已经快升六级了！”

气氛变得紧张起来，因为有月之女王的Buff加成，鳗鱼的弓箭手在星光之地的外围，攻击F神的第三座防御哨所，而F神的防御哨所却没办法打到弓箭手。

防御哨所的血条直线下降。此时F神派出了一个农民去进行防御哨所的修复——农民所在的位置，刚好在远程弓箭手的射程之外，而装甲车是只能攻击建筑不能攻击农民的。

“F神的夜王也动了！”瞎转悠有些激动，“难道又是出去使用沉睡技能？”

没错。

夜王带着手下的六个骑兵一起来到了最外围的防御哨所附近，夜王对月之法师召唤出来的水元素使用了二技能，水元素陷入了沉睡。

看到这一幕的瞎转悠一愣：“啊？F神这是操作失误吗？”

“不是失误，水元素的伤害很高，而且水元素是被召唤出来的，攻击水元素也没用。这个水元素被打死了，月之法师可以召唤下一个。”岳子陵解释道，“所以夜王使用二技能就是为了让水元素陷入沉睡，不过月之法师也不是只能召唤水元素，还能召唤暴风雪。五级的暴风雪，可不是闹着玩的。”

说话间，五级的暴风雪已经朝着夜王和他手下的军队袭来。

但是月之法师是站在星光之地的边缘远程攻击，所以F神有一定时间和空间进行闪避，他微操一向非常优秀，眨眼工夫就将所有小兵都调离了暴风雪攻击的位置。

然而F神眼下也并不乐观，因为夜王等级不高，他没办法走出防御哨所的防御范围，也就意味着他不能对鳗鱼的两个英雄造成实质性的伤害，也无法攻击对方的装甲车和弓箭手。

“比赛进行到了二十二分钟，F神的第三座防御哨所被拆。”段公子继续着他的解说，“从刚才开始，鳗鱼已经没有继续生产其他单位，而是在存钱，应该是要买经验卷轴给月之法师升级。六级的月之法师自带传送和瞬移技能，到时候可能会直接拆家。”

瞎转悠却在这时候注意到了另外一个问题：“说到经济，鳗鱼没有生产单位，F神更是很久没用过钱了。现在有将近一千金的经济是没有用的，甚至没有多生产一个农民来修复防御哨所……”他说着忍不住有些着急，“我不太明白，眼下这个情势，用这些钱多建几座防御哨所，才是拖后期的最好方式，不是吗？”

选手席上，初七微微摇了摇头。

星帝看向初七：“说说看？F神要干什么？”

“啊？”初七先是愣了一秒钟，然后才开口道，“我也只是猜测。”

“我相信你猜得比我们准。”星帝笑了笑，“F神之所以是战术大师，是因为他难猜。”

连一向懒得说话的大懒都插嘴道：“是啊，F神是《荣光2》最神秘莫测的男人。”

“我的猜测没什么神奇的，存钱无非是为了几件事，出兵、造建筑、买英雄护着其他道具。”初七顿了顿又继续说道，“前几种都不太可能，所以应该是关键性道具。有一些道具，是可以在随身商店中购买的，不用出门。”

星帝瞪大了眼睛：“等等，你是说……”

“嗯。”初七点了点头，“经验卷轴。”

她已经算过了：“如果是买经验卷轴的话，他手里的金币可以买十个，足够夜王升到……”她微微凝眸，仔细看了一会儿，又继续说道，“六级。”

刚才夜王又斩杀了鳗鱼那边的一个小兵，虽然只是一个小兵，但也能够增加一部分经验，夜王现在已经快升到四级了。

“划算吗？”星帝的眉头皱了起来。

《荣光 2》这款游戏，越往上升级越难，经验卷轴虽然可以在随身商店里购买，但是造价很高。随身商店里的经验卷轴，分大中小三种类型，但性价比非常低。

一般来说，选手购买经验卷轴，只有在自己的英雄很快就要升级，只差一点点经验的时候使用，否则就很不划算。

初七看向星帝，摇摇头：“这样不划算，而且很莽撞。”

用所有的经济把唯一的英雄升到六级，也就意味着如果所有的农民都被对方给击杀了，那么大本营岌岌可危的时候，他连出一个农民的机会都没有。

《荣光 2》不是只依靠英雄的游戏，否则“幻武”早就称霸世界了。夜王虽然很强，但是只要打二本就困难。

初七的眉头皱着，声音却还是很轻：“所以我也只是猜测，可能性大于 67%。”

“如果是 F 神的话，”星帝略一思索，然后苦笑了一声，说道，“还真干得出来。”

场上一道金色的光芒。

“啊！”段公子提高了音量，“凭借经验卷轴，鳗鱼这边的英雄升到了六级！六级的月之法师！已经可以带队瞬移了！”

又一道金色的光芒。

段公子愣住：“啊？”

“咦？”瞎转悠也瞪大了眼睛，“我的天！我没看错吧？F 神这边的夜王也升到六级了？！这是怎么升级的？”

岳子陵凝眸，沉声道：“啊？他只剩下五金币了。”

都说“星”这个职业穷，但是穷成这样的，还是比较少见的……

“所有的钱都用掉了啊！还是头一回见到直接把英雄从四级升到六级的！”段公子继续道，“看来 F 神是要靠夜王这一个英雄强撑到最后了！”

然而段公子的话还没说完，夜王就已经行动了。

“等等？”段公子一脸的不可置信，“夜王跑出星光之地了？这是要去干啥？”

夜王一路冲到星光之地的边缘，对着月之法师给了一个二技能，月之法师陷入了沉睡，六级夜王的沉睡，时长为 2.32 秒。

接着，夜王直接开了大招，朝着月之女王的方向，召唤出了终极星火！

“终极星火！”段公子陡然提高了音量，“啊！夜王是为了攻击月之女王！现在月之女王也只有两级，月之女王给自己加了个防 Buff，但是终极星火是长达一百八十秒的巨兽形态，而且会造成长达四秒的眩晕！”

段公子紧张地盯着屏幕，继续解说道：“命中！从天而降的终极星火让月之女王和旁边的弓箭手都陷入了晕眩状态！夜王也在这时冲出了星光之地，使用了一技能和三技能的连发，集中对月之女王进行了攻击！啊！不行了！”

段公子话音未落，月之女王已经倒地。

沉睡的月之法师在这时候苏醒，跑出来和夜王对决，因为离开了星光之地的范围，夜王无法使用二技能，只能勉力应战。并且想办法往星光之地的范围内跑。

刚才因为夜王的袭击，鳗鱼失去了一个远程弓箭手，但是好在其他弓箭手都及时躲开了，可以继续进行攻击。

“因为夜王的技能基本都在 CD 状态，他只能且战且退，好在终极星火的持续时间够长，可以抵挡一些伤害。月之法师召唤出水元素阻止夜王回星光之地，”段公子顿了顿才继续道，“但是随着月之女王的死亡，本来在弓箭手和装甲车身上的 Buff 消失了，他们现在无法攻击到防御哨所。但第三座防御哨所的血量所剩无几，鳗鱼应该还是想推掉那座防御哨所的。”

屏幕上，鳗鱼手下的弓箭手和装甲车，已经走上了星光之地，瞄准最外围的第三座防御哨所进行攻击。F 神操纵他的六个骑兵和四个步兵，前来攻击弓箭手和装甲车。

英雄和英雄的PK，小兵和小兵的PK，同时进行。

所有人都屏息凝视着屏幕。

眼看着夜王已经退到星光之地的边缘，却突然被月之法师召唤出来的暴风雪给拦住了去路，夜王为了躲过暴风雪的攻击，下意识地选择了迂回绕路，却不料被月之法师召唤出来的水元素挡住了去路，不过一个晃神的工夫，水元素、月之法师、一个步兵和一个骑兵将夜王给团团围住了！

瞎转悠瞪大了眼睛，几乎是脱口而出："这是……十字围杀？！"

下面的观众也是一片哗然。

"真的假的？！"

"这个世界玄幻了，为什么感觉这年头不管是谁都会十字围杀了！初七妹子是不是开班收徒了啊！"

然而就在这时候，岳子陵却摇摇头："不，这不是真正的十字围杀。"

"嗯，"瓜帅点了点头，"这最多算围困，事实上，我甚至认为这是一个败笔。"

瞎转悠有些疑惑地看向瓜帅："啊？"

"月之法师，一个远程强力法师，伤害高，能召唤水元素，速度快，"瓜帅分析道，"而夜王呢？六级可以召唤终极星火。一技能和三技能全是近战技能，生存续航能力比一般英雄强大。夜王是物理英雄，月之法师是法师英雄，更吃技能。双方英雄都在技能CD的时候，普攻也是夜王占便宜，而且血更厚。但月之法师为了困住夜王，让自己和夜王离得很近。"

岳子陵继续道："现在的情况是月之法师已经用过几乎所有的技能，夜王的一技能和三技能是可以用的。月之法师的水元素只剩四十秒。也就是说……"他略一思索，"如果这段时间内，月之法师没能击倒夜王。那么水元素消失后，围困就会出现缺口，夜王可以轻松逃脱，再拖一段时间，夜王的大招CD一过，又是一轮终极星火。到时候，月之法师怎么办？"

水元素自带嘲讽，夜王的所有技能都只能攻击水元素，而夜王承受的却是来自四方的伤害，虽然步兵和月之法师的普攻击打他不算太疼，但血量还是会逐渐下降。

“三分之一！”段公子激动地喊出声，“F神的夜王还剩下三分之一的血量！水元素也消失了！F神要趁机逃跑吗？！”

岳子陵摇摇头：“夜王不会走。”

选手席上，沉安惊呼道：“糟……”

选手们都看得出来，F神要在这里决一胜负了。

“夜王没有逃离，”段公子深吸了一口气，继续道，“夜王的三技能给了月之法师！已经六级的夜王，这个夜之光环的伤害和吸血量都很高！而且被缠绕着吸血，月之法师没有办法立刻后退，无法给自己加速，月之法师作为脆皮远程法师，血量本来就少，现在只有一半的血量了。倒是夜王吸血回了一点儿血量。啊，这个情况，鳗鱼的处境不太妙啊。”

“等等！这是……”瞎转悠惊呼出声，有些不可置信地揉了揉眼睛，看着屏幕上的情况，说道，“月之法师的大招？”

屏幕上，突如其来的，传送过来了两个炮手和五个骑兵。

岳子陵点点头：“之前月之女王带了农民过来，可不是白带的。”

“啊！”段公子激动地解说道，“在我们都看着双方英雄对决的时候，鳗鱼神不知鬼不觉地在星光之地的边缘用农民建造好了一座防御哨所！月之法师的大招是瞬移，可以让自己和队友二十个单位，去到敌方建筑附近。必要的时候可以用来逃命，或者主基地受到攻击的时候，月之法师可以非常迅速地率领军团回去，不需要用回城卷轴。”

“鳗鱼在F神的星光之地附近建好了防御哨所！月之法师的大招没有移动自己，而是选择了移动家里的步兵、骑兵、弓箭手等单位，来到防御哨所助战，他们集结后冲向了夜王！”段公子提高了音量，“月之法师的血量还在直线下降，这一切发生得非常快，步兵，骑兵和弓箭手都正在朝月之法师和夜王所在的位置赶来！”

台下，边牧紧张得心怦怦直跳，忍不住看了一眼选手席上的初七，想从初七的面部表情中寻找到一些安慰，然而初七的眉头皱得很紧，还微微咬了咬嘴唇。

边牧心下一凉，立刻感觉就更紧张了。

“鳗鱼也是敢打敢拼的一个选手，”瓜帅赞许地说道，“刚才这种情况很多人会选择用月之法师的大招撤离，但是鳗鱼没有。”

“这时候走不对吗？”段公子问道。“而且，月之法师为什么不把自己也传到那座防御哨所那里？”

“是诱饵。”岳子陵摇摇头，“夜王距离星光之地只有一步之遥，月之法师围住夜王，就是为了阻止夜王回星光之地。因为如果夜王回去了，这局就必然会拖到大后期，鳗鱼自然就会回天乏术了。所以他让月之法师留下了，用月之法师的命作为诱饵，让夜王留在原地继续和月之法师过招。如果在这里，能杀掉夜王，就可以一波推掉F神的大本营，因为F神只有夜王这一个英雄。”

说话间，鳗鱼的军队已经越来越近，夜王用一技能再次攻击，月之法师的血量已经见底。

“好厉害的微操！”瞎转悠感慨道，“F神的多线程操作简直无敌了，躲过了这么多小兵的攻击，一直用三技能吸血，虽然有小兵在前面帮月之法师挡伤害，但是夜王的一技能还是完美地命中了月之法师！”

“来了！”段公子指着屏幕，“鳗鱼这边所有的小兵都已经到了周围，他们开始将月之法师护在身后，糟糕！这一波F神没能杀掉月之法师，估计要被反杀了。夜王的大招还有三十秒的CD时间！肯定撑不住了！”

鳗鱼的军团已经到齐，将月之法师护在身后，然后一起攻击夜王，F神手中动作不停，夜王逐渐后退，本来在守家的几个骑兵也飞速往这边赶来。

“来不及了。”选手席上，星帝叹了一口气，“这时候才调骑兵过来，反而会全军覆没。”

“不。”一旁的初七却摇摇头，“他赢了。”

星帝有些惊讶地看向初七，然后又转过头，仔细看着游戏界面，整个人愣在了那儿：“什么……什么时候？”

“夜王回血了！夜王使用了大招！终极星火！”段公子大喊出声，“不是，这……这怎么可能？夜王的技能CD怎么会突然变短？啊！脚下……”

所有人都盯着屏幕上，夜王脚下的那块地——星光之地。

瞎转悠深吸了一口气，才继续解说道：“我的天……F 神什么时候造了两座民居！？”

民居，本来是为了保护农民而建造的居所，已经很少有人建了，因为拆起来很快。

但是民居造价很低，又小，建造速度非常快。F 神刚才用所有的农民在星光之地的外围建造了两座民居。星光之地，会随着建筑范围而进行扩散。

两边的民居建造起来，扩散开来的星光之地，刚好到了夜王的脚下。夜王虽然没办法回到星光之地上，但是星光之地却可以蔓延。

“我的天啊……太精彩了！”

“这是一早就算好的吧？这个距离也太精准了！夜王再往外哪怕一步，星光之地都覆盖不上来！”

“大势已去了。”

终极星火降临。四秒的眩晕，月之法师倒地。

F 神的骑兵赶到，和终极星火一起攻击鳗鱼的其他单位。

夜王一边使用三技能一边后退，血量明显上升。

鳗鱼：GOOD-GAME。

第21章 斐诰这个人到底是从什么时候开始变成一个无赖的

“让我们恭喜F神取得了最后的胜利！”段公子已经带头鼓起掌来，“也感谢鳗鱼带来的精彩表现，这一局简直可以用惊心动魄来形容，太棒了！”

瓜帅和岳子陵也鼓掌点头，瓜帅看向斐诰：“我之前一直觉得你们这边，星族打得最好的是星帝，现在看来竟然是你？”

“瓜帅过誉了，我这种套路只能打一局，”斐诰摇摇头，“而且是险胜。”

台下掌声如雷。

鳗鱼笑着站起来，鼓了鼓掌，然后说道：“哎呀，最后没打死夜王，我对这个英雄的仇恨值现在真的很高。”他看向F神，“双败赛制，我期待和F神再战一场。”

斐诰轻声笑了笑，说道：“我也期待。”

场下的边牧几乎激动地要流出眼泪来。

“我之所以这么喜欢看F神的比赛，就是因为他有很多出其不意的手段，居然会突然建两座民居！星光之地的计算也特别棒，那个距离如果算错一点点就前功尽弃了！”

“鳗鱼打的也非常棒了，如果换个月族来操作刚才那个月之法师，恐怕连围住夜王都做不到吧？还有那座防御哨所，最后大招的传唤，真的很棒啊。”

“没事！只是八强第一轮啊！败者组而已！双败赛制我相信鳗鱼还会卷土重来的！他心态真好，感觉这场比赛输了对他的影响很小，状态非常棒！”

“这两个选手真是我最喜欢的选手了。当然我还是喜欢F神多一点，毕竟他比较帅！”

……

“我们八强比赛的第一轮目前已结束。”段公子解说道，“现在进入胜者组的分别是瓜帅、沉安、初七和F神。星帝、大懒、道歉帝和鳗鱼进入败者组。请各位选手稍作休息，待会儿进行第二轮比赛的抽签。”

斐诰来到选手休息区，正巧碰上星帝，星帝说道：“你星族打成这样，我突然对接下来的2VS2比赛倍感压力了。”

“难道之前没有压力？”斐诰扬起嘴角，看了一眼不远处的初七，笑容更深，“和大懒好好练练，否则……她会失望的。”

为了2VS2的比赛，她练习了那么久。

两个人的默契程度几乎是呈几何倍数增长，斐诰心里有数，现在他们的水平，恐怕已经超过了星帝和大懒的组合，只是还难以战胜那对神话：KQ。

星帝挑挑眉，若有所思地离开了。

斐诰转过头看向初七，这才发现她也正看着自己。

“恭喜。”初七大方地笑了笑，扬起手中的手机，“我哥激动地要起飞了。”

初七的手机上全是边牧发来的消息，斐诰走上前，看着她手机上的消息。

边牧最可爱：初七！F神太棒了，太棒了，太棒了！我真的好激动啊，我觉得这次F神一定可以夺冠了！两次世界亚军，事不过三！这次他一定能夺冠！

边牧最可爱：小七！你能不能帮我给F神一个大大的拥抱啊？！或者一个吻也可以！表达一下我的激动之情！

初七：不可以。

斐诰看到这里有些忍俊不禁：“为什么不可以？”

他刻意压低了声音，带着些说不清道不明的意味。

初七的脸上飞过一团红晕，几乎是下意识地看了一眼四周，然后皱着眉："激动之情怎么能代替别人表达呢？"

哦，原来是这样。

斐诰唇边笑意更浓："那你可以自己表达一下你自己的吗？"

初七一愣。

"刚才不是还说恭喜我？"斐诰凑得更近了一些，"就一句'恭喜'就完了吗？"

初七忍不住陷入沉思，斐诰这个人到底是从什么时候开始变成一个无赖的？

于是她认真地点点头："对。"

斐诰却一把将她拉到了怀里。

初七完全愣住，她没想到斐诰竟然敢在公共场合这样做，她瞪大了眼睛，有些微怒，想要推开斐诰。

斐诰却腾出一只手，打开了自己的储物柜，用柜子门挡住了自己和初七的上半身。

其他人只能看到他们站在那边，看不到他们的脸。

斐诰的怀抱很温暖，也很轻柔。他凑近初七的耳边，轻声道："我觉得我赢了比赛，应该有一些奖励才对。"

初七的脸已经红到了耳根。

斐诰歪着脑袋，带着些戏谑的坏笑，轻轻地吻了一下初七的额头："嗯，这奖励真好。"

他向来懂得见好就收，适可而止。

所以他已经松开了初七，保持合适的距离，把自己柜子里的东西拿了出来。

"差不多准备抽签啦！"休息区外面传来了段公子的声音。

初七的脸上还泛着淡淡的红晕，听到这个声音的时候，几乎是朝着门口跑了过去。

差点儿碰上门口的瓜帅。

瓜帅一脸的莫名其妙："为啥这个女孩儿抽签这么积极？"

斐诰这才优哉游哉地从储物柜里拿出一瓶水，喝了一口，然后慢悠悠地往外走，嘴角仍然噙着笑。

《荣光 2》的论坛上出现了新的帖子。

八强比赛——双败赛制

第一轮（抽签）

瓜帅 VS 星帝——瓜帅胜出

沉安 VS 大懒——沉安胜出

初七 VS Sorry——初七胜出

F 神 VS 鳗鱼——F 神胜出

第一轮结束，胜者组名单：瓜帅、沉安、初七、F 神。败者组名单：星帝、大懒、 Sorry、鳗鱼。

第二轮，胜者组抽签

瓜帅 VS 初七

F 神 VS 沉安

败者组抽签

鳗鱼 VS Sorry

星帝 VS 大懒

比赛将在二十分钟之后进行，期待各位选手的精彩表现！

F 神我的嫁：这个分组我竟然不知道该哭还是该笑……

星空闪烁：败者组是什么！星帝和大懒一定要淘汰一个？

人生从不如初见：恭喜楼上，你没有看错。双败赛制，两个人都输过一局了，这一局再输就淘汰了。

我是一颗菠菜：哎，每次到这时候都不得不说，电子竞技真的残酷啊。这才到八进六，越往后越残酷，心痛。如果这不是最后一届 RCG 有《荣光 2》项目的话，我的心好像还不会这么痛。

起司猫的点心：怎么说呢，《荣光 2》的比赛，尤其是这种世界级别的精彩比赛，说实话真是看一场少一场了，所以我特别珍惜每一场比赛。我觉得到了这个时刻，胜负已经不是那么重要了，我相信对所有的选手来说，都是全力以赴，尽力追梦的过程吧。

试问谁会不喜欢边牧呢：我的妈！初七对瓜帅？这……能赢吗？

七七七七七女神赛高：应该赢不了，不过初七说过，她能走到这里已经很满足了。对我来说，能在最后一届 RCG《荣光 2》项目的比赛中，看到初七这样的选手，让我知道这世上真的有长得好、身材好、性格好、三观正、智商高、操作帅……的女孩儿的存在，也超级满足！想成为初七那样的姑娘，自信美丽，自体发光。（如果还能有个像 F 神一样的男朋友就更好了哈哈哈！）

四场比赛同时在四个直播厅进行，边牧有些为难，不知道自己该看初七还是看 F 神的比赛。

边牧最可爱：初七，你觉得我应该去看哪场比赛？

初七：星帝对大懒。

边牧最可爱：啊？为啥？

初七：双败赛制，胜者组的比赛结束，失败方也还能继续比赛。败者组的比赛是淘汰赛，观赏度更高。败者组的两场比赛，从选手来看，鳗鱼取胜的概率在 80% 以上，而星帝对大懒，胜率则在 58% 左右。后者精彩程度更高。

听起来很有道理！

边牧最开始是在 F 神和初七之间纠结，没想到他纠结 AB 的时候，初七给的建议是 C。

边牧最可爱：虽然你说得很有道理，但是我决定看你的比赛！我是不是很感人？加油！

初七皱了皱眉，将手机锁在储物柜里的同时做了一个决定：以后表哥问自己要建议的时候，不要理他。

走出休息室，却看到了等在门口的斐诰。

初七想起之前的事情，微微犹豫了一下。

斐诰伸出手，初七一愣，后退了一步。

斐诰有些无奈地苦笑，上前拍了拍她的肩膀：“加油。”然后转身，走向了自己的赛场。

初七后知后觉地看着他的背影，喃喃道：“啊，你也加油。”

她声音太小，已经走出几步的那个人，大概是没有听到的。

初七也没再停留，径直走到了自己的赛场上。

她的对手，是世界排名第一的瓜帅。

初七对阵瓜帅，解说由不二完成，邀请的嘉宾解说是M皇。不二是《荣光2》非常出名的女解说，以长得好看声音好听闻名，打游戏的水平一般，但解说很专业。

“请双方选手进行设备调试，请裁判入席，”不二说道，“RCG《荣光2》赛场国际赛重赛，八强第二轮，胜者组比赛，Seven对Guagua，即将开始。”

看台上，边牧拿起手机给初七拍照。

裁判：Seven影族，Guagua星族，请双方选手选择禁用地图。

Seven：第七十八张地图。

Guagua：第六十六张地图。

裁判：双方选手禁用第六十六张和第七十八张地图，请双方选手进入三十秒调试时间，调试无误请输入1。

seven：1。

guagua：1。

裁判：双方选手调试无误，比赛开始！

第一局，双方来到了第三十四张地图的夜晚，因为星族和影族都是夜晚的王者，优势互相抵消。而瓜帅无论是操作、手速还是意识都略胜初七一筹，所以基本上是从头到尾都占优势的打下来，到了第十九分二十九秒的时候，初七打出了GOOD-GAME。

第二局，地图是一张矿很多的地图，双方选手的出生地距离非常远，所以初七一路打野怪一路清人。M皇突然说道：“这局二十五分钟左右，初七可能要输。”

边牧：喂，解说不是你这样当的啊！

旁边的不二哭笑不得，但是话都已经说到这份儿上了，她也只能硬着头皮问道：“欸？M皇为什么这么肯定初七会输？现在初七经济和人口都占优势的呀。”

M皇叽里咕噜地说道：“出生地距离太远，瓜帅以逸待劳，这张地图是白天，短期内不会到夜晚，影族对星族本来就不占优势，而且操作上还有差距。瓜帅已经升级二本，开始出夜王了。第一个英雄是守护者，虽然只有二级，但是只要有星光之地，夜王和守护者两个英雄的结合，根本是无解的。”

守护者，星族的四大英雄之一，算是个辅助英雄。

六级之前拥有三个技能，分别是星之箭，星之歌，星之光。一技能星之箭，可以给敌方也可以给友军，箭射向敌军就是强攻技能，射向友军就是回血技能；二技能星之歌，守护者发出吟唱，星光闪耀，守护者杀掉一个己方单位，友军的死亡给自己增加血量，是杀小兵保英雄的技能；三技能星之光，守护者散发光芒，给周围友军加血加速，无论是空军还是陆军都可以加血加速，技能效果随着等级提升而提升。

六级之后，守护者拥有大招，变身操纵者，可以复活周围已经死亡的六个单位，并且这六个单位四十秒内无敌，技能 CD 一百八十秒。

星族之所以被称为后期大杀器，是因为它所有的英雄大招都非常强力。

“好的，比赛进行到十八分钟，瓜帅选择主动出击。”不二说道，“不过比起初七那边的话，瓜帅的两个英雄都三级了，初七的两个英雄是一个四级快升五级，另外一个只有二级，但是……”

不二皱了皱眉：“啊，初七为了给英雄升级，现在在多线程打野，如果被瓜帅抓到其中一个的话，可能会不太妙。”

瓜帅的军团抓住了正在打野的二级女将军，夜王抢了野怪的最后一击，给女将军一个夜之光环，攻击女将军的同时进行吸血，女将军身边的两个小兵被守护者的星之箭击中打死，女将军反击，守护者使用星之光给夜王加血加速，夜王同时召唤星光群，女将军血量直线下降。

“啊！”不二有些惋惜地说道，“女将军的血条已经空了……这波初七好亏啊。”

比赛进行到二十二分钟的时候，初七的黑暗战士也被瓜帅的两个英雄抓住，虽然初七的黑暗战士击杀了瓜帅的守护者，但是自己的黑暗战士却也牺牲了，夜王凭借击杀了五级英雄而升级，瓜帅又买了几个大经验卷轴，把夜王升到了六级。

Seven：GOOD-GAME。

“好的，初七这边打出了投降，比赛结束，让我们恭喜瓜帅 2:0 战胜了初七，跻身胜者组第三轮，下一轮将会遇到的是另一组的胜者。”不二站起身来鼓掌，“也感谢初七在这局中的精彩表现，哎，同样是打《荣光2》的女选手，我……”

不二叹了一口气，摇摇头：“我本来还觉得自己挺厉害呢，看过初七之后，觉得自己是个手残。”

初七脸上没什么表情，只是和瓜帅握手，然后走向休息区。

边牧最可爱：小七！你很棒了！输了也没关系的！对手是世界第一天下无敌的瓜帅，输给他没关系的！

初七：没有谁是天下无敌的。

边牧最可爱：我是为了安慰你！你能不能不要在这时候挑字眼？！

初七：我不需要安慰。

边牧最可爱：啊？

初七：水平差距很明显，胜率不到15%。

边牧最可爱：可是无论如何，输了比赛，还是会难过的吧？

选手休息室里的初七手中动作一顿，她歪着脑袋思考了一会儿。

初七：不太清楚别人，但我的确不难过。

边牧最可爱：……啊，好烦哦！我为什么会有个铁石心肠的表妹！

初七：不是铁石心肠，之前输给大懒的那次我是不甘心。可是这次实力差距比较大，输了也没什么好难过的。更何况，我的水平我自己清楚，进八强就到头了，以其他选手的实力和状态来看，我进不了四强。

边牧最可爱：可是大家不是都说，电子竞技，要到最后一秒才知道结果吗？

初七：那是在实力相当的情况下，比如之前F神对鳗鱼。一旦实力本身相差比较远，又不存在故意让分的情况的话，比如你和F神比赛，我根本不用看。

边牧最可爱：……

好气啊！我可能会是这个世界上，第一个被自己表妹活活气死的表哥吧？

在瓜帅2:0战胜初七的同时，F神那边也2:0结束了和沉安之间的战斗。至此，胜者组的两局都已经结束了。败者组的比赛还在进行，鳗鱼对战 Sorry 进入第二局的大后期，星帝和大懒则已经战成 1:1 平，开始了第三局的比拼。

初七走进星帝和大懒的比赛间时，斐诰已经坐在了选手席上。

斐诰像是察觉到了什么似的回过头，看到走过来的初七，对她笑了笑，然后指了指自己身边的空位。

初七在他身边坐定，抬头看向屏幕，屏幕上显示的开局时间是两分十九秒，第三张地图。初七微微皱了皱眉："这张地图啊？"

"嗯。"斐诰点了点头，也看着大屏幕，"很多矿的一张地图，后期对星族极为有利，时间是下午，如果拖过二十分钟，就等于是进入了后期。"

"两个人的分矿距离不算太远，前期"幻武"很强，大懒会抓住这个时机用迭戈去探路。"初七凝神细看，然后微微一愣，"欸？这……"

斐诰笑了笑："很意外吧？大懒不按常理出牌啊。"

Lazy，大家习惯性叫他大懒，国内……乃至世界"第一幻武"。

最后一届 RCG《荣光 2》项目的比赛，《荣光 2》的八强败者组淘汰赛上，对战自己的队友，多年好友，星帝。

大懒出的第一个英雄不是迭戈，而是毒巫。

迭戈不必多做介绍，整个《荣光 2》最强的前期英雄，能分身，能加速，能隐身，有概率重击，二级就能强攻对方的防御哨所或者主基地，能冲进人群拿了人头就跑……是所有"幻武"这个职业出英雄的首选。

但是大懒出的第一个英雄却是毒巫。

毒巫，非常特殊的英雄，高伤害，自己的防御不算高，不过因为本身有治疗技能，所以生存能力还可以。但是这个英雄前期不算强，是个吃后期的英雄。

六级以前，一技能是闪电治疗，就是治疗机能，对自己和周围的四个友军单位进行连锁闪电的方式进行疗伤，第一次治疗效果最强，越跳越弱；二技能是念咒让敌方的兵随机变成小动物的模样，对方的生命值和装甲值没有什么变化，攻击会变低，移动速度变慢，并且保持野生动物状态十五秒左右，但技能不能作用于对方的英雄；三技能是召唤守卫，召唤出来的守卫相当于是远程炮塔，喷射火球，可以对空军和地面单位和建筑都造成很高的伤害。召唤出来的守卫生命值很低，虽然对魔法免疫，但如果是用物理攻击的话，守卫很容易死。

当然了，随着英雄等级的提升，召唤出来的守卫也会提升，最高等级为三级，三级的守卫伤害很高，生命值也不断增加，生存能力比前期强不少。

召唤出来的守卫持续时间为四十秒。

六级以后，毒巫拥有第四个技能，也就是大招终极巫术，技能效果简单粗暴，可以让当前屏幕里所有的友军无敌。持续三十秒。

如果是大后期，一百人口的军团上前，三十秒已经足够拆掉主基地了。

当然，这个技能是可以被打断的，一些特定英雄的特定技能可以打断毒巫大招。另外，毒巫在使用这个技能的时候，自己不是无敌的。

这意味着，所有敌军的伤害都会朝着毒巫而来，因为其他所有人都是无敌状态，只有毒巫不是。对“幻武”来说，这段时间保护毒巫非常关键。一旦毒巫死亡，这个巫术也就结束了。

毒巫是个前期不算出彩的英雄，而“幻武”很吃前期，所以大多数情况，都是升了三本之后，出第三个英雄，大家才会选择毒巫。

首发出毒巫的“幻武”是非常少见的，尤其是对大懒来说，大懒的迭戈操作非常好，所有技能用的都很娴熟，同等级1VS1，大懒的迭戈从无败绩。

所以他为什么会首发毒巫？

观众席上也是议论纷纷。

“大懒脑子坏了啊？出毒巫几个意思？这一局不前期击杀星帝，准备后期让星帝无限开分矿来打败自己吗？”

“哇，是不是故意放水啊？淘汰赛，面对星帝下不去手吗？”

“仔细看看以前大懒和星帝对决的片段，就会发现大懒面对星帝的时候反而认真很多，基本上他的所有年度精彩瞬间，都是和星帝有关，要么是一起2VS2胖揍别人，要么是两个人1VS1。”

“大懒面对星帝的时候，发挥得最好也最强，可能是因为把对方当作最尊敬也最重要的对手吧。”

“大懒出毒巫，完全看不出来他把对方当作最尊敬的对手啊……”

“星帝第一个英雄出的是什么？妖星是吧？”

妖星，星族最常用的首发英雄。

一技能是冰霜爆炸，群攻造成范围伤害的同时还有减速效果。另外，技能如果给到农民，农民的采矿和伐木速度也会变慢；二技能是冰冻防护，可以给友军提供一层保护性的霜冻护甲，增加防御的同时给近身攻击的敌人减速。值得一提的是，这个技能还可以给建筑使用，增加防御；三技能是星光吸收，杀掉一个己方小兵，吸取能量补充法力。

六级之后开启的大招，星空毁灭。妖星的星空毁灭是在一整个区域内，以每秒 4% 的基础生命值，摧毁一切物体。无论是空军、步兵、骑兵还是英雄……星空毁灭之处，世界陷入黑暗。

这个赛场的解说是段公子，段公子挠挠头：“我相信大家和我一样，不明白为什么大懒会出毒巫这个英雄，当然，这个英雄后期还是很强的，先一起往下观赛吧。”他顿了顿继续说道，“现在可以看到，星帝这边是防守姿态，只打了距离他最近的两个小野怪，就回去防守了。我猜这是因为他不知道大懒出的是什么英雄。”

“但无论如何，现在星帝这样的防守姿态对大懒来说是好事，大懒的毒巫四处清野，现在已经升到三级了，双方都在侦查对方的位置。”段公子继续道，“有点儿期待，星帝发现大懒出的第一个英雄是毒巫的时候会是什么表情？”

这时候，鳗鱼也结束了和Sorry的对战，走进休息室观看比赛：“咦？大懒出了毒巫？是打算拖后期？还是因为他觉得星帝太了解他了，所以要寻求一下突破？”

斐诰回过头，看了一眼他身后，没有看见道歉帝的身影，便开口说道：“恭喜。”

“有什么好恭喜的，”鳗鱼摆摆手，“赢得不轻松。而且，再想想败者组如果想出头，今天还得打无数个对手，真是累觉不爱，被淘汰了才能轻松点儿。”

不远处的沉安看着他们，皱了皱眉，小心翼翼地起身，走了出去。

道歉帝看到沉安的时候有些意外，他和沉安不算熟，事实上，他印象中的沉安沉默寡言，即使是大家在一起的时候，也不太说话。

“要抽根烟吗？”沉安看着道歉帝，手里拿着一根烟，但是递烟的动作一点儿都不娴熟，他像是在斟酌自己的用词，好一会儿才说道，“辛苦了，我知道……你之前好像受了伤，是吗？”

道歉帝一愣，先是点了点头，露出了些许感激的笑意，然后摆摆手：“不用，我戒烟了。”

沉安将烟捏在手里，并没有收起来，然后悻悻然，坐在了道歉帝的旁边。

两个人并排坐在赛场外面的长椅上，看向天空。天上没有云彩，只有一片无畏的蓝。

“我知道我也只能走到这里，”道歉帝笑了笑，笑容却有些苦涩，“也知道他更强。只是输了的话，还是没办法一下就放开啊。”

沉安什么都没说，只是静静地坐在他旁边。

“你不回去看比赛吗？”道歉帝转过头看着沉安，皱着眉问道。

沉安顿了顿，他天生就不是一个很会表达自己的人，好一会儿才缓缓地说道：“不，不太想看……”

道歉帝静静地等着他的下文。

“我也输了，0:2，输给F神。”沉安像是用了很大的勇气，才说出这句话，“说真的，没什么心情看比赛。”

道歉帝笑了笑，拍了拍他的肩膀：“那就不看了，看看天空也好。”

两个人便不再说话。

外面很安静，没有游戏的背景音，没有解说的声音，也没有漫天的欢呼喝彩声。

电子竞技的热闹与喧嚣，说到底，是给胜者的。

>> 第22章

这时候，你难道不应该挽留我一波吗?

“比赛进行到十五分钟，双方都已经升了二本，出了自己的第二个英雄，”段公子解说道，“星帝这边出的夜王，而大懒这边的第二个英雄，是狼王。”

说到这里，段公子有些疑惑地看向屏幕，挠挠头：“额，看来大懒是铁了心不准备出迭戈了？真的很奇怪啊，“幻武”这个职业的核心英雄是迭戈啊。”

“毒巫和狼王的组合的确不多见，”一旁的岳子陵也皱了皱眉，好一会儿才说道，“不过狼王的确很适合跟星族或者影族战斗，因为狼王可以看到一定区域内的隐形单位，某种程度上比较克制星族和影族。”

狼王本身可以看到一定区域内的隐形单位。

一技能是闪电之链，发射出一道闪电，在附近的敌人身上跳跃，造成伤害，每次跳跃损失15%的攻击力；二技能是召唤之歌，召唤出两只狼协助战争，持续六十秒，等级越高，召唤出来的狼伤害越高；三技能是被动技能，有20%的概率出致命一击，造成额外伤害。

六级之后可以开启第四个技能，也就是大招，狼王的大招是咆哮，狼王仰天怒吼，咆哮声引起周围地震。区域内所有的建筑，每秒受到五十点伤害，敌方英雄、小兵移动速度大幅度降低，只有原来的四分之一，但无法对空军进行减速，在不被打断的情况下，大招可持续二十五秒。

咆哮造成的效果可以快速摧毁大面积建筑，还能清除森林中的树木，可以开道。这一招早年用的人很多，后来选手们造基地的时候就很注意，不会把建筑物造得过分密集，以免被一起摧毁。

“真是让人摸不着头脑，”段公子无奈地解说道，“再这样下去我可能没办法继续在《荣光 2》解说圈混了。大懒出了毒巫，就意味着不打算走压制硬拆的路线，结果又出了个狼王，狼王这个英雄，大家应该都知道，很长一段时间里，“幻武”都是用狼王加迭戈的组合，狼王升到六级，立刻就去攻家，迭戈抗伤杀人，狼王进入主基地，开大强拆基地。”

段公子摊手：“现在大懒这个英雄组合，我真是完全看不懂啊！好生气，我走了！”

说着，他做出准备离开的动作，又看了一眼身旁的岳子陵，岳子陵仍然皱着眉，仔细看着赛场上的情况。

“我说月皇……”段公子耷拉着脑袋，失望地说道，“这时候，你不应该挽留我一波吗？难道你要任由我从解说台上走下去？”

岳子陵头也不回：“反正你也只是说说，越是你看不懂的局，你越要看明白，怎么可能走？”

“哇，月皇！”段公子更加无奈，“你这样我很没面子的！”

岳子陵却突然一顿：“咦？大懒动了！”

屏幕上，游戏进行到十六分二十七秒，快要五级的毒巫带着农民和两个小兵朝着一个方向走去，而另一边，狼王则带着四个骑兵在杀地图上的小野怪。

矿多的地图，对星族和月族有一定优势，因为可以走无限开矿流。所以为了平衡，野怪也会多，而且会设置高级别的大野怪，这样可以让“幻武”和影族的英雄，靠刷野怪迅速提升等级和实力，同时给那些想去开分矿的小兵以打击。

“双线操作，”段公子把之前说要放弃解说一事完全抛诸脑后，“狼王带着骑兵刷野，而在距离狼王刷野不算太远的地方，毒巫带着农民和小兵过去了。毒巫是要开矿！”

段公子眨了眨眼睛：“星帝也派兵往外走了，但还没有要开分矿的意思，在努力给两个英雄升级，但是大懒这边是要去开分矿了。”他挠挠头，“我真不明白，大懒开分矿合适吗？这张地图拖到后期就进入夜晚，到时候大懒毫无优势可言，和星族拖后期有什么意义呢？”

“不，”岳子陵却摇摇头，斩钉截铁地说道，“他不是要开分矿。”

屏幕上，星帝的妖星已经四级，正带着四个骑兵朝着商店的方向走。

段公子瞪大了眼睛："比赛进行到十七分三十七秒，双方终于第一次打上了照面！"他语速下意识地加快，"星帝这边看到了准备开分矿的农民和小兵！妖星一技能进场，冰霜爆炸落在了两个小兵和农民的身上！大懒这边都还没开始建造呢！农民就已经半血了！我们都知道，农民的造价比较低，但是花时间，一旦损失了农民，就等于是降低了前期的采矿和伐木速度。"

"眼看农民受伤，在暗处的毒巫出来了！"段公子继续道，"对大懒这边，优势是他的毒巫已经五级了，有等级优势，可是对方有四个骑兵，大懒这边只有两个小兵，就算是五级的毒巫也无法造成爆炸伤害，因为这个英雄前期没什么输出可言……"

就在毒巫靠近的时候，妖星使用了二技能，一个冰冻防护落在自己和周围的四个骑兵身上，与此同时毒巫被减速。毒巫先是给出闪电治疗，让受伤的农民和小兵回血。然后同时对着对面的一个骑兵使出了二技能，骑兵随机变成了一只小兔子。

看到这一幕的时候段公子笑出了声："哈哈哈！好久没看到毒巫的二技能了，骑兵变成了一只蹦蹦跳跳的小兔子，画面也是非常美。不过为什么不直接用三技能呢？妖星肯定是想在这里把毒巫也击杀的，有点儿揪心。"

"不用揪心。"岳子陵的声音充满笃定，"妖星越想击杀毒巫，就会在这里留很久。"

段公子一愣，有些疑惑地看了一眼岳子陵，再重新看向赛场上的地图的时候，突然恍然大悟："啊！是故意的！是在等狼王！"

屏幕上，狼王已经快要击杀掉最后一个野怪。距离妖星和毒巫所在的位置，并不远。

段公子提高音量："难怪农民过来之后没建主基地，原来大懒根本就没打算开分矿！"

说着，段公子转向岳子陵，竖起了大拇指："还是月皇厉害！"

"从一开始，大懒选择攻击的野怪是离主基地比较远的野怪。因为大懒很清楚，星帝以为他出的是迭戈，根本不会来骚扰。他计算了一条路线，”岳子陵沉声道，“故意留下了两个离自己主基地的野怪点，靠外围的那个接近商店。刚升二本的星帝，不会冒险去离大懒主基地更近的那个野怪点——请注意，这时候星帝还不知道大懒没出迭戈。所造成的结果是：星帝的两个英雄分开刷野时，距离不太近。而大懒的两个英雄却可以互相照应。假装要用农民开分矿，但又不开始建造，就不会消耗经济，故意让农民暴露视野，算好了星帝过来的时间……”

“哎，”说着，岳子陵忍不住感慨：“算得这么精细，大懒还是挺可怕的。”

段公子眨了眨眼睛：“月皇你居然能预知大懒的想法，我也觉得你很可怕。”

屏幕上，妖星和毒巫对战，毒巫开了治疗，农民已经被妖星击杀，两个小兵的血量也所剩无几。当然，妖星这边也被毒巫击杀了一个骑兵，技能都在 CD，只剩下三技能，现在妖星在用普攻。

就在这时候，异变突起。

“狼王赶过来了！”段公子提高了音量，难免有些激动，“果然是陷阱，星帝意识到了吗！”

选手席上，鳗鱼“啧啧”了两声：“不出迭戈的“幻武”，从打野就开始设计对方的“幻武”。大懒坑星帝真是毫不手软啊。”

“他们认识好多年了，星帝应该早就被坑习惯了吧。”瓜帅说道。

斐诰却笑了笑：“换个对手的话，大懒不会用这种方式，他和星帝太了解彼此，才一定要出其不意，否则这局他会非常被动。一上场就进攻一定会在星帝的意料之中，打不下来，拖到后期他又毫无优势。”

“可即使是这样，”初七冷静地说道，“从目前的情况，结合两个职业和四个英雄的分析来看，大懒落败的可能性大于 72%。”

“我赞同，”鳗鱼点点头，“星帝一向以‘稳’著称，而且这张地图和时间，星族天然后期大优势。不过……”

鳗鱼顿了顿才继续道：“如果狼王的大招咆哮不被打断，二十五秒的时间，可以轻松拆家。一旦狼王六级，星帝这边的打法就会很被动，还要兼顾一下建筑的位置。”

“星帝现在知道大懒没有出迭戈，而是出了毒巫加狼王，接下来一定会尽量控制狼王的节奏，与此同时，建造兵营，出一到两个听风者。”初七看着屏幕上星帝的出生点特写，心里估算了一下，“在最靠近外围森林的地方建一座防御哨所，谨防狼王六级之后直接从背后的森林开路，砍伐树木之后闯入。”

瓜帅看了一眼初七，默不作声地点了点头，又看向斐诰，却发现斐诰还皱着眉。

初七说的无疑是正确思路，听风者是星族的陆军兵种之一，伤害低移动速度慢，但是比较能抗，拆塔能力强。而且，听风者是星族唯一一个能打断狼王大招的兵种。

二十五秒的狼王大招，可能造成的伤害几乎是毁灭性的。无论领先多少经济，都有可能会一波被团灭。所以任何一个职业，都有能够打断狼王大招的兵种。

只是对于现在的星帝来说，出听风者是比较亏的，星族兵种众多，共有三种不同的兵营，他最初没有打算出听风者，所以没有建造二兵营，而是建造了一兵营和三兵营，其中三兵营，一旦大本营升级到了三本，可以直接出空军单位。

这也就意味着，如果要出听风者，星帝还得再造一个二兵营。

“啊！妖星！”段公子有些紧张地看着场上局势，“现在狼王清了小兵再加上经验卷轴也已经就要升到四级，上来先是用了闪电之链，然后又召唤两只狼来进行攻击，攻击的对象是星帝带来的骑兵，骑兵已经残血，毒巫故意闪身错开，将骑兵的经验留给了狼王！狼王拿到最后一击，直接升到了四级！”

摄影师给了星帝一个镜头特写，他手中动作不停，眉头皱紧。

“妖星在后撤！但狼王是带了五个步兵和骑兵一起过来的，除非使用回城卷轴，否则是绝对没有办法逃脱的，但是后面有商店卡位，就算用回城卷轴也很容易被打断……”段公子也皱起了眉头，有些着急，“又有一个小兵要牺牲了！”

屏幕上，星光闪烁，妖星身边的一个残血骑兵倒下了。

岳子陵说道：“妖星的三技能，星光吸收。”

妖星的三技能是击杀一个自己的小兵，给自己吸取能量，补充法力。

“如果妖星不击杀的话，小兵就会被对方击杀，还不如妖星自己把小兵击杀，还能帮自己回血回蓝回状态！”段公子的语速越来越快，“另外星帝多线操作，夜王正在赶过来支援的路上，与此同时，也已经开始建造二兵营和防御哨所了。”

岳子陵叹了一口气：“之前认定对方会出迭戈，所有的防御和兵种都是按照针对迭戈建造的，结果突然对方就出了毒巫和狼王，简直不按常理出牌。星帝好不容易攒了一点儿钱，这下全被挥霍干净了，本来就穷得够呛，短期内根本没办法出新兵了，牺牲了一个骑兵也很心疼。”

星帝看起来的确十分心疼，他皱着眉在森林边缘建立了防御哨所，再加上建造二兵营的钱，转眼间就只剩下了五十金。

连个农民都出不起。

这时夜王朝着这边赶来，狼王和毒巫却带着自己的军队往商店后面撤退。

段公子疑惑地说道：“咦？妖星只剩下四分之一的血量了，为什么不直接杀了呢？两个骑兵加一个残血英雄，而且夜王暂时还没赶过来。感觉如果强打一波，是可以打掉的啊。”

“是我，我就会打，优势，白天，又是“幻武”这个职业，毒巫自带治疗，一旦击杀了对面的英雄，星帝甚至没钱让妖星复活，”连岳子陵都没有看出来大懒的路数，“虽然夜王马上就要到了，但白天又没有星光之地，也就意味着废掉了沉睡技能。只有召唤星光群和夜之光环能用，现在毒巫半血，狼王虽然短期内无法再召唤狼，但他几乎满血，再加上被动是暴击，哪怕普攻出暴击打夜王，夜王也很痛……”

连岳子陵都看不出端倪，鳗鱼却摸了摸下巴：“啧，大懒也太奸诈了吧。”

初七有些疑惑地看了一眼鳗鱼：“嗯？”

“你难道看不出来？”鳗鱼开始卖关子，“仔细看看……”

不等鳗鱼说完，斐诰已经开口解释：“妖星自带防御技能，强杀妖星的很大可能是夜王赶来，掩护妖星残血逃跑。如果用这个时间去给自己的英雄升级，甚至打对面的主基地，更划算。”

一旁的鳗鱼：“……”

呵呵，以前的F神不是这样的，以前最爱卖关子的人是他啊！

他看了一眼明白过来的初七，心里忍不住叹息：之前圈子里也会聊，说F神这个条件，不知道会找个什么样的女朋友，还有八卦说他退隐三年其实是结婚生子去了。不过职业选手圈都知道，那三年F神经常和瓜帅他们一起打练习。

因为有网络延迟的关系，那几年国内的选手倒没怎么和F神对战。只是听表情哥吐槽过，F神有一次和他们线下面基，去了家酒吧，前后有不下十个女孩儿来和F神搭讪。

后来表情哥第二次去那家酒吧，还有女孩儿找他，可惜醉翁之意不在酒——问他这次F神怎么没来，有没有F神的联系方式。表情哥于是默默在心里和F神不共戴天，后来经过那家酒吧都绕着走。

当时表情哥是这么说的：赶紧来个女孩儿收了F神吧！我真的很烦啊！这个人三次元二次元都比我强，还一直单身！那么多女孩儿倒贴追他都无动于衷，让我这种没人倒追的男人看到，真的十分生气！

鳗鱼摸了摸下巴，唔，看来表情哥快要如愿以偿了。

初七在这时说道："刚才夜王为了救妖星，野怪只打了两只，最大的野怪剩一半血，现在妖星残血，就算星帝知道大懒去打那只野怪了，也做不了什么。"

说着，她皱了皱眉，不紧不慢地说道："不过大懒面对星帝的打法，跟平时不太一样。"

"是很认真。"F神嘴角噙着笑意，"不管是和星帝搭档还是对战，大懒的状态都会开到最高。看他的APM。现在双方的比赛并不焦灼，但他的APM平均值已经和你对战的那场一样了，足以说明他的态度。"

初七认真地点了点头："看得出来，大懒的状态很好。不过星帝也很稳，他在离开那个野怪的时候，留了一个眼。大懒如果来打这只野怪，他自然可以去做其他的事情。"

初七仍然看着屏幕，F神却微微偏过头，看着初七，眼里似乎有光芒闪烁。

鳗鱼伸出手，捂住了自己的眼睛。

啧，太闪了！

“比赛进行到二十二分钟，”段公子说道，“因为之前那一拨压制，再加上大懒打掉了星帝打了一半的那只七级野怪，拿到了一个 +5 的攻击之爪，狼王攻击增加了不少。毒巫和狼王都已经升到了五级，而星帝那边的妖星也是五级，夜王却刚刚才升到四级。星帝主基地不远的野怪基本都清完了，如果还想靠野怪升级，就得跑出很远……”

岳子陵点了点头：“不止如此，星帝还需要牵制大懒那边的英雄，因为如果让狼王升到六级，星帝会比较痛苦。”说着，他看向星帝的主基地那边，“不过，星帝已经出了两个听风者了。还有一点，再过五分钟左右，地图就会进入黑夜。夜晚，星族会有很大的优势。”

选手席上的初七，估算了一下，说道：“四分五十三秒。”

就在这时候，屏幕上的大懒率领军团，朝着早就探好路的星帝主基地行进。

段公子瞪大了眼睛：“啊，准备行动了吗？”

“大懒很清楚，继续拖下去对他来说没有优势。”岳子陵缓缓地说道，“不过，为什么不多买一些经验卷轴？没有大招的狼王，怎么拆家？”

段公子挠挠头：“说到这个，我看大懒在妖星进攻之前，好像在商店买了个无敌炮手？可他已经有两个英雄了，现在还没有升三本，就算有无敌炮手也用不了啊。”

“我刚看到他有个动作，本来是准备升三本的，”岳子陵语速很慢，似乎是在认真思考，“但是取消了，应该是觉得等到三本会拖不起。但他也没有把无敌炮手卖掉……”

岳子陵皱起了眉：“除非……”

“啊？”段公子瞪大眼睛，“除非什么？”

岳子陵却摇摇头：“唔，没什么，我们继续看比赛吧。”

选手席上，鳗鱼挠挠头：“月皇什么时候喜欢卖关子了？除非什么啊？”

“除非大懒已经做好了牺牲一个英雄的准备，英雄牺牲了之后不复活，直接出中立英雄无敌炮手，”初七回答道，“月皇应该是觉得不太可能，所以没有说。”

鳗鱼眨了眨眼睛：“就算是随身携带购买了的中立英雄，英雄牺牲后在牺牲地附近召唤购买的中立英雄，也需要三十秒才能出来，而且那时候无敌炮手只有一级。而如果让英雄复活，需要九十秒，前后也就是六十秒钟的差距……用一个五级甚至六级的英雄，换一个一级的无敌炮手，怎么想都不划算。”

“大懒已经率领军团走到了星光之地外围！”段公子的声音陡然提高，“他难道要在星光之地上和星族进行对战吗？！”

“大懒的优势在英雄和经济，刚才星帝建造兵营和听风者拖慢了原有的节奏，现在已经是一穷二白了，”岳子陵叹了一口气，“不过即使如此，如果在星光之地上进行比拼，没有出迭戈的大懒，也不占任何便宜。大懒看起来还是打算绕道突围。”

屏幕上，毒巫和狼王来到了旁边的森林，对星光之地周围的……树，展开了攻击。

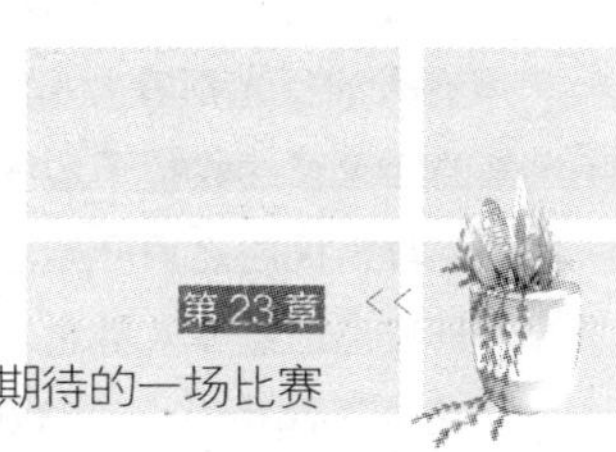

第23章

对他来说，这就是他最期待的一场比赛

“打算曲线拆家啊……”段公子感慨道，“外围砍树虽然没有收益，但是可以斩断星帝的木材，所有的英雄和兵种都是需要钱和一定的木材量才能生产的。”

岳子陵点了点头：“现在星帝的农民只能绕路去伐木，否则会被大懒的军团抓住，若是被抓，农民必死。不过这对大懒来说也不是什么长久之计，比赛已经进行二十四分钟了……”

大懒率领自己的军团砍了一部分树木，两个英雄突然进入星光之地的范围之内，毒巫使用了一个三技能：召唤守卫。

“毒巫召唤了两个火焰守卫！召唤出来的守卫在攻击外围的民居！”段公子大声道，“召唤出来的守卫是魔法免疫的，不受星光之地的 Debuff 影响，攻击范围很远，五级的毒巫，召唤出的是二级的守卫，生存能力已经比较高了。这个位置，防御哨所是打不到的。星帝如果要保住这里的民居和兵营，必须要派有物理攻击的兵种或者英雄来打败火焰守卫。”

与此同时，狼王召唤出两只狼，站在守卫的旁边，守护着召唤出来的守卫。毒巫和狼王退到了星光之地外围。

“这个位置很取巧，本来星光之地覆盖周围，旁边有森林作为掩护，可是大懒用了两分钟的时间，砍掉了小半圈跟星光之地毗邻的树，现在刚好站在没被星光覆盖的土地上，拆掉周围的建筑，这样星光之地的范围也会逐渐变小，他们也就能一步步逼近了。”段公子皱了皱眉，“不过这速度也太慢了吧，能行吗？”

游戏中的时间已经到黄昏时分。

再拖几分钟，游戏进入黑夜晚，大懒恐怕再无机会了。

所有人的目光都看着那轮已经快要到地平线边缘的太阳，而大懒召唤出来的守卫已经收掉了边缘的民居，星光之地范围变小，守卫位置无法移动，攻击民居之后开始攻击范围内的兵营，与此同时，狼王召唤出来的两只狼也已经冲入星光之地，开始攻击路上运矿和木材的农民。

星帝的军团也已经集结好，浩浩荡荡地朝着大懒所在的方向而去。

段公子来了精神："这是要决战了吗？"

"严格来说，这是大懒最后的机会。"岳子陵盯着屏幕，深吸了一口气，"到了这个地步，就是拼操作了。"

两军相遇，中间隔着一条明确的星光之地和普通土地的分隔线。

星帝率领军团站在星光之地上，大懒那边则站在星光之地的外围。

五级妖星率先出招，一技能冰霜爆炸，夜王同时使用召唤星光群，两个技能一起对"幻武"军团进行群攻。

狼王率领骑兵和步兵躲避，同时一技能闪电之链造成伤害，召唤出两头狼协助战争，毒巫保持一定距离跟在后面，使用闪电治疗给自己和友军加血，在大后方再次召唤出守卫，进行远程攻击。

"双方都已经到达五十人口，除去各自的农民之外，其他的全都在这里了！"段公子紧张地将手握成拳，"大团战，最考验多线操作！"

台下的观众也兴奋起来。

"这是星帝的绝招之一吧？满天星光！！"

"星帝还是占了便宜的，毕竟英雄都是站在星光之地上进行攻击，有 BUFF 不过这样一来，星帝就攻击不到最后面的毒巫和守卫，而魔法免疫的守卫却能一直攻击他的兵！"

"是的，这让人很烦，因为物理攻击除了弓箭手的箭之外，一定得近身攻击，但是星帝这局没钱出弓箭手，守卫有四十秒的生存时间，能做很多事了！"

"啊啊啊双方都有好多兵牺牲了啊！我看着都觉得眼花缭乱！他们同时操纵这么多英雄和单位进行进攻，还要兼顾自己的走位，两个人都好厉害啊……"

“双方人口数还是星帝的多一些，但星帝专门出的两个听风者没调过来，一直在进行远程攻击。”

“听风者不能早过来，万一牺牲了就完了，这两个听风者就是为了防御狼王！狼王很快就要升六级了！”

“嘘！你们声音小点儿！我听不见解说和月皇的声音了……”

……

解说席上，岳子陵和段公子也有些紧张，两个人的语速都很快，认真地解说着场上的形势：“比赛进行到二十七分钟，双方都损失惨重，不过还是打得有来有回，两人的操作都十分华丽，又非常细腻，星帝的操作真是堪称教科书。啊！”段公子声音一顿，瞪大了眼睛，“狼王……六级了！”

屏幕上光芒闪烁，狼王已经率先升到了六级。狼王仰头怒吼，整片土地都剧烈地震动起来！

“大招！”段公子高声喊道，“狼王二话不说直接用了大招！整片土地都在震动！区域内所有建筑的血条都在以肉眼可见的速度下降！刚才残血的防御哨所直接被摧毁！狼王的大招对区域内所有建筑都会造成伤害，而且除了空军之外其他所有单位都会被减速，星帝暂时没有空军……这波所有的兵种和英雄都被减速了。”

说话间，狼王的大招被打断了！

“狼王的大招持续了九秒，刚才星帝为了防止大懒直接攻击听风者，两个听风者的距离比较远，再加上被减速，花了几秒钟才走过来施展技能，打断了狼王的大招！双方的对决在继续！”段公子语速很快，“星帝这边建筑损失严重，民居基本全部被毁，防御哨所只剩下两座，一个兵营也没有了，连主基地都受到了牵连，血量只有90%……这才是九秒大招造成的损坏，如果二十五秒的话，主基地就没了。”

岳子陵点点头：“但是狼王的大招CD是所有英雄里最长的，需要整整五分钟，五分钟足够结束战斗了。”

更何况，夜晚就要降临。

“现在场上的情势非常紧张，”段公子攥了攥拳，继续解说道，“狼王在星光之地上召唤了两只狼一起攻击听风者。脆皮远程的听风者为了打断狼王技能而走近，这一波几乎没有还手之力。星帝的夜王上前，可以使用二技能，他的二技能可以让狼王陷入沉睡，毒巫上前用二技能让星帝的一个听风者变成了一只羊，并且普攻收掉了一个残血的听风者。”

“夜王和妖星也各自使用技能，收掉了大懒这边的残血单位，妖星六级了！妖星施展大招！一波星空毁灭！”段公子的语速很快，“星空毁灭的这一片大区域里，大懒的所有单位都在以每秒4%的生命值下降！狼王现在已经残血了！但是在狼王的掩护下，毒巫成功地跑出了星空毁灭的区域，没有被打到，而是来外围收割残血！”

屏幕上星光闪耀，星空毁灭的区域里星火连天，再加上夜王的夜之光环，看起来闪耀夺目。

岳子陵凝神看着屏幕上的战况，皱了皱眉惊呼道：“糟，狼王保不住了。”

狼王吃了两个英雄的技能，再加上旁边有步兵和骑兵围殴，此时血条直线下降。

“大懒应该看出来了，”岳子陵继续道，“狼王不再攻击对面的两个英雄，而是直接冲向了骑兵，想要在死之前尽可能消灭对方的兵力。”

就在岳子陵说这些的时候，狼王死在了一个步兵的普攻之下，死之前收掉了两个步兵和一个骑兵。然而因为死的时候离夜王距离很近，夜王分到经验升到了六级。

“夜王六级了！”段公子高呼出声，“啊！不只是夜王，毒巫也在这时候升到了六级！”

外围的毒巫收了两个星帝这边的残血步兵，也在这时候升到了六级。

段公子有些紧张：“啊，大懒只有一个英雄了，现在还是在星空之地上作战，虽然他兵种相对多一些，但还是很难获胜啊。”他皱着眉，“唉，毒巫率领所有军团集合了？这是准备直接拆主基地吗？”

岳子陵点了点头：“没错，毒巫应该是这个意思。”

只见毒巫让三个弓箭手围绕在自己身边，步兵骑兵冲上前，开始攻击最后的两座防御哨所，其中一座防御哨所现在已经是残血状态。夜王大招攻击步兵和骑兵，毒巫放出一技能进行治疗。

步兵骑兵倒地，但星帝这边也只剩下一座防御哨所。

“战况有些焦灼，现在比赛进行到了二十七分二十秒，还有不到四十秒的时间，就会完全进入黑夜了！”段公子说道，“大懒这边要怎么做呢？”

段公子猛然提高了音量：“大懒选择了强推！毒巫召唤守卫进行远程攻击，最后的那座防御哨所没办法打到这个远程的守卫！六级的毒巫召唤出来的守卫伤害很高，正在攻击主基地！”

“因为守卫有魔法免疫，所以夜王和妖星上前对守卫进行物理普攻！与此同时，夜王开起了大招攻击大懒这边的远程射手，终极星火！”段公子非常激动，“星帝的操作非常流畅速度也非常快！但是！守卫没有掉血！完全没有掉血！远程射手也没有死！这是为什么？！”

岳子陵说道：“毒巫的大招。”

毒巫六级开启大招：终极巫术。当前屏幕中所有的友军无敌！

“无敌！“幻武”所有单位不会受到伤害！都在拼命攻击主基地！主基地的血量急速下降！”段公子瞪大了眼睛，解说道，“星帝已经反应过来了，毒巫的大招可以持续三十秒，而除了毒巫之外，其他所有单位都是无敌状态，星帝没有可以打断的技能，必须要除掉毒巫，才能攻击其他单位！星帝所有单位都在朝毒巫冲过来！”

“毒巫在开始进攻之前，先找了几个弓箭手保护自己，它这个位置比较安全，星帝要攻击毒巫必须绕过那几个暂时无敌的弓箭手……”段公子忍不住感慨道，“大懒真是思虑周全啊！这波星帝该不会打不过去吧？主基地只剩下 40% 的血了，难道会被直接推掉吗！？”

岳子陵却摇摇头：“主基地推掉之前，毒巫就会牺牲。”

话音未落，毒巫已经被星帝这边的远程攻击绕过弓箭手击杀了。

“毒巫牺牲了！”段公子提高了音量，“现在大懒这边的两个英雄都牺牲了！星帝在对大懒的其他单位进行收割，包括那两个毒巫召唤出来的守卫……星帝的主基地只剩下 13% 的血量！真是差点儿就推掉了！”

说到这里，段公子叹了一口气：“游戏进行到二十七分五十秒，大懒的两个英雄都牺牲了，现在游戏界面里也彻底进入了黑夜，看来是……”

几乎是在《荣光 2》进入黑夜的同时，屏幕上出现了一行字。

Lazy 击败了一闪一闪亮晶晶。

段公子瞪大了眼睛：“什……什么情况？”

下面的观众也是一头雾水，甚至以为是显示错误。

倒是岳子陵先愣了一瞬，反应过来：“啊！无敌炮手？”

岳子陵打开了视频最后六十秒钟的回放。

原来，在狼王倒下的瞬间，大懒就选择了让无敌炮手出战，但无敌炮手诞生需要三十秒。这期间所有人的目光都在关注毒巫，毒巫牺牲，其他单位被杀，主基地还剩下 13% 的血。

无敌炮手诞生。

冲向主基地——爆炸。

段公子深吸了一口气：“非常精彩的表现！让我们恭喜大懒取得了这次比赛的胜利！”

星帝站起身，和大懒握手示意。

“也非常感谢星帝给我们带来的精彩表现。”段公子说道。

转眼，就到了赛后采访的阶段。

淘汰赛是采访被淘汰的选手，胜者接下来还有比赛要做准备，段公子采访星帝：“很精彩！不过，”段公子挠挠头，“星帝是不是也没想到大懒会使用这些招数？对这次的比赛有什么想说的吗？”

星帝摇摇头：“他经常出奇制胜，不过我们的水平一直在伯仲之间，他用常规打法不一定会输。至于比赛嘛，我尽力了，也没什么遗憾了。”

台下的观众开始为星帝欢呼，并且响起了热烈的掌声。

星帝对着观众席鞠了一躬，脸上带着些笑意和疲惫，然后走下了台，走向选手休息区。

神爱世人：这局看得我真的是心惊胆战！大懒太太太太太棒了啊！感动到哭！！

闪闪我爱你：可是星帝被淘汰了啊！爆哭！

FFFFF 团：等等？我都忘了这回事，所以星帝……

一闪一闪亮晶晶：嗯，淘汰了。

一个名字：不是淘汰，是止步八强。

风再起时：哎？接下来是什么比赛啊？星帝淘汰的话是不是也可以去做解说了。

闪闪的小迷妹：都说了不是淘汰，是止步八强！止步你懂吗？

此生有幸与君知：星帝止步八强还是好难过，我是玩“星”这个职业的，所有的打法都是跟星帝学的。

俊朗小甜瓜：国内的星族选手，谁不是跟星帝学的呢？

论坛依然热闹非凡。

选手休息区，星帝看向离自己不远的大懒，发现大懒回帖之后，现在已经靠在休息区的座位上睡着了，全然没有之前打比赛时的精气神。就好像，他所有的热情，都已经在那场比赛里中耗尽了一样。

星帝不自觉地弯了弯眼角，我也尽力了，没什么遗憾可言。更何况，接下来还有 2VS2 的比赛，不是吗？

“国际赛只剩六名选手，败者组接下来是初七对沉安，鳗鱼对大懒，这两场的败者将止步八强，胜者比赛决出败者组第一名，再和胜者组的两名选手比赛。”段公子深吸了一口气，然后继续道，“胜者组剩下瓜帅和 F 神。由于时间关系，我们将同时进行三场比赛。第一个直播间直播胜者组的瓜帅对 F 神，第二个直播间是沉安对初七，第三个直播间是鳗鱼对大懒。比赛将会在十分钟之后准时开始，请选手们做好准备，也请观众们准备好你们的眼睛！因为接下来的比赛会更精彩，让我们拭目以待吧！”

听到了段公子的声音，星帝看了一眼手机上的时间。

八强赛的时间卡得太紧，的确很容易让选手疲劳，尤其是大懒这种基本没什么精力可言的选手，简直是抓紧一切时间在补觉。

星帝坐在他隔壁，静静地看着他。

还是觉得神奇，如果不是因为认识大懒，他真不相信，这个世界上存在这种随时随地都能睡着的物种。简直是树懒投胎。

星帝在还剩两分钟开始比赛的时候把大懒叫醒。

大懒睡眼惺忪，揉了揉眼睛，向星帝伸出手。

“干吗？”星帝皱了皱眉。

大懒的语气里满是理所当然："眼药水。"

"没带。"星帝嘴上说着，手已经放进了衣服口袋里。

大懒的声音毫无起伏："不可能。"

星帝叹了一口气，却又忍不住想笑，将眼药水递给大懒，看着他拧开眼药水滴在眼睛上，动作都是慢悠悠的。

这家伙，真是树懒吧。

在大懒要走上比赛台的时候，星帝说道："加油。"

"才不要。"大懒懒洋洋地打了个哈欠，说道，"已经赢你了，还加什么油。"

然后没有丝毫干劲地走上了赛场。

星帝在原地叹了一口气，心情复杂。

果不其然，大懒 0:2 输给了鳗鱼。

选手席上的星帝毫不意外，因为他知道对于大懒来说，打赢了自己，等同于拿到了"世界冠军"。

客观来说，大懒经过和自己的那一番苦战，状态有点儿下滑。他获胜欲望又不强。本来对手就是强大的鳗鱼，止步六强是在意料之内。

论坛上十分热闹。

生当作人杰：妈呀，大懒对星帝时候的状态和对鳗鱼时候的状态简直是两个人。

白日焰火：因为热情就像焰火一样，燃烧完了就没了。大懒眼神里的火在跟星帝对战的时候燃烧起来，对战结束就燃烧完了。

闪闪最可爱：不过话又说回来，大懒从来都不是能持续高强度对战的选手，手速下滑特别明显，以前线下活动的时候他自己都说过，和水友比赛他都没办法坚持几局，就算败者组赢了鳗鱼，接下来还要对战一堆人……对大懒来说想想就很麻烦吧？

我的傻儿子：别人被淘汰我都很难过，只有大懒止步六强我觉得也挺好的，今天看他挥洒汗水，认真打了一局感觉真的是累坏了，赶紧去休息吧，不然老母亲会很心痛的。而且他的目标和野心好像从来都不是夺冠，而是战胜星帝，所以对他来说已经赢了呀。

是谁动了我的奶酪：现在四强F神和瓜帅是定下来的，鳗鱼战胜大懒挺进四强，要等初七和沉安那边决出最后一个四强名额了。

林盏Keo：从现在的局势来看，沉安的操作无可挑剔，而且因为地图时间是傍晚，初七没有优势。而沉安那边在加紧推进，这局初七很悬。

一只爱鳗鱼的咸鱼：初七自己也说过。她的实力就是八强水平，进四强的概率低于20%。如果不是M皇意外落马没能进八强，她名次可能还要靠后一点儿。啊，希望初七粉不要喷我，我个人也非常喜欢初七，只是实力上差那么一点点，而这两局运气也没有眷顾……

此刻，游戏屏幕上，初七打出了GOOD-GAME。

“让我们恭喜沉安获得了本次比赛的胜利！”解说不二的声音响起，“初七这两局的表现也非常抢眼！让我们用热烈的掌声感谢初七带来的精彩表现！接下来要对初七进行一个简单的采访。”

不二手持话筒：“初七这次虽然止步六强，但作为唯一的女选手，第一次参加线下赛的女选手来说，这个成绩已经非常好了，对于这次的国际赛，初七有什么想说的吗？”

初七完全不假思索地回答：“没有。”

不二：“……”

看来段公子说得没错，真的很难采访到初七。好累哦，但还是要保持微笑。

不二硬着头皮继续道：“好的，现在大懒和鳗鱼的比赛结束了，F神和瓜帅已经战成1：1平，很快就要进行第三局的比赛，相信初七也是急着要看接下来的比赛，所以才如此言简意赅，那我们再次感谢初七！”

观众掌声响起，初七向观众鞠了一躬，脸上没有什么表情，便转身离开了赛场。

在休息区喝水的时候不出意外地收到了来自边牧的消息。

边牧最可爱：初七！其实你的实力和沉安相差不大的！只是运气不好！两局随机的时间和地图都很考验你！

初七：按照你的说法，运气也是一种实力啊，表哥。我和你说过六十三次了，我现在的能力要在这次的国际赛里挺进四强是很难的。沉安比我强，技术过硬。

边牧最可爱：……唔，我的意思是，你已经很棒了，别难过！

初七：很显然，我并不难过。

边牧最可爱：可是我难过啊！

初七：？

边牧最可爱：我知道你要挺进四强甚至问鼎冠军是很难，也知道胜败是兵家常事，我知道这对你来说，没什么不能接受。但知道是一回事，心里难不难过，有没有遗憾，却是另外一回事了啊！

边牧最可爱：我作为你的表哥，当然希望你能获胜，你赢了对手，哪怕你自己心里觉得理所当然，可支持你的人会为你欢呼喝彩，由衷地为你感到自豪骄傲。看到你落败，哪怕你完全不失落不难过。关心你的人心里会难过失落，会想去安慰你，这是很正常的呀！

初七：正常吗？好难理解。

边牧最可爱：……

再也不想安慰这个根本不需要安慰的表妹了，早知道一开始就直接去看F神比赛！

初七：不过……谢谢你。

边牧顿时愣住了。

他眨了眨眼睛，又忍不住掐了自己一把。

我没看错吧？初七居然在这时候跟我说谢谢？以她的性格难道不是说“你的逻辑思维有待加强”“为什么作为一个男性却如此多愁善感？”之类的话吗？

初七：走吧，去看你男神比赛。

我男神？

边牧愣了一会儿才反应过来！对哦！F神和瓜帅的比赛，第三局就要开始了！

不过初七什么时候会用“你男神”这种代称来称呼F神了？

陷入沉思。

边牧一边沉思，一边加速小跑，来到了另外一个赛场。

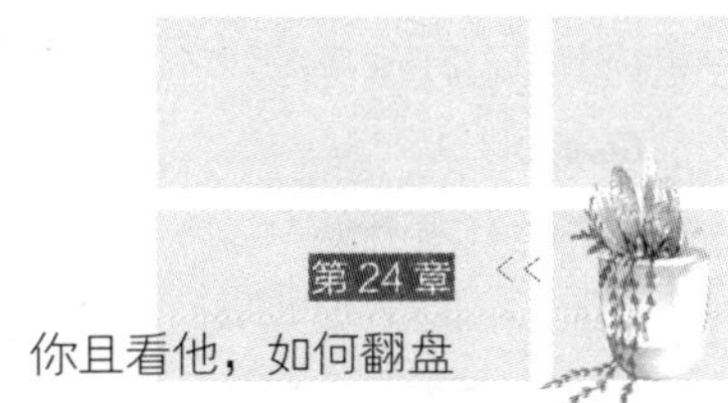

第24章 你且看他，如何翻盘

F神VS瓜帅。

第三局。

裁判：F神 随机职业，Guagua星族，请双方选择禁用地图。

Guagua：None。

F：无禁用。

“好的，前两局的战况是第一局F神随机到“幻武”，迭戈一路优势拆家，瓜帅在十二分钟的时候打出了GOOD-GAME。第二局星族内战，拖了足足有四十五分钟才打完，F神开了三个分矿，全部被瓜帅拆干净，双方战成了1:1平，来到了至关重要的决胜局。”段公子说道，“败者组那边我这里收到的消息是，那么沉安战胜了初七，鳗鱼战胜了大懒，沉安和鳗鱼的对决也开始了。不过他们肯定比这边结束的晚，大家不用急着走哈，在这里问一下月皇，你觉得F神第三局会随机到什么职业呢？”

“我真不知道，”岳子陵摆摆手，“不过我觉得，只要不随机到‘日’和‘辰’这两个职业，其他的职业F神都还是有机会的。尤其是幻武和月族，刚才第二局持久战，两个人都已经很累了，可能很难再消耗一局。如果F神能够随机到偏前期的职业，一鼓作气打下来，赢面会大一些。”

段公子点点头：“嗯，有道理，第一局F神就赢得很顺利，瓜帅，星族的世界第一，《荣光2》国际排名第一，对战退隐三年一朝回归却还是帅得有些欠揍的随机之神，决胜局！让我们拭目以待！”

镜头切换到屏幕上。

裁判：双方均无禁用地图，请进入调试界面进行三十秒的调试，调试无误请输入 1，随后正式进入比赛。

F:1。

Guagua：1。

裁判：比赛开始！

然而刚刚进入游戏页面，裁判就愣了一会儿，看着斐诰的方向。

所有人都吸了一口气。

段公子眨了眨眼睛："不是吧？"

他看向岳子陵："这种情况难道不应该暂停比赛重新选地图吗？这……"

岳子陵皱了皱眉，又摇摇头："这不是第五十五张地图，是第一张地图，这张地图是有桥梁的，所以从比赛的角度来看，不能重新选地图。"

段公子叹了一口气："我记得但凡是选到这张地图，那座桥都会被炸掉。有和没有也没太大区别……"

岳子陵默不作声地点了点头，然而规则如此，刚才裁判那一瞬的犹豫应该也是在考量这个问题，但 RCG 不同于其他比赛，不可能随便更改游戏规则。

观众席上也是一片嘈杂。

"这张地图怎么玩啊？ F 神这也太背了吧。"

"之前他随机到'幻武'，出生点就在星族旁边，几分钟就结束战斗的时候，你们怎么没说他运气太好？我觉得这玩意儿是运气守恒。打随机，优势就是其他人开局了，除非遇到你，否则连你是什么种族职业都不知道，这是天然优势，那既然享受了这个优势，就自然也要承受劣势，有可能随机到弱势职业和不好的地图。"

"话虽这么说，但是看到还是觉得好可惜……我真的以为这一届 F 神能夺冠的，本来看到四强赛他遇到瓜帅我就捏一把冷汗了，毕竟世界第一啊。"

"如果我是 F 神，看到这局开局的职业和地图就直接 GOOD-GAME。又不是淘汰赛，双败赛制，他现在就算输一局也没什么关系啊，去败者组打鳗鱼和沉安之间的胜者，赢了的话还能在决赛局上和瓜帅决一死战。”

“说上来就投降 GOOD-GAME 的人，你们根本就不了解 F 神，F 神的字典里，没有放弃。他最擅长的，就是极限翻盘。”

在旁边听得有些着急的边牧听到这句话才稍微安下心来，忍不住给初七发消息。

边牧最可爱：小七！如果是你的话，这局会怎么打？

初七接到消息时稍微愣了一下，又抬头看向屏幕，她抿了抿嘴唇。

初七：……不打。三分钟投降。

三分钟，是 RCG 规定的最快投降时间。

边牧最可爱：哈？不，不是吧？

初七：这局天生大劣势，对手又是星族的世界最强——瓜帅，获胜概率低于 1%。我是他的话，会早点儿投降，去看沉安和鳗鱼的比赛。因为他们的胜者，会是自己下一局的对手。

边牧最可爱：初七，F 神不是那种连尝试都不尝试就放弃的人。

初七本来想跟他说这不是放不放弃的问题，而是最优策略。在这局苦苦支撑，最后结果可能还是一样，精力体力大透支——八强赛集中在一天举行，越往后，选手的精力和体力就越宝贵。

但是。

初七看向斐诰的反向，无端地想起之前和他相处的很多细节。

还有所有人对他的评价。

——把不可能化作可能的战略大师。

——奇迹缔造者。

——随机之神。

“F 神最擅长的，就是极限翻盘。”

这一局……赢面低于 1%。

但是如果那个人是斐诰的话，初七皱了皱眉。

初七：我不知道他会怎么打，看比赛吧。

虽然不知道那个人会怎么打这场比赛，但……既然是斐诰的话，应该不会让人失望吧。

随机到了第一张地图。

第一张地图，是被海隔开的两块大陆。每块大陆上有两个矿点。

中间有且只有一座细而长的桥梁连接。

这张地图的玩法，都是前期消耗，炸掉桥梁，后期两边拼空军。

斐诰随机到的职业：辰。

而辰这个职业。

没有空军。

“游戏中的时间是凌晨三点半，也就是再过十三分钟左右会进入白天，这对F神来说算是个好消息，因为辰族白天有一定优势，不过……”段公子说到这里，忍不住叹了一口气，“哎，这张地图，没有空军的F神，我真的不知道他要怎么打。”

说着，段公子转向一旁的岳子陵：“月皇对这局有什么看法吗？”

岳子陵没有立刻答话，只是静静地看着屏幕。

过了十秒钟之后，他突然说道：“别人的话我的看法就是必输，但是F神，我的看法……”他顿了顿，“你们有没有发现，F神的经济，没有用来出英雄，也没有建防御哨所。”

段公子点点头：“对。F神选择了直接升二本，应该是为了建二本才能建的兵营吧？辰族陆军，尤其是远程弓箭手是所有职业中最强大的，直接升二本，出强大的陆军单位，打瓜帅可能会有一线生机。毕竟中间只有一条很窄的桥梁，而对瓜帅来说，尽快炸掉这座唯一的桥梁，断掉F神的所有希望……”

“你别忘了，”岳子陵打断了段公子，“F神是随机职业随机地图，瓜帅现在根本不知道F神是什么职业。”

“哦，对！”段公子一拍脑袋，“我从看到这张地图开始到现在差点儿忘了这事儿，那F神还是有机会的，只要保住桥梁，出强力的英雄，拼到十五分钟左右的中期阶段，集合所有兵力偷偷过去打一波，还是有赢的可能。”

岳子陵还没来得及说什么，选手席上的其他选手就已经摇起了头。

星帝皱着眉：“开什么玩笑，十五分钟虽然天亮了对辰族有优势，但星族肯定也已经升级二本有两个英雄了，从那么窄的桥面上攻过去，F神一波就能打下来才怪。”

“既然瓜帅不知道F神是什么职业，他当然会派兵去查看，英雄再升一点儿级就可以过去探路了，一旦确认F神是‘辰’这个职业，瓜帅怎么可能会给他机会？”说话的是表情哥，他“啧啧”两声，“哎，随机这张地图太可惜了，顶尖对决，F神运气太不好了，看来电竞选手，还是不能长得太帅。”

听到这话，初七忍不住看了表情哥一眼。

运气怎么会和长相有关系？表情哥的逻辑真是有问题。

“哎？！”段公子突然的一声惊呼，让所有人的目光又重新集中到了屏幕上。

看清发生了什么之后，台下的观众炸了锅。

“啊？这是几个意思啊？”

“妈哟，我没看错吧？F神这是放弃治疗自暴自弃了吗？”

“他自己把桥梁给炸了？！”

没错。

F神出了两个一级炮兵，对桥梁展开了攻击，直接把桥梁从中间轰断。

满座哗然。

段公子挠挠头：“这是什么意思啊？断了自己唯一的去路？古有项羽破釜沉舟，但是人家会水啊。你把桥梁断了，《荣光2》本来就没海军，你辰族又没空军，这不是自掘坟墓吗？”

连岳子陵都皱紧了眉头，半晌才说道：“我也不是很明白，不过我可以透露一个信息，F神刚回归没多久的时候，和暗殷27有过一次B05的比赛，F神输了两局，有一局是辰族，用的是第五十五张地图。因为那局大家都觉得必输，所以也没人提起。但F神后来跟我提过，他一直在考虑，那局有没有赢的可能性。”

段公子眨了眨眼睛，看着岳子陵：“月皇的意思是，F神真的思考出了答案？”

“我不知道。”岳子陵坦诚地摇摇头，“我看不懂他的战术，我只能认为，他炸掉桥梁，不是要投降，而是因为他……想赢。”

屏幕上，瓜帅在看到桥梁被炸毁的瞬间，取消了本来在造的兵营，选择升级大本营，因为空军单位一定要到三本才能出，如今唯一的桥梁被炸毁，虽然瓜帅还不知道对方是什么职业，但无论如何，最后想要取胜，都要靠他的空军。

而另一边的F神，用步兵去到商店，买了第一个英雄。

血魔。

“F神这边没有出辰族英雄，而是去商店买了血魔，这个我能理解，因为血魔的大招是召唤火凤凰，不过……”段公子顿了顿，“火凤凰虽然会飞，而且能带着一两个单位一起飞，但是这个用处有多大？难道要靠一只火凤凰赢吗？”

台下的观众开始窃窃私语。

“我突然脑补了一个画面，火凤凰像个搬运工一样来回飞，把F神这边的兵全都运过去。”

“哈哈哈，有点儿好笑，说真的仅靠一只火凤凰是没用的，就算没有人攻击火凤凰，它也只能维持三分钟，然后变成蛋涅槃。”

“瓜帅现在还不知道F神到底是什么职业，这是F神随机的最大优势，就看F神能不能做出什么戏来了。”

“是我，我就投降，然后早点儿准备下一局，好好养精蓄锐不好吗？不管是面对鳗鱼还是沉安，我觉得F神都有胜算，至少比这局胜算大吧？大不了决赛再遇到瓜帅，到时候再看运气呗，为啥要在这一局上浪费时间呢？”

不少人都对这句话很赞同，连边牧都有些心动不已，他忍不住给初七发消息。

边牧最可爱：初七，一只火凤凰能顶什么用啊……我现在也觉得F神应该早点儿放弃这局开始下一场了。

初七此时却微微眯着眼睛，凝神细看屏幕上的游戏状况，她拿出纸笔，在纸上记下了几个数字。

然后深吸了一口气。

三秒后。

边牧收到了初七的消息。

初七：你且看他，如何翻盘。

边牧拿着手机的手都有些微微颤抖起来。

他本能地想追问，但是看到坐在选手席上的初七的时候，又将已经编辑了一半的信息给删掉了，总觉得好像也不必问这么清楚。

从小到大，初七这么笃定的事情太少了。

而每一件她如此笃定的事，最后都成了真。

边牧不再理会其他观众的种种感慨，而是认真地盯着屏幕。

“比赛进行到了七分钟，双方都在各自发育阶段，《荣光2》要三级大本营才能出空军单位，瓜帅看到桥梁被炸的那一瞬间，就选择了取消兵种生产，全力升级大本营。F神前期所有的经济都用来升级，现在已经是二本了，七分十秒的时间，算是二级大本营最短时间范畴了。兵营可以造远程弓箭手了，辰族非常强力的兵种。”段公子语速极快地解说道，“再来看看双方的英雄，因为只有一座桥梁相连，所以地图两边都有商店，还有不少野怪点，第一张地图和第五十五张图，一直都是被粉丝们称为，前期最和平，后期最激烈的两张地图。”

地图上，两边积蓄力量，和平发展，各自在自己这边杀野怪升级……

岳子陵轻轻地“咦”了一声：“八分三十秒了，F神还没出第二个英雄？”

“真的欸！”段公子也发现了这个问题，“第一个英雄买了中立英雄血魔，估计是为了最后的大招召唤火凤凰，那现在二本了，经济也够，为什么不出第二个英雄呢？血魔二级了，但是瓜帅那边因为出英雄出的早，妖星已经四级了。这个等级差距还是比较大的！F神如果现在出第二个英雄，刚好可以一起刷等级啊！”

选手席上，大懒正饶有兴致地看着初七那张纸上写着的各种数据：“看不懂。”

星帝忍着笑：“你直接问她不就得了？”

“为什么还不出第二个英雄？”大懒看向初七。

初七看向屏幕：“还差三百二十七金币。以现在的速度，会在二十七秒之后凑够，就能买第二个英雄了。”

星帝一愣：“买？”

大懒也反应过来：“咦？这么懒的吗？都不自己出英雄？”

听到大懒说F神懒，星帝和初七一起皱了皱眉。

星帝又凝眸看了一会儿屏幕，突然眼睛一亮："啊！是要出那个英雄？！"

初七轻轻地点了点头。

"F神操纵手中的血魔，来到了商店……"段公子一愣，"啊！F神买了第二个英雄！竟然出了这个英雄！"

海妖。

岳子陵点了点头："现在出海妖，是最好的选择。"

海妖。

一个非常特殊的英雄。

它是整个《荣光2》，唯一一个能够加速友军英雄升级进度的英雄。

它是整个《荣光2》，唯一一个连大招都是辅助技能的英雄。

海妖的被动技能简单粗暴，给旁边的英雄加速升级，击杀野怪、敌方单位的经验都会增加15%。

因为F神出英雄比较晚，等级经验上落后对方比较多，要想在同等时间里追回来，海妖的被动技能的确是非常好的选择。但海妖的被动技能只能给自己的友军英雄开的，对它自己来说没有加成。血魔能加速升级，但海妖不能。

这个英雄性价比不高，所以赛场上非常少见。

"F神不出海妖我都快忘了还有这么一个中立英雄……"段公子挠挠头，"被动是加速升级。主动技能一共三个，六级之前只能开前两个，六级开启大招。全都是辅助技能，一技能海之歌，给友军加护盾加血；二技能浪潮翻涌，在附近唤来水波，浪潮翻涌给对方减速，造成较低伤害。这个技能很特殊，可以作用于建筑单位，就是推家，真的推！以前娱乐赛的时候，月皇好像玩过这个技能？用来推对方的民居？"

岳子陵已经笑起来："我的天，这事儿你还记得？已经是五六年前的事了，和粉丝打娱乐赛，我随机到了月族，总觉得用月族的英雄来打粉丝有点儿过分，就用了两个中立英雄，但后来还是我占优势，推粉丝主基地的时候，用海妖的技能推了一下对方的民居，发现民居能被推动，蛮好玩的。虽然伤害非常低，但是能推一点儿距离，当然了……除非像我一样无聊的人，否则应该没人用海妖这个技能做这种事。”

选手席上的星帝摸了摸鼻子：“哦，这招我好像也用过。那会儿段公子剪了个什么视频，把一些英雄技能的奇葩用法都弄上去了。”

“哦。”大懒眨了眨眼睛，“我记得那个视频，当年很火，后来还有粉丝开发出了一些乱七八糟的玩法……不过，这对 F 神来说，海妖究竟有什么用？六级的大招好像是冰盾吧？可以守家。”

海妖的大招，守护之盾，可以给一定范围内的单位和建筑加强力冰盾，一般用在两军对峙对方炮火很凶的时候，或者是用来守家。

“照这个速度，”星帝皱起眉，“等海妖升到六级，瓜帅那边应该已经三本了。即使有冰盾，也很难守得住的。”

初七微微点了点头：“对。所以不会拖后期。”

“比赛进行到了十三分钟！”段公子提高了音量，“天刚蒙蒙亮，白天的辰族有一点儿加成，有海妖的被动技能，F 神的血魔已经升到了五级！瓜帅的妖星也已经升到五级，成功升级到了二本，开始出第二个英雄——夜王。夜王造价比较高，出的也慢一些，但是这个英雄大后期无敌，看来瓜帅是做好了大后期决战的准备。”

说到这里的时候，段公子突然一顿：“欸？F 神这是买了船吗？”

屏幕上，血魔和海妖再次来到了商店，买了两艘船。

段公子看了一眼游戏时间：“比赛已经进行到了十四分钟，F 神已经集结军团，还买了两艘船，是准备发起进攻了吗？可是以他现在的兵力，感觉很危险啊！”

“瓜帅那边已经升了二本，他再拖下去，星族只会越来越有优势，瓜帅虽然还不知道他是辰族，但 F 神自己很清楚，拖后期毫无胜算。”

说话间，海妖已经率领军团坐到了两艘船上。

两艘船朝着星帝的方向，浩浩荡荡地开了过去。

“F 神把家里所有的建筑，除了主基地，全都卖掉了！全都！农民都没有留一个！连身上的回城卷轴也卖了，给自己买了几个经验卷轴和大血药！破釜沉舟！F 神是打算在妖星六级之前，率先让血魔升到六级。”段公子顿了顿，仍然皱着眉，“不过，买的这个船不是真正适合行驶的海船，只是给大本营运送物资的渔船，可以在上面钓鱼的。而且速度非常慢。这两边的距离这么远，以这艘船的速度开过去，恐怕是要很长时间的啊？”

岳子陵点了点头：“对的，所以我才想，血魔应该会先过去进行骚扰。”

屏幕上，光芒闪烁。

血魔六级！

段公子瞪大眼睛：“哇！月皇对局势的预测果然一点儿都不差！血魔已经通过吃经验卷轴，升到了六级！直接召唤了火凤凰！”

火凤凰飞上天空。

虽然火凤凰能够带两个单位一起上天，但是不能带英雄。只见两个远程弓箭手坐在火凤凰的翅膀上，火凤凰朝着瓜帅的大本营冲了过去！

而下一秒，屏幕上出现的状况却让所有人都吃了一惊！

两艘船也朝着瓜帅大本营的方向驶去，但是出乎意料的是，两艘船的行驶速度并不慢！

“什么情况？”

“这是 bug 吧，不可能的啊！”

“渔船能驶这么快？是加速器吗？！”

“喂喂喂！你们看到了吗？那个谁！海妖！海妖的技能！”

第25章 <<

真是一个老谋深算的家伙！

屏幕上，海妖站在一艘渔船上吟唱，二技能浪潮翻涌。

释放对象：渔船。

两艘渔船下面的海浪翻涌，因为本身在海中的加成，移速大大提高，海妖的二技能在推着船向前走。

段公子揉了揉眼睛，几乎不敢相信自己看到的画面："等会儿？这……海妖的二技能是可以给渔船加速行进的？海妖这个英雄原来是这样用的？"

"对……"岳子陵虽然也愣了一秒，但很快就回过神来，点点头，"自从我们发现海妖的二技能可以推建筑之后，做过多次尝试，发现海妖的技能是对所有非中立单位有效，除了商店之类的，无所不能推。但因为这个技能本身能造成的推动效果不大，而且大多数人用这个技能，是为了攻击对方，减速减防……海妖的二技能伤害低，也不是强控，而相对的，CD时间非常短，刷新很快……现在F神可以凭借刷新很快的二技能，不停给渔船加速，直到抵达对岸。"

岳子陵说着，微微眯起眼睛，仔细看着屏幕上的情况。

海妖吟唱，渔船加速行驶，只九十秒钟的时间，就已经行驶了一半的路程。

另一边，火凤凰带着两个远程弓箭手飞到瓜帅的主基地附近，远程弓箭手落在树上，开始攻击防御哨所，火凤凰则直接朝着对方的主基地上空飞了过去。

星族守家有一定优势，是因为在星光之地上，己方有Buff，敌方则会自动被加一个 Debuff，伤害会降低，攻击范围也会下降，但是 Debuff 对空军无效。

火凤凰会飞，拥有大量生命值，还能造成大量伤害，对于没想到会突然遭遇攻击的瓜帅来说，突然被打了个措手不及。

升二本之后，为了快速出空军单位，瓜帅选择了直接升三本，为了节省经济，没出多少兵，尤其缺少能攻击空中单位的兵种。除了防御哨所和几个炮手之外，步兵因为只能打陆军，面对火凤凰毫无还手之力，只能迅速躲在民居里等待救援。

火凤凰带着遍身火焰，朝着几个还没来得及跑进民居的农民冲了过去，火焰在星光之地上燃烧起来，几个农民毫无办法，就这样牺牲了。

本来在外面杀野怪升级的妖星和夜王只得使用回城卷轴回归，开始对火凤凰展开攻击。F 神没打算和对方的英雄过招，而是想尽办法清除远程兵种和防御哨所。

"啊，瓜帅这边的防御哨所居然在这么快的时间里倒了两个！"段公子不由得有些惊讶，"都说辰族在白天有 Buff，而且辰族的远程弓箭手是最强的弓箭手兵种，看来名不虚传。现在有火凤凰在前面给远程弓箭手挡住伤害，他们拆防御哨所拆得很顺利！"

说到这里，段公子又忍不住问道："月皇，瓜帅没有取消升三级大本营，你觉得这是为什么呢？这时候如果取消升级的话，不仅能节省经济，还能出不少远程炮手之类的单位……"

"很简单，"岳子陵缓缓道，"因为瓜帅不知道。"

段公子一愣。

岳子陵这才继续道："我们知道 F 神是辰族，但是瓜帅还不知道。瓜帅现在的视野，只能看到火凤凰，并不能看到那两个躲在树上的远程弓箭手，所以他还不知道对方是辰族。远程的攻击很难判断兵种，所有职业的弓箭手攻击方式几乎一样。火凤凰是中立英雄的大招，也就是说，F 神是任何职业都有可能。在这张地图上，此刻已经没有了中间的桥梁，所有人都会第一时间想到用空军对决，瓜帅绝对不会想到，F 神作为没有空军的辰族，会在第一时间，炸掉两座海岛之间的唯一桥梁。"

"所以 F 神是故意的吗？"段公子深吸了一口气，"真是一个老谋深算的家伙！”

“当然是故意的，不过这也是一种……”岳子陵斟酌了一下用词，“战术吧，F 神是非常优秀的战略家。他这一场可以说是最烂的随机职业和最烂的地图，但是打随机最好的一点，就是出其不意，对方和你正式照面前不知道你是什么职业。这张地图，F 神炸掉了唯一的桥梁。虽然冒险，但也是唯一的办法。”

不过瓜帅不是傻子。妖星留在主基地保护其他兵种的同时，夜王出发去寻找那两个远程弓箭手。火凤凰虽然凶猛，却也抵不住全部的伤害，更何况瓜帅还有两座防御哨所，火凤凰的血条转眼只剩下七分之一！

所有人的目光都紧盯着屏幕。

“火凤凰起飞了，直接飞走了！”段公子提高了音量，“就算火凤凰抵挡住了这波攻击，三分钟时间也快过去了。之后火凤凰会变成一颗蛋，作为蛋的形象存在三十秒，而在这三十秒中，如果瓜帅不能毁掉这颗非常脆弱的蛋，火凤凰将涅槃重生。血魔这个英雄的大招，的确是非常 bug 的存在！”

火凤凰飞到了夜王的方向。

夜王直接对火凤凰展开了攻击，火凤凰高高飞起，向其他方向逃离，但是因为受到了减速 Buff，飞行速度并不算快，妖星和远程弓箭手也急急忙忙地赶了过来，继续追击火凤凰。

“三分钟时间只剩下二十秒！”段公子大喊出声，“火凤凰现在的血量虽然够，但是恐怕不够它飞到一个安全的地方了！”

选手席上的星帝看到这一幕却忍不住叹了一口气：“瓜帅这局，恐怕会输得很不甘心。”

“是我，我也不甘心，”大懒撇撇嘴，“从头到尾都被对手设计，F 神真的是个很可怕的对手。”

因为在他们看来，胜负已分，而瓜帅，甚至还不知道自己所面对的敌人究竟是什么种族。

火凤凰越飞越远，三分钟时间转眼就到了。

火凤凰变成了一颗蛋，夜王和妖星直接将蛋毁灭。

瓜帅却在此刻收到了警告：您的主基地正在被攻击！您的主基地正

在被攻击！

他皱了皱眉，一切屏幕，终于看到了对面的种族：辰。

海妖率领着军团前来，直接开始攻击主基地。

辰族没有空军，但陆军单位都很强，再加上白天的攻击加成，推塔非常迅速。最重要的是，瓜帅这边回城卷轴已经用过，此时他的两个英雄只能带着其他兵快马加鞭地赶回来，没办法再用回城卷轴。

段公子屏住呼吸，看着屏幕上瓜帅主基地的掉血程度。

因为正在升三本被打断，主基地没有办法自我防御，已经只剩下30% 的血。

Guagua：GOOD-GAME。

“好的，瓜帅打出了投降，”段公子深吸了一口气，“让我们恭喜F神，取得了这次比赛的胜利，锁定二强！也感谢瓜帅带来的精彩表现！瓜帅接下来将会和沉安与鳗鱼之间的胜者对决，最终胜者将和F神进行冠军和亚军的决赛！”

瓜帅站起身，和斐诰握了手，脸上表情如常。

倒是斐诰，眼神里似乎有些惋惜。

瓜帅走下台的时候，看了一眼岳子陵，岳子陵朝他微微颔首，瓜帅才走下台，去了选手休息区，筹备下一场比赛。

——无论这场输的有多么莫名其妙，令人意料之外，比赛就是就是这么残忍。

无论心里有多少想法，比赛还是要继续的。

“沉安和鳗鱼的比赛也已经进行到了第二局，刚才鳗鱼1:0拿下了比赛，因为那边的直播间已经基本坐满，我们这边也会做分场转播那边直播间的比赛。”段公子说道，“让我们收拾一下心情，来看看沉安和鳗鱼之间的对决，他们之中的胜者将会对战瓜帅，败者将是本届RCG《荣光2》个人赛的排名第四。”

选手席上的选手都已经站起身，朝着另一个直播间走了过去。

路上，初七听到星帝的声音：“瓜帅……到底还是老了啊。”

“思路跟得上，手速却跟不上了。F神那一招虽然出乎意料，但如果是巅峰时期的瓜帅，极限的多线操作，是可以挽回的，只要挡住了那波攻击，F神根本没有后招，胜利者就会是瓜帅，可惜……”星帝叹了一口气，却没有继续往下说。

英雄迟暮。

当年的月皇，这次世界赛中的M皇和瓜帅，都是书写了《荣光2》历史的人，影响了无数打这款游戏的选手和粉丝。他们创造历史，也创造奇迹。

打败他们的并不是《荣光2》的后起之秀，而是时间。手速的下滑，状态的下降，当峰值过去，再怎么努力保持练习，也只能无法避免地衰落。

“不过，”大懒突然说道，“月皇直到今天，仍然是粉丝心中的神，唯一的月族皇帝。以后瓜帅应该也是一样，他们都是拿过《荣光2》所有比赛冠军的人了，瓜帅和M皇不都说了吗，只是想在最后一届《荣光2》的比赛中，有自己的身影。”

听到大懒一口气说了这么多话，初七微微有些意外，她看了一眼大懒，发现大懒说完之后又打起了哈欠，耷拉着一双无神的眼睛。

斐诰在这时候走了上来，星帝回头看到他之后笑了笑：“F神，瓜帅都输了，看来你真要一举夺魁了。”

“还有一场呢，这种电竞比赛，谁说得准？”斐诰声音平静，却还是能听出些许疲惫。

星帝点点头：“也是，这个情况，你和瓜帅也有可能在决赛再碰一次。”说着，他叹了一口气，“国际赛的决赛是太磨人了，这次时间又紧，你抓紧时间休息一会儿吧。”

当他们赶到沉安和鳗鱼的比赛现场的时候，却发现胜负已分。

月族的内战，第二局比赛进行到了十二分钟，看得出鳗鱼占尽优势。岳子陵没有去嘉宾席，而是坐在了选手席上，看到这个情形皱了皱眉：“沉安他……”

“沉安心态不好，”星帝摇摇头，“技术很过硬，但是一旦劣势，就很难有挽回的余地了。”

“而且第一局输了，从沉安过去三百场的比赛数据来看，如果是打BO5，前两局都输了的沉安，第三局也输的概率高达95%。BO3的话，一旦第一局输了，第二局也输的概率就高达67%。”初七轻声道，“不过沉安的优势局数据又出奇的好。BO3 第一局赢了，往后 2:0 拿下对手的概率高达 88%，BO3 赢了前两局，3:0 拿下对手的概率高达 97%。”

大懒眨了眨眼睛：“这些数据是谁统计的？”

初七一脸的理所当然：“我啊。”

大懒：“……”

啊？

斐诰见状，嘴角扬起一抹笑意，点点头：“对沉安来说，第一局的胜负太重要了。但是很多时候，打第一局还没有找到状态是很正常的……”

“说到这个，鳗鱼这届状态真的很好，而且越打越好。”岳子陵手指了一下屏幕，“你们看，他现在的 APM，比第一场的时候还要高二十三。”

初七凝神细看赛场上的情况，发现果然如此。

瓜帅也走到了选手席，听到他们的对话，说道：“我早就说了，鳗鱼一直是被低估的选手。当然，这有一部分是月皇的责任。当年他输给沉安，做了接棒，就像是把月族这个职业交给了沉安一样。沉安的技术非常好，所以很多人也就会自然而然地把沉安当作月皇的接班人，事实上，他们从打法、战术、操作、细节到心态，都是完全不一样的。”

“说实话，我有点儿后悔，”岳子陵轻轻叹了一口气，“很多人都说我很关注沉安的比赛，这是真的。我在选择退役的时候，非常看好他，事实上他没有让我失望，他这些年拿到过的冠军，已经足够证明他自己了。只是心态问题一直被人诟病，而且很多人，一旦开始喷他，就会提到我。”

你可是月皇的接班人啊！

打成这样，还好意思从月皇手里接棒吗？

呵呵，没有了月皇，月族居然要靠沉安这样的人来撑起一片天？

岳子陵微微摇摇头：“这不是我的本意，而且，从头到尾，这都是我自己的想法而已，沉安从来都没说过要做我的接班人，从来都没说过要做月族第一，月皇第二。他只是他自己而已，可我当年的做法，还有很多媒体和粉丝的说法，全都化作了沉甸甸的压力……”

“反观鳗鱼就不一样了，”瓜帅接过岳子陵的话茬儿，“他心态非常好，当年技术有些糙，细节上完全和沉安没办法比，但他很有战术，在这方面可以和 F 神一战。很有想法，愿意尝试，不停地突破。而且因为从一开始就没多少人对他抱有期待，他反而没有那种压力，这几年的进步大家都有目共睹，他状态越来越稳，游戏打得也越来越好，你再看看他现在打比赛时候的细节和多线操作，和沉安几乎相差无几。”

“只是鳗鱼的性格可能太容易亲近了，对粉丝来说也更像朋友，很少有人会和鳗鱼说‘啊！好希望你能拿到世界冠军啊’这一类的话吧。”

岳子陵看着比赛场上的两个人，几不可闻地叹了一口气。

一旁的星帝轻声道：“月皇不用想太多，有些东西是性格使然。可能你当年说的话对沉安和鳗鱼都造成了一些影响，但是这么多年过去了，他们现在的情况，归根结底是自己的原因。更何况，我也不认为沉安这样是失败，他这几年战绩斐然。电竞圈一向喷子多，黑粉多，没有多少人会拿着他赢了的比赛去大肆宣传，倒是有无数人揪着他输了的比赛中的一些失误不放手，尽情喷。”

“哈哈，是啊，不信你们看看，现在论坛上绝对到处都是喷我的帖子，”瓜帅笑起来，“在电竞圈里打比赛这么多年，无论是在哪个国家，都是一样的。早就习惯了。”

是啊，习惯了。

都说“欲戴王冠，必承其重”，他们这些人，凭借这款游戏吸引了无数人的目光，也凭借这款游戏拥有了众多的粉丝。享受荣誉、赞赏和掌声，自然也要承受各类谩骂、羞辱和无脑喷。

对于那些黑子来说，九十九次比赛胜利不重要，一次比赛失败，就得“滚出《荣光 2》”。

过去创造过再多的辉煌也没有用，一旦看得出状态下滑，手速下降，就会有无数人出来喷：“你老了，别打了！”“怎么烂成这样！”

电子竞技属于体育竞技的一种，本来就是如此残酷。

就在他们聊天的时候，鳗鱼和沉安的比赛出了结果。

“比赛进行到十七分十一秒，沉安打出了 GOOD-GAME，”瞎转悠的声音传来，“我们恭喜鳗鱼 2:0 拿下了这场比赛的胜利，接下来鳗鱼将会对战瓜帅！也感谢沉安在这次比赛中带来的精彩表现！”

沉安和鳗鱼握手之后，按照惯例，因为止步四强，沉安应该要留下来接受采访，所以瞎转悠已经拿起了话筒准备进行采访，却发现沉安脸色不佳，朝着观众席草草鞠了一躬，就率先走下台，朝着选手休息区去了。

瞎转悠一时间有些尴尬，挠挠头：“好的，好的，因为比赛流程比较紧，两位都辛苦了，让我们再次感谢两位选手，接下来是二十分钟的休息时间，请鳗鱼和瓜帅都做好准备，二者之间的胜者将会和 F 神进行冠军的角逐！”

虽然瞎转悠作为解说已经尽力圆场，但是沉安没有接受采访这件事还是让不少人很愤慨。

《荣光 2》的论坛上，喷沉安的人遍地可见。

17 个日落：呵呵，我都替瞎转悠尴尬，其他所有落败两次的选手都接受了采访，RCG 的赛制一向都是这样，被淘汰的人才会被采访，胜出一方准备接下来的比赛，一直到最后决出冠军为止，就想知道沉安凭什么直接这样走了，是谁给他的勇气？

你眼中有光：沉安这样也不是一天两天了，而且讲道理，你真的想看沉安的赛后感言？每次不都是差不多的东西吗？一点儿意思都没有。而且他输了之后那张苦脸，我的妈哟，还是算了吧，好像是观众害得他输了比赛一样。

山欲情：我也不爱看沉安那样子，天天有人吹，沉安技术多好多好，好有什么用啊？每次一到劣势就溃不成军，真是烂泥扶不上墙。一次两次也就算了，十次八次啥意思啊？

你是不是在外面有别的小朋友了：沉安输了不高兴很正常吧？人家该握手握手，该鞠躬鞠躬，还想怎么样？本来 RCG 这个赛后采访就不是必需的啊，你们一边说他不接受采访直接退场不太好，另一边又说不爱看他赛后采访。反正无论怎么样你们都有得喷就是了。

不听不听王八念经：沉安打得其实也还好吧，你们不觉得是因为这次鳗鱼的状态特别好吗？沉安输得不亏啊。又不是巨大失误什么的，就是正常的，鳗鱼一直优势，然后没打过，输了。要是照你们这样说，瓜帅这次输得才惨吧？

飞机场的十点半：隔壁的帖子你没看到么？先是瓜帅被喷，然后又有人喷F神，说他奸诈，手段下作。我真不明白，《荣光2》这款游戏怎么这么难玩，不管是输是赢都要被喷。F神那局如果直接投降也一定会有人喷。

身不由你：能比吗？F神是战术大师，那局从头算计到尾，喷他的大多数是替瓜帅惋惜，瓜帅这局的确判断有问题，操作也有些跟不上，人老了么这很正常。沉安这个事谁也没说他技术问题啊，说的是态度问题。如果瓜帅或者F神当时是被淘汰了不能继续比赛，会不接受采访直接走吗？如果沉安对鳗鱼这局，鳗鱼输了，鳗鱼百分百会笑着接受采访，然后总结一下自己的问题，他从来不逃避这些吧？心态贼好，再看看沉安，啧啧。

沉湎于安：随便喷，反正沉安这些年都被喷习惯了，是是是，心态差心态不好心态糟糕心态爆炸。但是我必须要说一句，当时瞎转悠还没说要采访的事情，沉安是给所有人鞠了躬之后才下的台。另外，所谓的止步四强然后要接受赛后采访，只是一些解说的习惯，并没有任何规定。沉安如果情绪不好不想接受采访，有什么不可以？你考试没考及格你自己心里不爽还很高兴要到处跟人说这次没考好感想如何吗？

芭比芭比路：哇，楼上……沉安还有真粉丝的吗？就他这性格，这么多年没脱粉你们怎么做到的？我以前挺喜欢沉安的，觉得是那种很安静然后认真打游戏的类型，技术也不错，细节做得很漂亮，甚至可以说是华丽了，而且因为月皇的缘故，难免给沉安加分。但是沉安呢？这些年都做了些啥啊，每次重要的比赛就打成这样，还臭着一张脸，是谁欠他钱吗？

若Mc为王：不好意思，沉安还真的有很多粉。我们为什么不脱粉就不劳您费心了。还有“每次重要的比赛就打成这样”这句话我们不约，你看看沉安这两年的比赛成绩，世界冠军拿了多少？他三个月前3:0完胜鳗鱼、M皇和瓜帅拿了荣耀杯《荣光2》的世界冠军，也不见你们夸他啊？

沉湎于安：对哦，顺便说一句，那次沉安拿了世界冠军也没接受采访，也是鞠了一躬就走了。因为他以前就说过，他在打这个比赛的第一年，就已经在赛后采访中，把所有想说的话都说过了。

死性不改：我纯粹是出于好奇问一句啊，就是，比如说电竞圈这些人吧，我挺喜欢鳗鱼的，因为他有意思，心态也好。很多人喜欢月皇，创造历史，不用说了。不少女孩儿喜欢F神是冲着脸去的，还有姑娘是大懒的粉丝，据说也是因为被他萌到才追随他的。这些人设我都挺能理解的。想问问喜欢沉安的粉丝，你们是为什么会喜欢沉安呢？单纯是因为操作好游戏水平高吗？

风越吹我越浪：对对对，我也想知道，沉安……长得也不帅，打游戏也就那样，也没啥可以吹嘘的东西，心态糟糕，还动不动臭着一张脸，超级普通的一个人，你们喜欢他啥啊？

还记得那年的长安：粉了沉安五年了，你要问为什么，我有一个特别简单的答案，我喜欢他，就是因为他是个普通人。

你不必觉得可笑，这就是真实的。沉安有很多不足，尤其是心态，你们每天要重复一万次，我们这些粉丝都知道，沉安自己也知道。但是很多东西是很难改变的，你们只知道他心态崩，但是他很努力在纠正，让自己调整，调整的不好，他也会责怪自己。

沉安是个什么样的人？三次元里再普通不过的人，丢到人堆里都找不出来。学习不擅长，体育不擅长，甚至连社交也不擅长。

大概会是很多家长眼里的反面教材，就是“让你不好好学习非要去打游戏，现在就是这样了吧？”的那种人。成绩不好，高中开始就动不动打游戏了，勉强混了个高中毕业，走上了职业选手这条路。最开始的那几年，国内电竞环境糟糕，大家也都知道，他加的那个所谓战队——那会儿连所谓的俱乐部都没有，每个月给他三百元钱，他全职，饭钱都不够，从早到晚，就打《荣光2》。

他真实地喜欢着这款游戏，认认真真地磨炼着技巧。即使无数人喷沉安，也要承认这一点，但就技术而言，他月族的微操，绝对是世界前三。

长得不帅，有点儿邋遢吧，腼腆得厉害，第一次参加线下赛的时候，见到人都不怎么敢问好，和粉丝讲话就一脸不可置信“啊？你们是我的粉丝啊？”，不知道和粉丝说什么，只好一脸严肃，装高冷。

心态是真的爆炸，特别容易崩，每次比赛没打好，就臭脸。

最开始以为他是在跟别人发脾气，后来才明白他是在跟自己生气。会因为比赛没打好，就疯狂打练习赛，疯狂训练的那种，而且打练习赛的时候也是全程臭脸。

但他不是怪别人，只是在怪自己而已。

惩罚也是惩罚自己。

会让我想起我初中的时候，数学没考好，然后特别难过，大哭一场，导致老师和爸妈都不敢教育我，就都安慰我，说下次努力考好就好了。我那一个月情绪都不好，见到谁都臭着一张脸，然后为了给自己一个教训，每天做数学题疯狂刷题到半夜……

哎哟，真的烦，我喜欢的游戏选手怎么和我这烂性格一样？

然后立刻就反应过来，是啊，选手也是人。沉安这个性格不就是个普通人的性格吗？

沉安有一个小号，叫长安。

粉沉安多年的粉丝都知道，也不算什么秘密了。有一年沉安拿了《荣光 2》的世界冠军，虽然不是 RCG，但也是分量很重的比赛，他接受赛后采访的时候特别局促，不知道该说什么，半天就说了句“谢谢，会继续努力。”

那天他用小号发了一条微博：全都是因为这款游戏，让一个像我这样的人，在泯然芸芸众生的同时，还能听到掌声。

他小号的个人说明是“会一直打下去”，背景就是《荣光 2》的背景图。

看到小号的那条微博之后，我截了图，莫名感动，后来注册论坛，就用了这个 ID：还记得那年的长安。

大家都知道这几年《荣光 2》衰落得有多厉害，那年段公子说“会陪这款游戏走到最后”，戳中无数人的泪点。这几年不少职业选手因为没有《荣光 2》的比赛，多少都开始尝试着转型，或者在直播间里打各种其他游戏。看过选手直播的应该都知道，毕竟只玩一款游戏也很无聊，但是沉安就是这么无聊的一个人。

轴。

沉安，直播游戏三年来，只玩《荣光 2》，从来没玩过其他游戏。他从不会说什么“不忘初心”，也不会说“为这款游戏怎么怎么样”，更不会给自己做宣传，说不出什么煽情的话。直播的时候无聊得要命，就自己认真打，基本不和粉丝互动，最开始的时候我们说他这样不好，他说“打游戏分心更不好”。

真是不适合做游戏主播，不懂营销不懂宣传，有时候专业黑子进直播间喷他，他看到了也会情绪不好。粉丝会建议他把那些人都封禁，他也不去做，因为觉得“要能接受负面意见”。

想起来一件事，沉安这几年拿了很多比赛冠军对吧？奖金其实也不少，还偶尔能拿到一些广告，甚至游戏代言。这些钱除了给家里的，剩下的基本都用来偷偷支持一些《荣光2》的比赛，不少小的线上赛，比如龙鹰杯，很多届都是沉安赞助的。也没什么想法，他就是觉得自己也是《荣光2》的粉丝，希望这款游戏还能继续有比赛，大的比赛赞助不起，就弄一些小的比赛。

这件事不是他说的，也不是我编的，是段公子有一回直播间说的，当然也不只沉安，也有其他人做过，F神这几年虽然在国外，但国内的线上赛他也赞助了不少。后来我们问沉安，他说他很不好意思，觉得自己能为这款游戏做得太少了，大头都是F神他们出的。F神家世好这事儿我们也都知道，沉安只能做那么多，可能是因为他是个普通人吧！

去年粉丝后援团给他过生日，挺难得的，他跟我们说了几句话。

沉安说：很抱歉，我是这样的一个人……想改变的地方很多，想变得善谈，爱笑，想不那么有负担，但总是也改不了。被你们喜欢，有时候觉得很惭愧，你们眼里的我和真实的我不一样，一旦开始美化我，我就特别有压力，觉得我根本不是你们想象的那样。我真的是个特别普通的人，话都说不太好……

没关系啊，这世上有神，也有普通人。即使你一直说自己是最普通的沉安，但在我们这些普通的粉丝心里，你只有一个。

说得有点儿乱，但是也是想到哪儿就说到哪儿了。

想说的是什么？就是……其实只要不把沉安当作神，就好了。

打破一些固有印象，沉安今天的比赛，也有很多可圈可点的地方，不是吗？他之前的胜局，打得多漂亮？就算是最后0:2输给了鳗鱼，但是打得也不差啊，又不是什么重大失误，的确是鳗鱼打得更好，所以恭喜鳗鱼然后继续努力就好了。

没有接受采访，他都多少次没接受过采访了？因为他想说得都说完了，该做的就会自己去做。你们也不必喜欢他，沉安的缺点显而易见，只是希望你们不要无限放大这一点。他善良也努力，对待其他人，还有这款游戏，都带着点笨拙的赤诚，没有见过他去怪任何人，一直都是怪自己做得不够好。

挺开心的，我的偶像是个普通人。他和我一样，会犯错，会想要改正缺点，会觉得自己性格糟糕，会努力去纠正，会因为比赛结果不好而难过，会因为有人喜欢和支持自己而高兴……他从来没有自诩为神，粉丝也不需要他登上神坛。如果有一天，《荣光 2》真的彻底消失了，也会留下这个人的故事，一个普通的喜欢《荣光 2》的选手，认认真真打游戏打比赛的故事。

今天，也是很普通的一天，我也很普通，也依然喜欢着那个，非常普通的沉安。

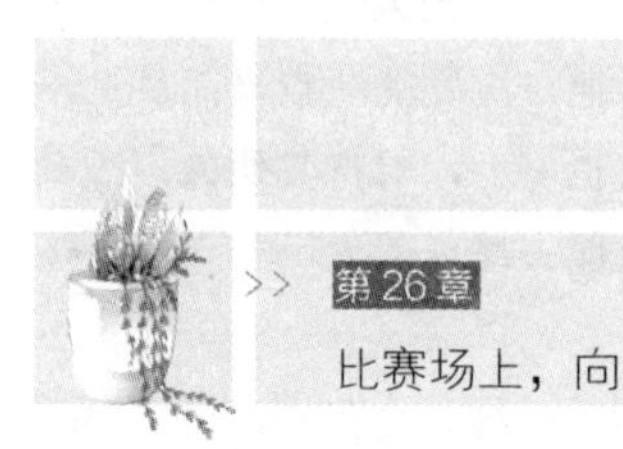

第26章 比赛场上，向来是长江后浪推前浪

论坛依然热闹，而对于现场的选手来说，比赛还要继续。

二十分钟过得很快，只剩下三个选手，鳗鱼、瓜帅和F神，无论如何，都已经是这一届RCG的冠军，亚军和季军。

鳗鱼和瓜帅的对决，将会决定谁能够进入决赛，直播间里挤满了人，所有的选手都到齐了，坐在选手席上观看比赛。

不知道沉安是不是也看到了粉丝在论坛上发的帖子，但他现在看起来心情好了不少，星帝忍不住问道："沉安，你觉得谁能赢？"

沉安先是愣了愣："鳗鱼吧。"然后又继续说道，"他这一次比赛，状态特别好。"

"嗯，我也觉得，"斐诰点了点头，"而且瓜帅……因为比赛节奏太快，一局接着一局，星族又容易拖到大后期，对人的精力和意志力的消磨是很大的，在和我对决的时候，已经能够感觉到瓜帅状态下滑。"

"就比赛的节奏来说，是比较公平的，"大懒说道，"比赛到这个时候，所有选手都是比了一天，瓜帅已经算是比的场数算少的了，鳗鱼之前输给F神进入败者组，一路过关斩将，他打的局数比瓜帅肯定是只多不少，从精力上来讲，他消磨得也非常厉害。"

初七微微偏过头，听着他们的对话，在这时候说道："不过鳗鱼状态很好，我看了他每场的场均APM，基本能保持同一水平线。瓜帅的场均APM却有所下滑，下滑了八点。"

初七没有继续说下去，其他选手也都沉默了，因为八点虽然是一个很小的数字，但高手过招，从来都是差之毫厘，谬以千里。

倒是岳子陵轻声笑了笑："你们一个个也太严肃了，比赛场上，向来是长江后浪推前浪，瓜帅早就是《荣光2》所有奖项的大满贯了，创造了无数历史和辉煌，不存在什么遗憾。到了这个年龄，手速下滑不是很正常？他当年是我的对手，我都退役多少年了。只不过瓜帅比我强，因为他不靠手速吃饭。"

这话所有选手都心知肚明，但只有月皇才能说这些话，因为其他人都还是现役选手，如果说谁能体会现在瓜帅的心情和感受，大概只有月皇。

月皇退役的那年，无数粉丝心碎流泪，希望他不要退役，希望他继续战斗。但是他清楚，自己已经不适合继续站在《荣光2》的赛场上了。

《荣光2》这款游戏的职业赛场上，每个选手都有自己最擅长的方面。有些选手靠的是精确的微操，有些选手靠的是精准的计算，有些选手靠的是精巧的战略，还有一些选手，靠的是惊人的手速。

岳子陵，就是这其中的佼佼者。

他之所以能成为月皇，是因为他在其他各方面技术都非常好的前提下，有一个其他选手都无法与之相比的优势：手速。直到今天，月皇还保持着《荣光2》国际赛历史上的最高APM记录，无人能够超越。但手速，也是最容易过峰值的东西。

当月皇再也没有办法保持当年的手速，就无法保持自己的优势，虽然他还是一等一的高手，却很难在一众选手中夺得冠军。他认清这一点之后，选择了退役。后来瓜帅、M皇等人轮番登顶，瓜帅其实只比月皇小一岁半，但他至今能够留在这个赛场，一次次登上世界之巅，是因为瓜帅的技术细节实在太好了，他精于细节，微操无敌，这些年即使手速有所下滑，依然可以凭借自己丰富的经验和近乎完美的细节技术来打败对手。

当然，还有一部分原因是职业。

星族本身就不是很吃手速的职业，瓜帅的性格冷静沉稳，知道忍让克制猥琐发育，懂得一点点蚕食对方的兵力，守得住前期，也能在后期发育起来之后展开凶猛的进攻。这个世界上，再没有一个人比他更了解星族，他吃透了每一个英雄，每一个兵种，对这个职业的理解之深，成就了今天的瓜帅。

这一场比赛解说由段公子和不二共同担任，嘉宾解说则是瓜帅多年宿敌——M皇。

月族VS星族，鳗鱼VS瓜帅。

第一局，双方随机到第十八张地图，鳗鱼从比赛的第三分钟开始对瓜帅进行骚扰，一直骚扰到第十五分钟，瓜帅升二本出夜王，将鳗鱼的月之法师生生留在了星光之地，然后一点点地磨死了他。鳗鱼收缩兵力，外围骚扰，在距离自己主基地比较远的地方偷偷开了分矿。

二十七分钟，瓜帅升三本，妖星在外面打野的时候被鳗鱼埋伏，残血回城，野怪被鳗鱼拿下，与此同时鳗鱼拿到一个+7的攻击之爪。鳗鱼集结军队对瓜帅的主基地进行了一波围攻。

三十一分钟，瓜帅出了第一条冰龙，高攻击的冰龙让鳗鱼的军团节节败退，最后不得不交出了回城卷轴，狼狈回城。

三十七分钟，瓜帅达到九十四个人口，浩浩荡荡的陆军、空军军团朝着鳗鱼的主基地而去，进行疯狂推塔。但此时鳗鱼虽然没有升三级大本营，却建造了密密麻麻十几座防御哨所，双方大战，因为有防御哨所的帮助，鳗鱼成功地将瓜帅的妖星击杀，但与此同时因为鳗鱼没有升三级大本营，没有能够真正和冰龙抗衡的兵种，仍然没能守住这个大本营，鳗鱼的英雄使用传送技能，来到了自己开分矿的地方。

四十八分钟，瓜帅终于找到了鳗鱼开的分矿，再次展开强推。

五十一分钟，鳗鱼打出GOOD-GAME。

这一局的优势大多数时候在瓜帅那边，但一直拖到了五十多分钟，中间有一段过程几乎称得上是无聊，大懒已经完全睡了过去，直到第一局结束，周围的掌声把大懒吵醒，大懒打了个哈欠：“结束了吗？”

他看了一眼比分，忍不住说道：“鳗鱼明知道这一局赢不了，为什么还故意拖这么久？”

“他故意的。”沉安轻声回答，“鳗鱼的优势不在经验和技术，而是体力和心态，对他来说第一局打得时间再久，输得再惨烈也无所谓，因为这不会影响到他的第二局比赛。但对瓜帅不同，之前输给F神，心态本来就有些不稳，这次分明稳赢的局，却拖了这么久，多少会对他有点儿影响。而且，就精力和体力而言，鳗鱼耗得起。”

沉安平日里话不算多，选手里私交最好的正是鳗鱼，所以到鳗鱼的比赛，他也会忍不住多说几句。

的确如他所说，到了第二局，双方刚开局不到十分钟，鳗鱼就已经用英雄击溃了瓜帅的防线，而此时正是正午时分，距离进入对星族有优势的夜晚还有很长时间，瓜帅在十三分钟的时候就打出了 GOOD-GAME。

第三局双方都有优势，经济和人口一直咬得很紧，前二十分钟是夜晚，瓜帅虽然占优势，但无奈鳗鱼做好了防守准备，而且前期的星族太缺钱，一直在进攻但没有讨到太大的便宜。到了二十五分钟之后，双方都升了三本，星族没有了夜晚加成，但拖到了大后期瓜帅还是有一定优势，双方你来我往地打了十分钟，瓜帅为了追击鳗鱼的英雄，两个英雄冲出了星光之地的范围，却不料正好中了鳗鱼事先埋伏好的陷阱，两个英雄被围死在了自己的家门口。

镜头给到瓜帅的时候，能看到他皱紧了眉头，神情有些懊恼和沮丧。

两个英雄牺牲了之后，优势自然不复存在，比赛进行到三十八分钟，瓜帅打出了 GOOD-GAME。

不二是瓜帅的粉丝，看到这一幕的时候直接掉下了眼泪，忘记了正在直播的解说。一旁的瞎转悠连忙说道："啊，瓜帅这边选择了投降，恭喜鳗鱼，以 2:1 的比分战胜了瓜帅，将和 F 神会师决赛！"

不二去给瓜帅做赛后采访，结果她眼泪都没擦干，声音哽咽着："瓜帅，这次你……"

"别哭。"

瓜帅看着不二，轻声说道："不知道的人还以为是我说了什么过分的话，把我们的美女解说给弄哭了呢。"

他中文极好，也善于化解尴尬，轻描淡写的玩笑话让不二的状态好转了不少，一旁的瞎转悠说道："我记得不二说过瓜帅是她最喜欢的选手吧，最初打这款游戏，包括做解说，有很大一部分原因是因为瓜帅，可能就是……采访偶像，太激动了。"

瞎转悠用鼓励的目光看向不二，不二深吸了一口气："抱歉，采访偶像真的太容易激动了，大家都知道我是瓜帅的粉丝，也给瓜帅做过不少比赛视频，有些是外文的，我就直接翻译成中文了，我还是瓜帅贴吧的小吧主呢，哈哈……希望大家能够原谅一个粉丝解说的不专业。"

她扬起笑容，原本就好看的少女面孔绽放光彩，“首先恭喜瓜帅在这次RCG中拿到了《荣光2》这次单人赛的季军，颁奖仪式将会在决赛结束后进行。下面我们对瓜帅进行一次赛后采访，唔，瓜帅这次比赛有什么想说的吗？会觉得遗憾吗？”

“说不甘心是有一点儿的，不过谈不上遗憾。”瓜帅扬了扬嘴角，“我最后几局的确没有发挥好，明知道鳗鱼是故意跟我消耗，还是有些耐不住性子，输给他也很正常。之前还有一局是输给了F神，很多人为我鸣不平，觉得F神给我下了个套，然后运气不好。我这里必须要重申一点，当时那一局，不管怎么看，我的胜算都比F神要大，如果我和F神互换角色，F神绝不会输。他是《荣光2》当之无愧的战术大师，率先炸掉桥梁也好，买中立英雄扰乱视线也罢，这些都是非常优秀的战术，是90%的选手不可能在大劣势的情况下立刻就想到的战术。”

“F神当时的做法非常果决，刚开局就直接出兵炸掉了桥梁，然后出了两个中立英雄，休息时我看了比赛视频，他用海妖的二技能推动渔船前进这个举动真的是……绝了！可惜《荣光2》不会再出新版本，否则可能还有希望做海军。

“接下来的决赛在我最看好的两个选手之间进行，能够作为一个纯粹的观众来看比赛，心情其实放松了很多，这两个选手无论谁获胜我都觉得是实至名归，理所当然，我也绝对相信他们会奉献出特别精彩的表现。”瓜帅顿了顿，苦笑道，“RCG是全球电子竞技最有分量的比赛，包括了几乎所有热门游戏。但对我来说，没有了《荣光2》的RCG，毫无意义。如果说这一次我不想夺冠，那肯定是假的。这款游戏陪我走过了十年，我从默默无闻的小选手走到今天，捧起过世界冠军的奖杯，拿到过很多荣誉，收获了无数赞美和掌声。当然，还有不菲的收入和志同道合的朋友。这些都是其他任何一款游戏没有办法带给我的，我感谢《荣光2》，也感谢所有支持我的粉丝。”

掌声响起。

不二刚才止住的泪水又忍不住流了下来。

瓜帅看了一眼选手席上岳子陵的方向，然后继续道：“大家也都知道，我在参加这次RCG之前就说过，比赛结束之后，也是我退役的时候。

虽然说是退役，但是真的别难过。我该直播还直播，该娱乐还娱乐，只是我的精力和能力，的确不足以支撑我在最顶尖的赛场上继续比赛了。当然……也可能以后不会有这样最顶尖的赛事了。”

“其实我在这个赛场上已经待了很久了，我的老战友，老对手们，除了M皇，基本都在几年前退役了。早年，我曾经觉得打败了月皇，就没人能和我抢世界冠军了，结果又出了一些很难缠的对手，真烦啊！”他像是想起了那些往昔的峥嵘岁月，笑容灿烂了不少，“但那真是《荣光2》最好的时代，新人辈出，人才济济。我们这些选手你追我赶，拼命钻研各种玩法，考虑所有的搭配，计算不同兵种不同英雄的射程，研究各种战术战略……百花齐放，大概就是这样的感觉。”

“所有职业都有了各种各样的打法，四个强势职业也都有了本职业的佼佼者，当然，还产生了独属于F神的称号——随机之神。那是最好的时代，也是《荣光2》最辉煌的时光，如果可能，我希望时光永远停留在那一刻。”

说着，他又自顾自地摇摇头：“我们都知道这不可能。我做直播的这几年，不少粉丝会来跟我说，是看我的比赛长大的，说他学生时代就看我打《荣光2》，现在已经结婚有孩子了。哇，我都还没有结婚啊！你们能不能对你们的偶像友善一点儿？

“时间不会停下，它只会一路向前跑。但是也没有关系，我想，就算有一天，我已经白发苍苍了，坐在躺椅上，回忆起那些打《荣光2》的时光，还是会心存感激。

“因为最让我热血澎湃、热泪盈眶、永生难忘的记忆，都和《荣光2》息息相关。这款游戏成就了我，也让我成为现在的我。就像它的名字一样，给了我无限荣光，让我能够站在这个台上，看到无数为我挥舞的荧光棒。同样的，我也为这款游戏燃烧了整个青春，过去，现在，未来，都绝不后悔。

“那些看着我，陪伴着我的粉丝们，我相信，我也充盈了他们的青春。”

不二泪水止不住地往下掉，肩膀微微颤抖着，却还是看向瓜帅的方向，拼命点头。

如果不是因为眼前这个人，她根本不会打这款游戏，也不会做《荣光 2》的游戏解说。

瓜帅向前走了一步，靠近台下的粉丝，他声音洪亮："不多说了，做个结束吧。在《荣光 2》最好的年头，我打过一场大劣势翻盘，最终夺冠，至今仍然放在《荣光 2》论坛的经典赛事视频中，那年赛后采访我说过一句话，是什么来着？"

说着，瓜帅将话筒伸向了观众面前。

几乎是全场观众一起，异口同声地喊了出来："愿星火不灭！荣光永存！"

"记性不错嘛。"瓜帅收回话筒，挑了挑眉，"看到好多人哭了，别哭，要哭至少也要看完我和 M 皇的 2VS2 比赛再哭吧？"

瓜帅有些调皮地笑了笑，鞠了个躬，然后在呼喊声和掌声中，走下了台。

愿星火不灭，荣光永存。

"各位观众，经过激烈的厮杀，我们终于迎来了决赛的两位选手，他们分别是 F 神和鳗鱼！"段公子的声音响起，"这是本届 RCG《荣光 2》项目的单人赛决赛，两人中的胜者将问鼎冠军！"

场下掌声如潮。

"本场解说由我和瞎转悠共同担任，嘉宾则是邀请了月皇和瓜帅两位重量级嘉宾！仍然是 BO3 的比赛，相信这场比赛一定会非常精彩，"段公子继续道，"让我们一起来看比赛吧！"

镜头给了鳗鱼和 F 神一人一个特写，两个人的神情都非常认真。

是决赛，所以选择了最大的主会场进行直播，即使如此容量也不太够，不少观众都是站着看的，而官方的直播间里更是热度超过了五六百万，无数双眼睛都在盯着这场比赛。

毕竟是最后一届 RCG，这一届比赛特殊，加上之前的假赛事宜闹得沸沸扬扬，即使已经很久没关注过《荣光 2》的老玩家，也关注起了这次国际赛的重赛。

裁判：F 神随机职业，鳗鱼月族，请双方选手选择禁用地图。

F：无禁用地图。

鳗鱼：无禁用地图。

裁判：双方均无禁用地图，请双方进入三十秒调试地图，调试无误请输入 1。

F：1。

鳗鱼：1。

裁判：双方选手调试无误，决赛 BO3 第一局，比赛开始！

台下的边牧深吸了一口气，打起了十二万分的精神看向游戏屏幕，他刚刚刷过论坛，《荣光 2》的论坛除了对瓜帅的感慨之外，其他的帖子全都是围绕着这场决赛的胜负，就论坛上来看，多数人还是倾向于 F 神能够取胜，作为 F 神多年铁粉的边牧，自然也是一样。

F 神，斐诰，传说中的第五职业，《荣光 2》随机第一人，曾经两次在 RCG 的决赛上拿到过亚军，每一次都是惜败。

他拿过无数个奖杯和荣誉，但始终没能在 RCG 上登顶。而过去的三年，他虽然没有参加过 RCG，江湖上却始终流传着他的传说。

过去的三年，因为没有这个人的出现，RCG 国际赛的舞台上，从来没有出现过日、辰、玄这三个弱势职业。这一次，F 神荣耀回归，战胜暗殷 27 之后，在段公子的直播间里公开宣布：如你们所见，我回来了。

虽然他这三年没有参加任何大型比赛，但很明显一直在练习，水平没有下降，手速都几乎没有下滑。

这一届 RCG，他从海选开始，初赛、复赛、淘汰赛再到国际赛……几乎没有败绩。进入八强赛以来更是一路高歌，屡战屡胜，上一场比赛对战瓜帅，出其不意地用没有空军的辰族获得了胜利，创造了“海军奇迹”。向所有人证明，三年后的 F 神，依然是首屈一指的战略大师，依然是“奇迹之神”。

这样的战绩和过去，再加上庞大的粉丝数量，斐诰的夺冠呼声在决赛开始之前，几乎到达了顶点。从他过去和鳗鱼对战的记录来看，赢的局数更多，甚至在八强赛刚开始的时候，他们就已经遇到过，F 神在那一场比赛中取得了胜利。

粉丝们真是万分期待，他们太希望 F 神能够拿一次 RCG《荣光 2》项目的世界冠军了——而这一次，已经是最后的机会。

第一局 F 神也的确非常顺利，随机到了“幻武”这个职业，第二十张地图，两个人的出生点非常近，F神出了迭戈，二级就开始进行骚扰，在第七分钟凭借过硬的操作单杀了鳗鱼的月之法师，一路高歌猛进，占尽优势，在第十四分钟的时候，鳗鱼打出了GOOD-GAME。

边牧看到F神拿下第一局的时候兴奋地快要跳起来，比自己赢了比赛还激动，幸好周围不少人都是F神的粉丝，所以没有显得太突兀。

中场休息的三分钟，边牧忍不住给初七发消息。

边牧最可爱：啊啊啊小七，我好激动啊！F神要夺冠了！

初七：才打了一局。

边牧最可爱：美好的开始是成功的一半！而且你自己也说了，就过往胜率而言，F神根本不虚鳗鱼的！鳗鱼虽然心态很好，也很有战略战术，但是和我男神差距很大！就像地球到月球那么大的差距！我连这次F神取胜之后的宣传语都想好了：退隐三年，一朝归来，身披荣光，站上世界之巅！

初七：……

表哥想得还挺多的。

她正要发信息的时候，收到了边牧的下一条信息。

边牧最可爱：不要跟我科普月球到地球有多远！我不想知道！

初七：……

她默默地将已经准备发出去的那条信息给删了。

初七：不知道就不要瞎举例。

边牧最可爱：那是我对F神的信心和希望！他获得了两次世界亚军，粉丝都快心疼死了，尤其是上一次，最后一局，如果不是随机到了弱势职业，他肯定能夺冠的！最后一届RCG了，我超希望他这次能夺冠啊！难道你不希望F神获胜吗？

初七看到消息之后，歪着脑袋想了想，又看了一眼场上的两个人。

初七：算是希望吧。

边牧最可爱：什么叫算啊！？

边牧最可爱：我懂了，你是因为害羞！哼！被我看穿了！

初七：但是如果从你的角度来说，那我也是希望鳗鱼能赢的。

边牧最可爱：啥？初七你个小叛徒！

初七：……鳗鱼也没拿过世界冠军，也是最后一次机会了。冠军只能有一个。如果鳗鱼输了，不是也很可惜吗？

边牧最可爱：这样一说我突然有点儿难过。

边牧最可爱：不对！反正冠军只能有一个，那你只能支持一个人！你选谁？！

初七：从数据上看，F神获胜的可能性更大。从逻辑上讲，我的成绩已经定了，他们无论谁夺冠对我而言都没有影响。从道义上说，他是我的搭档，我应该支持他。

边牧最可爱：啧啧啧小七，你变了，你以前很坦率的。

初七：？

边牧最可爱：你明明和我一样希望F神能夺冠，还说得这么冠冕堂皇，啧！

初七：……表哥你内心戏有点儿丰富。

边牧最可爱：那我换个问题，如果F神输了，你会伤心难过吗？

初七：不会。

边牧最可爱：初七！你诚实一点儿！

初七：为什么会因为其他人的胜负而难过伤心？这不合逻辑。我可能会有点儿遗憾可惜，因为他有夺冠的实力，但电子竞技的比赛从来如此，难道瓜帅就不可惜？

边牧正要继续说点儿什么，第二局比赛已经开始。

第二局，F神随机到“旭日”这个职业，双方出生点同样离得很近，鳗鱼出来探路发现F神是“旭日”职业之后就立刻给大本营升级到了二本，十分钟就出了第二个英雄，“旭日”的英雄实在太差，F神始终有些力不从心，即使是去商店买了中立英雄，依然没能挽回颓势。在第十八分钟打出了GOOD-GAME。

“1:1平！”段公子说道，“三分钟的中场休息之后，我们将会来到本次RCG《荣光2》单人赛决赛场的决胜局！两位选手的表现都非常出色，也让我们共同期待第三局他们的表现！”

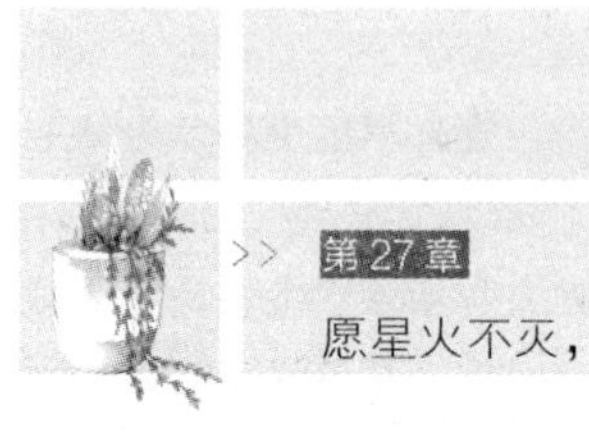

>> 第 27 章

愿星火不灭，荣光永存

第三局开始。

禁用地图是第八十七张。

F 神随机到的职业：玄机。

“好，我们可以看到，这一局 F 神随机到了玄机，”段公子解说道，“第八十七张地图，“玄机”还是有点儿劣势的，地图上的时间是白天，月皇对这局是怎么看的呢？”

岳子陵皱了皱眉：“这张地图好像没有什么地方可以给‘玄’这个职业做掩护吧？”

“玄机”主要靠布阵和各种玄机之术取胜，很擅长设置各种机关陷阱，一般来说，设置机关陷阱是需要地形地貌来做掩护的。这张地图光秃秃的，地很平整，没有山峰，树林又分布的比较零散，的确不太适合设置机关。

选手席上的初七，看到随机到这个职业的时候也微微皱了一下眉头。一旁的星帝问道：“有多大胜算？”

“啊？”初七先是一愣，然后细细估算了一下才说道，“这局鳗鱼胜算更大，在 65% 左右。”

星帝不动声色地点点头，看了一眼旁边的大懒：“醒了？”

前两局虽然也是很关键的比赛，双方选手也都打得很出色，但是基本上都是一边优势明显，所以很快就出了结果。大懒在第二局的后半部分就睡过去了，这会儿倒是精神了不少。

大懒点点头：“决胜局还是要看的。“玄机”……F 神每次决胜局，随机的脸都有点儿黑啊。”

上一次 RCG 的决赛，F 神关键决胜局随机到的也是弱势职业，后来惜败，只拿到了世界亚军。

“双方的出生地距离不是很远，F 神和鳗鱼都出了自己的第一个英雄，F 神出了牧流风，鳗鱼这边出了月之法师，”瞎转悠解说道，“比赛进行到三分二十五秒，鳗鱼派出四个小兵去不同的方向进行查探，想知道 F 神是什么职业。这个情况还是比较少见的。因为刚开局的时候为了让自己的英雄成长起来，一般就算出去查探，也就是派一两个小兵去一个方向查探，不会四个方向全探……”

瓜帅闻言说道：“鳗鱼是谨慎，我们这些人都吃过亏。派四个小兵去探路，虽然人力上有些浪费，但是却节省时间，能最快知道对方的职业，就算是有个小兵被对方困住回不来了，也只是前期的损失，后期可以弥补。但如果前十分钟你都不知道对方是什么职业，下半场会非常被动。”说着，他有些自嘲地笑了笑，“之前我和 F 神比赛的那一局，鳗鱼应该吸取足够的教训了。”

不过是刚结束没多久的比赛，又有谁能忘记呢？F 神出手炸掉了双方之间唯一的桥梁，瓜帅根本没想到对方会是连空军都没有的辰族。

直接导致了最后的败局。

鳗鱼和 F 神对战多年，当然知道 F 神的可怕之处，他必须用最短的时间来确认对方的职业，才能做一个全局的部署。

“欸，已经碰到了。”岳子陵说道，伸手指了一下屏幕，“东边，牧流风在打野怪，探路的小兵正在往那边走。”

段公子点点头：“对的，这样的话，鳗鱼也就知道F神这边的情况了，小兵现在回去……？”

“回不去了。”瓜帅轻声道。

原来，在牧流风开始打野怪的时候，F 神就已经在周围布置了机关，小兵在看到牧流风打野怪的同时，也已经进入了机关范围之内。

二级英雄牧流风带着召唤出来的傀儡和三个小兵。

鳗鱼这边的小兵光荣牺牲。

“这就是“玄机“的优势，打野基本不怕骚扰，一方面有傀儡，另一方面是会设置机关，”段公子解说道，“鳗鱼这边损失了一个步兵，其他三个步兵被他召唤回去了，然后鳗鱼现在在操纵两个农民，建造防御哨所，这意思是要……”

“拖后期。”岳子陵接过话茬儿，“这是月族对战‘玄机’常用的招数之一，因为所有人都知道，‘玄机’前期和后期都比较一般，但是中期非常强。现在比赛已经进行了几分钟，牧流风已经升到三级，而鳗鱼为了探路损失了一个小兵，月之法师没有小兵协助，打怪也打得比较慢，还没升到二级，前期已经没有了与之交战的机会。对鳗鱼来说，最好的选择当然是拖后期。”

瓜帅很赞成：“鳗鱼其实打游戏一直很稳，这一招没有什么不好。只是……”他顿了顿才继续道，“F 神既然随机到了‘玄机’这个职业，他就不会轻易拖后期的。一定会主动进攻。”

“比赛进行到九分钟，我们看到 F 神这边已经在给主基地升级，当然，鳗鱼这里也是一样，升级的同时他又建造了四座防御哨所。这一天，人们又想起了，被无数个月族防御哨所支配的噩梦！”段公子用夸张的语气继续解说道，“F 神的牧流风已经带领步兵和弓箭手朝着鳗鱼这边的主基地走过来了！这是主动发起了第一波进攻！”

屏幕上，四级的牧流风召唤傀儡，带着七个步兵和三个弓箭手浩浩荡荡地朝着鳗鱼的主基地走了过去，而鳗鱼这边已经建造了八座防御哨所。

“八座防御哨所，我的天，”瞎转悠感慨道，“我真的很怕遇到这样的月族对手。”

“建造多座防御哨所从来都有利有弊，”岳子陵缓缓说道，“虽然在短期内对方没办法攻进来，但也削弱了自己的攻击力，所有的经济都用在了防御上。牧流风已经要升五级了，但鳗鱼这边的月之法师才刚刚三级，经济放在了防御上，出的兵少，容易被压制。一旦实力相差比较大，对方真的想推，防御哨所再多也没用。”

瓜帅笑了起来：“F 神真是够坏的，你看他把大部队开到鳗鱼的主基地附近，但是也不直接发起进攻，而是刚刚好站在人家主基地不远的地方，把兵扔在那里，防御哨所也打不到，但是鳗鱼的英雄和小兵一出来就被攻击。现在人口差距比较大，F 神全面压制，再看看英雄差距，牧流风都快把鳗鱼家附近所有的野怪都清理干净了。”

“比赛进行到十二分钟，F 神升了二本，”瞎转悠看着屏幕，“欸，之前一直放在鳗鱼家门口不远处的兵也在这时候动了起来！牧流风来到了商店！”

岳子陵目光一凝：“无敌炮手。”

屏幕上，F 神在商店买了自己的第二个英雄，无敌炮手，除此之外，还买了几个炸弹人。

“F 神的第二个英雄是无敌炮手！看来是要发起正面进攻了！”段公子解说道，“牧流风在原地释放技能，傀儡之术！召唤出了十个傀儡！”

瓜帅忍不住说道：“啧啧，又是这样！没有预演，上来就是杀招。”

话音刚落，屏幕上的炮火声已经响起。

一个无敌炮手，十个傀儡身上绑了五个炸弹人，朝着鳗鱼的主基地攻了过去，弓箭手和步兵跟在后面，除了四个步兵留在原地和牧流风站在一起之外，F 神的所有其他攻击单位都已经上前。

三个炸弹人直接轰掉了鳗鱼的一座防御哨所，给剩下的傀儡开路，自然也牺牲了绑着炸弹人的三个傀儡。鳗鱼的月之法师释放技能，召唤出暴风雪和水元素，试图阻止对方的傀儡和小兵。

但他无法分辨哪个傀儡身上绑着炸弹人，只能全面抵抗，不让任何一个傀儡接近主基地。牧流风远程操纵傀儡进行风系攻击，靠近防御哨所的时候开启炸弹人，炸弹人连同傀儡一同爆炸，对鳗鱼的防御哨所造成严重损坏。

“鳗鱼这边中部地区的几座防御哨所建造得非常密集，有点儿亏，刚才三个炸弹人才能炸掉一座防御哨所，现在两个炸弹人已经轰掉了两座防御哨所，而且旁边两座防御哨所都已经造成重伤，余下的五个傀儡正在进行攻击。”段公子皱紧了眉头，“这对鳗鱼来说不太妙，因为 F 神的牧流风远程操纵傀儡，无论是击杀了对方的小兵还是摧毁了防御哨所，牧流风都是有经验加成的。而鳗鱼的英雄……咦？妖星呢？”

刚才场上太过混乱，炮火连天，硝烟弥漫，导致很多人很难看清场上的细节。

瓜帅回答："去找牧流风了。"

傀儡可以加速加防，虽然自身攻击力低，但也不容易被杀。傀儡组成的军团保护着后面的弓箭手和远程单位，而外围的防御哨所已被摧毁，鳗鱼打起来非常困难。但这招，牧流风的致命弱点是他自己，因为牧流风本身没什么攻击力，也没有防御可言，而一旦牧流风牺牲了，傀儡会全部瞬间消失。

这也是为什么"玄机"这么多年一直为人所诟病，很难和那四个强势的职业对抗，因为即使牧流风这个英雄六级之后，召唤出来的傀儡非常强大，本人却还是非常脆弱，牵制傀儡的同时，丝线会引导对方找到牧流风所在的位置。

"啊！"瞎转悠看到了屏幕上出现的月之法师，"月之法师率领自己的四个步兵来到了牧流风所在的位置！准备发起进攻！"

屏幕上，月之法师没有直接靠近，而是选择了召唤水元素向前攻击，与此同时几个小兵也在攻击对方的小兵，月之法师召唤暴风雪，向牧流风所在的位置发起了群体攻击。

"这就是'玄机'的可悲之处，牧流风虽然已经五级了，但他没有傀儡在身边，对战其他职业的三级英雄毫无胜算。尤其是这个英雄还是月族的爆发英雄月之法师。牧流风这边的血条在直线下降！"段公子皱紧了眉头，"F 神这时候会怎么做呢？撤回几个傀儡吗？"

瓜帅摇摇头："不，无敌炮手到现在还没发挥作用。F 神也在赌，我们知道他买了无敌炮手，但是鳗鱼……并不知道。"

屏幕上分成了两个战场，五个炸弹人已经用完，但是鳗鱼不知道炸弹人的具体数量，所以还在全力攻击剩余的傀儡，外面的战况是牧流风疯狂掉血。眼看着牧流风还剩下五分之一的血条，鳗鱼收到了警告：主基地正在被攻击！主基地正在被攻击！

"是无敌炮手！"月皇深吸了一口气，"无敌炮手这个英雄对建筑的攻击确实不可小觑，如果你确定选无敌炮手去攻击定点建筑，无敌炮手可以潜伏长达两分钟，再去完成目标。刚才 F 神斥巨资买的一堆炸弹人，其实是为无敌炮手打掩护的。现在无敌炮手已经成功对鳗鱼的主基地展开了攻击。”

无敌炮手作为最低价格的英雄，和炸弹人是有很大区别的，炸弹人只能炸一次，但无敌炮手只要还没死，就能继续对建筑发起攻击。

“50% 的血量！”段公子提高音量，“鳗鱼为什么不选择直接撤退？！ 40%！”

主基地仅剩下 30% 的血量！

瓜帅皱紧了眉头：“鳗鱼也是算好了的！鳗鱼放了三个农民，在无敌炮手攻击的同时维修主基地！鳗鱼是要杀掉牧流风！”

“水元素的最后一击！牧流风牺牲了！”瞎转悠惊呼道，“啊！鳗鱼的月之法师使用了回城卷轴！要去攻击无敌炮手！”

月之法师回到主基地旁边的时候，主基地只剩下 15% 的血量。

“无敌炮手还在继续攻击！”瞎转悠语速很快，“10%！水元素已经在攻击无敌炮手了！无敌炮手作为一个中立英雄，定位就是用来推塔的，所以防御很低！但是无敌炮手并没有要停止攻击的意思！一边走位躲避攻击一边继续攻击鳗鱼的主基地！没有放弃！ 10%！ 9%！ 7%！”

所有人的心都悬了起来。

选手席上的初七也攥紧了拳，她很清楚，如果这一波无敌炮手成功推掉主基地，那 F 神自然就赢了。可是如果无敌炮手没能推掉……

“无敌炮手牺牲了？”段公子皱眉仔细看着，想确定无敌炮手到底有没有牺牲，“好险啊！鳗鱼的主基地只剩下 4% 的血量！”

镜头给了两个选手一个特写。

他们看起来都不轻松，台下不少观众刚才一直屏住呼吸，看到无敌炮手牺牲了，鳗鱼的主基地还没有倒下，这才长舒了一口气。

选手席上的初七却皱紧了眉头。

一旁的星帝叹了一口气：“这局要拖到二十分钟以后了。”

牧流风牺牲，九十秒后才能重新召唤。而刚才因为击杀了牧流风，鳗鱼的月之法师升到了四级，快要五级，但是两边的兵都牺牲得差不多了，鳗鱼还需要维修破损的主基地……

对双方来说，都是休养生息的时候。

“估计鳗鱼也没想到F神一上来就直接发动总攻了，双方之前连小打小闹的摩擦都没有，”瞎转悠感慨道，“现在两边都是在营地养伤，养精蓄锐，再等待下一次攻击。两边都……好穷哦。”

炸弹人和无敌炮手用掉了F神的几乎所有经济，重新召唤牧流风之后，他只剩下几十金币。

而对面的鳗鱼虽然状况稍好一些，但是要修缮主基地、升级二本、出第二个英雄……算下来也和F神差不多。

“不会和平太久的，”瓜帅缓缓说道，“F神没有让无敌炮手牺牲，就说明他等一会儿会再来一次。因为鳗鱼的防御哨所已经拆的只剩下两座，而鳗鱼如果要升级二本就不可能再把所有的经济都放在建造防御哨所上面了，不过F神应该会想办法先让牧流风升到六级。鳗鱼这边肯定修好大本营之后肯定要升二本，出第二个英雄，时间上算差不多。”

两分钟以后，F神带着重新出来的牧流风出去刷野怪，准备升六级。与此同时，鳗鱼的大本营修缮完毕，升到了二级，但是鳗鱼没有直接出英雄，而是到了商店。

段公子揉了揉眼睛：“那是？海妖？！”

近几年的RCG赛场上根本看不到这个中立英雄，却没想到这一届，四强赛就出现了两次，这一次竟然是在决赛的决胜局上！

“海妖突然就热门起来了呢，”瞎转悠摸了摸下巴，“不过也能理解，因为对月之法师来说，海妖的被动是非常有用的，这样月之法师就能和牧流风差不多时间升到六级。”

比赛进行到二十分钟，牧流风先一步升到了六级。

牧流风在主基地设立了一个防御阵，然后率领自己的步兵、骑兵和弓箭手，浩浩荡荡地朝着鳗鱼的主基地而去。牧流风升到了六级，召唤出来的傀儡能够飞并且可以加速，整个军队的移动速度非常快。

当鳗鱼发现F神的军团已经到了自己主基地附近的时候，月之法师还和海妖以及几个小兵农民一起，在外面刷野怪。因为前期鳗鱼被F神压制的比较厉害，附近的野怪都被刷完了，而这时，妖星走出去的距离也比较远。

“哎呀，刚才已经用过一次回城卷轴了，”岳子陵叹了一口气，“但是如果就这么慢慢赶回去，也很不划算。”

瞎转悠看向岳子陵，问道：“为什么？”

“因为家肯定又被拆了不少，赶回去也难打，对方都六级了，傀儡强无敌。六级的牧流风召唤出来的傀儡，飞行速度很快，而且高防，是肉盾，还能加速加防，四个傀儡将牧流风守在中间，打不了的，还得不偿失。现在野怪打了一半，这时候回去真的很亏。”岳子陵摇摇头，“除非……”

“除非什么？”

“除非不回去。”岳子陵目光深邃。

瞎转悠和段公子对视一眼，表示都没听懂。

但是瓜帅却明白了，他赞许地点点头：“有道理，鳗鱼应该想好了，刷完这个野怪，月之法师也会升到六级，就有大招了。”

屏幕上光芒闪现，野怪被击杀，月之法师升到了六级，海妖在这时候也升到了六级，击杀野怪掉落了一个加暴击伤害的爪子，不知道为什么，鳗鱼把这个爪子给了海妖。

F神在认真地拆家，三个民居，两座防御哨所，从外面一路拆过去，鳗鱼主基地没有英雄，单靠几个兵和农民，抵抗得十分吃力。

“为什么鳗鱼的月之法师不用大招回去？”瞎转悠皱紧了眉头，觉得鳗鱼的脑子不太清醒。

“你看，月之法师的方向。”瓜帅扬了扬下巴，“鳗鱼觉得回去不划算，所以也要拆掉一点儿对方的建筑。”

果不其然，月之法师还要率领着小兵和农民，绕后路来到了F神的主基地附近。

“等会儿……我看到了什么？”瞎转悠眨眨眼，“农民在这里建攻击哨所？”

鳗鱼主基地那边，F神的军团已经将两座防御哨所拆的一干二净。鳗鱼的步兵和骑兵将主基地围成一圈保护起来，最里面的四个农民，在全力抢修主基地。

F神皱了皱眉，傀儡飞出，无敌炮手紧随其后。

与此同时，鳗鱼这边的攻击哨所建成了。

“所以鳗鱼是想在这里召唤？”段公子皱起了眉，“但是这个位置，虽然不会被防御哨所打到，但是距离主基地还是有点儿距离的……咦？”

他话音未落，就眼睁睁地看着F神的主基地，居然……移动了！

“海妖。”瓜帅沉声道。

海妖！只见海妖顶着攻击，生生将F神的主基地向后推动了两个单位。

一个单位。

暴击！五个单位！

鳗鱼在F神主基地附近建立的防御哨所！开始了对F神主基地的攻击！

海妖牺牲。

“鳗鱼的主基地还剩下90%的血量！农民在抢修主基地！”段公子解说道，“而月之法师这边！月之法师使用了大招！”

月之法师的大招是传送，能够把自己的二十个单位传送到己方的建筑附近，不过鳗鱼那边没有那么多的兵了，所以只传送了四个弓箭手和四个步兵过去。

“两边同时拆家！”段公子提高了音量，“F神也把所有的农民都派过去维修主基地了！”

选手席上，初七的手一直紧攥成拳。

大概是太久没有见过这样紧张激烈的场面，两边主基地的血条都在逐渐下降。

速度几乎一致，这就是所谓的……换家！

“鳗鱼这边的主基地还剩下50%的血量，F神的还剩下47%……鳗鱼建造的攻击哨所还是起到了很大作用的！推塔比无敌炮手还要快！”

40%。

20%。

10%。

轰隆——

初七闭上了眼睛。

屏幕上显示了一排字：F神已被鳗鱼击败。

下面一片哗然。

“啊？”

“什么意思？”

“F 神……输了？”

几个解说也是一脸蒙，于是重新看了一遍回放。

的确是鳗鱼先一步将 F 神的主基地推掉了。

段公子深吸了一口气：“惊心动魄的一场比赛，现在，让我们恭喜鳗鱼，取得了这次比赛的胜利。本届 RCG《荣光 2》项目单人赛世界冠军，就此诞生！”

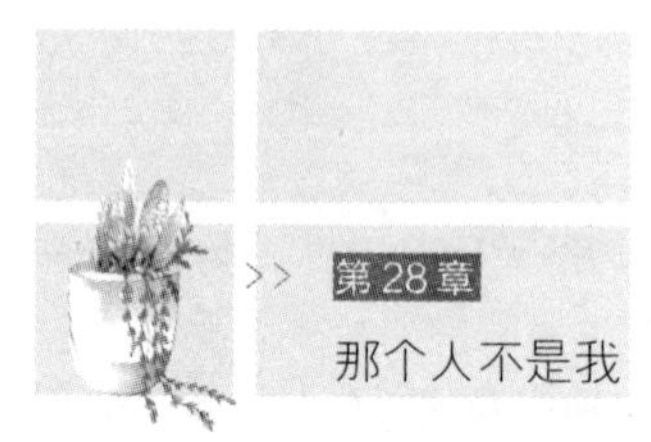

第28章 那个人不是我

掌声雷动。

斐诰在座位上坐了好一会儿，才站起身，跟鳗鱼握手：“恭喜。”

他嘴角，挂着一抹淡淡的苦笑。

台下，无数 F 神的粉丝看到这一幕，都已经红了眼眶。

“好的，让我们来采访一下这次的冠军鳗鱼，”段公子将话筒递给鳗鱼，“在最后一届 RCG《荣光 2》项目上夺冠是怎样的感受呢？”

选手席上，初七缓缓松开攥紧的拳头，这才发现自己手心，竟然已经有一层细密的汗。

自己打比赛的时候，都没有这么紧张。

台上，斐诰已经后退了几步，将位置留给鳗鱼做采访，他现在也不能下来，因为采访结束之后，就是颁奖仪式。

很多年前就有人吐槽过，RCG 的《荣光 2》比赛，亚军是最惨的，因为亚军没有专门赛后采访。其他所有选手，在输了之后止步八强，六强，四强也好，因为胜者要继续比赛，所以只对败者进行采访，一直到第三名都是如此。

只有决赛不同。

胜利的人是冠军，自然要对冠军进行专访。

电子竞技的赛场一向残酷，又有多少人会专门给亚军进行一场专访呢？

“额，挺意外的，毕竟我没想过能赢，打赢瓜帅的时候我都觉得，自己已经把运气给用完了，”说着，鳗鱼笑起来，“可能爱笑的男孩儿运气不会太差，和F神这场对决，特别幸运，就是野怪掉了一个暴击，我一想，本来出海妖就是为了推主基地，这张地图我很熟悉，F神那个出生点，背后是可以突袭的，F神肯定是算过这个的，防御哨所的位置建得特别好。但是我真的运气好，海妖一共推了三次，居然出了一次暴击，推掉了五个单位，我一下就变优势了。啊……不知道怎么说，因为这次F神夺冠的呼声特别高，现场应该也有很多F神的粉丝，就是希望你们不要怪我，哈哈哈！”

现场再次响起了雷鸣般的掌声。

鳗鱼继续说道：“每次采访都要想很多，该说些什么呢？这次本来想着不用说啥，结果居然夺冠了，是很高兴的，也很感激我的粉丝们陪我走到今天。我知道你们也没特别希望我夺冠吧，我们的愿望都特别朴素，就是希望大家都健康、快乐什么的……”说着，他似乎有些不好意思地挠了挠头，“我呢，是个挺不着调的人，不管出多大的事，我都始终相信是能解决的，相信明天会更好，下次会更好。最开始打游戏的时候也是这么想，所以最初不管技术多糟手速多慢，也没放弃过。我从来没想过要放弃这款游戏，《荣光2》这么好玩不要放弃它！除非哪天出了更好玩的游戏，否则我是不会移情别恋的。”

“当然，更重要的是，要给我所有的粉丝鞠个躬，”说着，他深深地鞠了一躬，“有句话怎么说来着，军功章有我的一半，也有你的一半？我觉得我只有十分之一，剩下都是你们的。因为如果没有你们的支持和鼓励，鳗鱼走不到今天。想成为更好的人，想配得上粉丝们的喜欢，即使是看起来不着调的我，也有这样的愿望。希望我没有让你们失望。”

说着，他再次深深地鞠躬。

掌声经久不息。

接下来的颁奖仪式，鳗鱼、F神和瓜帅都上了场，分别拿到冠军、亚军和季军。

初七抬起头，看着台上那个亚军奖章，无端地竟然觉得有些刺眼。

所有人的目光都集中在领奖台上，她站起身，走了出去。

决赛结束，论坛自然更加热闹。

如是我闻：鳗鱼冠军，F神亚军，瓜帅季军，沉安第四。

飞呀飞呀：恭喜鳗鱼！力挽狂澜，绝地反击！精彩！

一条爱鳗鱼的咸鱼：“感谢你给我的光荣，这少年曾经多普通”——呜呜呜，鳗鱼粉终于等到这一天了！不用谢我们啊，你从无人看好走到今天，没有抱怨过，无论怎样的结果都在微笑面对，你不知道你这样的心态给了我多少力量，光是“笑对人生”四个字，就影响了我们所有鳗鱼粉，真的。

我见过那天的海：哭出声，鳗鱼你太棒了，太棒了！

可你欠我幸福：心疼F神。都说八强是双败赛制，但他……只输了那一场。其他人第一场输了之后，都还有机会再来。可F神输的第一场，就是最后一场。分明只输了一场比赛，却没有机会了。很替F神惋惜，RCG的冠军……可能就是没有缘分吧。

会当凌绝顶：呜呜呜RCG欠F神一个世界冠军啊！在现场，哭成泪人儿！

谢长亭：看得挺爽的，双方是都打得不错，但是鳗鱼真是打得好。尤其是，这么多年，又有几个人能在对战F神的时候，大劣势极限翻盘？这简直是一个新的奇迹啊！

月正圆：难怪瓜帅一直说鳗鱼是被低估的选手，这局鳗鱼APM，尤其是最后几分钟的APM，已经全面超越了他以往的所有数据。真是被激发了无限潜力吧？

不思议：哈哈哈，实不相瞒我就是想看到F神输，而且是被海妖给打输了，看起来太爽了！

呵呵哒：打成这样为什么还是F“神”啊？欸，平时论坛里那几个F神的铁粉现在怎么都不说话了？因为脸太疼了吗，哈哈哈。

辰光：是不是就我一个人觉得F神能这么红，主要是因为长得帅？单论实力真的能有这么多粉丝吗？

虎小乖：人家粉丝会吹啊，什么“随机之神”，传奇第五人，战略大师，奇迹创造者……一次RCG的世界冠军都没拿过，综合排名也就世界第五吧，这么多头衔，吹得好像他一直是综合排名第一。

小鱼鱼：鳗鱼赛高！太太太太太太太厉害了！在超过80%的人都希望F神一举夺魁的时候，他拿了冠军。这种压力你们常人根本想象不到，人家就是要证明给你们看看：不被看好的人，也能走到最后。

仙风德云：不是的吧……就是因为大多数人都觉得并且希望F神能够夺冠，所以鳗鱼才没什么压力啊。

虎小乖：有些人就是天天无脑吹F神，他其实不就是靠打随机，人家猜不到他是什么职业所以偶尔能赢吗？运气好而已。吹得跟什么似的，现在打脸不打脸？

FFFFF团：不打脸谢谢。笑死，猜不到他是什么职业所以能赢，我拜托你看看战绩，我们无脑吹，是你无脑喷好吗？如果打随机这么简单，那为什么只有他一个人打随机？即使是瓜帅、月皇、M皇这些人，他们都只能打一个职业，厉害之处是可以把一个职业打到极致。但是F神的魅力就在于多样性。随机出大劣势的多的是，包括和鳗鱼对战的这局，随机到“玄机”这个职业，我就问你换个人能打成什么样？有多少局是上来就能知道F神是什么职业的，F神还是赢了。

Boom：我的天，F神脸黑是众所周知的吧，就这样还有人说他是靠运气吗？F神如果真的运气好，至于跟瓜帅打得那一局那么惨必须要破釜沉舟孤注一掷吗？如果真的运气好，上局他如果随机到星族，你看看鳗鱼有的打吗？

鳗鱼笑起来敲可爱：又来了？鳗鱼连瓜帅的星族都打过了好吗？！

听见你说：F神不知道开创了多少种打法，创造了多少次奇迹，他每一次的战略战术都会给很多其他选手带来新思路，鳗鱼自己都说出海妖是受到F神的启发，也说能赢是运气比较好。海妖在推建筑的时候竟然出了暴击。输赢本身是非常正常的事情，我说句不客气的话，F神今天就算是0:2，每局都是十分钟输了，打得特别烂特别惨，人家也是RCG的亚军，是世界第二。请各位无脑喷之前，先掂量清楚自己的分量。我就不说什么“你行你上啊”之类的话了，整个八强赛只输了这一场，所以他是打得有多烂要被这么喷？

生当作人杰：既然输赢是很正常的事情，就麻烦各位F神的粉丝不要在论坛哭爹喊娘，惋惜不已，就你们家F神应该夺冠？就他一个人付出了无数努力？还有刷什么RCG欠F神一个世界冠军之类的，真的呵呵。爱哭去微博哭，别老在论坛发帖，我们想庆祝鳗鱼的胜利谢谢。如果胜负倒过来，鳗鱼肯定不会说什么，论坛肯定铺天盖地都是你们的庆祝帖。

F神我的嫁：恳请各位F神的粉丝冷静一点儿，F神自己说得很清楚，“RCG不欠任何人一个冠军”，平时偶尔刷几句粉丝的玩笑话，就不要一直在这里说了。电竞圈一向喷子多，更何况还有很多职黑，各位习惯就好，不要掐架了。我也把话放在这里，无论输赢，我都是F神的粉。

嗷嗷一只小狐狸：公平公正地说，两个人都打得很不错了。既然双方都认可“运气也是一种实力”，也就没什么必要在这里喊了。以及，恭喜鳗鱼获胜呀嘻嘻嘻！

鱼粉一枚：鳗鱼真的好棒啊！心态超好！笑起来的时候特别温暖，拿到世界冠军了，还是特别谦逊。

初七不知道自己要去哪儿，只是一路跑，跑到了一个没有人的角落，这才停了下来。

她靠在墙边，脑海里不停闪过刚才比赛的片段，觉得鼻头莫名酸涩。

有晶莹的液体从眼角滑落。

是……眼泪吗？

初七低下头，伸出手。

氤氲的泪滴滴落在她的手心，她红着眼眶，看它在自己手心里扩散成海。

她将右手覆盖在胸膛左侧心脏的地方，只觉得好像连心也都在一起下雨。

“原来表哥说的是真的……”她喃喃道，“真的会伤心，难过。”

分明是别人的比赛，无论胜负都与自己无关。

可她竟然会在赛场里难过到无法正常呼吸，跑到没有人看到的角落里，为这场比赛的结果而哭泣。

初七这才后知后觉地发现，在她心里，竟然那么希望斐诰能拿到这一届《荣光2》的世界冠军。

退隐三年重新归来，他就算看起来云淡风轻，又怎么可能不在乎？

他报名参加最后一次RCG的《荣光2》，是想要实现登顶的梦想，想要弥补前面两次拿到亚军的遗憾，想要在最后一届《荣光2》的比赛中，登上巅峰。

但他没有，他第三次拿到了世界亚军，成为所谓的“千年老二”。

还要站在台上，和冠军握手，向观众致意。

然后看着别人拿走奖杯，接受采访，站在巅峰。

不出意外的话，之后他可能还会在微博或者论坛之类的地方道歉，说对不起，是自己没有打好……

可他没有对不起任何人啊，他没有做错任何事。

这个人，这三年到底是付出了多少，才能一边尽全力做游戏的同时练习《荣光2》，让自己的水平始终保持在世界一流？

这十年，他到底是用了多少心力，才能在《荣光2》的国际赛场上继续打随机职业，哪怕是随机到那三个几乎没有人用的弱势职业，依然能打出这么高的水平？

不，这些问题，都不是数学题。

所以初七没有办法回答，更不能感同身受，只是一想到这些问题就觉得难过，忍不住替他觉得委屈。想到他在台上的那个笑更是心痛不已。

即使迟钝如初七，也看得出斐诰那个笑有多勉强多苦涩。

斐诰大概真的是自己所见过的男孩儿当中，最优秀的一个。可优秀如他，也不能万事如意。他已经几乎没有黑点可言，但对电竞圈的喷子来说，打随机会被喷，不打随机也会被喷，出其不意赢了会被喷，劣势输了也会被喷……

她以前有过这样的感受，胸腔里似乎有怒火在咆哮，替那个人感到委屈，却找不到一个发泄口。

上一次是因为陈跃他们在心底里看不起电子竞技，看不起职业选手，她替岳子陵委屈，替所有打职业的选手委屈，可是那一次，有一个人开解了她。

斐诰。

这个人好像有很神奇的力量，能够看到别人心里的想法，能够让人安心，相处起来没有距离感，很舒服。

会不由自主地信任他，甚至依赖他。

但她却忘了……斐诰，本身也是一个人而已，酸甜苦辣滋味遍尝过，会有喜怒哀乐，会有顺境逆境，会有失意难过的时候。

比如今天。

他将会是怎么度过？有人陪在他身边吗？有人帮他分担痛苦和忧愁吗？有人能让他平静下来，快乐起来吗？

还是说，每一次，都要露出这么苦涩的笑，然后装作什么事情都没发生过，一笑置之？

生平第一次，初七毫无理由地觉得，斐诰好像……有点儿可怜。

手机剧烈地震动起来。

是边牧打来的电话。

初七擦干了脸上的眼泪，却还是没有选择应答。

过了一会儿，就收到了无数条边牧发送来的消息。

边牧最可爱：初七我好难过啊，F神又是亚军……看到他领奖的时候还在跟我们笑，太难过了。在后台，不是我们好多粉丝过去想安慰他么，他还跟我们道歉说是他没打好，算错了，哇，我太难过了。

初七心里又是一痛，这和她想的一样，以斐诰的性格，会觉得是自己辜负了别人的期待，会愧疚自责，然后道歉。

边牧最可爱：我不知道怎么才能安慰他一下，本来想让你帮忙说几句的，但是你不见了……你去哪儿了啊？

边牧最可爱：哦！是不是和我男神在一起！难怪他也不见了！

初七微微皱了皱眉。

斐诰也不见了？

初七：在洗手间，现在回去。

她回去的时候，恰好在后门那里看到了一辆很眼熟的车。

笔挺俊朗的男人抱着一个白色裙摆的女孩儿匆匆忙忙地上了车。

关上车门的时候，他回头看了一眼，似乎是看到她了，又似乎没有。

那车缓缓启动。

初七站在尘嚣里，直到再也看不见那辆车。

她认得他怀里的那个女孩儿。

杜宛若。

喧嚣过去之后的选手休息室，显得格外冷清。所以，当岳子陵看到初七坐在休息室的时候有些惊讶。

“初七？”

初七抬起头，礼貌性地对着岳子陵点点头，作为打招呼。

她虽然一言不发，但岳子陵却自顾自地说道：“刚才有个女孩儿哭得晕过去了，好像是F神的朋友，”岳子陵看着初七，“所以F神送她去医院了。”

“哦，知道了。”初七静静地点了点头，动作和回应的速度却比以往慢了很多。

岳子陵察觉到不对，皱了皱眉：“你……怎么了？”

“为什么要跟我说这个呢？”初七没有回答，而是选择了提出问题，“这件事，本质上和我是没有关系的吧？”

听到这话，岳子陵先是一愣，然后像是明白过来似的，坐在了她不远处，笑了笑，才说道：“人和人之间，怎么样才算有关系呢？”

初七看向岳子陵，缓缓地摇了摇头：“其实我也不知道。”

她手里握着手机。

手机里，有斐诰发过来的消息，说杜宛若晕过去了，自己先带她去医院。

初七没有回复。

她不明白。

为什么自己会因为斐诰的比赛输了而难过？

为什么自己会因为斐诰和其他女孩儿的亲密而酸涩？

她完全没有立场做这些。

换言之，凭什么呢？

斐诰为什么要专门发消息给自己，像是交代行程一样解释这些？

岳子陵为什么看到自己一个人坐在这儿，就下意识地说起斐诰？

“F神，斐诰，”岳子陵缓缓说道，“喜欢你，这件事你是知道的吧？”

斐诰看初七的眼神，全天下怕是没人看不出来。

初七看着岳子陵，心想：怎么又是这句话。脸上却平静如水。

“你知道吗？其实刚开始认识你的时候，”见她不答话，岳子陵自嘲地一笑，然后才继续说道，“对你，我是动过一点点心思的。”

初七眨了眨眼睛，像是没反应过来。

“必须要承认，你十分优秀，也很吸引人，无论是外形和内涵，都让我觉得新鲜有趣，”岳子陵挑了挑眉，“更何况，那时候你还说过，我是你的偶像，是因为我才开始玩《荣光 2》这款游戏的。”

“嗯，是啊。”初七点了点头，“的确是因为你。”

岳子陵又笑起来：“我不算是个自恋的人，但是因为你的这句话，多少还是觉得欣喜，第一次线下见到你，也觉得你很好。坦白讲，我是想过，反正我们都单身，也许有机会发展一下。”

初七瞪大了眼睛，一脸的不可思议。

“别这样看着我，”岳子陵摆了摆手，“我当时只是脑子里这么一想，没有完整的计划，当然更重要的是，我对你更多的还是欣赏，没有到非常喜欢的地步，如果有进一步地接触，可能会更加心动和喜欢。不过……有些人动作太明显，我看懂了，我的这点儿小心思也就扼杀在摇篮里了。”

“什么意思？”初七感觉自己完全没听懂。

“丘山网咖，还记得吗？”

初七点点头：“我们一起 2VS2 的网咖，意外停电的那一家。”

“不是意外。”岳子陵叹了一口气，有些无奈地摇摇头，“说出来你可能不信，后来我留心查了一下，这家网咖的老板是斐诰。”

……

初七沉默了好一会儿，觉得十分不可置信：“所以，你的意思是……停电是他授意的？”

不可能。

那时候……她和斐诰也才认识没多久。

而且断电对斐诰有什么好处？一定是岳子陵的推断有问题。

“很难相信吧？那我给你透露另外一个信息，”岳子陵顿了顿才继续说道，“我记得那时候你跟我说是很多年前，我建议你去打影族的。”

初七点点头：“月皇应该不记得了，那些年和你打粉丝对抗赛的人不少，而且我和月皇不是线下直接打的，而是……”

“而是因为场地，在专门的比赛房间和我打得线上对抗赛，是吧？”

岳子陵打断了初七的话，“那个人不是我。”

初七愣在原地。

“那几年的校园行活动，行程很满，每天都有很多签售活动或者海报，粉丝又十分热情，一天下来，我已经筋疲力尽，但这个粉丝挑战赛是主办方答应的，也不能不做。”岳子陵缓缓道，“场地问题的确存在，所以最后定了一个折中的方案。”

初七已经明白过来：“和粉丝对战的虽然是你的ID，但其实是别人在玩，而且……也是职业选手？”

娱乐性质自然不至于上纲上线到打假赛的性质，岳子陵的状况也是情有可原，更何况，很多校园行其他职业选手也会去……当时初七和对方交手，能明显感觉到对手的老辣，一定是个职业选手。

“你提过这件事之后我查过时间，”岳子陵继续说道，“那年校园行，粉丝对抗赛是沉安和大懒帮忙打的，我当时觉得奇怪，这两个人都不像是会和你说这些的人。直到后来我和大懒闲聊，他记性差，基本都不记得了，反而是星帝提起，那次他忙完去找大懒，大懒当时很开心地说，F神帮忙打了几场，让自己睡了个好觉。”

F神帮他打了几场。

——是这幅画吧，我一直想找一个合适的机会，把它还给你。

言犹在耳。

当时她以为是巧合，斐诰也没有特意提过对抗赛的事。

所以并不是月皇记性不好，忘记他曾经指导过自己。

而是从头到尾，都是那个人。

他的建议，让自己玩了更适合自己的影族，并且获益良多。从某种程度上来说，甚至改变了自己一部分的人生轨迹。

初七低下头，苦笑了一声，自己到底欠了这个人多少。

“以前段公子跟我说，”岳子陵顿了顿，“他觉得你和斐诰这对儿有点儿难成，因为两个人都有点儿闷。甚至他觉得，你就算喜欢上了F神，可能也意识不到那是喜欢。而斐诰呢，其实也没有恋爱经验，甚至也不知道追女孩儿的正确方法，作为斐诰的朋友，段公子是有点儿忧心的。”

说到这里，岳子陵又笑了起来：“可我不觉得。”

初七看向岳子陵，静静等待他的下文。

“追女孩儿有什么正确方法？我觉得没有，拿出一颗真心和全部诚意，也就是了。对那个人百分百的用心，那个人会不知道吗？”岳子陵继续说道，“至于你，初七，你就算再不通人情世故，但当你真正对一个人动了心，真的喜欢上他的时候，怎么可能察觉不到呢？”

那个人和其他人不一样。

你对那个人的在意程度，也和其他人不一样。

这样的人出现了，再怎么迟钝，也会慢慢认清自己的心意。

初七其实从来没想过，岳子陵会跟自己说这些。

在她年少的时候，曾经把眼前这个人当作偶像，她那时候不知道崇拜、欣赏、仰慕和真正喜欢一个人的区别，甚至一度觉得，自己对岳子陵的感情，就是别人说的那种，类似于爱情的喜欢了。

是表哥一遍遍地纠正，告诉她这份感情更像是追星，不能算是真的喜欢。

她也有不服过，表哥又不是自己，凭什么这样断定呢？

表哥所说的那种，“真正的喜欢”存在吗？

就算存在，会发生在自己身上吗？

斐诰。

她在心里默默念着这个名字。

“看到我坐在这里，心情不好，你会下意识觉得，这和斐诰有关吗？”初七看向岳子陵，神色认真地问道，“你觉得我是因为他才心情不好，所以才跟我说这些？”

“啊……”岳子陵被问住，有些尴尬地挠挠头，“是……是吧。”

初七继续问道：“但这世上没有他喜欢我，我就要喜欢他的道理，当年给我指路的人是他，不代表我会因为这个喜欢他，对吧。”

这问话近乎是咄咄逼人，岳子陵有些蒙，连忙说道：“啊，对的，我没有认为他喜欢你，你就一定要喜欢他的意思，你自己的心意……”

“喜欢的。”初七点了点头，然后站起身，“我喜欢斐诰。”

岳子陵一愣。

“和他是不是喜欢我没关系，和他是不是当初那个为我指路的人也没关系。”初七歪着脑袋，“我喜欢他这个人。”

她眼里有绽放的光芒，唇边有浅浅的笑意。

岳子陵微微叹息，幸好最初只有一点点心动。

“今天，他比赛没能赢，我哭了。”初七坦荡地说道，“我从来没有为别人的比赛结果哭过，今天一个人在这里待着，就是想知道为什么会哭，想明白自己的心意。现在，我想明白了。”

“这是好事，”岳子陵笑起来，“准备什么时候告诉他？还是说，等他再次告白，答应他？”

“唔……”初七低头看了一眼手机，“等时候到了，我会告诉他的。在那之前，也请你帮我保密吧。”

岳子陵迎上她的眼睛，轻轻点了点头：“好。”

啧，斐诰这个人，真是人生赢家啊。

说不羡慕是假的。

第29章
我要成为和你并肩战斗的人

“她还没回复你吗？”

杜宛若醒来，看着斐诰一直盯着手机，忍不住叹了一口气：“斐诰哥哥，你是个榆木脑袋吗？你就不能打个电话，问问她在干什么？或者多追问几句？”

“不好，”斐诰摇摇头，“她有自己的生活，更何况，我找她没什么事。”

杜宛若撇撇嘴，心想：那你一开始给她发消息，解释自己的行程那又是干吗？

就在这时候，斐诰的手机提示音响起，斐诰立刻打开，脸上瞬间就有了笑容。

杜宛若将他的表情尽收眼底，叹了一口气后才问道：“回你了，说什么了？”

“哦，”斐诰没有抬头，“她问我什么时候有空开始练2VS2。”

啊？

杜宛若瞪大眼睛，简直不敢相信。哪怕是不擅长游戏的自己，看到斐诰最后没能夺冠的时候，看到他苦涩的笑容的时候，都忍不住泣不成声，周围的粉丝也是哭成一片，心疼不已，虽然……自己直接昏过去是有点儿丢人。

她知道初七一向冷静，但是也太真实了吧，都不安慰一下斐诰哥哥的吗？

不过……斐诰哥哥只要看到她的消息，就已经开心起来了。

晚上八点半，斐诰上了YY，看到初七已经在了，他看了一眼时间，确认自己没迟到："不是九点？"

初七约好时间，从不迟到，但一般也就是提前五分钟上线，不会早到这么久。

"哦，"初七声音安静，"忙完了，就先上来打一会儿《荣光2》，你不也提前到了？"

说完这句话，初七后知后觉地想起来，之前每一次和斐诰约好时间，她哪怕提前好几分钟，斐诰都是已经在YY上挂着的状态。

他从来没有让自己等过。

"嗯，我也忙完了，就先上来看看，"斐诰笑了笑，"不过你来得这么早，我有点儿意外。我记得你以前对双人赛的名次不是很在意，怎么，现在突然有点儿想赢了？是……"

"不。"初七打断了他，声音坚定，"我不是有点儿想赢，我，非常想赢。"

斐诰一愣。

"你呢？你不想赢？"初七语速微微加快，"边牧希望我来安慰你。我觉得现在你肯定也失落难过，但事已至此，没有时光机，也没有'如果'。我虽然不能感同身受，但我想，如果是我，这时候的心情，不是几句安慰的话，或者拥抱能够解决。真正能安慰我的，只有下一场的胜利。"

但是单人赛已经没有下一场了。

斐诰有些自嘲地扬起嘴角："很有道理。"

初七切出游戏，打开了网页，网页还停留在刚才浏览的界面。

在《荣光2》的论坛上，越来越多F神的粉丝出来发言，总算没有之前看到的言论那么令人生气。

陪F神走过的第十年：看F神比赛的第十年，今年F神的粉丝超幸运，前三年都只能看往年的合集集锦，但今年！我们可以做新的合集拉！开心！

不听不听王八念经：三次世界亚军，没关系，我们都有粉丝滤镜，在我心里，你是冠军呀！我的无冕之王F先生，比心！

滚筒那个洗衣机：之前来喷的好多都是从来没见过的ID，也是很服气了。我是F神粉，输了我是挺难过的，但没什么好抱怨的，电子竞技的赛场，不到最后一秒，谁也不知道结果。不过我也不同意各位所说的，F神和RCG《荣光2》世界冠军无缘。请不要忘了，这一届RCG的《荣光2》，还有双人赛呢。

是，还有双人赛。

五天之后，是RCG《荣光2》项目2VS2的决赛。

从现在的积分和水平来看，最终的前四名选手已经定下来了：M皇和瓜帅的MG组合，星帝和大懒的LAZYSTAR组合，F神和初七的FUTURE组合，还有那对从来没有过败绩的KQ组合。

对上其他三支队伍，他们的胜算都不小。

即使是传说中天下无敌的KQ组合，他们也不是没有胜算，上一次的友谊赛，如果延迟之类的因素都排除掉，他们可以算是赢了。

想赢。

很想赢。

“开始吧。”

斐诰的声音低沉而好听。

初七轻轻“嗯”了一声，重新进入游戏。

有几句话就在初七嘴边，千回百转，但她始终没有说出口。

因为你的一场比赛，为你伤心难过流泪哭泣的人，已经太多了。

我也一样。

但是，我不想成为那个在背后为你哭泣不止的人。

我要成为和你并肩战斗的人。

五天的时间一眨眼就过去了。

依然是RCG《荣光2》的比赛场，段公子和瞎转悠共同做解说，请来了月皇和大宇一起来担任嘉宾。

段公子说道：“欢迎大家来到《荣光2》双人赛现场。我们已经在长达一个月的线上积分赛中决出了国内外的四个积分最高的队伍，这四支队伍代表了当今世界《荣光2》这款游戏2VS2组合赛的最高水平，他们分别是KQ组合、FUTURE组合、LAZYSTAR组合和MG组合！经过裁判组的共同商定，最后决定比赛采取的是 BO3 赛制。”

段公子顿了顿才继续道：“第一轮会进行抽签，四个队伍两两对决，同样采取双败赛制，这是 RCG 历史上第一次举办《荣光 2》的双人赛，应该也是最后一次，所以是绝无仅有的一次比赛，我相信四支队伍都会给大家带来非常精彩的表现！”

“同样，因为考虑到时间和场地，”瞎转悠接过话茬儿，“两组同时进行比赛，我们到时候也会分成两组进行解说。”

第一轮抽签结果：KQ 对战 FUTURE，MG 对战 LAZYSTAR。

看到这个抽签结果，观众席上的边牧就心凉了半截，KQ 组合里的两个人，从来不打单人赛，如果单独拎出他们中的一个单挑，恐怕在世界排名都不会进前二十，但他们的组合配合起来却非常默契，几乎可以说是天衣无缝。

在现有的数据里，他们只要参加的比赛，无论线上还是线下，从无败绩。甚至基本都是完胜，连输一局的情况都很少见。BO5 经常 3:0 零封对手，BO3 就经常 2:0 结束战斗。

不过 FUTURE 至少还是赢了一局，没有输得太难看。

《荣光 2》论坛上一直有人在更新战报。

第一轮 KQ 2:1 战胜 FUTURE 组合，MG 2:1 战胜 LAZYSTAR 组合。

KQ 和 MG 进入胜者组。

FUTURE 2:0 战胜 LAZYSTAR 组合。LAZYSTAR 组合获得第四名！

KQ 2:0 战胜 MG 组合。

第三轮 FUTURE 组合 2:1 战胜 MG 组合。MG 组合获得第三名！

FUTURE 组合和 KQ 组合，会师决赛！

F 神我的嫁：哇，我的天，打了半天又要回来打 KQ！

FFFFFF 团：F 神如果这次再拿个亚军，那就真的是“千年老二”了，还连带着初七一起。

风从何处来：其实 F 神和初七妹子的表现很棒了，配合特别好，但是对手是变态啊，我的天！KQ 组合的这个配合我真的是服了，就好像是能心灵感应一样！

滚筒那个洗衣机：我不管！我相信 F 神和初七！F 神单人赛没拿到

冠军，说不定是因为运气全都留在了双人赛！哇，讲真，你们不觉得他们两个一起登上世界之巅，拿到奖牌，特别甜吗？

听说下雨天F神和初七更配哦：甜归甜，但是我不想抱太大期待，更不希望给他们两个人特别大的压力。上次F神单人赛的时候……压力真的很大了。

秋日暖阳：KQ组合都打了多少年了？包括大懒和星帝也是，初七和F神其实是个很新的Team，只是两个人心意相通，配合特别默契，我光是看他们两个人一起比赛就特别心满意足了，而且就算这场输了也是世界第二，朋友们！你们还想怎么样？

小呀么小沉安：真的，真的，我觉得FUTURE组合这个队伍的存在就已经是给我们发糖了！哦不！不是糖！是狗粮！但是讲真，我之前真的没想到，他们配合的这么好，打得这么棒？

十点零八分：啊啊啊啊又战成1:1平了！我的天……又是决赛局啊？

"好的，现在场上战成了1:1平，"段公子深吸了一口气，"2VS2的比赛每一局基本都在三十分钟以上，这也是原本的BO5调整为BO3的原因，有点儿为FUTURE组合捏一把汗，打到这个时候，不知道体力和精力是不是还跟得上。不过，刚才两局都很精彩，让我们进入五分钟的休息时间，然后进行第三局比赛。也就是……我们此次《荣光2》双人赛项目决赛的决胜局！请大家和我一起期待吧！"

初七的确是累坏了，额头上都是汗，对脑力的大量消耗，双方都有些吃不消。她走到休息区倒了一杯水，一旁的斐诰看着她："还好吗？"

"我没问题啊。"初七喝了一口水，回答道，"KQ那边也没比我们好多少。"

斐诰点点头："比赛到了这个时候，是最考验意志力的时候。"

"他们上一局的失误已经比较多了，尤其是那个Queen，我算过，他上一局，一共出过十个小失误，一个大失误，其中七个小失误都是在二十五分钟后出现的，那个大失误则让他们最终输掉了比赛。"初七微微歪着脑袋，回忆了一下上一局的情况，"我觉得他恐怕是到了这个阶段计算上有些跟不上，可能会是个突破口。"

斐诰闻言不禁失笑，原本他还担心初七会吃不消，没想到她倒是斗志昂扬。

说来也奇怪……在斐诰的印象中，总觉得初七不像是对 2VS2 的比赛这么有胜负欲的人。

“为什么这么想赢？”斐诰看向她，问道。

“因为想和你一起胜利啊。”初七不假思索地回答。

她也丝毫没有察觉出这句话有什么不对，她将水杯放在柜子上，然后就往外走。

两秒钟后，她回过头看向还站在原地的斐诰，皱了皱眉问道：“你不走吗？”

斐诰轻轻地嗯了一声，然后跟了上去。

我也……想和你一起胜利。

因为这句话而燃起的胜负欲，竟然比打单人赛的时候还要强烈。

裁判：FUTURE 组合

职业：星影

KQ 组合职业：星月。根据比赛规则自动禁用第三十九张地图的夜晚，请注意，2VS2 比赛不允许使用中立英雄。下面请双方选手进行三十秒的调试，调试无误请输入 1。

F：1。

Seven：1。

Queen：1。

King：1。

裁判：双方选手调试无误，决赛局第三局，正式开始！

随机到的是双人赛的第十二张地图，游戏中的时间是凌晨四点。

“根据比例来推算的话，在十六到十八分钟左右，游戏中会正式进入白天，”段公子开始解说道，“这张双人赛的地图很大，而且野怪众多，极其适合发育。不过现在的情况是，四个人的出生地点离得非常远。四个人出生在四个角落，队友分布在对角线。”

大宇说道：“嗯，这张地图我们以前也玩过，这张地图的分矿有七个，其中四个角落各有一个，然后中间的部分有三个矿点，野怪很多，升级很快。”

“我觉得这张地图对F神和初七是有优势的，”岳子陵笑了笑，“应该说是出生点有优势的。”

瞎转悠有些好奇：“啊？为什么这么说？”

“因为在一段时间里，他们可以把2VS2拆成1VS1来打，”岳子陵轻声解释道，“四个人出生在四个角落点，能看到友军的位置，但是不知道敌方的出生点，所以一定会去探点，初七第一个要探的就是Queen的矿点，F神也是一样。一旦定位清楚了之后，在前面至少八分钟，这个比赛可以拆成两个1VS1来打。”

大宇点了点头：“因为出生地离得远，英雄六级之前，援助比较困难，KQ组合之所以从无败绩，是因为他们的配合天衣无缝，但如果是1VS1，他们两个人单独的水平都未见得有多好。我看过KQ的所有比赛，他们的输局很少，但基本所有的输局，都是因为被对手强制性拆开，各自对敌，这是他们的短板。”

“啊，对哦！”段公子一拍脑袋，“包括上一局初七和F神能够赢，也是在打得过程中，想方设法地把对手的两个人分散到两个位置，然后各个击破才赢的。他们应该也很清楚KQ组合的这个弱点。”

岳子陵继续说道：“还有很关键的一点，就是精力，2VS2和其他的比赛不一样，2VS2是有分工的。比如FUTURE这边，战术制定是F神在做，初七负责运算。KQ组合也是一样，他们有一个选手专门做测算，比如射程、范围、人数、经济这些，是Queen来负责，但Queen和初七水平肯定有差距。Queen现在体力和精力也明显出现了一些问题，操作上看不出来，但是计算上的问题却是能看出来的。”

“这种高精度，高强度的大量运算，比赛到一定阶段出问题很正常，”段公子点点头，“刚才星帝和大懒那边也是这样，但是我们初七以前是拿过《珠心算》比赛世界排名的人，她在这方面做过大量的训练，连抗压能力也比一般的选手要强。这是挺大的优势。”

就在他们讨论的过程中，两队选手都已经确认了对方的位置，比赛进行到六分钟，初七已经展开了自己的第一轮攻击。

因为距离她比较近的是Queen，Queen是月族。夜晚的“影”前期完全不怕月族。初七让黑暗战士带了两个弓箭手，在沿途放了窥视之眼，一路来到了Queen的主基地附近。她没有选择直接骚扰，而是开始清除距离Queen主基地比较近的野怪。

“啧啧，”瞎转悠忍不住摇摇头，“初七以前玩影这个职业玩得多耿直，现在都和F神学坏了，清理对手附近的野怪，仗着前期优势让对手无可奈何，又没办法出来打你，这很明显……是F神的套路！”

一旁的段公子忍着笑，认真地看着屏幕上的情况：“欸？F神这边也出去了？”

“对，骚扰一定是双方一起进行的，这样的话，KQ之间的交流就会变少，因为都忙于应对。”岳子陵缓缓地说道，“而且F神应该是猜到了King的想法，所以才直接带着妖星前去骚扰。”

瞎转悠眨眨眼：“什么想法？”

“拖后期。严格来说是，拖到白天。”大宇回答道，“因为星月组合白天更占优势，而对于‘星影’这个组合来说，当然是晚上占优势。King刚才探点，已经知道了离自己比较近的是星族的F神，而Queen那边是影族的初七，Queen会被骚扰没办法好好发育已成定局，那么King就选择了前期猥琐，甚至不出第一个英雄，直接给大本营升二本，想出夜王。”

段公子恍然大悟：“啊，没错，King刚才选择了升二本，应该是觉得F神也是星族，这种前期比较弱势的职业，不会一开始就上来打，但F神从来不走寻常路，出了妖星就直接上去骚扰了，简直是把星族当‘幻武’在打。”

“这个思路就比较明确了，”岳子陵继续道，“两边同时骚扰，造成的结果是F神会损失经济，但是King也不会太好过，而初七这边，把Queen附近的所有野怪都清干净，升级自然也会比较快，这样说来，F神的战术是把重心放在初七这边。”

比赛进行到十分钟。

初七是四个选手中发育的最好的一个，她的黑暗战士已经快要六级，而其他三个人的英雄还都只有四级甚至三级，Queen那边被逼到几乎不能出门，因为“影”这个职业在夜晚真的很强，而初七的操作又比Queen要好，自然是全面压制。

而King那边，F神虽然进行了“孜孜不倦”的骚扰，但是King还是把大本营升到了二级，出了夜王。F神妖星四级，夜王也升到了三级。

F神操纵着英雄妖星暂时离开了King的主基地，选择去刷野怪，此时King也操纵夜王离开了主基地，开始认真地刷野怪准备升级。

“欸？初七这是已经发起进攻了吗？”段公子瞪大了眼睛，指着屏幕上的一个角落。

比赛进行到十三分钟，初七已经率领黑暗战士和女将军，带着弓箭手等单位，浩浩荡荡地朝着Queen那边而去。

“初七直接开始了进攻！拆家！？”瞎转悠眨眨眼，“真的唉，初七这边直接让黑暗战士作为肉盾，保护后面的输出，开始拆防御哨所！影族在夜晚的加成真是不容小觑，月族建立了两座防御哨所居然都不能拦住进攻！”

段公子皱起眉：“现在比赛进行到了十四分钟，初七难道就这样能攻下第一个主基地？毕竟2VS2其实丢掉一个主基地问题不大，大不了全都传送到星族那边，再找机会开矿就好。”

“不是的，”瓜帅摇摇头，“虽然2VS2的比赛，每十分钟就可以传送一次，但是如果全都去星族那边，星族那边的承受力是有限的，尤其是前期的星族都很穷，而且这张地图其他三个矿都在中间，再开分矿并不容易。比较可能的方案是星族传送过去援助。”

瓜帅话音未落，就看到屏幕上，在初七拆掉了第三座防御哨所，黑暗战士也已经残血的时候，夜王从天而降。

“传送！”段公子提高了音量，“2VS2的比赛，每十分钟就能进行一次友军传送，可以传送到友军的大本营或者是英雄身边，这是夜王直接率领自己的部队传送到了月族这边的大本营！为了抓住黑暗战士！五级的黑暗战士，现在只剩下五分之一的血量！”

夜王上前一步施展技能，想要让这个五级的黑暗战士死在这里。

“糟糕！”瞎转悠皱紧眉头，“初七现在就算是用回城卷轴也来不及了，孤军深入，就算是撤退，黑暗战士也折在那儿了！”

岳子陵轻声道："她故意的。等的就是夜王。"

下一秒，初七的队伍消失了。

夜王的攻击显示"无可攻击目标"，镜头给了几个选手一个特写，可以看到 KQ 两个人的脸上都是惊愕之色。

"传送！"段公子提高音量，"初七这边也使用了传送！直接传送到了友军英雄身边！等等！他们这是要……"

"拆家。"岳子陵也激动了不少，"从一开始就是个局，他们料定一旦黑暗战士快死的时候，Q 会让 K 过去，与此同时，初七也选择传送，不是传送到友军的大本营，而是传送到正在击杀野怪的妖星身边。两军会合，击杀野怪，妖星化解了这个五级野怪的最后一击，黑暗战士直接升到了六级！"

光芒闪烁，黑暗战士升到了六级。

段公子深吸了一口气："啊！这样的话，血就满了！不需要血药！"

"精准的计算……"瓜帅不由得感慨，"我说为什么 F 神在这儿打了半天，一直不使用技能，他们算准了伤害和距离，要让黑暗战士过来升级。一旦升级，血会直接回满，自然不用血药了。这俩人也太会精打细算了。"

段公子瞪大眼睛："所以他们现在是要去做什么？"

"妖星打得这个野怪距离 K 的大本营并不远，两军会合，这还不去拆一波家？"岳子陵笑起来，"我看这局，胜负已分。"

果然，F 神和初七两个人带领着军队，直接对 K 的星族主基地发起了进攻。

至此，比赛进行到了十六分钟，地图里的天已大亮。

"KQ 那边没有办法了吗？"瞎转悠忍不住问道。

"距离太远，援助来不及，夜王用过传送，现在只有 Q 的月族能使用传送，但是黑暗战士已经六级了，而且还是一对二，根本没法打。星族本来就穷，千辛万苦升到了二级大本营，被拆了也就算是毁了。"瓜帅微微叹了一口气，"这是战术失误，也是计算失误。初七的计算太可怕了，黑暗战士的操作，精确到了零点零几秒的范围，否则，刚才夜王的攻击不会落空。"

岳子陵点了点头：“F 神的战术，初七的计算，简直是 bug 一样的组合……再加上这局真的开局就运气不错，出生点给了他们很大帮助，如果拖到后期，天亮了对月族有加成，反而容易劣势。现在就……”

岳子陵话音未落，就看到屏幕上的字。

Queen：GOOD-GAME。

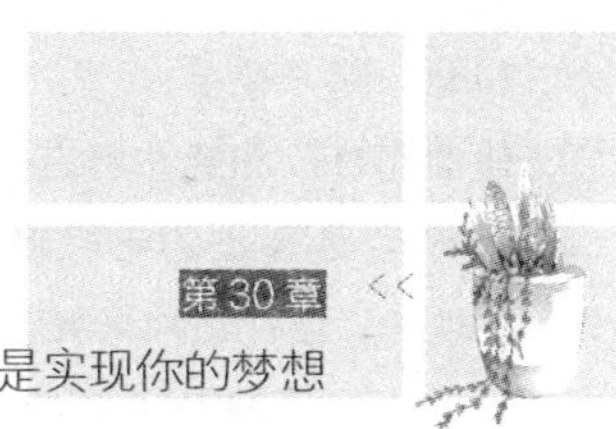

第30章 我的梦想，就是实现你的梦想

“赢了！”段公子大喊出声，“赢了！！！”

他激动得几乎喊破了嗓音：“非常精彩的一局比赛，这一场比赛决出了胜负，FUTURE组合以2:1的总比分战胜了KQ组合！让我们恭喜初七和F神的FUTURE组合！拿到了RCG《荣光2》历史上第一届2VS2比赛的冠军！当然也恭喜KQ组合拿到比赛的亚军！再次感谢双方带来如此精彩的比赛！双方的发挥都非常出色！”

斐诰仍然呆坐着，看着眼前的屏幕，似乎还没有完全反应过来。

台下的欢呼声和掌声已经响起。

“F神！”

“初七！”

“FUTURE！未来组合赛高！”

“我F神真的赢了吗？你们掐我一下啊，是不是真的啊！”

“战胜了传说中大赛从无败绩的KQ组合！”

“我要哭了啊，真的……”

初七已经站起身来，看向斐诰的方向。

这个时候，他们应该一起去和对手握手，然后向观众致意。

斐诰深吸了一口气，他抬起头，迎上了初七的目光，看到她眼里飞扬的神采。

他默不作声地想：她眼里真的有光。

直到这一刻，他心里才涌上了胜利的喜悦，才真正有了“拿到了RCG《荣光2》项目2VS2的世界冠军”这件事的实感。

啊。

赢了……

和她一起，赢了。

他站起身，和她并肩走向 KQ 组合。

KQ 组合是真正的常胜将军，第一次在大赛 2VS2 上落败，此时多少有些沮丧，强打精神来到了赛场中央，和斐诰跟初七握手。

颁奖之后，段公子开始了对冠军组合的赛后采访：“哎呀，老熟人了，我其实也很激动，因为我解说过不少 2VS2 的比赛，以前的大赛 2VS2 里只要有 KQ 组合参加，冠军就一定是他们，这一次，F 神和初七的 FUTURE 组合，创造了奇迹。先来采访 F 神吧，F 神，夺冠了，跟你的粉丝们说点儿什么啊。”

斐诰看了一眼旁边的初七，眼里满是温柔，然后又转向前面的粉丝，他轻轻扬起嘴角，笑容格外好看：“早些时候，有个朋友给我送了一幅画，还有一枚金牌。这是他希望我能在 RCG 上夺冠的美好祝愿。”

他语气平静，台下的边牧却一下红了眼眶。

因为那幅画和金牌，是他亲手交给 F 神的。

是他和很多粉丝的心愿和祝愿，他们都觉得 F 神退隐三年回归，参加了 RCG，当然应该一举夺魁。

但 F 神却又一次拿了亚军。

斐诰继续说道：“其实我们所有人都清楚，论对这款游戏的投入和认真程度，大家没有区别。谁都有夺冠的梦想，所谓的‘欠我一个世界冠军’之类的说法，本身就是有问题的。不过我很欣慰，因为从今天开始，你们再也不用说，RCG 欠我一个世界冠军了，虽然不是单人赛，但 2VS2 的世界冠军，对我来说意义非凡，我实现了我的梦想，至少是其中一部分。接下来的梦想，也会继续努力。想衷心地感谢所有粉丝，谢谢大家陪我走到今天，谢谢你们没有放弃《荣光 2》，事实上，RCG 去年就不准备继续举办《荣光 2》的比赛，只是考虑到粉丝群还比较庞大，才举办了这一届。对于很多选手来说，如果不是因为有你们的支持和鼓励，也不会一年又一年地站在赛场上。谢谢大家。”

说完，他朝着观众席深深地鞠了一个躬。

一时间场馆里掌声如潮。

连同边牧在内，无数粉丝都红了眼眶。

三次世界亚军，他们心中的“无冕之王”。

上一次，因为他单人赛输给了鳗鱼，无数人都在惋惜甚至落泪哭泣。

最后一届 RCG 的《荣光 2》项目比赛啊，谁能不遗憾呢？

然而到了 2 VS 2 的赛场上，这位“随机之神”却再一次创造了奇迹，和初七一起，打败了那个别人都以为没有人能战胜的 KQ 组合，将 2 VS2 的世界冠军，留在了国内。

红旗升起，国歌奏响，看到他们一起上台领奖的时候，觉得终于圆满了。

是了，从此以后，RCG 再也不欠 F 神一个世界冠军了。

“F 神我们爱你！”

“初七棒棒！”

“FUTURE 组合赛高！”

“指尖竞速，极限翻盘！ FUTURE 组合最棒！”

“我们是世界冠军！”

……

连段公子都忍不住觉得鼻头有些发酸：“我和斐诰私下里是很好的朋友，大家应该也都知道，作为朋友，看到他终于站在了世界之巅，特别欣慰。唔……”说着，他又忍不住眼睛滴溜溜地转，看向初七，“尤其是和初七一起站在领奖台上，请问 F 神，有没有什么想和我们初七说的呢？”

“是最好的队友，最好的搭档。”斐诰眼里满是温柔，“能和你一起组队打 2 VS 2，是我的荣幸。能够和你一起站在这里，捧起《荣光 2》的世界冠军奖杯，我觉得我打《荣光 2》的这些年，了无遗憾了。”

他顿了顿，又继续说道：“唔，如果可能的话，以后还是希望能和你一起搭档，一起打《荣光 2》，一起做更多的事。”

段公子忍不住清了清嗓子：“咳咳，这个所谓的，做更多的事是指什么呢？”

下面的观众也忍不住开始起哄。

初七偏过头，看向斐诰，神色格外认真。

“请做一个敬业的主持人好吗？”斐诰岔开话题，指着初七，“我们的另一个主角被晾了好久了。”

段公子是个很有分寸的人，也懂得见好就收，于是他开始了对初七的采访：“好吧，好吧，我们来采访一下创造奇迹的女主角，有没有什么想跟大家说的话？”

初七歪着脑袋，看向了观众席。

她一向视力很好，一眼望去，便看到了很多熟人的面孔。

宋词、袁璜、邱易、边牧……还有杜宛若。

杜宛若坐在很靠前的位置，迎上初七的目光，朝着她挥了挥手。

初七看向段公子：“没有。”

等了半天的段公子：“……”

啊？就这样？

段公子挠挠头：“那个，初七啊，一般这时候我们起码会说句，谢谢啊，很高兴，很荣幸之类的话。”

初七点了点头：“哦，谢谢。我很高兴，也很荣幸。”

段公子：“……”

斐诰平时到底是怎么和初七说话的，这也太难聊天了吧？

他硬着头皮干笑两声：“咳咳，好的，那个，经过这段时间，大家可能也已经习惯了初七的说话方式了，哈哈，那么我们按照流程继续往下走，初七对你的搭档 F 神有什么想说的吗？哈哈，我猜估计也没有，那就也说一句谢谢……”

“有。”初七打断了段公子的话。

立刻被打脸的段公子：“……”

“哈哈哈，我这是激将法！”段公子强笑着掩饰了一波尴尬，“那么，初七想和 F 神说些什么呢？”

说话间，段公子默默后退了一步，给他们更大的空间交流，也给下面的 CP 党们一些拍照的好机会——做这种事情，他可谓是驾轻就熟。

其实斐诰也有些意外，看向初七，想听听她会说些什么。

初七转过身，静静地看着斐诰，略一低头，开口说道：“你曾经和我玩过一个游戏。”

斐诰一愣。

“第一个字的游戏。”女声清越，眼神清澈。

斐诰却不由得有些错愕。

初七微微抬起头，迎上斐诰有些疑惑的眼睛：“我现在也要玩第一个字的游戏。”

斐诰点了点头：“好。”

“能拿到2 VS 2的世界冠军很高兴。”

“能。”

“给你送那幅画和奖牌的人是我表哥。”

“给。”

“之前有一次，你问我，我对这款游戏有没有什么梦想。”

“之。”

“当时我说没有。”

“当。”

“后来我想明白了，我是有梦想的，有想要拼命努力，达到的目标和高度。”

斐诰有些好奇，却还是遵守规则，重复着这句话的第一个字：“后。”

“看过一本书，书上的主角有一句话，我觉得很符合我现在的心情，那句话是：我的梦想，就是想帮你实现梦想。”

斐诰一愣，心跳都不自觉地加起速来。

我的梦想，就是实现你的梦想。

也不知道是谁，带头起了哄，下面的掌声和欢呼声越发热烈。

只有边牧皱了皱眉。

他忍不住打开自己手机上的阅读器，看了自己无聊时读的一本小说。

上面的确有这么一句话……

不过那本书上，这句话是男主角对女主角说的，非常Man，男友力十足。

所以为啥到了自家表妹这里，就变成她对着F神说这种话啊？

总感觉哪里不对！

“游戏还没结束。”初七定定地看着斐诰，说道“请重复我说得第一个字。”

台下顿时安静了。

斐诰深吸了一口气，声音竟然有些不自觉地颤抖：“看。”

然后初七看了一眼观众席，嘴角扬起了一点若有若无的笑意：“我喜欢的人是谁？”

斐诰终于彻底愣住。

一旁的段公子都瞪大了眼睛。

他一直以为F神在追不开窍的初七追得很辛苦，怎么这时候当众告白的却是初七？！

底下的观众虽然也完全没料到会发生这样的情况，但是早就看好他们这对儿的CP党们在看到这一幕的时候简直欢呼雀跃，有个人带头喊了起来：“遵守游戏规则！F神！”

“回答她！”

“回答她！”

“回答她！”

斐诰静静地看着眼前的初七。

他觉得这个世界上没有任何词或者句子能够形容他现在的心情和感受。

像是在梦里，又像是在空中。

是欢呼欣喜如愿以偿，又是不安惶惑难以置信。

他那双手，在国际赛的最高赛场上都从来没有发过颤，此时却一直在颤抖，而且，似乎连同他的灵魂都在一同战栗。

他迎上那双眼睛，看到初七眼里有盈盈笑意。

还有千真万确的，情意。

终于，他向前走了一步，扬起嘴角，拿起麦克风。好听的男声响起：“该轮到我了吧？”

对面的初七皱了皱眉：“咦？按照规则……”

“按照规则，”斐诰唇边笑意更浓，“游戏要轮流玩，也该由你来重复我说的第一个字了。”

初七正想反驳，就看到斐诰朝自己的方向走了一步，他开口道：“我的女朋友是谁？”

男声清朗，掷地有声。

台下的观众立刻沸腾了。

“哇，F神撩妹技术慢点儿！”

“啊啊啊，太酥了吧，我疯了！”

“F神太奸诈了吧，这就直接是女朋友了吗？！”

坐在台下的边牧简直忍不住想刷一波666，不愧是自己男神，局势瞬间就扭转了！

段公子挑挑眉，右手食指竖在唇边，示意下面的观众安静一点儿，和斐诰一起，等待那个人的回应。

世界如此安静。

初七却仿佛听到了一阵阵的敲门声。

眼前的这个人，在敲她的心门。

大概是敲打的动静太大，连带着自己的心跳声也变得更强烈了。

她脸上不自觉地染上红晕，低下头咬了咬嘴唇，生平第一次，把“我”这个字说得这么轻，这么低。

——“我的女朋友是谁？”

“……我。”

周遭那么静，她的声音即使再轻再低，入他耳中也如同雷鸣。

他这才舒了一口气，后知后觉地意识到自己刚才竟然有些紧张，然后伸出手，动作轻柔地将初七拥入怀中，在她额上轻轻印了一个吻：“我喜欢你，初七。当众告白这种事，由我来做。”

台下的掌声和欢呼声一同响起，整个场馆都沸腾起来。

边牧早就拿起手机录了这段视频，只觉得自己感动到不行，毕竟一直以来他对初七都操着“老母亲”一般的心，现在看到表妹开窍了，和男神在一起了……感觉自己比男女主角还要激动。

众人喧嚣热闹，分享着这份喜悦。

所以没有人注意到，现场的观众里，有一个女孩儿，看到这一幕之后，撇了撇嘴，起身离开了。

杜宛若。

虽然早就知道斐诰有多喜欢她，也早就知道他们一定会在一起，甚至自己还在其中做了助攻……

可是作为一个喜欢了斐诰那么多年的人，在看到这一幕的时候，还是会有些心痛。

在那次，让斐诰摸自己头发的时候，她终于决定收拾好自己的心情，免得和斐诰连朋友都做不了。

但是她必须要确认一件事：斐诰喜欢的那个人，一定要和他相配。

所以她主动去找了初七。

“初七，我不喜欢斐诰哥哥喜欢你。”

可是他真的很喜欢你，斐诰哥哥非常优秀。但我希望你不要轻易答应他。”

因为我觉得你是一个根本不懂感情的人，你不知道喜欢一个人的滋味，甚至不知道什么是喜欢。我调查过你的很多资料，还去了解过你的师兄陈跃。我想，对你这样的人来说，从小到大，都和数学、逻辑这一类的东西打交道，你或许天资聪颖，自幼就是天才少女，可是爱情……”

爱情和你所有接触过的，熟悉的东西，都不一样。你体会过因为思念一个人而辗转反侧的滋味吗？你想过因为看到那个人和别人亲密时嫉妒到想哭的感觉吗？你感受过因为那个人心跳加速，因为那个人心动不已，无论如何都想要为那个人做一点儿什么的心情吗？”

初七，如果有一天，你决定要和斐诰哥哥在一起。请你一定要保证，你能够确认自己的心意。你一定要知道你对他的感情。”

你一定是喜欢着他，爱着他，想要和他同进退，和他共荣辱，和他携手度一生。不是‘这个人条件不错，很合适，是理想的结婚对象’，而是‘非他不可’。”

初七，我喜欢斐诰哥哥很多很多年，我知道他值得这世上最好的人，最好的爱。他不喜欢我，我不会勉强他。但是，从我的私心来说，如果最终和他携手的人，连自己的心意都无法确认，连什么是爱都不知道，我……无法接受。”

“即使在你看来，这是无理取闹的要求，也希望你能够答应我。不是为了我，而是为了那个值得的人。”

……

那天她和初七说了很多。

初七比她想象的要勇敢，当众主动告白，这种事情杜宛若觉得自己大概是做不出来的。不过，对初七这种人来说，向喜欢的人表达自己的心意，旁边有没有人，有多少人，恐怕根本不重要吧？

反正，那个人能听到，就够了。

杜宛若走在大街上，抬头看向天空。

她想起幼时斐诰哥哥爱看云彩，她也陪着看，却从来看不出所以然。

他爱打游戏，自己也陪着玩，可惜这方面天赋始终有限，无论怎么玩，都跟不上斐诰哥哥的步伐。

这世上青梅竹马两小无猜，然后幸福快乐地生活在一起走完一生的故事，大抵还是少的。

毕竟，从一开始，斐诰哥哥对自己的称呼，就是：妹妹。

杜宛若深吸了一口气，眼眶还是有些发红，她拿起手机，编辑了一条消息：

斐诰哥哥，你找到了那个人。那个人也确认了自己的心意，她会当众告白，坦诚心意，看向你的目光中，也是盈盈情意。

但是我还是好气哦！

真的不想祝福你们。

那我就……只祝福你一个人，祝你幸福美满，健康快乐，一生所求，皆能得偿所愿。

第31章 这已经是我所能想到的，最好的结局

滚筒那个洗衣机：哇！我被F神和初七甜死了！

F神我的嫁：啊！看来我得赶紧去改个ID了！

秋羽：啊！热泪盈眶，女神和男神在一起了。而且，还是我女神先主动告白的？

不听不听王八念经：不不不，说到底还是F神先说的！不过真的没想到，初七的性格会愿意当众告白！

体重满一百减二十：应该是初七和挺多人的想法不太一样，所以对她来说，女生主动当众告白没有什么吧？（更何况也不用担心被拒绝，反正F神喜欢她，只要是个人都看得出来。）

听说名字取得好能上镜：所以他们刚开始组队的时候，粉丝说得没有错啊：我的F，你的TURE，我们共同的FUTURE……

死性不改：那中间多出来的那个U到底是什么？

试问谁会不喜欢边牧呢：……大概可能也许说不定是我？啊，不是，我觉得应该是数学里的那个并集符号U吧，代表着“和”。

人间四月天：啊啊啊，你们快去看官方那个视频！出了一个所有选手合唱《荣光》的视频啊！我的天！帅一脸！

视频是为了纪念最后一届RCG，专门向原音乐公司买了歌曲版权，让选手们翻唱的。

在MV里能看到很多选手甚至解说的身影：瓜帅、M皇、KQ组合、表情哥、Sorry、火神、月皇、大宇、F神、鳗鱼、星帝、大懒、初七、沉安、俊朗小甜瓜、段公子、瞎转悠、不二……这些《荣光2》永远铭记的名字，这些用自己的方式书写过《荣光2》传奇的人，站在一起，唱完了这首歌。

F神我的嫁：永远年轻，永远热泪盈眶，你的荣光，我的光荣。此生无悔入《荣光》。

风再起时：此生无悔入《荣光》！

滚筒那个洗衣机：感动归感动，我也是哭得稀里哗啦的，不过仔细听……有些人真的不在调上，这还是调音之后的吧……哈哈哈还有M皇只唱了几个字，但是可以感受到他的努力了！

晴晴晴晴天：百万调音加后期吧！没事，我们都加粉丝滤镜来听就好了。毕竟这个东西的存在本身，更有意义。

还记得那年的长安：我沉安没跑调！感动！另外，F神和初七唱得挺好，啧啧，CP组是不是在发糖，有几句专门让F神和初七合唱，还有几句专门让星帝和大懒合唱。

飞机场的十点班：我深刻怀疑大懒是在假唱吧？？？就一句话他怎么也懒得张嘴的样子！

一条爱鳗鱼的小咸鱼：不知道是后期的功劳还是化妆师的功劳，鳗鱼看起来好像变帅了一点点。

听说下雨天F神和初七更配哦：这个MV真的好棒，此生无悔入《荣光》。感谢这一路有你们！

……

段公子：还有一个好消息要跟大家分享，请大家速速去看F神等人的微博！

段公子今天减肥成功了吗？没有：啊啊啊啊看到了！！！天啦我兴奋！我要去跑圈！F神赛高啊啊啊！！

一条三分钟前发布的微博，转发已经上千条。

@F：RCG结束了，我猜每个人都感慨万千，但我想说的是，RCG一定不是结束，而是另一个起点。有几个消息想在这里向大家宣布，前些日子已经正式和蔺总达成协议，收购了《荣光2》，也一并接收了所有还在为《荣光2》游戏和论坛努力着的工作人员。合同已经生效，个中细节在这儿就不多说了。

想声明几件事：

一、个人担保，至少未来五年内，《荣光 2》这款游戏绝不会消失，论坛也不会倒。

二、RTS 游戏的衰落人人可见，三年前我离开之前就已经想要做一款新游戏，不是顶替某个游戏的存在，但我希望这款游戏身上能继续闪烁《荣光 2》的光芒。双人赛结束的时候我曾经说过，世界冠军，实现了我一部分的梦想。其他的梦想就是和《荣光 2》息息相关的新游戏，这几年各方面的想法日趋成熟，做其他游戏也积累了一些经验，如今正式把这个高自由度的游戏策划提上日程，游戏庞大，现在做好的只是其中很小的一部分，但会在未来一点点展示给大家。

三、新游戏名叫《荣光再临》，这是 @Seven 给它起的名字。代言人是你们的月皇 @ 丘山子陵，

四、大家可以看一下这张地图，《荣光再临》的概念图，设计师是 @ 试问谁会不喜欢边牧呢，无论于公于私，这位都是我非常感谢的人。

博文下面，果然有一张很好看的游戏概念图，这条微博下面已经有几条赞数很高的评论了。

@Seven：严格来说，是我、段公子、F 神三个人一起给这款游戏取的名字。

@ 丘山子陵：很开心，其实我是建议 F 神自己当代言人的，毕竟他那么帅！但他表示他更喜欢当老总（开个玩笑。最近会多去健身房管理一下形象，感谢大家支持）。

@ 段公子：什么鬼？！初七的回复让我觉得我可能会被某个爱吃醋的人拉黑。有很多事情一直没有和大家说过，F 神看到《荣光 2》的颓势，一直想找一个解决方案。后来我们讨论过很多次，都觉得，RTS 时代已经过去了，《荣光 2》只能作为情怀。但我们可以把《荣光 2》的一些东西继续提取出来，和时下流行的游戏元素进行结合，开创出一款新游戏。原先因为版权问题一直没说出来，现在可以说了，以后我们，还要一起打游戏啊！除了《荣光 2》之外，还会有更好的更有意思的和《荣光 2》一脉相承的《荣光再临》可以一起玩啊！特别特别开心，希望大

家能够跟我一起分享这份喜悦——对我这样的《荣光 2》铁粉来说，这已经是我所能想到的，最好的结局。

@试问谁会不喜欢边牧呢：……啊，我的天，不知道怎么说，想说的话太多太多太多了，千言万语想给 F 神说的就是：感谢你。从多年前看你比赛开始被你圈粉你真的创造了无数的奇迹，我想，做《荣光再临》这样的新游戏，是你给所有的《荣光 2》游戏玩家创造的奇迹。谢谢你，我相信荣光永存！很荣幸能够为这款新游戏奉献自己的一份力，接下来，也请多多指教了。

微博和论坛已经彻底炸了锅，《荣光 2》的论坛因为原公司一直没有怎么管理，这几年完全处于几个管理员自主出资维护的状态，甚至一度因为访问人数激增而导致服务器瘫痪……

边牧刷着微博和论坛，热泪盈眶的同时，又忍不住看了看自己的回复。

他摸了摸下巴。

“接下来，也请多多指教了”这句话，怎么看起来好像有点儿怪怪的？

还有就是初七的那条评论，也太不浪漫了吧！

分明两个人都已经互通心意了。

边牧想着，忍不住给初七打了个电话。

响了好几声之后才接通，边牧有些疑惑，问道：“喂？小七，你怎么这么久才接电话？”

那边的声音竟然有些紧张：“哦没什么，才看到，有什么事吗？”

“你在哪里啊？”边牧问道，“周围听起来还挺吵的。”

“在外面。”

边牧皱了皱眉：“这么晚在外面？你要小心点儿啊，你一般这个点都在家里的，怎么还在外面？”

“唔……”初七犹豫了一会儿才答道，“有点儿事。”

听到这话，边牧却紧张起来：“初七，你不会是遇到什么危险了吧？你在哪儿？听周围的声音感觉你不在家？你要是觉得有危险的话，就咳嗽几声也可以！往有光的、人多一点儿的地方去！”

这可是他刚从网上看到的应对危险的帖子里的攻略！

说话间，边牧已经迅速换了外套，准备出门去找初七。

他知道初七生活规律，晚上九点半这个时间，她不应该在外面！而且初七的语气那么犹豫！还紧张！表妹虽然看起来精明能干，但太容易上当受骗了，万一……

边牧的电脑没关，电脑版微信弹出一条消息。

F 神：她和我在一起。

边牧吓得一哆嗦：“初七我还有事，你好好玩哦，拜拜！”

边牧飞也似的挂了电话。

哎呀！在约会！

自己都快忘了，小年轻谈恋爱当然要约约会，牵牵小手，亲亲嘴啊！难道还让初七严格按照以前的作息时间表吗！

不过……F 神可能要烦死自己了。

而那边。

某大学校园的某角落。

初七面对突然挂断的电话，有些奇怪。

表哥平时那么话痨，今天怎么就这样挂了电话？

“边牧？”

一旁男声低沉。

初七点了点头：“嗯。”她皱了皱眉，“没说有什么事，刚还担心我在外面有危险，结果突然……唔！”

她话还没说完，已经被斐诰一把拥入怀中，用吻封住了她的唇。

初七的身体不由自主地紧绷起来，下意识地想要推开他，可他却不依不饶：“这是惩罚。”

初七一愣。

斐诰凑近她耳边：“你和你表哥说你有点儿事才在外面。”男声低沉，“为什么不敢告诉他……”

斐诰微微一顿，将她搂得更紧：“你，在和我约会。”

初七感受到他的气息，耳根不自觉地发烫，却又想解释：“不是不敢啊，我……”

斐诰看着她，静静地等着她的下文。

初七却突然不知道该如何继续。

不是不敢说，是不想说？

她这才发现，自己虽然能够确定自己对斐诰的心意，却不知道怎样处理恋爱的关系。她几乎是在下意识地躲闪，下意识地回避。

而斐诰，明显感觉到了这一点。

良久，初七才轻声道："对不起。我不太擅长处理这样的……"

"不必对不起，"斐诰用额头轻轻抵住她的额头，"坦白讲，该怎么谈恋爱，怎么和恋人相处，我也不知道。"

说着，他轻声笑了笑，说道："不过我知道一件事。"

初七抬眸，看向他。

"现在，我想吻你。"

说着，他重新吻住她的唇，

他的唇，封住了她接下来要说的话。

但是他的吻，又格外温柔缱绻。

初七依然不由自主地有些紧绷，下意识地想要推开他，却听到他低喃道："初七，你喜欢我吗？"

她微微一愣，就在这一愣神里，那人吻的更深。

她并不排斥和他亲近，甚至……被他触碰，拥抱，亲吻的时候，能够感受到愉悦。能够感觉到自己的悸动和战栗，也能感觉到他的温柔。

这大概是书上说的所谓"爱情"。

既然已经确认了自己的心意，她便轻轻地闭上了眼睛，让自己放松下来，配合他的吻。

一吻终了。

斐诰拉起她的手："知道我为什么带你来这里吗？"

"因为那幅画？"初七反问道。

斐诰点了点头，又摇摇头说道："是，也不全是。你还记得刚才我们一起去买东西的超市吗？"

"嗯。"

"当时超市收银出了问题，你去帮忙，算得比他们的计算器还快。

那时候我在你身后看着你，觉得你很酷。”斐诰唇边扬起一抹温柔的笑意，“再后来在这里，又一次看到你，才知道你也玩《荣光 2》。”

“那天和我一起打对抗赛的那个人，是你，对吧。”

斐诰先是一愣，然后点点头：“对。那时候你还在打月族，我觉得你对这款游戏很有天赋，再考虑到你的计算能力，我说，你打“影”这个职业，可能会更合适。”

初七静静地看着他。

“怎么了？”见她半晌不说话，斐诰忍不住问道。

初七笑了笑：“没什么。”然后迎上他的眼睛，你的判断很对，我的确更适合‘影’这个职业，你的建议对我帮助很大，我应该跟你说声谢谢。”

斐诰看着她，然后伸出手，握住了她的手。

她的手有些微微的凉意。

“别说谢谢了，不是说，要实现我的梦想吗？”斐诰与她十指相扣，目光灼灼，“《荣光再临》，只是我梦想的一部分。我还有更想实现的梦。”

“是什么？”初七问道。

斐诰牵着她，慢慢地往前走：“和你在一起。”

初七微微低着头，看着两个人在路灯下面的身影，声音很轻很低：“这个梦想，不是也实现了吗？”

他微微用力，将她的手握得更牢。

要一直和你在一起。

这个梦想，也请一定帮我实现。

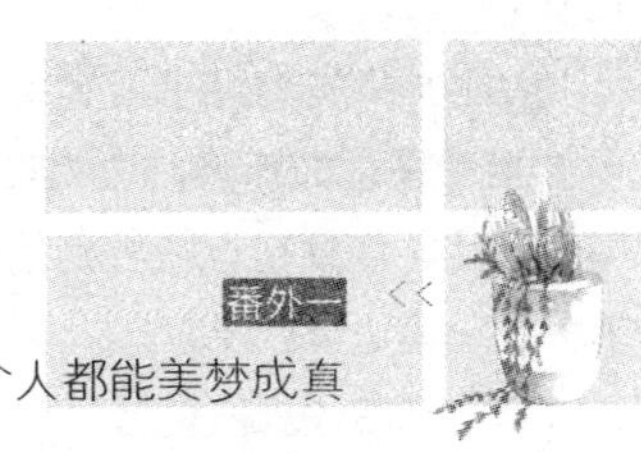

番外一 <<

愿每个人都能美梦成真

边牧最近做了三件事。

第一，他决定开一个自己的工作室，准备给这个工作室起名为“试问谁会不喜欢边牧（的画）呢”。但又有点儿犹豫，总觉得这个工作室的名字可能会有点太自恋，然后招不到人，陷入纠结。

第二，因为画作走红，边牧也开始了自己的签售，在几个大城市之间来回跑。

第三，他养了一条边牧犬，并且给这条狗起名为“小牧牧”。

在初七接到今天第五个来自边牧的电话的时候，终于彻底失去了耐心：“你的狗很好，一切正常，带他去散过步了，二十分钟前我才给你发过一条视频。”

“额……”电话那头的边牧皱了皱眉，“我这次打电话来不是为了问小牧牧。”

初七一愣：“嗯？”

“是这样的，就是有一个采访，他们说希望能采访一些我的家人朋友，”边牧说的有些犹豫，“唔，就是……”

初七了然：“你是问我能不能接受采访吗？”

边牧点点头：“也不是一定要啦，只是你比较出名，我感觉那个人好像……比起采访我更想采访你，可能是因为我经常提到你？不过我也说过你很忙的……”

“可以。”初七回答地爽快，“不过我有一个条件。”

边牧拍拍胸口：“没问题！尽管说！”

初七悻悻地说道：“你赶紧回来，帮你照顾狗太烦了。严重打乱了我原本的时间表。”

边牧忙不迭地点头：“OK，OK！我后天就到啦！”

接受采访的那天，边牧难得穿了一身一丝不苟的正装，头发也喷的一丝不乱。导致初七在看到他的时候先是一愣，然后总是忍不住想伸出手去摸一摸边牧的头发。

“我和那边说过了，不会耽误你太久的！”边牧说道，“不超过三十分钟。”

初七倒是无所谓：“我下午六点前都有空。”

“欸？”边牧一下来了精神，“那六点后要去干什么？是不是要和男神约会？”

初七皱了皱眉：“和月皇吃饭。”

“啥？！”边牧提高了音量，“你又要和月皇吃饭？！太过分了吧！表妹啊我同你说，你可不能脚踏两条船！”

初七深吸了一口气：“斐诰这几天出国了，《荣光再临》的一些事情要跟月皇谈一下。”

边牧不依不饶：“既然是工作！那为什么要一起吃饭！”

“表哥，”初七有些不耐烦，“你真是管太多。”

“那当然了！”边牧挺起胸膛拍拍胸口，“F 神不在，我要帮他看着你！不行！吃晚饭我也要去！”

初七面无表情：“随你。”

采访开始。

记者大概也是看出边牧非常紧张，所以先对初七展开了采访。

记者：“边牧经常提到初七，我觉得哪怕是游戏圈外的人，因为认识边牧，也会知道你的很多事。相反，我们对边牧的了解反而比较少，所以这次专程请来初七接受采访，我知道初七和边牧从小一起长大，有没有什么关于他的一些趣事想和我们分享的？”

初七：“他成绩不好经常挨打，后来学会了一个招数，每次出成绩了先在里面穿上棉衣棉裤，这样比较耐打。结果五年级那年夏天，被家里人看出来，罚他下去围着小区跑十圈，那天的温度是三十七摄氏度，他是穿着棉衣棉裤跑的。”

所有人：噗！

台下的边牧垂头丧气：我的天，初七你都在说些什么？！

记者：“哈哈哈，真的挺有趣的，边牧经常挨打啊？”

初七毫不犹豫地点点头。

记者：“那除了成绩不好之类的理由，还有什么其他的原因吗？”

初七：“打架、逃课打游戏、抄作业、给小姑娘写情书……”

记者：“边牧大大还有给小姑娘写情书的这种经历吗？”

初七：“有过十七次。”

记者：“这么多？！”

初七：“嗯，因为每一次都没成功嘛。”

记者：“……”

告白频频被拒的边牧：“……”

让初七来接受采访果然是个大错误，我现在去把她从台上拉下来还来得及吗？

记者：“那你对边牧的感觉是什么样的？一起长大有没有吵过架什么的？”

初七：“我觉得他很啰嗦，不过，我们没吵过架。”

记者挑眉：“哦，一起长大竟然没吵过架吗？一次都没有？”

初七微微歪着脑袋，回忆了一会儿，摇摇头。

初七：“真没有。不过有时候我烦了，就不理他了。”

记者：“哈哈哈哈，所以内心的想法是：我大人大量，懒得和你吵，是这样吗？”

初七却摇摇头。

初七：“不，是他让着我。”

边牧一愣，看向初七的方向。

初七嘴角依然挂着微笑，看着记者。

初七：“你们大概也多少知道一些我的事，我从小就不太懂怎么和别人相处，是那种有点儿孤僻甚至自闭的小孩儿。我哥他……唔，就是边牧，他其实是照顾我的角色。教会了我很多东西，不然根据我小时候的状态，长大了可能就是个根本没办法和别人正常交流的那种人，更不要提在这里接受采访了。”

记者：“哦，这个回答有点儿出乎意料的，我们之前听边牧说的，都是你从小就很优秀，成绩特别好，又乖巧懂事，标准的‘别人家的小孩’，他爸妈经常拿你跟他做例子，然后特别恨铁不成钢。还说你虽然是妹妹，但是比他成熟，懂得东西也多。”

初七：“嗯，我表哥的判断力一向很差。”

记者：“……”

边牧：？？？

我妹妹这到底是在夸我呢，还是骂我？

记者：“那在你心里，你表哥边牧是一个怎样的人呢？综合评价一下吧？”

这一次初七沉默了一会儿，似乎是在斟酌用词。

初七：“生活上有点儿邋遢，时间观念差，经常拖稿，所有的技能都用在了画画上，打游戏打得比较差但是特别爱玩，输了也不承认是自己的锅。连自己都照顾不好还养了一条狗，多数时间都是我和斐诰在照顾。非常话痨，除了画画的时候安静一些其他时间都很吵。很容易激动，比一般的男性要感性，看电影听音乐之类的很容易哭。”

边牧：……够了我已经不想再听下去了！

那头初七又接着说了一箩筐的缺点，然后想了想：“唔，综合评价的话，我觉得边牧总的来说，还是一个挺了不起的人。”

记者：“啊？可是你刚说的……”

初七：“那些无关痛痒的缺点吧，毕竟我们每个人都不完美。”

记者：“也对，那为什么会觉得他了不起呢？”

初七：“他画画画得很好，凭借自己的能力，有了一点儿名气，我不是正在作为他的表妹而接受采访吗？”

记者：“很有道理。边牧大大的画真是没的说。”

初七：“我是真的觉得他很了不起。十几岁的时候，我们能选择的路其实是非常多的，很多人都很迷茫，在这个阶段就是听长辈的安排或者其他的，就算自己有主见，也很容易动摇。但是边牧却能在这纷繁复杂的路上，挑选出一条自己真正喜欢的，即使身边的人都不看好，但一直坚持走下来。那时候他爸妈觉得他不务正业，没少打他。不看好他走画画这条路的人太多了，但他从来没放弃过。在画画这条路上，我哥，没有妄自菲薄过，也没有骄傲自满过。从开始到现在，他对画画就是一个态度，喜欢，坚持，追梦……他第一次因为画作拿奖的时候，很激动地给我打电话，说不敢相信美梦成真。”

我哥从小到大都是一个喜欢凑合的人，就是感觉，吃得可以随便，住处也无所谓，成绩不好就混一下吧，体育不好也没关系……只有画画这一件事，他对自己的要求近乎苛刻，精益求精，一点儿都不能凑合。如果用感性的语言来表述，我觉得这可能就是所谓的，梦想的力量。我哥最开始刚有粉丝后援团的时候特别受宠若惊，‘咦？我这样的人也有粉丝啦？’然后又很担心，害怕粉丝对自己失望，害怕自己辜负这份喜欢。他应该没少和你们提《荣光 2》吧？还有那首歌。歌词也适合他：感谢你给我的光荣，这少年曾经多普通，是你让我把梦做到最巅峰。”

初七的话很简单，但是周围不少人都听得有些动容，记者若有所思地点点头：“对啊，喜欢、坚持、努力……持续不断地付出，他才能在这个领域有今天的成就。”

总的来说采访初七是很顺利的，反而后来采访边牧的时候不太顺利，边牧这个人，提起别人的事情侃侃而谈，夸初七这个表妹更是一把好手，可以滔滔不绝说好几个小时，可是一旦谈到自己，就像换了个人，笨嘴拙舌得厉害。

记者：“好了，不为难你了，反正我现在也明白了，以后想知道你的什么情况，直接去问初七就好了！我们的采访也差不多要告一段落了，希望边牧大大给大家讲几句心里话吧！前面你都没怎么说，这部分可以多说一点儿了吧？”

边牧挠挠头，尽全力组织了一下语言。

边牧：“唔，祝大家身体健康，万事如意……”

记者：“停停停？你在送过年祝福吗？”

边牧苦思冥想半天，终于深吸了一口气。

边牧：“当然第一句话是谢谢，我妹说得对，那首歌也特别适合我。

不过其实我不是一个特别坚定的人，我很容易迷茫，我开始画画的时候真的画得很烂，但是有时候发到网上，竟然也会收获一些赞誉，这就满足了我的虚荣心，是因为这份满足我才继续走下来的。”

就觉得，即使我在很多地方都一无是处，至少还能画些画骗骗粉丝的赞什么的。后来有了更多的粉丝，就有了压力，觉得一定要画得更好，否则很对不起大家的喜欢。啊，也不知道说什么，就是真的很感谢，很感谢，是因为一直有人跟我说‘画得很好啊加油！’……我才能坚持下来的。能走到今天对我来说真的是美梦成真，所以就……祝愿每个人都能美梦成真。”

记者：“非常感谢边牧和初七这次抽出时间来接受采访，我觉得这次采访之后，各位粉丝们可能会更加了解边牧大大是一个怎么样的画师、设计师，最后的祝福也非常贴心，愿我们每个人都能，美梦成真。”

对边牧来说有些折磨人的采访，终于结束了。

当然，即使如此他也没有忘记，要硬拖着初七一起去蹭饭。

……

后来边牧的工作室开了起来，名叫：边牧和他的小伙伴。

下面的一句话介绍看起来十分中二：愿每个人都能美梦成真，比心！

所有人在看到下面这句话的时候都忍不住问：这个比心是什么意思啦？！

番外二 初雪

气氛无端有些紧张。

眼前的人脸上没什么表情，戴着一副眼镜，眼神深邃，看起来竟有种不怒自威的感觉。

那人站在门口，却没有放外面的人进来的意思。

饶是见惯了各种大场面的斐诰，在面对他的时候也忍不住有些畏惧，他清了清嗓子，强笑道：“叔叔，您好，我是……”

“我知道你是谁。”男人打断了他的话，声音冷峻，然后继续上下打量着他。

身后的初七皱了皱眉：“按照社交礼仪，这时候不是应该让我们先进门吗？”

已经入了冬，过道里没有暖气，还是有些冷的。

里面的男人看了一眼初七，皱了皱眉，眼里似乎有些微怒，但还是抿了抿嘴唇，往里让了一下：“进。”

他是故意没有说“请”这个字。

初七秀气的眉头拧得更紧，先斐诰一步走了进去，却看到那男人已经转过身，坐在堆着很厚一摞书的书桌旁，开始写些什么。

初七的声音隐约带着些许怒气：“爸，这次过来我是再三跟您确认过时间的，您如果临时有事要忙，我们可以再约。”

斐诰上前拉了一下初七的袖子，想说点儿什么，就看到岳教授指了指他对面空着的座位：“坐。”

虽然是第一次见岳教授，不过斐诰之前是做过不少功课的，无论是通过询问初七还是自己的父母，他甚至还特意去找过一次自己的那个情敌——陈跃。

陈跃说："岳教授的世界很好懂，就是数学。如果你数学好的话，他是一个很好相处的人。还有就是岳教授这个人话不多，只有提到学术方面他才会喋喋不休。他和初七也不怎么聊天，不过我看得出来，他还是很为初七自豪的。嗨，我和你说这些做什么，我说句实话，从岳教授的角度看，你百分百是配不上初七的，自求多福吧兄弟。"

斐诰清楚地记得，当时陈跃脸上还带着些幸灾乐祸地笑。

岳教授的确没给他什么好脸色，严格来说，比斐诰预想的情况还要糟一些。

斐诰看向岳教授对面的那个座位，那个座位是空的，面前竟然放着一张试卷，还有一支笔。

他眨了眨眼睛，一时有些蒙。

初七也是微微皱了皱眉，然后走到那个空座旁，正要坐下，就听到岳教授说道："不是让你坐。"

初七的动作一顿，然后用一种"不可思议"的语气说道："你是让他坐？"她看了一眼斐诰，"爸，他不曾在你这里授教，不是你的学生，没有任何道理要做你出的试卷，接受你的考核。"

岳教授抬起头，却没有看初七，而是看向了斐诰，他定定地看着斐诰，没说话，只是推了推眼镜，然后指着墙上的挂钟："六十分钟。"

初七完全无法理解父亲这种反常的顽固和无理取闹，正要上去理论的时候却被斐诰拉住，斐诰轻声对初七说道："别这样。"

然后他恭敬地朝着岳教授的方向一颔首："好的。"

说完就走向了那个空着的座位。

初七看着斐诰，觉得他这种行为会助长自己父亲的嚣张气焰，却发现斐诰对自己挤了挤眼，唇边带着微笑。

"五十八分四十二秒。"

岳教授清冷的声音传来。

初七咬了咬下唇，生生将自己想说的话给咽了回去。

她当然知道父亲是故意的，却也看得懂斐诰的那个眼神。

她便也拿了本书，坐在离书桌不远处的椅子上，看了起来。

到底是因为心里有事，手里的书怎么都有些看不进去，她几次朝着斐诰的方向看去，然后又看向墙上的挂钟，突然矛盾起来，一方面希望时间过得快一些，另一方面又怕对斐诰来说这时间有点儿紧张。

是什么样的题目，她也没有头绪。

时间一分一秒过去。

初七有些焦灼。

斐诰是在四十五分钟的时候交的试卷，初七看得出来，斐诰也有些紧张。

岳教授接过试卷，也不批改，他看向初七，非常不满地责问道："四十五分钟看了二百三十六次墙上的挂钟，手里这本书一共才翻了三页。你是什么时候开始做事这么不专心，效率如此之低的？！"

说着，还瞪了一眼斐诰。

斐诰："……"

初七自知理亏，却也忍不住顶嘴："爸，你又是什么时候开始养成了不打招呼突击考试的习惯的？他又不是你的学生。"

一旁的斐诰听到这话，有些头大。

果然，岳教授一拍桌子，再次狠狠地瞪了斐诰一眼："你以前可从来不会顶撞我！"

"因为你以前遵循规律，有逻辑可寻，不会不讲道理。"初七毫不让步，"自小你就教育我，所有的事情都要有根据，讲道理。"

此时，岳教授的脸色更加难看了。

斐诰在心里长叹了一口气，自觉岳父这关怕是很难过去了。

他之前觉得自己已经做好了万全的准备，却没想到眼前这局面，尤其是初七处处为自己说话，岳教授的眼神要是能杀人，自己这会儿应该已经死了好几回了。

"你给我进来！"岳教授猛地站起来，拿着斐诰刚刚上交的试卷，就朝着里屋走去，没好气地朝斐诰吼道。

斐诰心里叫苦，应声要跟进去，但看着初七又想说点儿什么，他下意识地轻声道："初七，今天天气预报说，好像要下雪。"

初七一愣，有点儿摸不准斐诰这突如其来的转移话题是什么意思。

“要是下雪的话，初雪，还挺有意义的。”斐诰笑了笑，“我去和岳叔叔聊天，你看看什么时候下雪，如果下雪了，告诉我一声好吗？”

初七：“我爸的房间也有窗户，你能看得到。”

斐诰：“……”

有时候真不知道说初七什么才好。

倒是岳教授先开口说道：“男人之间的对话，你别参与了！”

初七有些不服气，心想：爸爸平时好像并不会“重男轻女”。

但在房间里的这两个男人，对她而言都非常重要。

亲情爱情各系一边，而且他们似乎形成了某种诡异的共识。

初七抿了抿嘴，没有再说什么。

二十七分三十二秒。

斐诰终于从房间里走了出来。

初七抬起头，看到他对自己笑了笑。

在看到那笑容的那一瞬，初七心里那不知所起的紧张感，才终于消散。

她迎上他的目光，粲然一笑。

一旁的岳教授看到了，咳嗽两声，清了清嗓子，说道：“你可别忘了，你只有七十分！”

说话间，他指着斐诰手里的试卷。

顺着岳教授的手指看过去，初七看到了试卷上一个触目惊心的红色数字。

她微微皱了皱眉，正要说什么，就听到岳教授的声音：“我还有事，你们回去吧。”

“不是一起吃饭吗？”初七有些疑惑地说道，“餐厅我都……”

岳教授不近人情地摆摆手：“我有事。”

初七有些失望，倒是斐诰点了点头，笑着说道：“那就下次再约岳叔叔一起吃饭，到时候相信可以考好一点儿。”说着，他朝着岳教授微微颔首，“那我们先告辞了。”

“爸，我后天晚上九点三十分给你打电话。”初七估算了一下时间表，和斐诰一起往门口走，“那你记得吃饭，再见。”

岳教授在听到这句话之后脸色缓和了一些，他看向初七的方向，似乎是想说什么，但最终还是没说出口，只是点点头，然后和他们挥手再见。

在去餐厅的路上，司机在前面开车，初七认认真真地看了一遍斐诰做的试卷，有些不解："不是都对了吗，为什么给你七十分？"她皱了皱眉，拿出手机，"我得问问我爸这是怎么了？"

"初七。"斐诰笑着按住她的手，"叔叔没有算错，也不是糊涂了，如果他只想让我拿七十分甚至不及格，只要他给我考再难的题目不就好了？"

初七微微一愣。

"他辛辛苦苦养大的掌上明珠，"斐诰握住了初七的手，感受到她的温暖和柔软，声音格外轻柔，"在这个世界上他最在意最关心的人，他觉得最好的女孩儿，无论是谁，都配不上。"

斐诰微微侧过头，迎上初七的眼睛："将心比心，如果我有你这样一个女儿，哪怕对方是什么王子，我也绝对不会放心把你交给他。因为在我心里，没有人能够与你匹配。"

初七心里似乎有一根弦，被斐诰这句话轻轻地拨动，她脸色微红，却还是认真地开口道："从逻辑上讲，王子和最好的对象并没有什么必然联系，你用'哪怕'这个词并不合适。"

"我的初七啊……"他将额头贴近她的额头，气息在她脸上萦绕，初七听到斐诰的声音那么低沉，又那么温柔，"你知道你爸跟我说什么了吗？"

初七摇摇头，等待着他的下文。

"他说，你对他而言，和数学一样重要。"

那一瞬间，初七以为自己听错了。

然后下一秒，她非常确定以及肯定地说道："不可能。"

这是岳渊——她的父亲，国内最优秀的数学家之一——绝对不会说出的话。他一生痴迷数学，数学是他一生为之奋斗的事业，也是他全部的追求。从科学角度来看，他们是有血缘关系的父女，岳渊对自己必然也有感情，但是如果有人告诉自己，自己对岳渊的重要程度就和数学一样，初七绝对不会同意。

斐诰轻声地叹了一口气，他笑了笑："岳叔叔说，你如果听到这句话，也一定会说'不可能'。他自己也认为，这只是他一时感性思维战胜了理性思维，脱口而出的胡话。你是另一个独立的生命个体，原本就不可能和一门学科，一种研究，放在同一个天平上进行对比。从你出生开始，他就知道你不属于任何人，你只属于你自己。人，是不可预测的，感情，是有可能消失的。但数学却不会抛弃他。”

说到这里，斐诰顿了顿，发现初七的眼神里已经有了认可和赞许，看得出来，初七知道这是岳渊说话的风格，斐诰继续道：“可是初七，脱口而出的胡话，未必不是真心话。这世上山盟海誓很多，有些人也许最后违背了誓言，背叛了承诺，但他们当时说那句话的时候，是真心实意的。”

“这是他们不对，”初七冷静地说道，“他们对自己的了解不够，对自己和自己的感情过分自信，才会说这些话。再怎么出自真心，也应该衡量清楚自己。未来的事情是谁都说不准的。”

斐诰看着初七的眼睛，只觉里面是一片平静的湖，无波无澜，却又似乎有漩涡，将人吸引进去。他伸出手，摸了摸初七的头发：“其实我想说的不是这个，我想说的是，岳叔叔之所以看我不顺眼，是因为他太珍视你，他不觉得我能配得上你。他说原本想给我最难的题目，让我直接拿零分，但是又觉得那样的话，我会没面子，你也会不开心——他并不在意我是不是有面子，归根结底是怕你不开心而已。这一点，你一定要谅解他，好吗？”

初七眨眨眼：“这是为人父母都有的样子，还是只有我父亲？”

“唔……”斐诰想了想，说道，“应该是大多数父母都会有的心情吧。”

“那你爸妈呢？”初七皱了皱眉，“他们如果考我的话，也会用数学题吗？”

斐诰哑然失笑，他看向窗外，突然说道：“停车。”

司机在这里停下车。

初七还在疑惑，就被斐诰拉下了车。

“初七。”

“嗯？”

“你瞧，初雪。”

初七这才发现，今年的第一场雪，竟然已经纷纷而落。

初七凝神看着那六边形的雪花，过了好一会儿才说道：“我妈妈的名字，叫初雪。”

据说她出生的时候，那座城市正在下那一年的第一场雪。

她便因此而得名。

“我知道。”斐诰轻声道。

初七微讶：“你知道？”

斐诰点点头：“嗯，你爸爸告诉我的。”

“他和你说这些？”初七更加惊讶，想到了他们进去交谈了二十七分三十二秒钟，忍不住追问道，“你们还聊了些什么？”

斐诰先是一顿，然后露出狡黠的微笑：“秘密。”

初七的眉头皱在一起，对这个答案似乎有些不满。

却看到那人对自己挑了挑眉，眼角眉梢都带着笑意。

心里的那一点点不满也就消散了。

大概也就是些自己年少时的事，又或者是像宋词看得一些电视剧一样，郑重其事地嘱咐他对自己好？

虽然这两种，都很难想象爸爸会做得出来。

他将她揽入怀，在她额头上轻轻地印上一个吻。

其实岳教授的确没有跟斐诰说太多。

他只是非常一板一眼的，拿出了一本笔记本。

上面记录了初七从小到大的很多事，当然，大多数是数字，里面记录了初七从出生到十六岁每年的身高体重。

她拿过的奖，获得过的荣誉，拿到过的奖学金。

甚至还有岳叔叔所知道的，被初七拒绝了的追求者数量。

三十七个。

斐诰看到这个数字的时候，虽然知道她从来不缺追求者，却还是忍不住皱了皱眉。

——“我从来不擅于表达，很多人说初七像我，其实她继承了我和她母亲的优点，身高、样貌、天赋……当然，因为自幼跟着我长大的缘故，有些方面看着的确更像我一些。理性、冷静，遵循逻辑，喜欢数学，对人情世故方面反应要慢一点。

“但我心里，是不大希望她太像我的。因为我只能做一个好学者，一个好数学家，却始终不是一个好丈夫，好父亲。当然，我并不会因此而认为我失败或者不幸，人这一生是不断改过的过程，没有失败，只有反馈的数据结果。”

“你父母的感情很好，从社会学的角度来看，这对你的成长有很大帮助。不过，初七并不需要你对她承诺什么。我女儿很优秀，能够把自己照顾得很好，有时候我甚至会觉得，如果她身边多了一个人，更像是会拖累她。”

“没有人能判断一段感情能否长久，但是所有人都知道，要想长久，彼此之间应该是积极向上的，你如果要和初七在一起，你们都要在这段感情里变成更优秀的人。”

“在你来之前我查过资料，也做过一个统计，有 86.5% 的父亲在见独生女带回家的男朋友时，都会稍作为难。会说诸如一定要好好对我的女儿，如果你辜负了她就怎样怎样的话。而我认为，每个人都得为自己的人生负责，初七十八岁之后所做的决定我从未干涉，既然她选择了你，我就支持她。我百分百的确信，就算你们分手了，初七也可以自己承担这个后果——你别用这种眼神看我，初七是第一次谈恋爱，根据数据显示，初恋分手的概率在 93.2% 以上。”

“如果说对你有什么期待的话，是有一件——我希望你能让初七明白……她值得，并且理所应当，被呵护，被爱。”

雪还在下。

初七还在看雪，斐诰静静地看着她。

眼前雪如梦中雪。

怀中人是意中人。

初七，我比你想象中更爱你。

你父亲，也比你想象中更爱你。

这是与你一起看得第一场初雪。

余生，想与你一起，看每一场雪。

○　○

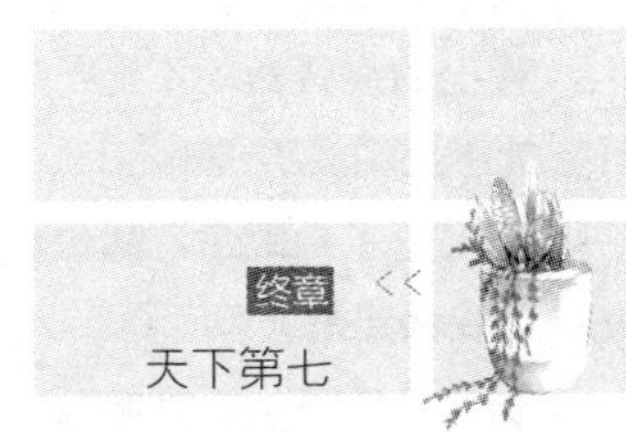

终章 天下第七

风铃声响起。

店里的店员已经条件反射地喊出了：“欢迎光临！”

这是家书吧与网吧于一体的网咖，二楼网吧，一楼是书吧，除了书之外还有不少明信片，笔记本之类的东西卖，另外还设有专门的电子竞技书籍区，除了买书之外，也可以借书。

正值工作日的下午，店里没什么人，只能听到回荡在耳畔的歌曲。

进店的是一对男女，两个人的长相身材都实在出挑，过分吸引别人的目光。

店员是个年轻的男孩儿，胸前挂着个工作牌，脸上有灿烂的笑容，他问道：“请问二位是来……啊！！！”

他在认出两人的那一瞬间惊呼出声。

然后仰头朝着二楼的方向大喊道：“哥！哥！是他们！是他们啊！”

楼上的人正在打游戏，听到这话没好气地回了一句：“叫魂儿啊！差点儿被你害死！我在组队玩《荣光再临》呢！天王老子来了也别来烦我！”

“上次我跟你说的那个人啊！那对儿你超级崇拜的！”店员男孩儿继续大喊着，“FUTURE 啊！两个人都来了！”

楼上突然传来了丁零当啷的声音。

“啊！”

似乎是有人着急地站起来，又被椅子给绊住，倒在地上。

如果没有听错的话，可能脑袋还磕到了什么地方。

“《荣光再临》可是组队游戏，别坑队友。”

女声清脆悦耳。

楼上的声音激动不已：“啊！F神！初七！你们先别走啊！我很快打完就下来了！”

初七弯了弯眼角，从包里拿出一本书，看向一周前打过照面的男孩儿：“我来还书。”

男孩儿低下头看到她放在桌上的书：《荣光2——天下第五》。

“啊，好的，好的！”他连连点头，一边将这本书登记入库，一边小心翼翼地看着面前的两个人。

他虽然不玩《荣光2》，但很喜欢玩《荣光再临》，更是FUTURE战队的忠实粉丝，他曾经不止一次地听过《荣光再临》创始人的传说，再加上哥哥的缘故，他听过无数次关于眼前这两个人的故事。

随机之神、传奇第五人、第一影刃、世界第一女选手、《荣光2》2VS2的世界冠军、《荣光2》的拯救者……他们有太多的头衔和称号，据说那年RCG，最后一年有《荣光2》这个项目，他们携手组成战队，成为《荣光2》国内第一支2VS2的世界冠军，共同站在世界之巅，写下了FUTURE这个词。

他们也的确创造了未来，挽狂澜于将倾，十余年的《荣光2》虽然荣光不再，但他们却一起做了一款新游戏，取了《荣光2》的精华，结合时下流行的种种元素，创造出了《荣光再临》这款游戏。

那一届RCG之后他们双双退役，斐诰投资成立了俱乐部，请专业的老师，成立了专业战队，战队名仍然用的是——FUTURE。

如今，FUTURE战队在整个电子竞技赛场上，无论是什么游戏项目，都可以说是如雷贯耳，战队里有很多响亮的名字，成为拥有无数粉丝的新传奇。

半年前，《荣光再临》的国内比赛，FUTURE战队决赛局3:0，一举夺冠，赛后，记者除了采访那些出色的选手和优秀的教练之外，也采访了这位斐总。

那时候斐诰这样说：“最初建立FUTURE战队，是我个人的私心，如今越来越觉得，这真是一个很好的战队名。英雄年迈，美人迟暮，都是一定会发生的事情，过去的传奇会被人淡忘。然而未来，一定会到来，永远不会老去的东西。光是这一个名字，似乎已经让人充满了希望。这一次战队表现很棒，不过，”他顿了顿，唇边扬起笑容，“我相信，FUTURE 会更好。”

……

“F 神！初七！”

兴奋的呼喊声将他的思绪从回忆中带回现实。

这家店的老板，他的哥哥，已经用迅雷不及掩耳之势下了楼。

初七在看清他的脸的那一刻似乎愣了一会儿，有些迟疑地叫道:“唐铭？”

“啊，对，”唐铭点点头，“其实你还是叫我欢喜哥吧，大家也比较熟悉这个名字。”

初七微微笑了笑，环顾四周：“这是你开的店？”

“嗯，开来消遣的，赚不到什么钱，不过也不至于亏本，”欢喜哥笑得十分欢喜，“上次我弟跟我说你来了，还借走了那本《荣光 2——天下第五》，我还不肯相信，后来他调了监控录像给我看，我才相信的，这一周我只要有空就会来店里，想着也许能碰到你呢。”

这时候，他明显感觉到站在初七旁边的那个男人，目光似乎变得锐利起来。

“啊，不！”欢喜哥连忙摆摆手，“我想的是，如果能碰到你和 F 神一起过来，就太好了！”

那人的目光这才缓和了些。

初七看向斐诰：“你还记得他吗？”

“当然，”斐诰笑了笑，“说起来，如果不是因为当年你们打得那一局，我也不会当时就猜到你的身份。”

初七单手对战欢喜哥的视频，至今仍然在《荣光 2》的论坛上挂着，那个帖子的点击率和回复量，直到今天都很高。

欢喜哥挠挠头:“嗨，年少气盛，不过还好，虽然当了故事里的反派，至少结局还不错。”

他钟爱十年的游戏，虽然衰落，却没有彻底终结，他也成了《荣光再临》的玩家。

F神他们做这款《荣光再临》做得非常用心，所有玩过《荣光2》的玩家，都能在里面找到当年玩《荣光2》时候的回忆和感动，那句“星火不灭、荣光永存”的口号，不是空话。

而对于没有玩过《荣光2》的玩家来说，设定新颖有趣，世界观完整宏大，每个英雄都有自己的故事，对战模式多样有趣，可玩性很强。

“对了，”欢喜哥像是突然想起来什么似的，突然问道，“这次要不要借这本书哦？”

他打开旁边的抽屉，从里面拿出一本书。

《荣光2——天下第七》。

初七一愣：“这本你竟然也有。”

“当然了！”欢喜哥非常自豪，“这套书我很全的！”

“这书粉丝向太重了，”初七伸出手拧了拧眉心，“以我当年的实力和排名，于情于理，都排不到天下第七。”

欢喜哥早在当年那一战之后就成了初七的粉丝，看什么都带着粉丝滤镜，他连连摆手道：“初七你太谦虚了！我觉得排在第七都有点儿靠后了！不过你是初七，做第七也蛮好。”

初七有些无奈地叹了一口气，觉得自己和欢喜哥多说无益，反正这本书都已经出版这么久了……她只是摇摇头：“不用了，看过度赞美自己的书，感觉很怪。”说着，她看了一眼封面上的“《荣光2》历史上最优秀的女选手，第一影刃、历史创造者”之类的字眼，觉得有些不忍直视，连忙收回目光，“我这次是来还书的，不借……”

“我要借。”一道低沉的男声响起。

初七一愣，看向旁边的斐诰，眨了眨眼睛：“啊？”

白皙修长的手指，已经覆上了那本书：“可以借给我吗？也是一周还。”

欢喜哥忙不迭地点头：“当然可以啦！出版这本书的时候，F神还是特别顾问呢！”

因为这本书从排名到噱头初七都无法认同，所以从来没关心过这本书的情况，欢喜哥这么一提，初七有些愕然：“啊？”

“不是吧，初七，你不知道？”欢喜哥有些惊讶，连忙翻开书，指着扉页上的名字给初七看，“因为按照规则，要采访所有的选手，还有解说对你的评价等等，最后才能成书。其中很重要的一个采访和评价，是要采访跟你对战或者合作最多的选手，本来这个人是数字帝暗殷27，但是因为人品原因，最后选择采访和你组队2VS2的F神。”

特别鸣谢——F神。

初七看着扉页上的这一行字，竟然有一瞬间的恍惚。

“你从来没告诉过我。”她低着头，声音很轻。

“这本书，是我尽可能让自己只作为搭档，作为和你一起并肩作战的战友，作为F，给出的关于选手Ture、Seven的信息。啊，当然，还是夹杂了一点点私货的。”斐诰无声地笑了笑，“所以我不能作为伴侣，告诉你这一切。”

初七又皱了皱眉，突然想起来这套书刚出版没多久的时候，表哥一直追着自己问自己读后感，当时被自己随便搪塞了过去。

本来出版社是有发样书的，但初七压根儿没有要样书，因为她觉得自己肯定也不会看这本《荣光2——天下第七》。

“不过我的确没想到，你翻都没翻过这本书，也不看和这本书相关的任何微博或评论，”斐诰叹了一口气，“我个人认为，已经退役了的选手Seven，既然已经看完了那本《荣光2——天下第五》，也应该用批判的目光来看看这本《荣光2——天下第七》，看看当年的我，写下的这一切，是否过分偏颇。”

初七耳根没来由得微微一红。

一旁的欢喜哥顿时来了精神：“最后一段！特别感人！”

初七皱了皱眉，拿起那本书：“唔……那借给我吧。”

说着，她好像是要赶时间一样，拿起书就往外走。

斐诰不动声色地扬了扬嘴角，给欢喜哥他们打了声招呼，就跟着往外走去。

欢喜哥看着他们的背影，笑了起来。

“哥，”他弟弟有些好奇，“最后一段写的是什么啊？”

欢喜哥唇边仍有笑意，却没有正面回答，而是说：“等他们还书的时候，你自己看去！”

弟弟撇撇嘴，心里偷偷骂了一声“小气”。

欢喜哥则自顾自地朝楼上走去。

没记错的话，这本书里关于初七的选手介绍十分详尽，优缺点都一一罗列了出来，并不存在所谓的“过誉”。

只有最后一段，就是F神口中的所谓“私货”：

作为她的搭档，很省心，因为配合非常默契。最后能拿到2VS2的世界冠军，觉得很欣喜，却又似乎理所当然。至此，这本书中关于搭档的部分，我能说的，已经全部说完了。

抛开这个身份本身，说一点儿其他的吧。

FUTURE这个战队名，当时粉丝已经有猜测，他们没有猜错。我的F，她的Ture，我们共同的FUTURE。

这就是我当时的私心。

拿到世界冠军的时候，我和粉丝说，你们不用再说RCG欠我一个世界冠军了——当然，这本来也就只是一句玩笑话而已。能拿世界冠军是每一个选手的愿望，只是不是每个人都能拿到而已。

我十分幸运，能够如愿以偿。

那时候她对我说：我的梦想，就是帮你实现梦想”——说实话，这原本应该是偶像剧男主角的台词吧？

很感动。

想谢谢她帮我实现梦想，可是谢谢这个词，似乎太轻，也太见外了。

谢意太微薄，要用一生情意来还。

借这本书的结尾，说一句：

最荣幸是。

和最爱的人一起，携手站于高台之上，共同分享万丈荣光。

欢喜哥上了楼，重新回到自己刚才的电脑旁，准备开始《荣光再临》的下一局游戏。

店里的歌曲，也被他顺手切到了《荣光》。

是《荣光2》的选手们合唱的那个版本，歌声在小小的店里久久回荡，唱到那句歌词时，女声清越，男声温柔，格外动听：

感谢你给我的光荣
这少年曾经多普通
是你让我把梦做到最巅峰。